努力就有希望

——援藏笔记

杨国瑞　著

中国广播影视出版社

图书在版编目（CIP）数据

努力就有希望：援藏笔记 / 杨国瑞著. --北京：
中国广播影视出版社，2017.4
ISBN 978-7-5043-7882-8

Ⅰ.①努… Ⅱ.①杨… Ⅲ.①日记—作品集—中国—
当代 Ⅳ.①I267.5

中国版本图书馆 CIP 数据核字（2017）第 058554 号

努力就有希望——援藏笔记

杨国瑞　著

策　　划：	庞　强　刘　媛
责任编辑：	许珊珊
封面设计：	宋晓璐·贝壳悦读

出版发行：	中国广播影视出版社
电　　话：	010-86093580　010-86093583
社　　址：	北京市西城区真武庙二条 9 号
邮　　编：	100045
网　　址：	www.crtp.com.cn
电子信箱：	crtp8@sina.com

经　　销：	全国各地新华书店
印　　刷：	三河市天润建兴印务有限公司

开　　本：	710 毫米×1000 毫米　1/16
字　　数：	330（千）字
印　　张：	19
版　　次：	2017 年 4 月第 1 版　2017 年 4 月第 1 次印刷

书　　号：	ISBN 978-7-5043-7882-8
定　　价：	56.00 元

谨以此书
献给我在西藏的 1097 个日日夜夜
和那片深爱的土地

序言 | Prologue

2013 年 7 月，自己有幸踏上西藏这片神奇的土地，三年来，喜怒哀乐，点点滴滴，回想起来仿佛就在昨天。

西藏是个美丽的地方。那里的蓝天、白云、经幡、雪山，曾经无数次出现在梦境里。纳木错、玛旁雍错、羊卓雍错、拉姆拉错、色林错、当惹雍错、巴松措、珠穆朗玛、冈仁波齐、南迦巴瓦、念青唐古拉山……这些圣湖神山是上天赐给人类的宝贝，还有布达拉宫、大昭寺、小昭寺、罗布林卡、古格王朝城堡……更是中华民族伟大的文化瑰宝，这一切一切的美丽和神秘，都是西藏特有的，是难以复制的，没有置身雪域高原是难以体会的。

西藏是个艰难的地方。缺氧、低压、高寒，是高悬在西藏人民头上的三把达摩克利斯之剑，从孔繁森算起，几乎每一批援藏干部中，都有把身躯永远留在雪域高原的兄弟。刚回来一个月左右，便听说下一批的援藏兄弟中已经有两人不幸遇难。在深深惋惜的同时，不由得想起长期在藏工作的老西藏们，他们一待就是几十年、甚至几代人，一家人两地、三地甚至四地长期分开，毫无怨言地透支着健康、透支着亲情，和他们相比，我们这点付出又真的算不了什么。

西藏是个刻骨铭心的地方。记得一次会议上，中宣部副部长崔玉英大姐提过一个问题：为什么每一个在西藏工作生活过的人都有一种西藏情结？其实，自己也一直在思考这个问题。正如微信中所言："西藏是一种病，不去治不好"。2016 年 7 月召开的全区优秀援藏干部表彰会上，优秀援藏干部代表援友阿里普兰县委书记高宝军回答了这个问题：因为西藏山美、水美、人更美，因为那汇聚了千百万人智慧、汗水甚至生命所铸就的成绩太来之不易！

自己有记笔记的习惯，每到夜深人静的时候，喜欢把一天的事情总结梳理一下，随手记录下来。但是，没有想到在西藏竟然成为一种挑战，由于缺氧和气压低，思考和写作时间一长便会头昏脑涨，眼睛酸涩，特别是出差到阿里、那曲等地方，由于平均海拔都在 4300 米以上，那曲则是 4500 米以上，更是头痛欲裂，经常是呆呆地盯着电脑屏幕，半天也难以敲打下键盘。所以记录下来的东西，往往没有逻辑头绪，没有什么章法，有的甚至不知所云，错字连篇。在整理三年来的笔记时，做了大幅删减，再加上去年和今年，接连两次电脑发生故障，大量文件、素材、文字丢失，因此，勉强留下了 400 多篇记录。因为深知自己水平之一般，思考之粗陋，视野之肤浅，并不想以此示人，仅以此书作为一种纪念或者是立此存照而自娱自乐之考虑。

目 录 | Contents

集　训

从 5 月 14 日到现在，已经两个多月了，期间经历了太多来自领导、同事、朋友、亲人、同学的感慨：惋惜、祝福、鼓励、不解。爱人在得知了我要去西藏挂职的消息后，沉默良久，然后说，"反正你现在每天忙得也跟挂职差不多，去就去吧……"

带着难以言表的感慨和心情，从昨天起，我参加了中组部举办的"中央和国家机关、中央企业第七批援藏干部人才和援青干部培训班"。

打开参加培训班的《学员手册》，竟然近 300 人，其中：援藏干部 200 多人，援青干部 60 多人。各大部委和中央企业都有，还有一些巾帼英雄也点缀其间。

大家从四面八方赶来，奔赴同一个地方，虽然只身前往，身后却凝聚着无数双期待和牵挂的目光。

中组部常务副部长陈希给大家提出了殷切的期望，要求大家认清责任、心怀使命；要明确任务，传好接力棒，一要把推动西藏发展作为第一要务，二要把推动西藏长治久安作为第一责任，三要把推动西藏改革民生放在突出位置，四要把加强基础工作建设作为重要任务；要从严要求，树立良好形象，一是做学习的模范，二是做增进民族团结的模范，三是做联系群众的模范，四是做艰苦奋斗的模范，五是做严守纪律的模范。国家发改委副主任杜鹰介绍了西藏和四省藏区的社会经济形势，西藏自治区党委常委、组织部长梁田庚讲解了西藏的有关情况。接下来的几天里还会有宗教问题、高原养生问题、民族政策问题等讲座，对我们来讲，虽然是临时抱佛脚，但应当还是会有所收获的。

近乡情更怯，虽然此话不是很贴切，但是形容此刻的心情却是很恰当。当鲜花逐渐凋零，当掌声渐渐稀疏，当人群慢慢散去，留给你的是无尽的沉静和思考，此时此刻，你会慢慢体会那种孤寂和无言，然而，可笑的是：此刻，你还没有踏上那片土地呢。

不管怎样，既然给你一个平台，就要珍惜它、爱护它，要珍视这来之不易的锻炼机会，有规划、有步骤，用三年的时间砥砺自己、锤炼自己，成为自己人生中一个闪亮的回忆。

2013 年 7 月 28 日 星期日　　　离开的日子越来越近了

今天开始集体购买机票，7 月 31 日，我们就将乘坐国航包机，飞往雪域高原。

不知怎么，离启程越近，心情就越有些忐忑不安，未来不知是什么，在高原不知能否适应，工作不知会遇到什么困难，三年后自己将留下些什么……

昨天几位第六期的援藏干部介绍了工作经验和体会，众口一词的是：三年并不长，但是一定要有事情去做。三年，是我们职业生涯的十分之一，是我们剩余生命历程的十分之一（如果能够再活三十年的话，呵呵），因此，将是极其难得和宝贵的。正如一位伟人所言，我们每一天都是现场直播，来不得补录和延迟。

不管怎么样，该来的就让它来吧，坦然地面对；不管怎么样，要有一颗坚定的心，不为其他所动。

首先，要珍视自己的身体，没有了健康，什么都没有了，对家庭、对父母和妻儿，是不公正的，这是首要的。

其次，要珍视三年的平台，力所能及地去为西藏广播影视做些实事好事，不辜负三年的时光。

再次，要珍视自己的形象，管好嘴和腿，绝对不给自己和单位抹黑。

能做好此三点，当可以坦然地说：我尽力了，无悔无愧。

2013 年 7 月 31 日 星期二　　　西藏，我来了

早上 6 点，告别妻儿、父母，在人事司干部处副处长林超和王为的陪同下，赶赴首都国际机场专机楼。中组部和人社部为援藏和援青干部组织了包机，分别直飞拉萨和西宁。

满眼是送行的鲜花、拥抱、留影，直到此刻才令人真正体会到了离别的心情。在候机楼，一位年轻妈妈和父母怀抱着两个三岁左右的双胞胎，依依不舍送别一位年轻的援藏干部（后来才知道是商务部的杨国良兄弟，他在

2016 年援藏期满后又继续援藏三年），看着孩子灿烂如花的笑容，和送行家人难舍的目光，不由得我的眼睛潮湿了。人间离合、两地天涯，三四百名援藏、援青干部牵动着多少家庭啊。

一声呼啸，波音 747 直冲蓝天。飞行途中，中组部部务委员、一局邓局长来到援藏干部机舱中，和大家亲切交流。开始以为人家不过是走走过场，履行一下职责，未曾想到，从机首到机尾，230 名挂职干部，他竟一一询问攀谈，"你原来在哪个单位"、"在西藏什么地方挂职"、"有什么想法"……都说中组部领导位高权重，但邓局长扎实亲民的作风令人钦佩，值得学习。

下午 1 点，飞机抵达贡嘎机场。没有鲜花，没有掌声，没有欢迎的人群和乐队，但一束束洁白的哈达，足以代表西藏人民的热情，也充分体现了中央八项规定的要求。

西藏，我来了，不管此后的三年意味着什么，我都和你相偎在一起，融合在一起，像热爱自己的家乡一样热爱这片高原热土。

2013 年 8 月 1 日 星期三　　毕竟是高原啊

七八月的拉萨，应该是西藏最好的季节。湛蓝的天空、洁白的云朵，青青的绿草，茂密的树林。

但是，到宾馆后，还是有些晕沉沉的。下午西藏局的小尚、小欧和卓玛三位老朋友来看我，老友重逢让高原反应减轻了不少。但随后回复了十几条短信后，眼睛竟然酸涩难忍，看来高原还是高原啊。

沉睡了不知多少时间，醒了，一看表，才夜里 12 点半，为了尽快度过高原反应期，埋头继续苦睡。又不知过了多久，再次醒来，却才凌晨 3 点多，心脏跳得厉害，赶快吃了几粒速效救心丸。躺在床上，久久难以入睡。

索性披衣起来，打开电脑，写点东西吧。

眼睛酸涩，不敢看电视，于是打开收音机，中国之声，实在难得，在世界屋脊的凌晨，居然听得如此清晰、亲切。收音机里传来那首熟悉的《烛光里的妈妈》：妈妈，我想对您说，话到嘴边又咽下；妈妈我想对您笑，眼里却点点泪花……

歌曲未完，自己已是泪流满面。三年的挂职，给年迈的父母增添多少劳累啊。援藏是响应国家政策，但从小家的角度，自己却是自私的：欠家人的太多了。

无以回报，唯有自己身体安全、事业安全，三年后平安回到他们身边，才是对他们最好的报答。

2013 年 8 月 1 日 **星期三** # 见到了新同事

下午，西藏局金美多吉副局长、政工人事处罗布副处长和办公室罗丹副主任代表局里来看望我们几个援藏干部，带着鲜花和哈达，让我们三人再次感受到组织的温暖。

在晚上举行的欢送第六批援藏干部并欢迎第七批援藏干部活动上，第六批援藏干部吕松山讲得很动情，他说，大家要记着不管走了多远，都不要忘了来时的路。我的理解，应该是要保重身体之意吧。而且他和杨照的意见，都是要买一个制氧机，没事时就吸吸氧，这是他们的高原生活经验之道。

不管怎样，我已经见到了未来三年的新同事，不管未来如何，自己都以一颗诚恳之心去面对。

无疑，松山在西藏的三年是颇有成绩的：带队赴总局协调西藏台播放广告问题；带队赴山东广播电视台邀请播音员主持人援藏；在海拔 4700 多米的那曲蹲点下乡等等。

要多向他学习取经。

2013 年 8 月 4 日 **星期日** # 又在半夜醒来

做了一个梦，梦中，好像妈妈与人因为琐事而发生了纠纷，在冲突中，我猛然醒来。一看表，凌晨 3 点多。

此时的窗外，黑漆漆一片，昨夜布达拉宫旁边的喧闹，早已不知何处，想披衣出去，却胆怯寒彻的夜空。此时，又感到几分胸闷和微微的背部不适，转身吃了几粒速效救心丸。

辗转反侧，三年啊，何时才能熬过去！实在睡不着觉，索性披衣起来。打开电视机，打开电脑，打开房间所有的灯光，也许，满屋的柔和灯光会驱走心中的烦躁。

因为宿舍还没有腾出来，昨天从西藏大厦搬到了单位附近的红山宾馆，离单位仅一墙之隔。在政工人事处罗布副处长和办公室罗丹副主任的带领下，到局里走了一圈，看到了很多熟悉的面孔，未来三年，我们将并肩战斗。

我爱你，新同事！

2013年8月4日 星期日　送别援藏前辈

清晨7点半，区广电局在拉萨的全体班子成员和各处处长在局办公楼门前欢送第六批援藏干部吕松山副局长。一束束洁白的哈达，一声声真诚的道别，一次次紧紧的握手，松山的眼睛湿润了。

在去往机场的路上，松山默默无语，在这里有三年难忘的时光，相信他的内心是复杂的。从与他的交流中，分明感受到，三年来，他承受了不少压力和困难，正如他所言：这1000多天是一天一天的熬过来的。

穿过雄伟的布达拉宫广场，穿过宽阔的拉萨河，穿过雄伟的群山峻岭，松山离北京越来越近了。看得出来他放松的心情。能平安回到北京，能在西藏取得辉煌的成绩，松山应该是交了一份满意的答卷。

而我，要在这里继续战斗三年。

三年，不知对自己来说意味着什么，是艰辛？是痛苦？是无奈？是不安？是无助？还是别的？我不知道。

但是，既然来了，就义无反顾地坚持下去。用自己的真诚去迎接珍贵的三年。

2013年8月4日 星期日　参观发射台

下午，我们一行三人应邀到无线局某发射台进行了参观。

此前曾经去过两回该台，作为无线局海拔最高的台站，每次的参观和学习都给我留下了深刻的印象。

台长刘林和副台长张德明热情接待了我们，带领我们参观了甲机房、乙机房、丙机房和中控机房，看到高耸的中短波天线阵，如天降雄兵镇守雪域高原，令人很是振奋。

各个机房、天线场区、生活区……每次来都有新的收获。中波天线的发射原理，短波天线的发射方式等等，每一次来都有新的收获。

在一排排发射机面前，不禁感慨：广播电视是一个何其庞大的业务链条，人们可能在欣赏精彩纷呈的广播电视节目的时候，并不知道有这许多幕后的无名英雄，在默默无闻、任劳任怨地支撑着发射传输体系。路漫漫其修远兮，越深入了解，越深深地感到广播影视事业何其不容易。很少有人知道他们的无私奉献，很少有人知道他们要常年承受着大功率的电磁辐射，很少有人知道他们深处高原条件艰苦、工作单调乏味，向他们致敬！向幕后无名英雄们致敬！

在雪山之巅，祈福广电事业蒸蒸日上，苟日新、日日新！

与此同时，我们更要深刻思考的是：

在信息化、网络化快速发展的今天，未来无线广播发展，路在何方？

2013 年 8 月 6 日 星期二　　　　　　　　　**雪 顿 节**

今天继续休整。

早上 7 时许，和几位朋友赶赴哲蚌寺，那里正在举办每年一度的雪顿节活动。

令我没有想到的是，在拉萨如此早的清晨，相当于内地的清晨 5 点，去往哲蚌寺的路上已经是人群熙攘了。很快，我们加入了熙熙攘攘的人群。哲蚌寺的展佛活动是藏族群众每年一度的重大节日，朝拜的人们身着节日盛装，老人、孩子、男子、女人，人群中有黝黑的皮肤，也有外国友人的身影，有头戴红色饰品的藏族同胞，也有满眼新奇的内地游客。大家都兴致勃勃，朝着一个共同的方向健步而行。

步行约 40 多分钟，就到了哲蚌寺，更没有想到的是，虽然已经到了山门，但是漫漫长路才刚刚开始。人群越聚越多，绵绵无尽，如一条彩色的长龙伸延到远方。考虑到朝拜的人太多，为安全起见，活动举办方将路线延长，但尽管如此，在山谷里、在山坡上、在丛林中，仍然遍地人群。很多藏族群众不顾武警官兵的拦阻，顺着陡峭的山脊虔诚地向前涌去。

尽管自己的身材在人群中并不算矮，也不算瘦小，但仍然被人群冲的跌跌撞撞，难以立足。更令人担忧的是那些怀抱幼儿的妇女和老人们，一旦人群失控，后果将不堪设想。我终于体会到了穆斯林兄弟在麦加朝圣的几分滋味。宗教信仰，何其壮哉！

终于见到了佛像唐卡。长宽约几十米，释迦牟尼佛祖金光闪闪，慧目神眸，在寺庙一侧的山坡上，巍然接受着朝拜者的虔诚膜拜。这面巨大的唐卡，每年的雪顿节才会展现一次，展现的时间从清晨到下午，因此，藏族群众非常珍视这难得的机会。人们相信，当清晨的第一缕阳光穿透云层照耀在唐卡与佛祖明眸相汇的那一刻，幸福将如期降临。

下山了，随着熙熙攘攘的人群，更没有想到的是，迎面而来的是更加浩浩荡荡的朝拜人群，如同两条蜿蜒的长龙，盘踞在哲蚌寺的周围。此情此景，似乎在小时候看人们瞻仰毛主席故居的照片上才会有。

虽然累得一塌糊涂，虽然满面尘灰，但是能亲历这难得盛大的活动，也是值得的。

2013 年 8 月 7 日 星期三 布达拉宫下的宿舍

昨天下午，在我们去哲蚌寺的时候，局里同志已帮助我和老蔡把行李从红山宾馆搬到了局里的宿舍。

宿舍在局里，与办公区很近，更有意思的是，离布达拉宫居然近在咫尺。这是一个一室一厅的房子，面积大约 40 多平米。虽然不大，但是布置得很温馨。松山住的时候还布置了几盆花草，使小屋更显生机。

更令我感动的是，房间里高压锅、炒锅、碗筷、刀具、盆盘以及床上用品一应俱全。屋子打扫得很干净，并摆放了水果和氧气机。大家不远千里来到这里，其实一句温暖的话、一个温暖的举动、一个关心的呵护，都足以令我们热泪盈眶。

可能是白天实在是太累了，很早就入睡了，可不到凌晨 5 点又醒了，头疼得厉害，索性起床喝点水、吃了几片高原安。睡不着了，干脆收拾一下行李吧。昨天累得不行，行李都没有打开。

窗外夜色深沉，漫漫长夜，漫漫三年……

2013 年 8 月 7 日 星期三

没有想到如此难受

来过西藏两次了，这次却是最难受的一次。

昨天晚上屡屡被头痛疼醒，凌晨 5 点实在难忍便起来收拾屋子。

对西藏的残酷有所准备，也有所经历，但是对自己身体条件的不适却是预料不足。入藏才 7 天，况且是西藏最好的季节，竟然久久不能过关，真不知三年能否抗下来。

有同学说，你有啥高兴开心的事也挂出来大家分享啊，比如美丽的藏区令人神往啊。我说，是啊，山美水美云美如画，就是头晕脚晕心晕如醉。在内地的人没到过西藏的人，很难想象这里的残酷和美丽并存。

上午与老蔡和老姚在龙王潭公园走了走。龙王潭公园坐落在布达拉宫身后，又称宗角禄康公园，据传建于六世达赖仓央嘉措时期，公园内湖光粼粼，布达拉宫雄伟的倒影掩映其中，吸引了不少摄影爱好者。

走了一会儿，便觉腿软腰酸，寻一处兰州拉面馆饱餐一顿，再次穿越布达拉宫广场（这几日每天都要几度穿越），烈日狂晒，脸上发烫发疼，感受到了高原紫外线的厉害！

2013 年 8 月 8 日 星期四

第一次座谈

晚上，第七批援藏干部总领队王奉朝同志召集部分援藏干部座谈。

看得出来，大家的状态还都可以，据说在中央部门和中央企业援藏干部中除了一人因身体不适准备回去外，其他人的状态还都可以。

座谈后有三个体会：

其一，每个人都是抱着一颗干事业的心来援藏的，三年虽然并不长，但毕竟是生命中宝贵的一段，抛家舍业的，不远万里来到世界屋脊，要实实在在做点什么。

其二，要积极融入这个大家庭，从中感受正能量。在 200 多名援藏干部中，很多人都年纪轻轻，朝气蓬勃，和他们在一起，你会感受到青春的活力，感受到生命如此可贵，如此值得去珍惜，如此绚烂如花。

其三，自己要担负起照顾同来的几个援友的职责，都是患难兄弟，要多关心和爱护他们。

2013 年 8 月 9 日 星 期 五　　　　　　　　## 梦中醒来

被梦中情景所惊醒，醒后的感觉是孤寂和无助。窗外已经放亮，看看表，7 点多了，还好，这次睡得还行，只是梦中故事却令自己久久难平。

梦中，几个朋友在一起打牌，好像有杨虎、老邹和老谷几人，打的是拱猪，这当然是自己的强项，然而，几番下来，因为什么些许原因，我竟然与几人争执起来，将牌和有关资料扔进了火炉。梦境真是无所不能，哪里来的火炉啊。孰料，资料中竟然有不少我的资料，好像有房产的材料、个人的信息等等，更有甚者，老谷竟然推波助澜，将资料深推火中，使资料更加难以恢复。自然，我们争执了起来。悲愤之情，从心浮起，于是惊醒。想来，是怀念远方的兄弟们了⋯⋯

起床，洗漱，打开电视，这是每天的习惯动作。

40 岁又开始了单身生活，还真有些不习惯，一切仿如梦境一般，从五月份开始到现在，已经近三个月的时间了，一切都是那么难以预料和形容，不知自己能否适应这里的工作，不知自己能否胜任这里的工作，不知自己在这里会遇到什么样的困难，不知自己⋯⋯

援藏啊，该如何形容你呢？

2013 年 8 月 9 日 星 期 五　　　　　　　　## 拉萨夜色美

傍晚时分是拉萨最美的时候。太阳西斜，像娇羞的新娘，不再如正午时分的火辣辣。美丽雄伟的布达拉宫在夕阳的映衬下，威严无比，傲视着万千民众的顶礼膜拜。在蔚蓝天空的笼罩下，红的庄严，白的肃穆，如神话世界的城堡一般。每每看到这里，你不由得不佩服古时先人们的超人智慧。

夜幕降临，华灯初上，布达拉宫的广场上人头攒动，在汉白玉的西藏和平解放纪念碑前，人们在五彩的音乐喷泉伴奏下跳起了奔放的锅庄舞。更多的人纷纷举起手中的相机、手机、IPAD 等，向着一个共同的方向，那里，就是迷人的布达拉宫。

夜空如淡蓝的宣纸，层层暗雾如随心的泼墨，信手涂洒在宣纸上，虽是淡淡暗蓝，却是别有风味。远山如黛，一改白天的巍峨雄伟，如少女般静然悄立。就在这万千水墨的山水画间，一座红白相衬、流光溢彩的巍巍城堡腾空而现，白宫何其耀眼，红宫何其威严，如一座仙境城池漂浮在夜空，巍巍无语，傲立千年，雄视这天下沧桑巨变，人间悲欢离合，难怪人们面对着她长跪不起，难怪千百万人向往着她，难怪这里成为人间圣地。

不由得想起了那首《拉萨夜色美》：

我爱拉萨夜色美

灯光五彩缤纷

拉萨的夜色多么美

多么美

比那天堂还要美

还要美

河水轻轻流哟

风儿轻轻地吹

相爱的情人多甜蜜

多甜蜜

啊……

2013 年 8 月 11 日 星期日　西藏广播影视存在的问题和思考

闲着没事，利用手头的统计数据，把西藏的有关情况梳理了一下。

一、存在的主要问题

1. 广播电视覆盖率比全国平均水平低

根据统计数据，2012 年，西藏的广播电视人口综合覆盖率分别为 93.38％和 94.51％，比全国平均水平 97.5％和 98.2％低 4 个百分点。目前仍然有 3.68 万户拟新通电的广播电视盲户。特别是地市级广播电视节目的覆盖率还不高。

2. 广播影视收入在全国排名靠后

2012 年，全国广播影视收入 3269 亿，西藏只有 7.2 亿，在 31 个省份中排名最后。

3. 广播电视译制制作能力偏低

虽然近年来国家不断加大译制制作能力的投入，近期安排西藏译制制作能力建设经费 1.8 亿，但是译制制作能力特别是地市级和县级译制制作能力还有待提高。全区广播电视节目制作时间只有 3.8 万小时。约占全国的千分之三。

4. 有线电视数字化率还不高

2012 年，全区有线电视用户 18.59 万户，其中：数字电视用户 6.8 万户，占有线电视用户的三分之一，全国为三分之二。

二、有关思路

1. 紧紧抓住重大规划和重点工程方案编制的契机

当前，我们国家的财政和计划投资管理越来越规范，要抓住一些重大规划和重点工程方案编制的契机，认真理解和把握国家政策，合理编制本地区方案和规划，加强与中央有关部门的沟通，积极争取将有关项目纳入国家重点规划和工程。比如，当前，总局正在组织力量编制广播电视户户通规划和加强藏区广播电视传输覆盖建设规划，要抓住这个契机，争取把我们自治区广播影视亟待解决的突出问题纳入建设规划。

2. 紧紧把握国家有关政策和项目信息

及时了解国家有关财政政策，对于我们争取资金、争取项目具有积极的帮助作用。比如：从财政政策层面，目前国家有文体传媒专项资金，有文化产业发展专项资金；从总局层面，有应急广播专项、村村响专项、户户通专项、电影发展专项资金、电影精品专项资金、科技创新专项资金、人才培养专项资金等。

3. 紧紧把握对口支援有关政策和项目

主动与对口支援省市沟通，推动总局尽快召开对口支援工作会议（上次是 1996 年召开的），积极争取 17 个对口支援省市的投入力度和项目，建立对口援助工作机制。

2013 年 8 月 13 日 星期二　　　　第一天上班

今天终于上班了。

可能是有些心急，没有等得及人事处的安排，就自行前往书记、局长处报到。一打听，德吉书记在，韩局下乡了。

德吉书记很热情。她对我的到来表示欢迎，然后讲了她的一些主要经历，在谈到去基层蹲点的时候，她主动讲了她在日喀则地区蹲点的有关经历和体会。看得出，这是一个有思想、能力强的藏族女干部。

在书记处一直谈了一个半小时。

由于找她的人实在太多，我便退出来，以后再找机会细谈吧。

西藏还是西藏，虽然只是一个半小时，缺氧却让我头晕眼花，中午回到房间，睡了一会儿才感觉好一些。

第一天上班，感觉还是有点累，主要是高原的关系。晚上陆续接到老邹、虎子、晨辉、刘勇、剑锋和宝山、孙致芳等人的问候电话和短信，倍感亲切。

这是人类社会普普通通的一天，但对我来说，却是有意义的一天，从这一天开始，援藏工作拉开了序幕，在西藏辽阔的天空下，又一个援藏干部在新的岗位开始了新的征程。

2013 年 8 月 14 日 星期三　又见几位老朋友

其实，来到西藏广电局自己并不陌生，首先，几位厅领导，韩局、金局、刘局、张局都是熟悉的。处室中，财务处不用说了，由于工作的关系，多少年的交往了；传媒处处长巴桑，是财务处的老前辈了；办公室的达瓦乔，也是原来财务处的领导……

巴桑明显瘦多了，据说是糖尿病的关系，如果不是看到传媒处的牌子，自己也几乎不敢认他了；达瓦乔，还是那个样子，憨憨的，朴实厚道。从他那打听到了老处长的消息，非常可惜，他因受贿银铛入狱。遥想当年，他是何等的意气风发啊，可惜啊，如今身陷囹圄，失去了自由。

分明记得，在总局挂职时，他谦虚好学，热情豪爽，与各处的同事处得很熟；陪领导来西藏出差时，同事生病住院，他的殷殷关切至今仍历历在目。可惜的是，常在河边走的他，终于把鞋湿了……

看来，任何事情，任何行业，任何职业，都要清楚自己的底线和红线，知道什么是千万不能碰的，否则，谁也挽救不了你。真正能拯救自己的只有自己，自己是自己的救世主！

第一次参加局里的会议

2013 年 8 月 15 日 星期四

下午 3 点 40 分，参加了局里的群众路线会议，邀请部分直属单位对局领导班子进行评价和提意见。德吉书记在开会时介绍了我的一些情况，尴尬的是，此时我的手机却不应景地响起，赶紧关掉了。

其实，在座的很多同事我已经或者早已认识，有的甚至已经相识十几年了。还有无线局和监管中心所属台站的总局同事。

下午，学习了局里印发的群众路线学习教育方案，一个感受：写得真好！如果每一个领导干部能够按照这个方案去工作，去学习，去生活，去待人接物，那何愁与群众脱离甚远呢！我们的口号、我们的目标、我们的要求、我们的宣传何其好，但是与之相匹配的制度建设却似乎走得慢了点。

在见面会上的发言

2013 年 8 月 16 日 星期日

非常荣幸能够成为西藏广电局的一员，能到高原工作、到西藏局工作我很幸运，此前因为工作的关系来过几次，在座的有很多老朋友，甚至十几年的老朋友。这几天，局领导专程去宾馆慰问我们一行，并举行了欢送第六批援藏干部和欢迎第七援藏干部活动，这些天来，在生活方面也给予我们精心的安排和照顾，使我们初上高原便倍感家的温暖。借这个机会，我也表个态：

第一，扎根高原，扎实工作。

要在西藏做好事，先要做好西藏人。我非常荣幸能够成为一名西藏人，成为西藏广播影视事业的一分子。俞正声主席说过，西藏工作事关党和国家工作全局，重视西藏工作就是重视全局工作，支持西藏工作就是支持全局工作。我坚决响应中央的号召和要求，珍惜三年的工作和学习的机会，学习和弘扬老西藏精神，服从局党委的工作安排，勤勉工作，少说多做，发挥自身的优势，做好总局和区局的桥梁和纽带作用。

第二，诚恳取经，虚心学习。

虽然我也在广电系统工作了近 20 年，但是自身的知识结构、能力素质等方面还很欠缺。尤其是对西藏广播影视情况，了解的还很不够。西藏有特殊的区情、社情和民情，有特殊的工作规律和工作方法，这方面以后要多向在座的各位领导和同事学习取经，多深入基层学习。我做得不好、不到位的地方，也真诚地欢迎大家多提出宝贵意见。

第三，严格自律，严守纪律。

按照中央的要求，照镜子、正衣冠、洗洗澡、治治病。要主动加强党性修养，改正不足。同时，也要严守政治纪律和民族宗教政策，像爱护自己的眼睛一样，爱护民族团结，尊重民族宗教文化。

2013 年 8 月 17 日　星期六

必须学会自我管理

40 岁了，又开始了宿舍生活。对自己的各个方面都是一个挑战。毕竟家庭生活已经伴随自己近二十年了，如今一下子变成了一个人，得自己去应付做饭、生活等等，一下子还真有些发蒙，但正如同学永成所言，这也许是一件好事。因为，少了一些生活上的羁绊，多了很多宝贵的时间，可以充分利用好这三年，好好地做一些事情。

要长歌当舞，尽情挥洒自己的想法，去大胆地争取和创造，当自己三年后离开的时候，则可以微笑地说：西藏，我来过，我努力了，我无怨无悔！

2013 年 8 月 18 日　星期日

一名援藏干部离开了……

从网上传来噩耗，上海市 455 医院心胸外科主治医师周宜勇日前在援藏途中遭遇车祸，不幸身亡。15 日晚，他的骨灰由家人、同事护送回沪。

据周宜勇的同事介绍，年仅 35 岁的周宜勇是今年 7 月作为医院优秀青年骨干，参加总部下达的对口援藏任务的，他援藏工作的单位是昌都地区八宿县人民医院。进藏之后，他克服高原反应迅速投入工作，1 个月内成功诊治患者超过 1000 例。8 月 10 日，周宜勇与当地医院同行下乡去然乌镇巴布村、来古村、亚卡村巡诊。在巴布村，他们还遇到一名呼吸困难、发热、神志恍惚的中年妇女。他迅速判断为感染性休克伴电解质紊乱，经过 4 个多小时抢救，将她救了回来。返回县城途中突降暴雨，医疗队一行遭遇严重车祸。周宜勇头部受伤，由于伤势过重，加之自然条件恶劣、医疗条件有限、交通不畅，经抢救无效死亡。另一名伤势较重的援藏医生颈椎骨折，所幸经治疗后已恢复知觉。

从七月份来，到八月份永远地离开了这个世界，周宜勇在青藏高原战斗了一个月。家人还在殷殷期待他的电话、问候和返归，然而，高原无情，将一个年轻的生命永远地留在了这里。这是我们第七批援藏干部中首位牺牲的兄弟。

看着网上纷纷怀念悼念的帖子，内心无比沉重地向这位未曾谋面的兄弟致哀，愿你天堂一路走好！

每批援藏干部中，都有人将身躯永远地埋在了这片热土中，但没有想到，才仅仅一个月，这位兄弟便将年轻的生命奉献给了高原。悠悠苍天，何薄干斯？衷心祝愿其他在藏的兄弟姐妹，一定要多保重，安全第一，平安为上。

2013 年 8 月 19 日 星期一　　难忘党校生活

在西藏，有一位党校同学张德明。在来藏的第四天便受到了热情邀请，见到同学，自然格外亲切。

今天，见到了第一位来藏的党校同学，中央台驻海南记者站的许云副站长。许云还是那么开朗，在她的身上，似乎很难见到海南岛上的纤弱女子的印迹，倒是有几分东北人的豪放。

有朋自远方来不亦乐乎！不由得想起了三个月的党校生活。

我们这个班有 48 名同学，除了总局机关、直属单位还有几位来自地方的学员。在班长甘和平大姐的带动下，大家在一起非常和谐融洽，学习之余充满了欢乐和笑声。

难忘党校的美丽校园。记得开学后不久就是十月，那时的北京，温气未退，阳光清亮，百草待消，金菊怒放，然而在顺苑，却另有一番景色。清晨，推开窗子，迎接一夜的礼物是飒飒的秋风，携卷着一股淡淡的清香，扑面而来，那柳叶间清澈的湖水，那刚刚露头、飘落在白杨枝头的晨曦，那欢唱在林间快乐的杜鹃，让你已经无法抗拒地迅速穿上衣服，投入到大地的怀抱。结束了一个上午的课程，让耳畔的经典和现实在午后的阳光的亲吻下，稍稍沉寂，秋日的暖阳温柔而不失娇媚，女士们也无须涂抹防晒霜，让即将进入全副武装保护的皮肤，尽情地与她共舞。这个时候的顺苑是一天中最为热闹的时刻，惹得池中美丽的金鱼，草丛里蹒跚的白鹅，远处笼中魁梧的藏獒，用或飘逸的身影或婀娜的身姿或一两声朗朗的犬吠，来与大家一起分享这美好的时光。黄昏来了，阳光日渐西沉，却是顺苑最美的一瞬。那金色的银杏，在霞光里是一片菊海，黄的是那样的纯净，在干净挺拔的树干的映衬下，几分清远，几分孤傲。那高大的白杨，用雄壮的身躯托起一片绿荫，几分成熟，几分宁静。那苍苍的松柏，四季本色，无论寒来暑往，笑对沧海桑田，几分凝重，几分淡然。湖边的小草，虽不知名，却百花绽放，在那肃杀的冬日来临的前夜，仍然用微笑挽住斜阳。月上高楼，银光四溢，夜晚无疑是最为宁静的，走在顺苑的小路上，没有路灯，也听不见蝉鸣，你会有一种淡淡的寒意。20公里外，是一个喧嚣的世界，五彩缤纷，而这里，暮色沉沉，悄无声息。合着湖面清冷的气息，看着垂柳盈盈的剪影，聆听着脚下发出的沉沉的足音，自然地，你会更加依恋这里。

难忘《党校好声音》主题联欢会。总局工会潘主席、培训中心冀燕伟副主任、王瑾老师和艺术团纪团长参加了我们的活动。没有想到，48人的集体中群星灿烂，竟然涌现出如此之多的歌星：张玉华的京派京味，内贾德的西域风情，赵玉德的深情反串，李红纳的草原真情……感慨之际拙劣填词一首：

《清平乐》
——40 期学员《党校好声音》联欢会有感

朗月清溢，
顺苑寻音迹。
四十学员歌一堂，
子期伯牙堪忆。

导师谆谆教诲，
漫曲悠悠青蓝。
莫道春来无语，
庭院花开惊绽。

难忘第一次出书。党校期间，利用业余时间，自己完成了拙作《广播影视财务管理研究》。尽管内容还很显稚嫩，尽管还有很多的想法没有写进书里，尽管书的结构和内容还很不尽如人意，尽管时间的关系，一些想说该说的话还没有说完，但毕竟，这是自己的处女作，只是一个开始。在写作的过程，饱尝了艰辛，无数个夜晚，自己是在办公室里苦苦查找着资料，无数个周末，自己没有和家人待在一起，思考的仍是书稿，在党校学习的几个月里，几乎所有的业余时间，都是在电脑前奋笔疾书。在写作的后期，自己的眼睛感染发炎，面对电脑时的阵阵刺痛让自己几近无法坚持下去，但内心的焦虑和写作的冲动又让自己欲罢不能，那种煎熬是痛苦的。但是，在即将收笔之际的快乐也是难以形容的，面对着沉甸甸的书稿，内心是充实的。虽然牺牲了不少放松和娱乐的时间，但是收获很大。

难忘海南调研行。在红色娘子军纪念园，面对80年前的无情烽火，面对简陋的武器装备，面对破旧的衣服草鞋，面对艰苦卓绝的斗争环境，大家陷入了深深的沉思。在海南天堂般的美景中，我们始终在深思，昔日默默无闻的小渔村，古来官员被贬谪居的天涯海角，何以成为闻名海内外的博鳌论坛所在地？何以成为人人向往的国际旅游岛？经过调研，我们的理解是："思路决定出路，改革促进发展"。在调研工作汇报时，一曲《清平乐》虽然难以概括我们海南考察的全部，但或许能反映了我们当时的些许心情。

> 巃苍千翠，
> 椰影叠花醉。
> 天涯秋水飘蟾桂，
> 雨打烟波云碎。
>
> 娘子军前沉首。
> 五指山下飞流。
> 悠悠江龙无语，
> 依依小鹿回头。

（江龙：就是葛优与舒淇在影片《非诚勿扰》中漫步徜徉的过江龙索桥。小鹿：指鹿回头的美丽传说。）

难忘毕业时的依依不舍。毕业季，大雪纷飞，浓郁的离别气氛在党校蔓延。鼓足勇气，把自己出书的快乐与大家分享，在给每个人的扉页上都写下了自己的祝福和心愿。毕业典礼上，甘和平书记在发言中几次哽咽，让很多人潸然泪下，浓浓的离别愁绪笼罩整个教室。吃饭时，毛毛难以抑制的泪水，让很多同学顿时难以自控。雪很大，天犹寒，惜党校行将结束，同学即各奔东西，悲意萦怀，遣诗愁绪。

云天漫际花无亘，

鹅毛飞柳雪有痕。

莫道严冬挥手去，

秋山重逢酒再温。

至今想来，三个月的朝夕相处，结成情意深重的兄弟姐妹，90 天的党校生活是我们一生永远珍藏的宝贵财富。

2013 年 8 月 20 日 星期二

孙大姐来电

上午，接到了中国电影资料馆孙向辉馆长的电话。

她是一位老援友了，早在 1995 年第一批援藏的干部名单中就有她的名字。

她给我讲述了 20 年前的援藏主要经历，虽然二十载悠悠过去，但仿佛当时的一幅幅惊心动魄的画面就浮现在眼前。

一、有几个关口比较难过。一是在初来藏区的两个月左右，这个时候已经度过了兴奋期，进入了平淡无奇的阶段，此时想家的感觉会非常浓厚，这个阶段比较难熬。二是生病时，在西藏生病要注意，即使是感冒发烧之类的小病，也不太容易恢复，此时要听从大夫的安排，但这个时候也是心理上难熬的时期。

二、要多与人交流。在西藏挂职，业余时间是充裕的，这个时候要学会与别人交流、沟通，这是情感的需要，也是健康的需要。在她挂职期间，曾有位援友因过于封闭自己而导致精神失常。

三、要学会调整自己。这既是对身体的一次调整，也是对心理上的一次理疗，每一次回到北京，内心的感觉会平静些、好受些，这对自己的身心健康很有帮助。

四、要适当吸氧。在每天睡觉前，要适当吸一下氧气，对于睡眠、对于心脏等会有很大的帮助，不要硬挺。这是她的切身感受。

衷心感谢孙大姐的倾心叮嘱，此时此刻的贴心关怀，令我在雪域高原备感温暖，好人一生平安，愿她心想事成，身体健康，平平安安。

2013 年 8 月 21 日 星期三　　　　主动申请调研

上周主要是学习文件、了解有关情况。

在看了若干文件和规定之后，主动找到书记，提出希望能够到局属各单位去调研一下。书记欣然应允，并立即通知办公室做好有关工作。

在办公室王磊的陪同下，从周一到今天，自己基本上走遍了局机关和在拉萨市的直属企事业单位。

周一：走访了科技处、中波处、实验处，后勤服务中心、节目传输中心（地球站）、影视节目制作中心、音像出版社、网络中心、电影公司等。

周二：培训中心、收听收看中心、拉萨中波台等

周三：电台、电视台等

以上共计 3 个处室和 13 个直属单位。

通过此次调研，虽然还是走马观花，不够十分深入，也没有召开座谈会，但感觉还是很有些收获的。

其一，对自治区广电局的有关情况有了进一步的了解，对其业务内容、工作范围、单位布局等有了初步的了解。虽然各单位规模不大，但是麻雀虽小、五脏俱全，在广播、电视、电影、传输、发射、监测、有线、出版、培训等各方面都有所兼顾，深入了解其一隅情况，则可观天下也。

其二，经济基础薄弱。无论是电台、电视台还是网络中心、节目传输中心以及出版等单位，最大的感受就是基础设施虽有改善但与内地其他省份差距较大，广播电台的广告收入竟然只有 100 多万元，电视台的财务模式不利于业务的开展，电影的市场化空间十分巨大，有线网络的数字化刚刚开展，双向化还难以实现，高清电视也没有起步，出版社和影视节目制作中心的办公条件简陋得可怜……应该说，这里可开展工作的空间十分巨大。

其三，有些问题值得关注。一是发射台的经费补助标准应该再斟酌一下，特别是 10 千瓦发射机的补助标准等；二是电影放映场次补贴的下达时间应该及时，目前是跨年下达。

这些将为自己的下一步工作带来有效的思考和着力点。

有些时候，走出去总比坐在办公室里冥思苦想要强得多。

通过调研，内心一些想法更清晰起来，也愈加沉重起来。

2013 年 8 月 23 日 星期五　　　　　　　　　　**让自己忙碌起来**

　　这些日子晚上睡觉时，总有种心悸的感觉，心率加快，呼吸不畅。

　　回想起上几次来西藏，可没有这种感觉啊。

　　分析了一下，可能主要是心理的作用。上几次，由于日程安排得很满，加上陪领导来的，紧张和充实是每天的主题，因此，无暇顾及其他，也就没有什么更多的反应了。这次由于心态放松了，因此，也就把精力自觉不自觉地放到了适应高原气候上了，各种不适应运而来。

　　因此，尝试着让自己更加充实起来，忙碌起来，从明天开始，一切要进入正轨。

2013 年 8 月 24 日 星期六　　　　　　　　　　**有感于薄熙来的审判**

　　这两天国内最为热点的新闻，莫过于济南中院对原中央政治局委员薄熙来的审判了。毕竟，这是新中国成立以来，特别是改革开放以来，继陈希同、陈良宇之后的又一位中央政治局委员的落马了。

　　自古云，刑不上大夫。因此，他的审判过程自然赢得全国人民的眼球。

　　可以肯定的是，媒体和舆论对于这次审判是给予了高度评价的，不论是法庭的秩序，还是审判的程序和气氛，都高度体现一个法制国度的文明审判，这既是对涉案各方的公平，也是对法律的公正。

　　浏览了审判的主要内容和过程，薄熙来还是未改从容的气度，从这一点来说，还算对得起红二代的身份，对得起作为曾经的中共中央领导集体一员的身份，也像一个爷们。

　　从被告人和证人的相关言论中，令人感到不安和悲哀。

　　不安的是，被告人和有关证人，尤其是王立军，其关系尤其是过去的关系，根本不是上下级关系或者是王立军所说的朋友关系，而是主仆关系。也正因为如此，王立军才会如此深入地介入了薄熙来的家庭生活，也正因为如此，薄熙来才会给了王立军，一个市委常委、公安局局长，一个副部级高级官员，一记响亮的耳光，因为，作为奴才，作为奴仆，你怎敢犯上，怎敢不时刻忠于主子?! 薄熙来会是最后一个因此落马的吗,王立军第二有无存在的可能?

令人悲哀的是,薄熙来此时此刻的心情一定是万千感受于一身,曾经恩爱的妻子,却是此时此刻出卖他的人,曾经高度信任的部下或者说奴仆,却是此时此刻出庭作证的人。是家庭的悲哀,是事业的悲哀,是做人的悲哀?

2013 年 8 月 25 日 星期日　　　　　　# 天下没有远方

来到西藏快一个月了。

估计小康已经从西宁赶回北京了。真羡慕她。

每当夜深人静的时候,想家的感觉越来越浓烈。

想念回家的那种随意,不用思考,就轻轻地走回到自己温暖又小小的家。

想念爸妈香喷喷的饭菜和喋喋的絮叨,在深夜醒来时,窗外是无边的寂静。

想念妻儿的相拥相抱,离家越久,越感觉亏欠他们越多,亏欠对他们的呵护和怜爱,这么多年,自己的精力大部分在单位,在工作。

窗外,布达拉宫灯火通明,在黑黝黝的夜空下,显得无比的神秘、伟岸、庄严,在昔日的岁月里,这里经历了怎样的血雨腥风,经历了怎样的孤独无助,经历了怎样的悲欢离合,经历了怎样的刻骨铭心,布宫无语,老树知然。

"天下没有远方,人间都是故乡",远方的亲人啊,愿雪域佛国的神灵保佑你们,健康平安,快乐永远!

2013 年 8 月 26 日 星期一　　　　　　# 分　工　了

终于,今天局党委正式进行了重新分工。

这也是我来到西藏 26 天后终于有了自己的分管工作。

一是分管科技处,二是协助局长分管规划财务处。

说实在的，能这样分工，其实是自己内心所期望的，因为，这两个处的工作，规财处是最为熟悉的，科技处则是最为陌生的。

尤其是科技处，承担着重要的安全播出和事业建设任务，责任大，压力大，不知能不能承担下来。但自己喜欢挑战，喜欢迎接新鲜事物。全力做好吧，努力不辜负局里的信任。

勇敢地面对一切吧，错误、正确、赞扬、反感、不安、不解、误解、委屈、失败、成功、掌声、鲜花……

白 干 了

2013 年 8 月 28 日 星期二

从 8 月 14 日开始，就一直筹划着调整一个项目预算方案，然而，由于种种原因，直到今天，28 号，已经半个月过去了，这个方案才终于出来。但是，下午接到财务司小卢的电话，已经来不及了，我的心一下子凉了。

半个月来的努力基本上付之东流了。

半个月来，我为了这件事付出了很多心血。

半个月来，我为了这件事牺牲了多少脑细胞。

感谢小卢，她已经为此尽力了。

顺势而为吧，在叹息中努力，在艰难中前行。

已经来西藏一个月了

2013 年 8 月 30 日 星期五

7 月 31 日，我们踏上了西藏的土地。

到今天，已经整整一个月了。

也就是说，时光已经过去了 3%。

这一个月是适应的一个月。身体由最初的不适应到如今基本适应了，由胸闷气喘睡不好觉，到现在基本上正常了。不容易。感谢辛勤耕耘、努力奋斗了一个月的心、肝、肺们，你们受苦了。

这一个月是充满不安和憧憬的一个月。对未来的憧憬和对未知的不安，让这一个月过得并不惬意。面对着一个个陌生的到来，面对着一个个崭新的领域，自己真的不知道未来意味着什么。

这是难忘的一个月。每到晚上寂静无人的时候，空静、缺氧、心悸等等万千感受一齐袭来。

这是不满意的一个月。一个月来，自己除了适应工作以外，其他似乎都没有什么进展，似乎都在原地踏步。

时光已经过去了 3%。在剩下的 97% 的岁月中，自己要想方设法只争朝夕了。当然，要在身体状况许可的情况下。

要适应这里的生活和工作，在这高高的地球之巅。

2013 年 8 月 31 日 星期六

夜的声音

布达拉宫旁的晚上
夜的声音是那样清晰
窗外的灯光
也好像是梦中的画
静静地贴在洁白的墙壁

远处广场上的声音
糅合在无边无形的雨滴中
带着千年万年的深情呼唤
伴我
久久，久久，终于沉入梦际

2013 年 9 月 14 日 星期六

驻村有感

9 月 5 日至 9 月 9 日，我们一行 6 人在昌都地区丁青县甘岩乡布堆村驻村。走访了吉吉和珠扎两位联系户，召开了工作组和村委会会议，看望了丁青村、协麦村、觉恩村、恩察村的驻村工作队，调研了当雄中波台、那曲中波台、那曲广电局、索县中波台、索县广电局等单位，一路行程 2000 多公里，历经那曲、昌都、林芝等地区，虽承受高原反应之痛，但所见所感令自己感慨良多。

一、民生仍有待改进。有的藏族同胞的生活环境之差、之苦，让自己始料未及。珠扎家中竟无一头牲畜，吉吉家中更是只有吉吉一个妇女和四个嗷嗷待哺的孩子，家中屋顶漏水，6 岁孩童竟仍不会说话，看后令人无语。整个村中，无水无电，电力全靠白天的太阳能支撑，饮水则全凭河中取水。

二、广播电视公共服务能力羸弱。村中未看到我们发放的直播卫星一体机，除了在村委会工作组。在两户农户家中，都是村村通设备，电视机也较为简陋。在珠扎家中，打开电视机，虽然有几十个频道，但是，老百姓爱看的也只是康巴藏语频道。地区和县级节目难以达到当地百姓家中。

三、经济援助与思想援助相合为宜。当地居民主要以虫草为生计，虽可收入一笔可观的资金，但不善于经营积累和投资，不知道扩大再生产，甚至是借钱高消费。因此，只是在资金上予以援助不能彻底解决该村的贫困，应该在思想上教化和影响当地居民善于致富、智慧生活，唯有如此，才能使当地居民致富形成良性循环机制。

2013 年 9 月 14 日 星期六

星夜兼程

正在昌都丁青县布堆村驻村之际，9 月 7 日，接到局长指示，尽快回京沟通广播电视覆盖项目。于是，晓行夜宿，经国道 317、318，过丁青县、类乌齐、八宿、波密、八一、工布江达、墨竹工卡，绕行怒江、雅鲁藏布江、翻越多座高山峻岭，于 9 月 11 日凌晨 1 点多，回到拉萨。

回想一路近 3000 公里的奔波，高入云端的泥泞山路，几度河中行驶的危急，雪夜横穿群山峻岭，落石塌陷的山间恐怖，可谓是危机四伏，我等能涉险度过，实在是万幸万幸！

回到北京后，自己不顾醉氧之痛，立即赶赴广电国际酒店，面见韩辉局长，并于次日参加了广科院的 CCBN 座谈会，当日下午，又赶回局里，挨个拜见了司里诸位司领导和各处室同事。虽分别两月余，非常亲切，大家问寒问暖，倍感温暖。

回 乡

10 月 1 日至 5 日，陪同父母、带着爱人孩子，回到了久别的故乡。

说是久别，其实去年自己也曾经回来过，只不过故乡对于一个游子来讲，离别一日如胜三秋罢了。

一路秋色宜人，路的两侧始终秋意盎然。火红的枫树、苍翠的杨柳、漫山的草儿，已是渐渐微黄，放眼望去，五彩斑斓，像彩色的锦缎，像漫野的山花。尤其是路两侧山崖上绽放的火红的爬山花（不知其名，只好自取），像朝霞一样染红了山石，车行两岸，犹如在画中行驶一般。

浸淫在秋色如画的诗意中，已然到了家乡赤峰。

在家几日，或是走访亲属，眼见昔日何等健硕的亲友，如今老迈苍苍，迈入了老年人的行列，令人不胜唏嘘，岁月啊，何其残酷无情，任你威武一方，任你叱咤风云，任你豪迈千丈，终将难逃岁月的轻折。

又见到了几位好友同学，依然是那样健谈，依然是那样放恣，依然是那样轻松，一壶浊酒，几碟小菜，座谈往事，或捧腹大笑，或沉思幽幽，不觉已是暮色西沉，唯愿时光倒流，重拾往日美好时光。

抽一空挡时间，又来到了清河路，旱河边，这是每次回乡必来的地方。这里是我挥霍童年、少年的所在。曾经的老屋、胡同已然不在，取而代之的是几座粉红色的楼房。穿行在钢筋水泥之间，凭感觉找到了昔日老屋的位置，徘徊之间，耳际仿佛又传来了奶奶唤孙儿悠长的声音，幽然飘荡在昔日胡同之间，渺渺于炊烟袅袅之际，奶奶何在，青山绿水，孙儿又来，欲寻都迷。旱河还是那样淡淡无声，只是河边杂草乱生，荒芜多了，若我辈当初，岂容众草杂乱。只是，旱河边的堤坝矮了，不知是自己长高了，还是后来的维修降低了，在堤坝的一侧的滨河公园，人们依旧在翩翩起舞，在一放喉咙，在轻抚琴音，这一切，和往日何其相似，然而，放眼望去，却难以寻找到熟悉的面容，不由得想起了王安石的那首千古名句：

> 四十年前此地，
> 父兄持我东西。
> 今日重回白首，
> 欲寻陈迹都迷。

2013 年 10 月 9 日 星期三　　　　回京小结

本次回京，走访各部门、司局，汇报有关情况，沟通有关意见，奔波忙碌，进展各异，有关情况如下：

1. 关于藏区广播电视事：联系国家发改委、统战部、总局财务司、科技司等。

2. 关于公共频道事：向田部长汇报，联系传媒司、科技司、财务司，难度较大，但也不是没有希望。

3. 关于县级影院改造事：联系电影局、资金会，因差距太大，难度颇大。

4. 关于科技和少儿频率事：联系传媒司，将给予支持。

5. 关于丁青县设备事：有所希望

2013 年 10 月 12 日 星期六　　　　回到拉萨

在京待了几日，终于又回来了。

踏上这片雪山热土，头顶蓝天白云曜日，感到是那样久违的亲切。回首京城的雾霾、堵车、忙碌，竟有几分轻松，暂时替代了离别的轻愁。

一路向西，降落贡嘎机场，再一路向南，奔往拉萨。沿途的树木已经涂满了秋色，金黄的叶子在高原阳光下熠熠生辉，映衬着远方皑皑的雪山，这才是青藏高原啊！

我曾经跟朋友说，来到西藏，很多人喜欢去林芝，那里有着江南般的山水，且海拔很低，令人神往。但是，那里很难代表西藏的雄浑伟岸，只有雪山、大河、镜湖，才方显高原本色。

布达拉宫广场上，人明显稀疏了很多，秋风一起，温度骤降，国旗下的武警战士已经身披大衣了。倒是天边那一抹彩云，亮亮的、柔柔的、嫩嫩的粉红，给人些许温暖。

夜幕降临，布达拉宫骤然闪亮在黑黑的暮色，红白分明，明暗分明，像一座仙境漂浮在夜空。广场上的音乐喷泉骤然而起，彩浪纷飞，一对新婚夫妇身着婚纱，脸上的幸福随音乐飘荡，多美啊，不由得也拍了一张发到了微信上，让朋友共享这种温馨吧。

高原好厉害啊

凌晨 3 点，被阵阵的头疼弄醒。像一只只蚯蚓在大脑中蠕动一般，嗓子干涩得难受，遂起来，喝水、开窗、吸氧，好个折腾。终于在 4 点左右迷迷糊糊睡去。

醒来已经是 8 点多了。暗暗骂道：好厉害的高原反应啊！老子已经在这里生活了两个多月了，竟然还如此折磨俺。每至如此才会深感三年援藏之不易啊。

于自己来说，到地方工作曾经是自己的理想，因此，来此地品鉴一个新天地，品尝一份新经历，品味人间苦辣酸甜，也是一种生命体验和财富吧。

在西藏工作生活的核心首先就是确保身体健康，不为高原缺氧压垮，只有这样才能更好地工作。但如何做到这一点，却并不容易。按照援友们交流的情况，至少应该努力做到以下几点：

1. 吃：按时就餐，每天吃一个苹果一个鸡蛋
2. 喝：每天喝枸杞＋菊花＋桑葚叶＋茶叶
3. 行：每天至少走 1 个小时，至微微出汗
4. 泡：每天坚持泡脚至少 20 分钟
5. 梳：每天坚持梳头 20 分钟
6. 睡：每天坚持 12 点前睡觉

披衣觉露滋

又是做了一夜的梦。

梦见同事，梦见儿子，梦见父母和家人。

醒来，窗外仍是黑漆漆的。看了看手机，7 点了。

在北京，此时已经开始忙碌起来，天色也应该放亮了。

睡不着了，索性起来了。虽然是十月中旬，但是，仍然感觉几分清冷，秋意正浓啊。

这两天，书记和局长分别给我讲了 8.4 万户户户通和数字电视问题。眼看已近年底，时不我待，自己要把担子挑起来。目前陶处长又面临退休，因

此，要倍加仔细和精心。

昨晚看电视，一台湾老兵讲述了 13 岁告别亲人只身到达台湾，42 年后才历尽千辛万苦又重新返回大陆的感人故事。那场硝烟弥漫的战争，让多少家庭妻离子散，悲欢离合啊。这就是历史，这就是战争。

晨起乱思，不胜了了。

2013 年 10 月 23 日 星期三　　第一次高原体检

上午 9 点半，来到西藏军区总医院，参加援藏干部统一体检。

B 超、抽血、X 光、内科、外科，一系列下来已经是 12 点了。

总的来说，尚无大碍。只是：

心脏三页瓣反流，闭合不严，大夫说，尽量不要在高原感冒；右肝上的血管瘤又变大了 2.3×2.7，需要定期检查；内脏燥热，需要多饮水；其他的还在等结果。

这就是高原，冷酷无情，用缺氧和高压来摧残你的内脏器官。

总结上午的体检，也有很大的收获，从各科医生那里，学到了以下高原"求生"之道：

1. 应该坚持锻炼，来到高原不能静养，锻炼时的底线是心率不超过：170－自己的年龄。

2. 可以喝藏红花＋枸杞，增强气血供给

3. 适当锻炼腰肌和背肌

4. 在高原尽量避免感冒

5. 多喝水

6. 睡前可以喝点蜂蜜或牛奶，以利睡眠

2013 年 10 月 24 日 星期四　　总局来人了

下午 5 时，政工人事处小刘电话说，总局来人了。

一见面，竟然是原集团出版事业部的郭良鹏。

他此行是来拉萨监考播音员主持人考试的。

总局同事来到，不管是什么单位部门，总是感觉几分亲近，毕竟是来自帝都故乡的，几番畅聊，开心异常。

晚上，妻子报来喜讯：孩子当上了中队长，真的非常兴奋。儿子不错，很争气。除此，还是语文课代表和计算机课代表呢。

比他爹强多了。我小学时候最多才是小队长。

为儿子点个赞！

第一次上课

2013 年 10 月 26 日 星 期 六

今天，来到了西藏大学，参加研究生课程学习。同行的还有李霁的父母，一对爱好学习的和蔼朴实老人，还有农业银行的老乡张景明。

课堂并不是很大，大约能容下 200 多号人。有十几个熟悉的面孔。十月份的教室已经凉意森森了，能坚持来上课，当属不易。

课程是西藏的文化。讲的主要是西藏的人文文化，姓氏、礼节、节日、婚姻等等，讲的还是很有意思的。

能在雪域高原继续学习，还是别有一番味道的。研究生班内容很广泛，从藏语言、藏族历史、文化到国际政治、经济等。人生无处不学习，这是一个伟大的时代，这是一个学习的时代。

教室内很冷，借着课余期间，大家站在暖洋洋的日头下，惬意地享受着日光浴，彼此漫谈着。很快上课铃又响起来，恋恋不舍地离开了温暖的"阳光房"，钻进了"冷冻室"。

一上午的课程很快就过去了，一上午的知识润泽也很快过去了，收获满满。

拉萨的阳光还是那样灿烂。

街头的人流还是那样熙熙攘攘。

第一次主持座谈会

2013 年 10 月 28 日 星 期 一

一早起来，天气就有些阴沉。到了上午，居然满天满地地飘起了雪花，不，应该说是砸下来雪花，据说有的地方竟然是冰雹。这才是十月份的天气啊。

为推进地市广播电视节目落地，局里决定让我主持召开该项目方案座谈会。时间定在下午5点，三层会议室。

参加会议的：科技处、规财处、宣管处、传媒处以及电台和电视台。

第一次坐在西藏广电局的会议室里主持会议，对有关情况还不是很了解，好在会议的内容早已内心捻熟，加上大家也很支持，总体还是很顺利。巴桑处长第一个发言，他讲解了方案的不足之处，接下来是电视台的陈主任、曹主任，电台的王台长、雍淙副处长等一一发言。

但是，让我没有想到的是，本来会议的主要议题是完善原来的建设方案，没想到两台都提出预算难以拿下来，令人啼笑皆非。没有想到竟然出现这种颠覆性的意见来。

这次会议也让自己进一步了解了地方情况的复杂性。

喜欢这样的陌生和挑战。

2013年10月28日 星期一　　今日不平静

今天是个不平静的日子。

上午短信给郭良鹏，祝愿返京途中一路顺利。没想到10点左右风云突变，天上突然荡下成千上万的天兵天将，鹅毛大雪劈头盖脸砸来，让人防不胜防。

果不其然，良鹏发来微信，飞机无法降落，临时迫降在成都机场。好事多磨，下雨天留客，短信安慰着良鹏。直至下午5点半，良鹏才登上返程飞机，晚点4个小时，也许还算幸运。

中午时分，看到一条网上新闻，北京一辆车从南池子拐向长安街人行道，一路横冲直撞撞向金水桥，车辆起火，车上三人全部身亡。此事事发蹊跷，个人估计可能是有恐怖分子作祟。天下幽幽，万事纷杂。

晚上，看到微信中，援友外事办小徐随同四辆车连夜从日喀则返回拉萨，车上还拉着三具遗体。看到这条消息，大家都愕然不已。什么情况，什么原因，发生了什么事。原来，由于雪天路滑，车辆超速，一车辆发生侧翻，车上三名游客不幸身亡。

看到这条消息，唏嘘不已，虽然是素不相识，但也是三条活生生的生命啊，是几个悲痛欲绝的家庭啊。

西藏啊，西藏，你无底深渊般的恶劣自然条件，为何不再宽容些啊，为何不再温柔些呢？

愿亡灵天堂走好！

拉萨的清晨

早上，被几声滴滴的手机提醒音吵醒，迷迷糊糊打开微信，原来是佳颖同学在高三六班微信群发来的微信。估计从事产科医生的她，又熬了一个通宵。感谢微信，感谢赵明，感谢那段青春青涩的岁月，让我们在历经浮华尘世仍然拥有无数美好的回忆。

窗外还是黑漆漆一片，静悄悄的。一看时间，5：40。

这个时间，在北京早已经沸沸扬扬、车水马龙了。然而在拉萨却正是人们酣眠的时候呢。屋内冷凄凄的，深秋的拉萨夜晚也是很难熬的。

在被窝里蜷缩了一阵子，索性披衣起来，拿起才买来的心爱的藏刀，摆弄了几下，还早，干脆出去走走吧。

真早啊，外面一片寂静，只有几名清洁工人在唰唰地清扫地上的落叶。正门仍然紧闭着，值班的保安正在酣然入睡。好在自己知道其中的机关，轻轻地打开门锁，拉开小门，再轻轻地锁上。拉萨的机关很有特点，一般都是办公区和居住区在一起，相对来说，住在里面还是很安全的。

来到了美丽的北京中路，这里可是相当于北京的长安街啊。夜空中，一轮弯钩亮亮地嵌在黑幽幽的苍穹，"晓月如钩"、"晓风残月"，古人何其聪慧啊，用尽了汉字的精华。哇，如此之多的群星啊，北斗、启明……那无数叫不上名字的星星，闪烁夜空，众星捧月，何其美哉。

沿着布达拉宫的西墙，一路走去。这里是转经的小路，墙边是一排长长的古铜色的转经筒，有的静静地等着，有的在或紧或慢地转着，发出吱吱的声音，毫无疑问，已经有更早的人们来到了这里。小路上很安静，几盏路灯发出微弱的光，照着前边几名虔诚的转经人。在幽暗的光线下，几名藏族老者一手持转经筒，一手抚动着佛珠，嘴中在轻声地念着"唵嘛呢叭咪吽"六字真言，还有的虽然没有拿着转经筒，但一边走一边轻轻转动着墙边的转经筒。这时，宫墙边一组转经筒旁的一盏小酥油灯吸引了我，酥油灯在玻璃罩里发出微弱的灯光，随着清晨的微风和转动的经筒一闪一闪的。这分明是早起的转经人供奉的啊。油灯虽小，诚心乃大。

此时的布达拉宫，依旧静穆肃立。只是几眼窗户中亮起了微弱的灯光。

这举世闻名的高原宫殿，这松赞干布和文成公主筑成的文化遗产，这五世达赖修缮的雄伟城堡，其中又演绎了多少悲欢离合、兴衰荣辱啊。如今，站在夜色茫茫的红山脚下，分明感受到了自身的渺小和卑微。

仰望苍穹，垂拜布宫，祈福家人平安健康幸福！祈福祖国繁荣昌盛雄起！

2013 年 10 月 31 日 星期四　参加第一次援藏干部领队座谈会

今天是我们第七批援藏干部来藏三个月了。

上午，在迎宾馆，召开了第七批援藏干部领队座谈会。参加这次座谈会的有 17 个援藏省的领队和十几个中央部委援藏组组长。

受组织部之邀，我在会上介绍了如何加强援藏 20 周年宣传工作。听了其他援藏干部的发言，发现人才济济啊。

尤其是央视的王跃华、人民日报社的吴冰以及浙江省领队李华，听着还是挺过瘾的。第一，敢说，第二，有思路，第三，有视角。

总的感觉，援藏真是不容易。和平时期，在西藏就是严酷的生死考验。那曲的援藏干部，身处海拔 4500 米以上的高原，寸木不生，很多人的血压已经高达 160－170，和他们比起来，我们算是幸福了。为了更好地做好援藏工作，一定要把身体保养好，对自己负责、对家人负责、对组织负责、对援藏负责。要关心和体贴几名同在拉萨的援友们，做到在西藏缺亲人不缺朋友，缺氧气不缺朝气。

奉朝副部长最后总结了三句话：融入西藏，深入群众，服务大局。高度概括了我们三年的工作行为宗旨。

如何做好对口援藏 20 周年座谈会宣传工作
2013 年 10 月 31 日 星期四

非常感谢区委组织部的精心安排，使大家有一个相互学习交流的好平台。按照崔处长指示，让我谈一谈如何做好对口援藏 20 周年座谈会宣传，说实话，宣传工作我是外行，这方面应该让跃华台长来讲，在座的可能很多也是专家。多年来我一直从事工程建设、规划、资金和财务管理，谈宣传的确有点赶鸭子上架。但既然领导要求了，我就硬着头皮谈一点自己的体会吧。

一、认真学习领会。按照我们国家的宣传管理惯例，一般来讲，各级宣传单位每年都会有宣传工作要点，重大活动开始前会出台相应的宣传要求。对口援藏 20 周年座谈会是我们国家一件大事，届时，中央、自治区和十七个援藏省份以及各相关部委都会有一个宣传工作方案。所以，到时我们要认真学习深刻领会中央的有关精神和要求。一是明确宣传的指导思想。比如，开展 20 周年座谈会宣传应该以学习宣传贯彻十八大精神为主线，围绕着 20 年来西藏的沧桑巨变，回首过去，展现当代，放眼未来。二是明确宣传的重点。比如宣传 20 年来对口援藏工作推动西藏经济、文化、社会建设取得的巨大成就，为开创西藏跨越式发展和长治久安新局面采取的新思路、新举措，各条战线展现的新风貌，取得的新进展、新成效、新经验。三是宣传报道安排。主要包括宣传工作的具体时间、内容和地点等等。四是工作要求。比如，要把握正确舆论导向，坚持团结稳定鼓劲，坚持三贴近、深化走转改；要加强宣传手段创新、理念创新和基层工作创新，增强宣传的时度效等。

二、注重多媒体与多方式相结合。我们可以充分借助于广播、电影、电视、报纸、刊物等传统媒体以及手机、互联网等新媒体。在宣传方式上，一是可以制作电视纪录片，反映 20 年来对口援藏的有关情况和主要成就；二是开展理论研讨会；三是出版相关画册；四是开展经济建设成就展等。这样可以从理论到实践、从平面到立体，全方面来反映对口援藏取得的辉煌成就和理论依据，效果会更加生动和鲜活。

三、注重内宣和外宣相结合。其实我们宣传 20 周年对口援藏工作取得的巨大成就，宣传自治区党委、政府抓机遇、上项目、强基础、破瓶颈、兴产业、调结构、壮民营、增活力、促改革、扩开放、聚民心、惠民生，不仅仅是引导各族群众感党恩、听党话、跟党走，而且通过展示西藏发生的巨大变化，对外宣传西藏，展示改革开放以来西藏在政治经济文化民生等方面取得的巨大成就，维护民族团结，维护祖国统一。

四、注重总结经验与改革创新相结合。做好 20 周年座谈会宣传工作，不仅仅是为了总结经验，更主要的是通过总结经验，展示成果，从理论上、实践中来探索如何更好地推动干部援藏、经济援藏、人才援藏、技术援藏，更好地动用全国之力，来支持和推动西藏发展。

参加理论学习班有感（一）

从 2 日起，在自治区党校参加学习习近平同志讲话培训班。坦诚地说，已经很久没有这样系统地学习党的理论政策了。

几天下来，应该说，收获是丰富的，开阔了视野，增强了理解，提高了认识。对本届中央领导上任以来出台的一系列讲话、文件有了更深层次的理解，也更为中央领导对当前国情、社情、民情的深刻把握所拍案喝彩。

一、关于理想信念和信仰。回想自己入党 20 年了，20 年前，当自己在党旗前庄严地宣誓时，热血沸腾。20 年来，自己参加了数不清的理论学习、组织生活、民主生活会，参加了党校的学习，学习过很多经济理论，随着工作实践的深入，越来越深刻地感受到，共产主义的实现，人类的大同世界，是一个漫长的过程，应该从理性上、实践上坚定地信仰。

二、关于外交战略。听了北大国际关系学院教授的讲话，很多问题豁然开朗。一个大国的外交，首先要基于他的基本价值观，之后是他的战略、原则，最后就是一个国家的外交策略。因此，一个国家的对外政策，不可能是朝令夕改的，往往是承袭他的价值观和战略规划的。从这个角度，中国要想实现中华民族伟大复兴，实现中国梦，实现在和平环境下的稳步发展，处理好和周边国家的外交关系，需要一个大智慧，需要诚、惠、容、共。

三、关于反腐倡廉。近平同志上任以来，继续秉承大力深化廉政，并提出党要管党、从严治党之策，特别是"把权力关进制度的笼子里"，言语虽然平实，但却针对要害，直指时弊。这 10 个月来，据统计，十几位部级高官落马，平均每个月一位，至于厅局级干部更是百余位啊。可见，虽然重压之下，却前仆后继不见断者。慎思之，反腐应当从以下几个方面入手：一是建立科学的民主决策机制，使每一个人都在制度的约束之下，不得为一言堂制造机会和平台；二是建立严密的监督机制，使每个人、每个组织都处在严密的监督之下，阳光之下，黑暗则无藏身之处；三是提高公务员之待遇，使手持重器的政府职员无经济之虑。

四、关于美丽西藏的思考。美丽中国、美丽西藏，为中国人民和西藏人民描绘了一幅美丽的画卷。这幅画卷描述的不仅是西藏的神山圣水，还有西藏人民民生的改善。在讨论会上，一位援友的话引起了我深思：发展西藏，要有所为，有所不为。那么什么是有所为呢，我认为就是要发展西藏的社会民生，让300万西藏人民早日实现小康社会；那么什么是有所不为呢，就是要保护西藏的生态文明，对内地的工业结构转型不能全部承接，不能走西方工业革命的老路子，不能走东部沿海地区发展的教训。因为，这里是万江之源，这里是国家的生态资源基地，这里是世界独一无二的屋脊。鉴于此，我觉得应该继续举全国之力，把西藏的社会发展承接起来，"养起来"，让西藏继续走"生态文明"之路，让一切工业产业远离西藏，让神山依旧清秀，让圣水仍然清澈，让雪山依然圣洁，让藏文化继续传承。

五、关于群众路线教育实践活动。根据中央和区党委关于深入开展党的群众路线教育实践活动的有关精神和要求，我认真学习了习近平等中央领导同志和陈全国等自治区领导同志在党的群众路线教育实践活动工作中的一系列重要讲话和指示精神，认真学习了中央、自治区和区广电局关于深入开展党的群众路线教育实践活动的有关通知和实施方案，认真对照党章、廉政准则、改进作风要求、群众反馈意见等，深刻反思理想信念、宗旨意识、作风建设、工作方法、廉洁从政等情况，积极查摆存在的问题，努力思考改进的方法。通过这次党的群众路线教育实践活动，我找到了自身存在的主要问题和不足，内心受到了洗礼，深感收获颇丰。在今后的工作中，我要进一步加强学习，不断提高党性修养，切实改进工作作风，主动接受领导和同事的监督和批评，为西藏广播影视事业贡献自己的微薄之力。实事求是地说，刚开始自己并没有对本次教育实践活动引起足够的重视，认为不过和以往的几次教育活动差不多吧，刚开始轰轰烈烈但最终的结果却未必能达到预期的目的。然而，一系列活动下来，学习政策文件、征求意见、自我检查、谈心活动、下乡驻村、民主生活会……特别是几次深入修改自我检查材料，令自己敢于直面内心的狭隘、不足、缺点，也第一次深刻感受到自身存在的巨大差距。这些都足以让自己对这次教育实践活动刮目相看。越来越深信，只要中央将这些新思想、新举措持之以恒地坚持下去，我们的执政能力会不断提高，民心凝聚力会不断增强，执政地位会不断得到巩固。

2013年11月3日 星期日　　**参加理论学习班有感（二）**

这几天参加全区地厅级领导学习党的十八届三中全会精神培训班，收获很大，尤其是对文化体制改革的学习和思考，结合西藏广电事业的发展，让我思考良多。

一、关于微观主体的建立。党的十八届三中全会释放的一个最大的改革红利就是进一步解放和发展生产力。作为党、政府和人民的喉舌，广播电台电视台要坚持公益性主导，转换机制，增强活力；网络运行单位和影视制作单位要转企改制，用市场来推动内部体制机制的改革，进一步释放内部生产力。然而放眼西藏广电事业，电影公司还是事业单位，截至 2012 年年底，全区只有 5 座影院，16 块银幕，根本无法满足藏区人民日益增长的观影需求。网络中心也是事业单位，我们至今还无法观看高清电视，有线电视数字化率比较低。2012 年，全区有线电视用户 18.59 万户，其中：数字电视用户 6.8 万户，占有线电视用户的三分之一，全国为三分之二。影视制作中心仍然是事业单位，以目前的管理机制和自身实力，很难拍出高质量、高效益的优秀作品。在事业单位体制下，难以维系深入改革发展在机制、资本、人才等方面的需求，我们已无从选择。

二、关于内容体系的建立。我们实施广播电视村村通已经快 20 年了，截止去年年底，我们已经做到了有线、无线、卫星多种手段覆盖，覆盖率逐年提高，现在可以说村村通已经全部实现，户户通正在有序推进。但是，城乡一体化的进程推进的仍然较慢。农牧民群众目前只能收看收听 1、2 套广播电视节目，与城镇居民能够收听收看几十套上百套节目相比，差距仍然很大，当然这里面还有语言的问题，但是我们作为广播电视的服务部门，仍然有很大的改进工作的空间，比如，我们应当进一步加大节目译制制作能力（目前全区广播电视节目制作时间只有 3.8 万小时。约占全国的千分之三），提高节目质量，增加节目套数，丰富节目内容，增加节目时间，使农牧民群众能够收听收看到更多更好的广播电视节目。

三、关于服务方式的改进。按照中央关于加强和完善社会治理体系和治理能力的要求，我们应当进一步反思以往的管理方式和模式，不断改进广播电视服务能力和水平。一方面应当进一步完善服务的长效机制，我们在日喀则有些地区看到，群众的设备坏了，但维修服务跟不上，群众只好去市场上买"黑锅"，这样不行，应当完善服务体系和链条，让群众知道找谁去修，维修部门能够及时提供服务；另一方面，针对农村群众对直播卫星的需求，应当建立规范的直播卫星市场销售机制，充分发挥市场机制，用两条腿走路来完善村村通、户户通的长效机制。

四、关于基本公共服务标准的完善。广播电视是党和政府的喉舌，具有一定的意识形态属性，同时，广播电视要为广大人民群众提供精神文化产品，满足日益增长的精神文化需求，因此，它还具有一定的商业属性。根据

《国务院关于印发国家基本公共服务体系"十二五"规划的通知》（国发〔2012〕29号），当前广播影视基本公共服务的标准是：农村广播电视，无偿提供中央第一套广播节目、中央第一套和第七套电视节目及本省第一套广播电视节目等4套以上广播和电视节目服务，逐步增加节目套数和提高播放质量；农村电影放映，行政村一村一月放映一场电影，每场财政补贴200元；少数民族语言广播影视，通过有线、无线或卫星等方式能够收听收看到本民族语言广播影视节目；应急广播，在突发公共事件发生前后及时获得政令、信息等服务。很显然，这个标准太低了，覆盖面也不全面，应当结合当前的实际情况进一步予以完善和细化。

五、关于服务理念。按照中央的要求，自治区要实现跨越式发展和长治久安，但纵观我们与其他省份的差距，实现跨越式发展，远非短期内可以实现。我们必须以超强的服务理念、超强的危机意识、超强的工作进度和超强的工作措施来推动各项工作的开展和落实。从广电系统来看，要加快广播电视覆盖，使更多的农牧民群众能够收听收看到广播电视，力争到十二五末全区实现户户通；要加快藏语广播电视节目建设，加强藏语广播电视节目译制制作能力建设，争取更多的广播电视频率频道，不断提高节目质量，实施精品战略，推进广播电视城乡一体化建；要加快应急广播建设，建立从自治区到地市、县、乡、村的五级联动应急信息传输模式，提高应急信息发布能力；要加快建设县级数字影院，力争实现每县都有一座数字电影院。

2013 年 11 月 5 日 **星期二**　　　　　　　　**民主生活会**

从上午9点半，到下午5点半，开了整整一天的民主生活会。

从8月份的上班首日，到现在，整整三个月的时间，都在为这一天在做着准备。

自己的自我检查材料也是先后几易其稿，不过必须得承认，越改，越是能够深入发掘内心深处的许多东西，许多是自己以前并不愿意承认但又确实存在的东西。

看到那么多干部都敢于自我揭丑，都敢于向自己亮剑，感受到这次群众路线教育实践活动，有实际之处，有意义之处。

但是，揭丑容易，亮剑容易，要想真正地彻底地改正这些丑陋和不足，又是谈何容易啊。

真心地希望党中央能将这次学习活动坚持下去，贯彻下去，狠抓下去，如此，党的希望可见，中华民族振兴可见。则党之幸甚，国家幸甚，人民幸甚。

在民主生活会上，跃华的发言我认真听了。他的"反复阅读毛泽东选集"之学习习惯，引起了我的高度注意。知识恐慌，思想恐慌，其实，我们可以去借助很多思想的力量去武装自己啊。

2013 年 11 月 6 日 星期三　晓东回藏

曾晓东是第六批援藏干部，三个月前，曾和他把酒话别。没有想到，90天后，他又重回西藏，接替原杰担任中央台驻西藏记者站站长。

听闻此信，非常高兴，一是晓东也是援藏干部，有援友之情，二是晓东住在我楼上，他算老西藏了，以后自然交流接触的机会频多，向他学习的机会更多了。

晓东是个传奇式的人物。在藏期间，他坚持体育锻炼，不但经常骑行、登山，还参加了半程马拉松比赛，在结束第六批援藏任务之后，回京之际，他没有乘坐飞机，没有乘坐火车，也没有自驾回程，而是独自一人骑着自行车，一路东去，跋山涉水，本计划是横穿滇藏线，但由于身体原因，只好在林芝止步，然后乘机回京。虽然未了初始心愿，但如此壮举，盖空前也。

雪域为缘，相聚西藏。

祝福晓东一帆风顺。

2013 年 11 月 7 日 星期四　参观太阳能设备

中午，接到一个电话，原来是援友中直机关工委的谭书记。

谭书记很善谈，也很豪爽，约好和在党校学习的援友一起参观太阳能生产情况。

下课后，大家同乘一辆中巴前往西藏西郊的一座太阳能设备生产厂家。

厂长山东人士，言语间流露出几分山东人的豪放与精明。他原来在部队开车，复员后在西藏先后开了几家公司，看起来非常能干。

参观了他的厂区，位于大山脚下，占地 50 亩，一栋办公楼，一栋职工宿舍，一栋产品展示厅，外加一栋车间厂房。在展示厅中，太阳能热水器、太阳能板、太阳能蓄电池，产品种类还不少。对面的厂房却大门紧闭。一问赵总，原来现在销售不畅，库房中尚有积压产品，因此，工人暂且放假，待有订单时再继续开工生产。西藏有着丰富的太阳能资源，这是上天赐给高原的无尽财富，但是从西藏的太阳能产品市场来看，目前有些饱和，毕竟市场消费群体太小，加上产品的更新换代周期又比较长。看来还是要从太阳能产品的供给种类和能力方面多下点功夫。

2013 年 11 月 9 日 星期六　　　　**党校学习结束**

今天继续在党校参加自治区地厅级领导干部学习总书记讲话培训班。

中午局里决定，让自己与韩局一起回京汇报沟通公共频道一事。

得知消息确定后，正在承受拉萨冬季之苦的我，还是有些孩子般的高兴。

下午是结业仪式。下了课，索性自己徒步走回来。走在拉鲁湿地的狭窄路上，一辆辆越野、轿车从身边飞驰而过，其实，哪里用得上这么多车啊，大多数车里只有司机和一个领导，不能共享一下车辆吗，不能开一两条专线吗。我还是希望自己走一走、出出汗、转一转，那种感觉是很好的。

穿过拉鲁湿地，穿过北京西路，再北京中路，跋涉一个半小时，终于回到了小小的宿舍。

此时，夜幕已经渐渐降临，拉萨的夜晚是难熬的。在办公室里整理了一下回京的材料。说实在的，回京的压力还是很大的。上次自己已经在京沟通了有关情况，这次如果有难度，也很难回来交差啊。当然，只要自己全力以赴，只要自己问心无愧，结果就算了。过程很美丽嘛！

来藏 100 天了，时光如白驹过隙，草草一首：

《来藏百天纪念》

几度西行边关，

神山圣水怅然。

昔日戏言犹记，

春去秋来三年。

布堆秋雪天寒，
怒江寻路云端。
也曾帝京万里，
梦醒依稀杜鹃。

我们拥有共同的名字

一天都宅在屋里，在准备着回京一事。先后给紫炎、陶处、石勇等落实有关事项，之后给总局有关同事联系项目事宜，再一方面，准备有关数据和文字资料，毕竟，此次回京，任务艰巨，压力山大。

晚上，在跃华的组织下，参加了援友活动，大家在一起，宣泄的是思乡之情，鼓舞的是干事的正能量，跃华的文采、如发的幽默、国良的干练、新明的诚恳、杰祥的厚道……都给我留下了深刻的印象。

这是一群跳动的音符，在 120 万平方公里的土地上奔腾；这是一群向上的群体，每个人的心中都激发着蓬勃的力量；这是一群可爱的群体，在与天地抗争，在与自己奋斗。他们在透支着健康，透支着生命，不问未来，只争朝夕，是他们共同的凤愿。

他们，时刻面临着死亡的威胁：缺氧、低压、高寒、交通事故……

他们，时刻经受着远离亲人的痛苦，年迈的双亲，嗷嗷待哺的孩子，辛勤忙碌的妻子……

他们，时刻承受着时代特区的磨炼，维稳，跨越式发展，生态文明建设……

他们，也有时处于一个尴尬的境遇，内地的人认为他们是西藏的，西藏的人认为他们是内地的，他们是……

然而，就是这样一群血肉之躯，在 120 万平方公里撑起一片片蔚蓝的天空，他们缺氧不缺精神，艰苦不怕吃苦，和海拔比高度，与江河比速度，无怨无悔，用生命在编制一道道鲜花盛开的奇迹。

他们拥有一个共同的名字：援藏干部

经历第一次考试

从 11 月 12 日回京，自己一直处在一种高度紧张的状态。由于西藏广大农村地区看不到当地的电视节目，因此，自治区要求务必加强广播电视覆盖工作，拟向总局申请建设公共频道。韩辉局长高度重视，亲自带队赴京沟通，我呢，自然是承担着联系沟通落实的重要任务。

从出发前到今天上午，可以说自己的心始终忐忑不安，万一领导不见怎么办，万一不予支持怎么办，万一……

无数个万一让自己内心充满不安和焦虑。

于是乎，联系部长秘书，联系相关司局，联系老同事……

周二，到科技司、规划财务司。

周三，到传媒司。

周四，拜见蔡部长。

周六，拜见在国防大学上课的田部长。

各位领导非常支持，一路绿灯，应该说，基本上完成了第一步任务。

但是，革命尚未成功，同志仍需努力。

接受中国会计报记者专访谈话

开头的话：非常高兴能接受你的专访，《中国会计报》从办刊之日起，我就和处里的同事开始订阅，感觉这张报纸越办越好。我也很羡慕你的职业，因为自己最初的理想也是当一名记者，或者当一名文字工作者。但是鬼使神差，使自己与曾经最不感兴趣的数字打了几十年的交道。

一、对会计领军人才培养项目的想法

会计领军人才项目是 2005 年启动的，我们是 2006 年入学的，可以说是基本上见证了这个项目的最初建立到发展乃至今天的壮大，也可以说我们的成长是伴随着会计领军人才项目的成长。

1. 是新中国成立以来办得最好的顶级会计人才培养项目。8 年来，我先后参加了 8 次联合集中培训，上海两次，厦门一次，北京五次，每年还要参加本班的集训。可以说,对每一次培训的课程安排、培训内容、培训师资,我都非常感动,可以说财政部和国家会计学院是用尽心思,用心良苦。因为,从短期讲,财政部这是为他人作嫁衣裳,领军班的学员都是来自各行各业,祖国各地,来自财政系统的学员很少,但从长期来讲,这是财政改革推动经济发展的一个非常好的抓手。我为能参加这个项目,并且是全国广电系统首批参加这个项目的学员而感到骄傲和自豪。

2. 实践证明是卓有成效的培养机制。我不想说从我们这个队伍中走出多少博士、博士后、司长、处长,出了多少著作、论文等,我想从另一个角度来说明这个问题。一是参加领军班的学员都是以加入这个团体为荣。二是每年报考的人数不断增加,成为会计界的"国考"。三是整个社会对会计领军培养工程不断认可。继全国会计领军人才培养工程之后,很多省份、很多行业也纷纷办起了本省份、本行业的会计领军人才培养项目。现在这个项目已经成为一个品牌。这就好比《舌尖上的中国》火了以后,很多省份也纷纷推出《舌尖上的××》等等。我在司里的工作很忙,而且几乎每次培训的时候都赶上了编制或下达预算的时候,但是司领导非常支持我的学习,他们也为我能参加这个项目而感到高兴和自豪。

3. 抓住当前改革的契机,更好地发挥领军人才的作用。

十八届三中全会为我们全面深化改革吹响了好号角。到明年,我们的领军人才也走过了 10 个年头了。我对这个项目充满感情,这个项目办到现在来之不易,财政部、国家会计学院为之付出了大量心血汗水和智慧,我们每一个学员也像爱护自己的眼睛一样爱护她。面对着领军人才队伍的不断壮大,面对着改革开放的新形势,面对着中央的新要求,我觉得我们应该很好地总结和思考一下了,下一步,如何把这个项目办得更好,办成"常青藤"。比如,

(1) 如何更好地健全领军人才的选拔机制,在领军班遍地开花的形势下,如何做好质与量的关系。

(2) 如何更好地健全领军人才的"领军"机制。也就是如何做好优与领的关系。

(3) 如何更好地健全领军人才的后培养机制。经历六年的培养,学员们的能力、水平有了进一步的提高,领军人才毕业后,应该更大地发挥各自的作用,也就是如何做好学和用的关系。

二、工作成长经历

一是从微观到宏观的转变:1994 年大学毕业后,先是在首钢总公司工作,先后从事出纳、税务会计、成本会计等工作,主要关注的是所在企业的

财务管理和经济运行；1996 年，自己考入广电部计财司，先后在财务处、统计处（政府采购办公室）、事业发展规划处工作，主要关注的是全国广播影视系统的财务管理和经济运行。期间，我还在中国广播影视集团工作三年，可以说企业、事业和行政机关的财务管理工作都经历了，对自己是一个很好的历练。

二是从核算到管理的转变。到广电总局后，从事的工作从会计核算、资金拨付到预算管理、资产管理、项目管理、政府采购管理、统计管理、工程管理到行业财经政策研究制定等，随着工作岗位的不断转变，自己的工作领域、工作方法和思维方式也都不断发生转变。现在自己在西藏分管规划财务和事业建设、广播电视安全播出等工作，不再从事具体的财务工作，对财务会计工作也有了更深刻的感悟。1. 定位。服务的功能，但是不好做。为国理财，为民服务。2. 服务。围绕中心，服务大局，寓管理于服务。3. 创新。勤于思考，注重制度。工作之余，我喜欢写点东西。这样也可以带着问题去思考。近年来，我先后在报刊上发表了多篇学术论文，并出版了专著，起草和参与起草了 100 多项管理规章制度。

三是从中央到地方的转变。今年七月，我报名参加中组部第七批援藏干部选拔工作，并有幸成为其中一员，被任命为西藏自治区广电局副局长。工作地点从北京转到海拔 3650 米的拉萨。以前自己因工作的关系也去过西藏，但是真正到那里工作一段时间，体会就不一样了。第一，那里是反分裂斗争的第一线；第二，是生死考验的第一线，拉萨海拔近 3700 米，因工作的关系也经常到西藏各地出差，很多地方都是四五千米的海拔，我到那曲，海拔 4500 米，没有一棵树，据说连猪和鸡都养不活，在那里别说工作，躺着都是一种奉献。我们是第七批援藏干部，第六批长眠在西藏的就有六名援藏干部，我们这一批进藏后不到一个月就有一名援友牺牲在那里，年仅 35 岁。我们前一段时间组织援藏干部体检，包括我在内的很多援藏干部都被发现出现了高原性心脏病。第三，是推动西藏跨越式发展和长治久安的第一线，在西藏工作，要处理好维护稳定和跨越式发展的关系，要处理好加快发展和生态保护的关系，还要做好民族团结，尊重那里的宗教文化，所以，在那里工作，是一种难得的挑战，也是一种难得的人生经历。我报名参加援藏的原因，一个是这是我的人生理想，在基层工作一段时间。第二是在机关工作太久了，应该接地气，增长才干。第三就是刚才说的，西藏是一个值得在那里做一番事业的地方。

回过头来，我由衷地感谢领军班的培养和带来的机遇，使我在培养期间，工作岗位从所在司局的财务处到统计处（政府采购办公室）、到事业发展规划处，职务也从副处长到调研员、处长、副巡视员、副局长。今年我结束了领军班的培训，同时又踏上了三年援藏的征途，又是一个全新的开始，我将把领军班的这种"聚是一团火、散是满天星"的领军班精神和"特别能吃苦、特别能战斗、特别能忍耐、特别能团结，特别能奉献"的老西藏精神结合起来，争取在西藏这片土地发挥自己的作用。

三、参加领军班的启发和收获

八年来，收获太多了，从面上讲：

1. 知识层面的收获。八年来，8次联合集中培训和每年一次的分班培训，我都会克服种种困难参加，因为对我来说，每一次参加培训都是一次精神大餐。我的一位电影届的老前辈曾经说过，最好的学习途径就是看电影，因为从一部好的电影中，你可以通过短短一两个小时，就学到历史、人生、宗教、文化等等。但是，现在来说，优秀的讲座，特别是领军班的讲座，内容是一流的，教授是一流的，学员也是这个行业一流的，那么你还有选择吗?!

2. 能力层面的收获。会计司曾经组织过会计人才能力框架课题研究，虽然经过领军人才培养工程的系统学习，但自己深知距离领军人才的能力框架要求，自己差得还很远，不过，至少在各个能力方面有了很大的提高。比如：通过学习领会"跳出会计看会计"，提高了宏观视野的能力；通过领悟"讲原则不伤感情，讲感情不伤原则"，提高了管理服务能力；通过学习领会"交流沟通碰撞升华"，提高了我们获取信息、沟通情况、升华思想的能力，等等。

3. 情感层面的收获。八年来，收获的不仅仅是知识和能力，还有一种情感，8年的同学友谊，相当于一个本硕博连读啊，而且这是一个非常优秀的集体，我们在一起共同学习、共同激励、共同成长，见证和分享了彼此的喜怒哀乐；还是一种信息网络，由于大家从事的工作性质相近，又来自不同的行业和单位，传递信息，互通有无，更多的交流碰撞其实是来自这个集体。

四、分享心得和故事

1. 有付出才有回报。8年的学习培训生涯，每一次都是紧张而忙碌的。而正是这种紧张和忙碌，才令人难忘，才更有回味，才更有收获。记得2010年7月5日至8月3日，全国高级会计人才培训工程行政事业一期班学员在上海国家会计学院接受了为期一个月的英语培训。虽然本次培训正处在 2011 年"一上"预算编制期，虽然每位同学分管的工作任务都很繁重，但大家格外珍惜这来之不易的培训，克服重重困难，争分夺秒学习。财政部和上海国家会计学院聘请徐宪光教授为我们授课。徐教授具有丰富的成人英语培训教育经验，由于机会难得，加上自己的英语底子薄，为了争分夺秒学习，我对自己提出了三个不的要求：一是不走出校门一步。当时正好赶上上海的世博会，有同事送来参观票的，有同学邀请一起参观的，为了能够争取更多的时间，我咬着牙没有走出校门，更没有参观一次世博会。二是不看一次中文电视。学习英语讲求环境，为了让自己有更好的英语环境，坚持 30 天不看中文电视，但是睡觉时一定要打开 BBC 或 CNN，让自己在睡觉时也能体会到英语的语境。三是每天不到凌晨两点不睡觉。不笨鸟先飞不行啊。有一次，为完成单位临时安排的工作任务，几乎熬了个通宵。就这样，经过一个月"魔鬼般"的训练，大家上课说英语，下课说英语，吃饭说英语，锻炼时说英语，最后在返程的飞机上也在说着英语，引来了很多人的侧目，但效果真的非常好。

2. 有激情才有热度。我很热爱自己的工作，从 1996 年来到广电总局工作，我几乎没有一天正点下班过，几乎每个周六和周日都要来到单位加班。也许有人说我不会生活，说我是苦行僧。但我在工作中感到一种快乐和充实，我觉得有激情就不会感到枯燥和乏味。每年编制预算的时候，都是我们处里最忙碌的时候。以前我住得比较远，北京的早上堵车比较厉害，为了节省时间，我以前每天早上要把车从车库开出来，然后开到门口接上爱人和孩子，再把孩子送到幼儿园。有一次，正赶上单位编制预算遇到一些问题，由于满脑子都在考虑预算的事，从车库出来就直接奔单位去了，半路才发现爱人和孩子还在家门口等着呢。

3. 有责任才有担当。我一直信奉一句话：责任使人成长。一个人做事有没有责任感，结果是绝对不一样的。由于工作的关系，近年来发生汶川地震、玉树地震和雅安地震，我几乎都是在第一时间随同领导赶赴震区，协调恢复灾区广播电视播出，了解广播电视受损情况，帮助灾区灾后重建等。玉树地震时，我们睡在临时搭的帐篷里，吐得一塌糊涂，几乎一夜未睡；今年雅安地震发生时，我正带孩子在公园里玩，知道情况后，我立即往回赶，知道很可能要马上赶赴灾区，果不其然，刚到家就接到通知，当天直飞震区，我们是第一个赶赴灾区的中央部委抗震救灾工作组。从灾区返回后，我没有回家，其实单位离家走路也就 5 分钟，直接赶到办公室，会同有关司局连夜起草有关报告，反复研究修改，熬了一个通宵，及时报送了有关情况，并得到领导好评。为什么这样，当你看到灾区的断壁残垣，看到失去家园痛哭的群众，你没有别的选择。我到西藏挂职援藏的事情我爱人是从别人嘴里才知道的，她当时开始就是一愣，但很快就平静了，说，我支持你，其实你现在也和挂职差不多。所以去援藏我也十分感激家人的，他们为我付出了太多。我今年9月到西藏昌都地区丁青县布堆村驻村，从拉萨走了三天才到，山路上崎岖难行，200公里走了10个小时，海拔4500米，不通电、水，没有公路，我所联系的一家，老公和家里的长子在雪崩中不幸遇难，只有一个妈妈带着四个孩子，最小的孩子6岁了还不会说话（先天性内腭裂）。当你看到这些的时候，当你看到他们渴望的眼神的时候，你就会觉得只要为他们做些实实在在的事，在西藏工作受点苦和委屈，都是值得的。所以到西藏后，我第一件事情，就是把西藏广电局在拉萨的全部处室、所有企事业单位走了一遍。后来明确分管工作时，有的领导建议我到分管单位去看一看，他不知道其实我早都转了一圈了，做到心中有数。第二件事，就是参加驻村活动，并利用活动期间，到沿途的基层的广播电影电视单位去调研，不到两个月的时间，拉萨、昌都、林芝我都去过了，对西藏的广播影视情况有了更加深入的了解。第三件事，利用自身优势，积极为西藏争取项目资金和政策。这里我首先要克服原来的心理优势，原来都是别人到我这里来申请项目和资金，现在反过来了，也遇到个别人的脸色和冷言冷语，但只要想到能为西藏做点事情，心里也就平静了。从广播电视频率频道的争取，电影放映设备更新，广播电视设备捐赠，到广播电视节目覆盖资金，涉藏影片的播映，等等。

2013 年 12 月 5 日 星期四　　　　　　　**又回到拉萨**

上午10点半，匆匆吃了爸爸临时买来的饺子，告别父母，奔向回程。

这次回来一是为了争取西藏公共频道项目和电影项目，先后拜见了三位部长、八位司长和四个司局，效果还算可以。二是参加了四川电视节，对于我这个长年累月从事数字工作的俗人来说，也算是开了眼界。三是参加上海国家会计领军人才联合集中培训，结束了自己八年来的领军学习生涯。

由于来不及乘坐直航班机，下午，乘坐13点的国航，于15点到成都，出来取上行李，再复办理乘机，西藏航空公司19点30分的航班，一切还算顺利，在机场候机楼待了两个小时，终于登上空客 319，TV9848，于晚上 9 点半抵达拉萨。

拉萨的冬天不好过

从北京回到拉萨，依然是要经历无法逃避的阵痛，就像初始入藏的感觉一样，只是比以往更有经验了。在睡觉前，先吃了几片高原安，然后打开氧气罐，边吸氧边睡眠，这是从刘长江副局长那里学到的经验，果然，一觉睡到了 5 点多，醒来一看，原来，氧气瓶里已经没有氧气了。

然而不幸的是，在随后的一天中，尽管自己百般小心谨慎，还是被流感所击中，头有些发晕，偶尔低烧，没有食欲。据说在高原得上感冒非常不容易好，而且怕患上肺水肿，于是赶紧吃药喝水注意休息。

在周六的课堂上，得知有的援友已经回京休假，更多的则是准备于近期回京。一年一度西藏最难熬的季节到来了，冬天的西藏昼夜温差大，含氧量只有内地的百分之四五十，尤其是在夜间，寒气逼人。由于所在单位还没有供暖，只好通过空调取暖，但每每早上起来，喉咙痛似火，干燥难忍。

但这就是西藏，这就是西藏吸引人、折磨人、锻炼人的地方。

晚上见到了既有连续六年援藏，后来又调入西藏的大姐，还有半年援藏为西藏所吸引的央视同事，无一例外的，他们都深深为这片热土所征服、所迷恋、所动情。

其中，体育局的白局长的一席话，令我悟然，要运动起来，不要怕。也是，回顾这段时间以来，自己其实是心事过重了。太把高原当回事了，太顾及身体的感受了。其实，人的适应能力应该是很强的。因为，为了能平安在西藏工作三年，一定要运动起来，迈开腿，走起来。

今天，又得到一则令人痛心的消息，前几天众援友倾力相助的藏族小姑娘仁增卓嘎，医治无效不幸离开了。尽管也伸出了援助的手，但是内心还是非常难过，这是一个花季的生命啊。愿她在天堂远离病痛，永远快乐健康开心……

听到一则新闻

　　昨天晚上临睡前听到一则新闻，首钢换新帅了。首钢换帅本来是一件平常事，铁打的营盘流水的兵吗，可是看到新任董事长的名字：靳伟，我却愣住了。

　　这不是那个曾经在一起摸爬滚打一个月的、共同在首钢老山培训中心战斗的新同学吗，这不是那个宁可去一线轧钢炼铁也不愿意去首钢设计院坐办公室的哥们吗。曾经在黄老师和高老师那里听到过他的零星消息，听说了他的快速成长，但没有想到的是，当年一起毕业进入首钢的哥们，如今却已经成为首钢的掌门人了。

　　记得，1994 年的夏天，北京的酷热让我们几个来自各大高校的毕业生终生难忘。为了迎接当年的 2000 多名高校毕业生，我们六七个人被首钢总公司人事部临时从各大高校抽调过来，协助办理应届毕业生的行李托收、入厂登记等事宜。那是一段难忘的岁月，几个人住在老山的简易棚里，每天往返北京各大火车站，帮助 2000 多名毕业生办理入职手续。当一切安排妥当后，我们几个人才依依惜别，投入各自的战斗岗位。记得很清楚，靳伟最初是被分到钢研所的，那里是多少人羡慕的钢铁专业研究机构。但是，靳伟坚持要去第一线生产车间。听到这个消息，钢研所所长亲自驱车来看望这个"桀骜不驯"的年轻人，并带着他先后参观了钢研所和第一炼钢厂。在钢研所，窗明几净，气氛安静，一片肃然。在第一轧钢厂，火炉沸腾，钢条穿梭，高温难耐。然而，出人意料的是，靳伟仍然坚持要去第一炼钢厂，表示要从最基层干起。很快，由于肯吃苦耐劳和敢于钻研，他被提拔为车间副主任、主任、分厂副厂长、厂长、北京科技局局长……没有想到，今天他又回到了首钢，成为新一代的钢铁之国掌门人。

　　第一个感受是：自豪。为昔日的战友而高兴，为首钢被我们这批曾经稚嫩的毕业生之一所引领而高兴。相信首钢一定会早日走出低谷，迎来新的辉煌。

　　第二个感受是：高兴。为靳伟高兴。他是东北大学毕业的，当年就是学校的学生会领袖，意气风发，指点江山，如今，他又走上了一个新的奋斗平台，祝福他！

　　靳伟，好样的！

侠义陆游

这几天拉萨天气巨冷，白天就达零下十几度。于是晚上下班后直接去食堂点了一份饺子，之后便窝在屋里看书看报上网看电视。

电视的内容大都不是很喜欢，于是打开 DVD，看早就想观赏的《陆游》。该视频的主讲是渤海大学的客座教授，名字忘了，但讲得颇有激情和幽默，十分精彩。

陆游出生时历经风雨，没有想到社会的风雨、宦海的风雨、爱情的风雨陪伴了他 85 个春秋。由于家族性格基因，造就了陆游疾恶如仇、刚直不阿的性格，加上多次请缨北伐，以解靖康之耻，但南宋朝廷之腐朽悖然，于是数次被贬，一生在政治上郁郁不得志；他与唐琬哀婉动人的爱情故事，至今听来，两首《钗头凤》仍令人不禁动容。他的"上马击狂胡，下马草军书"彰显民族气节，他的一生清廉，安贫乐道，为后人所敬仰。

也正因为此，寻访沈园一直是自己的一个心愿。记得有一年去绍兴，在参观完鲁迅故居等名胜后，在我的反复提议下，一行人走进了向往已久的沈园。

沈园不大，又名"沈氏园"，位于绍兴市越城区春波弄，是绍兴历代众多古典园林中唯一保存至今的宋式园林，至今已有 800 多年的历史。据传，该园是南宋时一位沈姓富商的私家花园，初成时规模很大，占地七十亩之多，是典型的江南园林：亭台楼阁，小桥流水，清静幽雅，荷塘细柳，小湖婉约，桂香袭人。穿过几道小径，踏上孤鹤亭，园中草木尽在眼中。沈园之佳名，得益于宋代诗人陆游在此留下的著名诗篇《钗头凤》和其中凄婉缠绵的爱情故事。

遥想当年清隽陆生，在这里与家人赏荷，不料却遇到昔日的爱人唐琬。两人四目相望，欲言难启，千般心语，万种纠结。过了一会儿，唐琬遣女佣送来一席茶点，看着满桌自己曾经喜爱的食物，更加唤起陆游心中满腹离情，于是，诗人遂乘醉吟赋这首词，信笔题于园壁，留下了千古柔情断肠……

红酥手，

黄滕酒，

满园春色宫墙柳。

东风恶，

欢情薄，

一怀愁绪，

几年离索，

错，错，错。

春如旧，

人空瘦，

泪痕红浥鲛绡透。

桃花落，

闲池阁。

山盟虽在，

锦书难托。

莫，莫，莫。

尤为令人伤怀的是，唐琬在此后看到陆游的《钗头凤》后，更生百感，附和一曲《钗头凤》：

世情薄，

人情恶，

雨送黄昏花易落。

晓风干，

泪痕残。

欲笺心事，

独语斜阑。

难！难！难！

人成各，

今非昨，

病魂常似秋千索。

角声寒，

夜阑珊。

怕人寻问，

咽泪装欢。

瞒！瞒！瞒！

唐琬之和，情意凄绝，此后不久，竟抑郁而终。

此后，沈园便成为陆游心中最温柔又最怅惘的地方。据闻，晚年的陆游曾数度访沈园，每年春上必往沈园凭吊唐琬，睹物思人，赋诗述怀。公元1192年，67岁的诗人重游沈园，看到当年题写《钗头凤》的半面破壁，触景生情，感慨万千，赋诗一首，并写道："禹迹寺南有沈氏小园，四十年前，尝题小阕于石，读之怅然"。

陆游75岁时，值唐琬逝世四十年，再次旧地重游，写下《沈园》绝句：

> 梦断香消四十年，
>
> 沈园柳老不飞绵。
>
> 此身行作稽山土，
>
> 犹吊遗踪一泫然。

而今，诗人已乘黄鹤去，空余忧伤满园。

沿着翠木横荫一路前行，曲径通幽，终于来到了《钗头凤》碑，这里就是当年陆游题词的地方，这里就是曾令诗人肝肠寸断的宫墙。然宫墙与细柳仍在，海誓并山盟难寻，叹岁月之悠悠，惜情爱之悲风。

> 城上斜阳画角哀，
>
> 沈园非复旧池台。
>
> 伤心桥下春波绿，
>
> 曾是惊鸿照影来。

陆游是一个伟大的爱国主义诗人，是一个伟大的民族英雄，是一个敢爱敢恨的伟丈夫，是一个不为五斗米折腰的纯爷们！

有感于电视台改革

2013 年 12 月 18 日 星期三

这几天，一直在为电视台体制机制改革所费神。

西藏电视台的体制机制改革其实已经启动近两年了，但由于种种原因，自治区领导不满意，电视台不满意，局里也非常不满意。

正是在这种情况下，我被要求参加这场体制机制改革的研究论证过程。

原因很明显：第一，我是总局来的，对有关财经政策还算比较熟悉；第二，我曾经参与过中央台体制机制改革的整个过程，有点经验和体会；第三，我分管规划财务部门，自然也是义不容辞。其实，于我本意，也是愿意为这次改革献计出力的，毕竟自己还是比较熟悉其中的许多内容，同时，跃华与我同是援藏干部，为兄弟出力，也是不容推脱的。

昨天和今天，和跃华先后两次赶赴财政厅，向王明景副厅长和卢明秀处长等汇报有关情况，我主要提出了以下几条意见：

第一，要实行财务企业化管理，而不是全部企业化管理。毕竟电视台的事业性质没有改变；

第二，要建立三项基金，为电视台发展注入保障机制；

第三，要建立总会计师制度，为电视台改革发展保驾护航；

第四，人事管理上要尽量有原则性体现，少涉及"老人"、"新人"等敏感词汇。

期待着西藏电视的早日腾飞！

2013 年 12 月 19 日 星期四　　　　　　　　**难熬的冬日**

冬日的拉萨是寒冷的，尤其是这个冬季。

寒冷的冬日夜晚是难过的，尤其是这个时分。

下班后，由于食堂还在改造，所以没有开业。肚子里也没有食欲，日头仍然在山头高高挂着，尽管已经是晚上 7 点多了。

给新国打了个电话，本想约着一起出去吃个饭，没想到这小子已经在吃方便面了。

"要不你也来吃点。"新国说。

算了吧，中午就吃的方便面，想着就没有胃口。

算了，穿上羽绒服，冲进暮色浓浓的拉萨街头，去寻觅些吃的吧。

其实，拉萨街头小吃还是挺多的，但不是川菜，就是藏餐，还是有点吃不惯。

吃毕，体内有限的氧气已被胃争抢了许多，再没有往远处溜达的欲望了，还是回宿舍吧。

幽幽的，一个人回到了空无一人的房间。

2013 年 12 月 22 日 星 期 日

周末遐想

今天是冬至日。早晨儿子打来电话，听着电话里的童音，更加想家了。可是，近日局里事务较多，加上几个局长又不在家，还是再等等吧。

昨夜里，突发奇想，明年是援藏 20 周年纪念日，为何不以此为契机，组织印发一本广播影视援藏 20 周年的纪念文集呢。既可对 20 年援藏进行一个总结，又可对历届援藏干部的工作情况和援藏体验进行一个跟踪梳理，同时，对下一步援藏工作也可做一探索和展望，是一个很有意义的事情。

初步考虑，书中的内容可以包括：

1. 20 年广播影视援藏工作总结，具体可以分为广播方面、电影方面、电视方面、覆盖方面的建设成果，等等。

2. 20 年广播影视援藏干部名录和援藏前职务、援藏职务、目前职务、图片等。

3. 20 年广播影视援藏干部回忆录和感言。

此事也可向总局有关部门反映，应该是一件很有意义的事情。

2013 年 12 月 26 日 星 期 四

送别长江

长江离开局里的消息，其实自己早已知道，近日，中央台的调令已到，长江离开西藏已经是指日可待，进入倒计时。

今天，局班子成员和部分处室领导欢送长江。长江很动情，30 年的高原生活积淀了太多的情感，30 年的广电工作积累了太多的留恋。然而，毕竟这里是高天厚土，毕竟这里环境恶劣，毕竟这里是西藏，毕竟已经是伤病在身。

献上洁白的哈达，淡酒薄茶但情谊深厚，愿长江在新的领导岗位诸事顺心。

2013 年 12 月 28 日 星期六　　新的睡眠模式

晚上洗漱完毕，躺在床上，却心悸难受，始终无法入睡，用过各种办法，依然如此，折腾了半天，一看手机上的时间，已经是凌晨 4 点了。

我的老天爷啊，好在明天是周末，否则，该如何是好。

于是按照邹局所授机宜，索性顺其自然，穿上线衣秋裤，抱着枕头被子，来到沙发上，打开电视机和空调，索性边看边睡吧。

这一招还确实管用，在电视节目的伴奏下，自己时醒时睡，不知不觉，外边已经天光大亮，一看时间，居然已经 11 点啦。

总算睡着了，可是，害怕的是，此毛病不会长此以往吧。还有漫漫两年半呢。看来自己要适应新的睡眠模式了。

发了几张相片，是昨天中午在布达拉宫广场拍摄的，瑛连呼美轮美奂，其实，这不过是自己用手机随手拍摄的。在大美的身边，自己似乎有点审美疲劳了。

近日来，颇有些累，因为西藏电视台体制改革的事情，已经多次跑到财政厅沟通，虽然分管厅长明景很给力了，但是，领导对结果并不十分满意。

可能是用脑过度的关系，在办公室几次吸氧，才稍稍缓解一些。

很多援友已纷纷离藏休假，但是，由于几名副局长都不在家，或休假或生病或驻村，单位事情又比较多，因此，休假再往后推推吧。

体验一下冬季的高原吧，的确很残酷。

2014 年 1 月 5 日　星期日　　短暂的回京

12 月 31 日，在 2013 年的最后一天，又赶回了北京，但是，这次并不是像很多援友一样放假回京，而是领了任务，回京出差。

父母、妻子高兴异常。尤其是儿子，在放学回来，打开房门的那一刻，见到开门的竟是我，呆呆地愣了足有五六秒，然后，像火山迸发一样地扑倒了我的身上，高兴得他啊，大喊大叫，然后，给我找好吃的，向我汇报他的优异表现，并拥着我说，这才是一家三口呢。

儿子的兴奋和懂事都让我十分感动，我既感动于岁月的蹉跎，让宝贝儿子有了新的成长，又愧疚于自己欠家里太多了。父母虽然也是笑容满面，看到儿子风尘仆仆下山而来，自然是高兴地合不上嘴，但是他们也是六十多岁的老人了。自己远赴他乡，其实最辛苦的就是他们了。

荣妮也更漂亮更大了，她会呆呆地瞅着你，盯着你，像是在看一件久违的饰品一样，很乖，也很安静，在父母的调教下，更加白净更加像个小姑娘了。

这次回京的时间不会很长，然后就又要回到拉萨了，好好享受一下家庭的天伦之乐吧。

2014 年 1 月 12 日 星期日　　艰难的回藏之路

1 月 11 日，搭乘国航 4138 次航班，第一次来到了山城重庆。这也是全国除了台湾以外我最后一个踏足的地区了。

当然，此次来山城并不是出差，更不是游玩，只有一个目的，从此地转机赶赴拉萨，那里才是目的地，因为，北京到拉萨的直飞班机没有赶上。

还算顺利，抵达山城后，本想一睹山城风采，熟料阴云密布，雾霭沉沉，难见山城美景，加上机场里不能中转签字，只好匆匆赶出机场，再重新办理登机。

很快，安检、到登机口、等待、登机、起飞，一切顺利。别了，美丽的但未见芳容的山城，下次再见吧。飞机在暮色中起飞，渐渐地，窗外一片漆黑，没有星光、月光，甚至连机翼的灯光也没有看到。索性看书、昏睡……不知不觉，两个小时过去了，飞机已开始下降，虽然有些颠簸，但总算快到了，一别数日，拉萨可好？

然而就在此时，空姐温柔的声音出现了：尊敬的各位旅客，我们很抱歉地通知您，由于拉萨贡嘎机场地面气候的原因，飞机不能降落，只能飞往成都双流机场，对此给您带来的不便，我们深表歉意。

全机哄然，但没有办法，谁也不敢挑战生命的威胁，只可惜了众多接站的人啊。

再次飞行两个小时，飞机安然抵达双流机场，很快得到通知，今天的飞行任务取消，先安排住宿。于是带上行李（还好没有托运行李），随着人群，搭乘机场巴士入住附近的航空酒店。

两人一间，同屋的是一位90年的小伙子，姓敬，在拉萨从事建筑工作，其夫人在理发店工作，父母也多在拉萨上班。令我惊奇的是，他的父亲居然才40岁，比我还小。看来"造人"还是要趁早啊。

草草睡下，凌晨3点半，被电话叫醒，到大厅集合，赶赴6点的航班。于是乎，没有来得及洗脸刷牙，便如逃难一般，一百多号人又拥挤地来到了机场，寒风袭人，星月无光，机场虽然宽敞，但毕竟才4点多，没有上班呢。

等啊等，终于，5点半开始办理登机，重新坐上TV980X航班，6点起飞。起飞前赶紧电话通知小崔，可怜的小崔还在睡梦中呢。

还好，给自己安排了紧急出口的靠窗位置，这样可以一揽机窗外的风景了，但除了黑色还是黑色，还是闭目养神吧，昨天一晚也没有怎么睡好啊。一觉醒来，窗外沉云滚滚，远处天际和云彩交际处，一波彩浪如涨潮的海水，太阳还没有上来呢，拉萨，我们来了，尽管是冬日，尽管很多援友已经离开了你，回到了北京、天津、南京、上海……在享受着氧气和亲情，但是，我们还是来陪你一起度过寒冷的冬季。

然而又在此时，空姐温柔的声音再次出现：尊敬的各位旅客，我们很抱歉地通知您，由于拉萨贡嘎机场地面气候的原因，飞机不能降落，只能返回成都双流机场，对此给您带来的不便，我们深表歉意。

冬天进个藏还这么难吗！

除了叹息还是叹息，你别无选择，眼看着飞机在告别雪山，告别彩云……好在，空姐们已经送来茶水和饮料了。喝吧。

还好，飞机一到双流，便得到通知：拉萨气候已经恢复正常，飞机在加油后，将继续前往拉萨。

机上的一百多号人已经麻木了，随你们吧，但愿别再让"四进宫"了。

灌满油、备足食品，波音737－800满载一机希望和憧憬，第三次向雪山冲击，由于已经是11点多了，窗外阳光灿烂，我们高高地飞在了云层上面，除了蓝天就是白云。不知不觉，在欣赏已经看了好几遍的机上电影的间隙，我向窗外溜了一眼，哇塞，云层单薄了，一煦煦的白云中，不时露出闪亮的银光，那光彩不同于白云的白色，更加光辉更加夺目，银光闪闪，像将军的铠甲，那是雪山啊，层层峦峦，威武雄壮。

我们终于又飞抵高原上空了，终于又看到了皑皑雪山了，愿雪山保佑，我们这次能顺利降落。

然而，就在这时，空姐的声音又飘下来了"旅客同志们，受气流影响，飞机将会持续颠簸，请……"还好，不是再次返航的消息就行。

飞机在慢慢下降，雪山在点点逼近，云层在渐渐上漂，终于，在下午 2 点，在往返六趟之后，我们终于成功降落在贡嘎机场。此时的窗外，蓝天如洗，风和日丽，哪里有半点的恶劣天气，然而这就是高原，这就是西藏，尽管此行充满了颠簸、担忧、不安、烦躁、无奈、歉意，但是，西藏我来了，尽管你更加缺少氧气缺少绿色缺少温存，但是，我已经深深爱上这片高天厚土！

2014 年 1 月 14 日 星期三 　　**感谢总局的温暖**

在总局工会慰问活动上，代表援藏干部表了态：

一、感谢潘主席、李局长、周组长和我们慰问组的各位领导和同事，在西藏最寒冷、含氧量最低、最难挨的时候，风尘仆仆来到拉萨，给我们送来了温暖、关心和呵护。而且尤其让我们感动的是，主席一行一下飞机，不顾旅途劳顿，不顾高原反应，来到台里慰问大家，在感谢的同时，这种工作作风也由衷地值得我们学习。

二、总局第七批援藏干部一共有四名。进藏以来，我们几名援藏干部努力克服高原反应，尽快熟悉工作环境，充分利用自身条件，积极为西藏广电事业献计献策、争取资金政策项目。同时，我们还积极主动参加领导干部进村入户结对认亲交朋友活动，深入海拔 4000 多米的农牧区，与藏族群众同吃同住同劳动，积极帮助他们解决实际困难，既充分体验了西藏的特殊区情社情民情，也对西藏广播影视公共服务体系建设有了更加深刻的认识。援藏生活是难得的人生体验，但也交织着远离家人的思乡情感。在此期间，姚海同志的父亲去世，他也没有来得及赶回去和老人见上最后一面；在前段时间的体检中，几乎每个援藏干部都发现了不同程度的高原病。虽然条件艰苦，但是大家以苦为乐，缺氧不缺精神，始终在岗位坚持战斗。

三、请总局领导放心，总局的关心、关怀将激发我们更加努力工作，扎根雪域高原，更加珍惜难得的学习和锻炼的机会，不负期望，不辱使命，为西藏广播影视建设添砖加瓦，争取圆满完成三年援藏工作！

西藏广电工作的几点思考

一、西藏广播影视工作发展情况

（一）特点

1. 地广人稀。120 万平方公里，300 万人口。每平方公里不到 3 人。我驻村的布堆村只有 47 户，却分布在几公里长的河谷中。这种情况就决定着要统筹运用有线、无线和卫星多种技术手段推进广播电视户户通。

2. 建养并重。西藏的稳定和发展是两大主题。因此说，在广播电视领域，不能完全用市场配置资源的经济方法来配置广播电视资源。比如，其他省份的有线电视市场化的做法在西藏就不是很适合。

3. 起步较晚。由于各种原因，西藏的广播影视发展还较慢。

（1）覆盖率低。在广播电视覆盖率上，西藏是 94.4 和 95.5，而全国平均覆盖率是 98％。电影方面，截至 2012 年年底，全区只有 5 座影院，16 块银幕，根本无法满足藏区人民日益增长的观影需求。

（2）数字化水平低。在有线电视数字化上，我们至今还无法观看高清电视，有线电视数字化率比较低。2012 年，全区有线电视用户 18.59 万户，其中：数字电视用户 6.8 万户，占有线电视用户的三分之一，全国为三分之二。

（3）制作能力低。虽然近年来不断加大译制制作能力的投入，但是译制制作能力特别是地市级和县级译制制作能力还有待提高。全区广播电视节目制作时间只有 3.8 万小时。约占全国的千分之三。

（二）问题

1. 观念滞后。有时是自己在策划，在思考，缺乏和财政、发改、总局等部门联动，有时更多地考虑申请资金，缺乏更多地思考如何向市场要效益、要资金。

2. 规划滞后。外延规划缺少内涵规划的支撑。比如，除了一部十二五规划之外，没有有线电视发展规划、数字化发展规划、应急广播规划、县级影院建设规划、没有公共服务体系建设规划等。没有这些子规划的支撑，那么十二五规划的科学性、前瞻性又从何谈起呢。

3. 体制滞后。事业单位经营有线电视网络；事业体制的电影公司；尚未整合本省一张网。

（三）成绩

1. 户户通工作推进得比较快，目前已经发放了 41 万套直播卫星接收设备，农牧区户户通达到了 90% 以上，寺庙实现了寺寺通和舍舍通。

2. 译制制作能力提高很快。2000 年，全区广播电视节目制作能力只有 2 万小时，截至 2012 年，全区广播电视节目制作时间已经达到近 5 万小时。

二、如何提高西藏广播影视公共服务体系建设

（一）思路

1. 立足区情。充分研判区内的社情、民情、区情，因地制宜开展工作。比如：受地广人稀的地理环境影响，就不宜于全面采取有线电视方式推进户户通建设。

2. 规划先行。要有全面的广播电视发展规划，包括基本公共服务的节目标准和范围等。

3. 抓住机遇。紧紧抓住重大规划和重点工程方案编制的契机。要抓住一些重大规划和重点工程方案编制的契机，认真理解和把握国家政策，合理编制本地区方案和规划，加强与中央有关部门的沟通，积极争取将有关项目纳入国家重点规划和工程。比如，当前，总局正在组织力量编制广播电视户户通规划和加强广播电视传输覆盖建设规划，要抓住这个契机，争取把我们自治区广播影视亟待解决的突出问题纳入建设规划。紧紧把握国家有关政策和项目信息，及时了解国家有关财政政策，对于我们争取资金，争取项目具有积极的帮助作用。比如：从财政政策层面，目前国家有文体传媒专项资金，有文化产业发展专项资金；从总局层面，有应急广播专项、村村响专项、户户通专项、藏区覆盖专项、电影发展专项资金、电影精品专项资金、科技创新专项资金、人才培养专项资金等。着眼创新。

4. 要创新电视台管理机制，创新有线电视网络中心管理机制，创新电影管理机制。

（二）措施

1. 一个标准：制定广播影视基本公共服务标准，纳入标准范围的，由政府按照统筹多种覆盖手段的方式给予保障，范围以外的按照市场机制来运作。

2. 两个升级：有线电视数字化升级，使有线电视用户能够享受到高清电视、互动电视服务；电影公共服务升级，推动流动放映向固定放映转变，大力实施县城数字影院建设。

3. 三个加快：加快广播电视覆盖，使更多的农牧民群众能够收听收看

到广播电视；加快藏语广播电视节目建设，争取更多的广播电视频率频道，不断提高节目质量，实施精品战略，推进广播电视城乡一体化建设。加快应急广播建设，建立从自治区到地市、县、乡、村的五级联动应急信息传输模式，提高应急信息发布能力。

4. 四个完善。完善全区广播电视监管体系；完善村村通户户通长效机制；完善全区有线电视网络整合；完善全国广播影视系统援藏机制。

5. 五个探索。探索全区广播影视系统垂直管理，这是基于全区广播影视管理现状，基于全区县级和地级广播影视能力薄弱现状，对现有广播影视管理体系进行创新的思路；探索有线电视中心企业化运行；探索电影公司企业化运营；探索广播电台电视台合并；探索无线电台一体化发展。

2014 年 1 月 20 日 星期三   # 细节决定安全播出的成败

分管安全播出工作以来，一直压力很大，在今天的全区安播工作会议上，再次提出几点要求：

一、认识要再加强、再提高

安全播出是广播影视管理工作的重要组成部分，是红线、底线和高压线，安全播出的重要意义怎么强调都不为过。决不能存在麻痹大意和侥幸心理。要把这种认识、这种要求传达、贯彻到安全播出管理的各个环节、各个岗位和各个人员。另外，还要充分认识到，安全播出工作是一个系统工程，任何一处短板，都会直接影响安全播出的整体质量、水平和整体安全，需要方方面面，上上下下共同努力齐抓共管，切实把安全播出的各项措施落到实处。我们抓安全播出，不能把目光仅仅放在制作、播出、动力、机房等系统，要通盘考虑。比如，网络中心的材料大院，要注意防火安全；科技处的器材仓库，要注意防火、防盗安全等。再有，安全播出没有捷径可言，如果说有捷径的话，那就是：细节决定成败。回顾国内历次安全播出事故，很多都是不起眼的小细节，是不足一提的小毛病造成的，但是，往往这种小细节、小毛病容易酿成大祸。要以精细化管理的方式和理念，把工作做得严而又严，实而又实，细而又细，确保设备的稳定，制度的健全，预案的完善和队伍的过硬。

二、责任要再落实、再明确

安全播出是一把手工程。"一把手"亲自过问、亲自检查。细化责任，分解任务，并层层落实。首先要明确责任，各单位各部门的主要负责人是安全播出的第一责任人；其次要分解责任，将各项责任逐级逐项落实到领导层、管理层及岗位层，避免出现脱节；最后要落实责任，有责必究，有过必罚。

三、隐患要再排查、再整改

做好隐患排查、整改工作是短期内防范安全事故最有效、最直接的途径。各单位一定要迅速行动起来，加强自查，切不可存在侥幸心理和麻痹思想，认为已经排查、整改过了、不要再查，对反复排查产生抵触情绪。事实证明，不少安全事故都是因为思想麻痹而引发的。其中，90%以上的安全播出事故是电力事故引起的。广播电视技术系统是依靠电力保障运行的，其稳定的运行时时刻刻依赖于优质供电，因此，各播出部门要想方设法解决电力供应和保障安全用电，增加备用供电系统，并积极协调供电部门对供电线路加以保护。

四、能力要再培训、再提升

安全播出事故往往都是低级失误，因为缺乏常识，因为缺乏能力，往往会付出沉重的代价，教训太深重了。加强培训、提升能力是防范安全播出事故的重要环节，尤其是要加强对预案的培训和演练，提高应急播出突发事件的处理能力，提高一线管理人员基本技能、基本知识和基本能力的培训。

2014年2月25日 星期二

贺同事生日

同事过生日，索诗一首。抓耳挠腮，完成作业。

《浣溪沙》

舟拥晓雾水临空，
秋花林落江羞红，
升烟碧草衬梧桐。

日栖鸿云春意北，
晴风快雨画楼东，
乐倚阑珊晚听钟。

2014 年 2 月 28 日 星期五 　　　　　　　　　　援藏是……

　　再一次，回到了高原。

　　此时此刻，窗外鞭炮隆隆，今天是藏历的二十九，也是藏族传统的驱鬼节，相当于我们的大年三十。

　　小尚和小欧来看望我，反复叮嘱自己要多休息，适当吸氧，注意身体。高原上的温暖暂时忘却了离别家人的惆怅。

　　算来援藏已经半年，走过了六分之一的历程，半年来，体会了各种五味杂陈，经历了许多未曾预想的事情，有收获，有遗憾，有喜悦，有无奈。坐在橘黄色的台灯下，写下了几行小诗：

《援藏是……》

　　援藏是数不清的离别，
　　轻轻地带上家门，踩着满天的繁星。

　　援藏是话筒里的笑声和话筒外的泪水，
　　空中电波中传递的是妈妈反复的叮咛。

　　援藏是回京前的渴望和打开家门时的欢呼，
　　在幸福的气息中却依然还挂记着那片高天热土，
　　似乎早已忘掉了高寒缺氧时那份复杂的心情。

　　援藏是夜晚圣城下的一盏小灯，
　　虽然几分寂静几分孤独
　　却时时燃起豪迈的激情……

2014 年 3 月 1 日 星期六 　　第一次参加自治区党委常委会

　　今天是从北京回来第一天上班，上午和书记局长报个到，然后是一帮同事们来看我，颇感久违的亲切。下午，去自治区党委 301 会议室参加常委会扩大会议。

这是我来到西藏后，第一次列席常委会，早早地就来到了会议室。

会议人员陆陆续续地来到了，那曲、山南、日喀则等地区的电视电话系统也启动了，能够看到董云虎、罗布顿珠等正在基层维稳蹲点的自治区领导的憔悴面容，由于工作的需要，他们要在地区待一个多月的时间呢。看到了跃华和先群，跃华的脸色不是很好看，看得出，他身心的疲惫和劳累，多保重哥们！

会议由邓小刚主持，议程很简短，前后不超过半个小时，这才是真正践行了群众路线的有关要求呢！

刚从内地回来的同事那红润的脸庞和在西藏工作一段时间后那黯黑的面孔的鲜明对比，这就是西藏，坐在这里，待在这里，就是一种奉献！

2014 年 3 月 1 日 星期六　　　　## 快放假了

明天开始，藏历新年放假。热闹是人家的，守着自己的还是那些清静。人生难得清静，今天把部级课题报了上去，内心总算完成了一件沉淀很久的事情，不管结果怎么样，反正自己做完了，很欣慰。当然，这里要感谢局办小王。帮我辅助做了好多事情。

这 7 天，一定不能虚度，要列出活动、工作、学习清单，让自己过一个充实的藏历新年。

2014 年 3 月 2 日 星期日　　　## 好玩的藏历新年

3 月 2 号是藏历新年的正月初一，伴随着昨天晚上喧嚣的空气，一直睡到了 9 点。匆忙去食堂吃了点东西，便和几位局领导一起去给其他几位藏族局领导拜年。

藏族人家布置非常讲究，从屋顶到四壁，都是雕梁画栋，当然雕画的主要是吉祥八宝等藏传佛教的题材。各色果品、啤酒、青稞酒、奶渣、风干肉摆满了条形长桌；最典型的就是用酥油和白面炸的卡塞，有耳朵状的"古过"，长形的"那夏"，圆形的"布鲁"等等。

"扎西德勒蓬松错、阿妈巴朱共康桑、顶多的哇图罢休、昂用宗久用吧秀"，就会这四句藏语的我，也不时卖弄一下。每到一家，先被敬酒，或啤酒，或青稞酒，三口一杯抑或三杯一口，不过，杯子可好比水盆啊，几乎两三瓶啤酒一杯啊。从三家出来，已经晕晕然了。

敬酒之后品尝切玛，切玛一般由青稞粒、人参果和糌粑摆成，上面插着青稞穗、鸡冠花和用酥油做的彩花板，据说品尝切玛会给主人家带来好运的。还没等你缓过神来，女主人便摆上了拜碟、风干牛肉、萝卜炖猪……一家下来，已经是迈不动步了。告别时，献一束洁白的哈达：洛萨扎西德勒！

几乎每一家都是这个程序，几乎每一家都是热情洋溢，几乎每一家都是祝福盈盈。

下午，在晓东的力邀下，又来到了他那里，一进门，热闹非凡，偌大的房间，人声熙攘，大家或相互敬酒，或彼此祝福，或歌声悠扬，说不尽的新春祝愿，说不尽的情谊绵长，说不尽的来日方长。

晚上，又和晓东新国等去茶馆小坐，学会了一种藏族群众非常喜爱的游戏：两颗骰子，若干小贝壳，三人或两人一组，以谁先走完为胜，其中，暗含了排列组合和随机应变之意，非常有趣。

一天下来，虽然几分疲惫，酒意尚微，但是感觉年味十足，欢乐融融。比较一下，居然感觉藏历的新年要比我们的春节更有味道，为什么？难道不是我们的城市年味越来越淡，难道我们的文化传承不是越来越少。

藏历二十九吃"古突"、驱妖魔，新年初一听折嘎，大昭寺转经，拜布达拉宫，拜财神转财运，看藏戏跳锅庄，神山圣湖挂经幡祈福……相比一下，我们的春节似乎遗忘了什么。

2014 年 3 月 3 日 **星 期 一**　　　　　**三年后留下些什么**

至今，来藏已经 216 天了，还有 880 天就回去了。这些天一直在思考，三年的时间不算短，以后自己还有几个工作上的三年啊，因此，一定要做到少留遗憾。在自己三年后离开拉萨时，除了恋恋不舍外，还应该有一种自豪和满足，因为，自己三年里做到了无怨无悔。那么从现在开始，就应该规划好。

2014 年 3 月 4 日 **星期二**　　　　**向书记、局长汇报回京办事情况**

春节休假期间，我到总局国际司、电影局、财务司以及财政部教科文司等沟通了有关情况，现汇报如下：

一、有关情况

（一）国际司：根据局领导要求，我带领区广播电台漆家颖、边巴向国际司领导汇报了我局申报的丝绸之路影视桥项目情况。根据国际司领导的有关意见，区广播电台进一步完善了项目方案，以备将来向中宣部汇报。

（二）财务司：我向财务司领导汇报了西藏的有关情况，了解了国家今后有关广播影视事业发展政策。考虑少数民族地区译制工作仍然有待进一步加强的实际情况，财务司建议我们着手对今后西藏少数民族语言译制方面的项目需求进行研究测算。

（三）电影局方面：我向电影局领导转达了董常委的感谢，并希望进一步加大拍摄补助力度。他们的意见，要明确《驻藏大臣》的摄制主体，尽快完成剧本创作，同时要考虑多渠道筹集资金，因为资金保障情况也将是下一步电影局对影片补助的重要考核内容；关于补助我局的电影流动放映设备经费，电影局将于近期拨付电影公司。

总局工会：我向总局工会主席汇报了参加"进村入户结对认亲交朋友活动"的有关情况以及联系户吉吉孩子的病情（先天性口腔开裂）。主席非常关注和重视，表示将积极联系有关部门争取帮助治疗。

二、几点建议

（一）今年总局将启动广播影视"十三五"规划编制的前期工作。考虑规划编制工作事关我区今后广播影视发展，为确保工作的主动性，建议尽快启动我区广播影视"十三五"规划编制的前期调研和项目储备等工作。

（二）今年是全国援藏 20 周年，届时中央和自治区将组织有关纪念活动。为配合做好有关工作，为今后的援藏工作提供指导，建议我局组织编写《广播影视系统援藏 20 周年研究》，对全国广播影视系统 20 年来援藏的有关情况、成果、经验、资料、问题以及下一步援藏工作的主要思路、受援机制、重点项目等进行系统整理和总结。

（三）建议对我区西新工程实施的有关情况进行全面总结，研究提出包括加强少数民族语言译制制作能力在内的一揽子项目建设计划。同时，进一步推进我区西新工程有关项目的建设力度。

（四）此外，我还与财政部教科文司有关领导进行了沟通，汇报了我区广播影视发展的有关情况，请他们进一步加强对我区广播影视项目的支持力度。根据教科文司的有关意见，建议请规财处研究提出我局 2014 年申报"中央文化体育传媒发展专项资金"的项目计划。

2014 年 3 月 4 日　星期二

遇到那曲的援藏干部

参观中国石油运输公司西藏分公司，同去的还有文彤、京东、胜利、步月。公司经理曹总以及中国石油援藏干部陈书记和小郭陪同我们参观了公司的监控室，介绍了公司的运营情况。

陈书记和小郭在双湖县援藏，那里的海拔在 4950 多米，戏言躺在床上 4900 多米，站起来就 5000 米了。那里几乎没有植被，作为县委副书记的他们也没有洗澡的环境，想要洗澡只能一个月跑一趟临近的尼玛县，因此，洗澡在当地是一件十分奢侈的事情。由于宿舍里没有上下水，只能去公共厕所。有一次陈书记半夜去厕所，打开手电筒，却悚然看见里面趴着十几条野狗，此后再也不敢晚上出去。双湖县 12 万平方公里，人口 13000 人，县城只有 3000 人，几乎是藏北最北部的县城，也被人视为无人区，他们每次来到拉萨，就算是休整了。和他们相比，我们已经是十分幸福的了。

2014 年 3 月 5 日　星期三

第一次值班

根据局里的安排，今天是我当值，由于今天是全国人大开幕，所以是一级戒备，要求当值人员要住在办公室。

上午 9 点半来到办公室。

正好可以利用这天时间看看积累了一个多月的文件，足有一百多份，什么叫文山啊，理解了。

看完文件，又看了看从文彤那带回来的《毛泽东 正值神州有事时》，40 年前的惊心动魄重新在眼前拂过。最是无情堂前柳，依旧婀娜五里风。掩卷沉思，百感交集。

上午 10 点多，去前门和后门看了看，海山领班，值班室里白天是女职工晚上是男职工，和他们相比，自己还是很幸福的，至少可以在办公室里休息休息。

夜晚到了，还是第一次住在办公室。偌大的办公楼，就我一个人，当然，一楼保安小李也在。外面静静的，屋内幽黄的灯光下，我看着文件，再写些东西，再看看电视。终于把《大丈夫》看完了，拍得还算可以吧，前几集尤其如此。

晚上 10 点，去北门看了看，海山在值班室。门卫那却看到一个女同志，一问原来是一值班员因明早要出差故让其爱人替班。回到办公室致电海山，值班大事岂可儿戏！随后海山回电，已安排值班人员回来，并找人替他一段时间，以利于他（司机）明早出行。

睡前，有几分头晕，于是吸了一会氧，辗转反侧终于睡着。半夜又再次醒来，有几分胸闷，看了看表，凌晨 2 点多。打开窗子透透气，并再次吸氧，一觉睡到早上 8 点。

收拾东西，整理文件，于 9 点 30 分将值班签到表交给门卫。

值班任务结束。

2014 年 3 月 7 日 星期五

调研计划

在西藏工作三年是一次难得的学习、锻炼、增长见识的机会。

调研目标：这三年，要争取走遍西藏全部七个地区的 74 个县，要走遍区局直属的 38 座发射台站。

调研方法：调研前，要研究了解当地的有关情况，深入当地广电局、广播电视台、村村通站点、电影流动放映点等，通过实地查看、座谈、调查问卷等，了解广播电视业务开展情况、存在的主要问题、解决的主要思路，每次路经各地，都要看看当地的援藏干部，每次调研回来都要形成调研报告。

调研时间：选在不是很忙的季节（错开 3 月、7—9 月），选在驻村的时候，重点在 4—6 月。初步考虑，先近后远，2014 年：日喀则、阿里；2015 年：那曲、昌都；2016 年：林芝、山南。

调研选题：十三五规划调研；西新工程调研；农村电影放映调研；应急广播调研；县级有线电视改造调研；公共广播电视频道调研、公共服务均等化标准化调研等。

2014 年 3 月 8 日 星期六　　令人揪心的三八节

今天是三八国际妇女节。然而在清晨，却听到了令人揪心的消息，一架从马来西亚吉隆坡开往北京的空客 777-200 于凌晨 1 点 40 分左右与地面失去联系，截至目前，仍然没有失踪客机的有关信息。

机上共有乘客和机组人员 240 多名，还有 2 名婴儿。其中有一个中国书画协会的 24 人团，也在失踪客机的乘客名单上。

尽管不时从网络上传来失踪客机在越南山区降落、在越南海域迫降等消息，但很快都被网络所纠正。截至目前，官方的说法是，在搜寻失踪客机的海域上，发现了两条油污带。但也不能确定这就是失踪客机的遗迹。

时间已经过去了 20 多个小时，尽管我们宁肯相信奇迹的发生和出现，但是这个美好的愿望越来越渺茫。

200 多条鲜活的生命啊，160 多名同胞啊，多少个家庭望眼欲穿，多少双泪眼在期待奇迹。

我不能为他们做些什么，唯有在雪域佛国，在布达拉宫之畔，祈盼奇迹出现，为全体人员祈福！！！

2014 年 3 月 9 日 星期日　　半年回顾

来西藏已经两百多天了。半年来，除了积极履行所分管的工作外，还做了以下事情：

一是加强与国家发改委、财政部、中央统战部和总局有关司局沟通，汇报西藏广播电视覆盖等有关项目，争取各中央部门的理解和支持。二是积极争取开办西藏地区广播电视公共频道和公共频率，并得到了总局有关领导和相关司局的理解和支持。三是积极沟通争取开办自治区广播电台科技频率和少儿频率，目前有关工作正在开展中。四是积极与总局电影局沟通，争取农村电影放映设备和室内放映点补助项目，落实经费 200 万元。五是在司里帮助和支持下，为丁青县、南木林县等争取广播电视演播设备，支持两县广播电视发展。六是承担了总局委托的西藏西新工程建设绩效评价课题项目，目前有关工作正在积极推进中。七是积极争取电影《先遣连》在电影频道黄金时段播出，并被中国电影网收录。八是积极沟通电影《驻藏大臣》拍摄补助事宜，落实前期经费 200 万元。九是积极帮助西藏电视台联系有关节目事宜。十是积极与中广传播公司沟通协调，帮助解决西藏部分地区 CMMB 运行经费事宜。十一是根据局领导要求，我带领区广播电台漆家颖、边巴向国际司汇报了我局申报的丝绸之路影视桥项目情况。根据国际司领导的有关意见，区广播电台进一步完善了项目方案，以备将来向中宣部汇报。十二是我向总局工会主席汇报了参加"进村入户结对认亲交朋友活动"的有关情况以及联系户吉吉孩子的病情（先天性口腔开裂）。

从一位老人想起

2014 年 3 月 15 日 星期六

今天是周六，应儿子的要求，带他去北京图书大厦买书。

儿子喜欢看书，因此，喜欢到北京图书大厦转转，这很让我欣慰，毕竟，开卷有益，并且这个任务往往是交给我，正好可以借机和儿子聊聊天。

回来的时候，见儿子累了，便和他一起乘坐 1 路公共汽车，由于只有一站地，我们俩从中门上来后，便站在了靠近前门的附近。

这时，我看见在旁边一个座位上，蜷着一位年迈的老大娘，穿着一身蓝色，像一团蓝色的棉被一样堆在座位，头斜靠在汽车的窗户上。

老人 70 岁上下，头上裹着一条蓝色的围巾，而在围巾的里面，还露出一层暗褐色的围巾来，看得出来，老人在出门前，为了御寒，是很细致地武装了一下自己。尽管头上裹得很严实，但还是在前额露出苍白的头发，衬着一脸沧桑的、带着岁月锈色的皱纹。

大娘上身穿着一件厚厚的蓝色棉衣，在蓝色外衣下面，是又一件厚厚的棉衣，与土蓝色的外衣不相称的袖口的淡黄色，分明是后来又打的补丁。而更令我吃惊的是，在这第二件棉衣的里面，居然还露出一件褐色的棉衣，加上厚厚的棉裤，老人就像被一团棉被包裹着一般，沉睡着。握着拐杖的手，黝黑粗糙，手背皲裂，手指上还缠着一条发黑的创可贴。手指甲又黑又长，可能是太过于疲惫的原因，老人在不时地打着瞌睡，于是握着拐杖的手不时滑了下来。而在老人的脚下，是一个破旧的纤维袋子，瘪瘪的装了半袋东西。

从老人的衣着不难看出，这是一个来自农村的老人，可能家境并不富裕，因此，虽然已经年迈，却仍旧每天为了生计忙碌着。在这寒冷的冬日，老人可能把家里所有能御寒的衣服都穿在了身上。但，她去哪呢。是去远方的孩子家里，和孩子在一起共享天伦之乐，还是从另外一个地方回到久别的家里？

直到车到站了，老人还靠在那里深深地睡着，不知她要在哪里下车，愿她一路温暖好梦。

2014 年 3 月 16 日 星期日　　　　　　　　　　　# 醉氧之苦

3 月 12 日回京，至今已经四日了。此次回来是帮助西藏电台联系丝绸之路影视桥项目，同行的还有电台的小漆和小边巴。

几日来一直在路上奔波：12 日晚上，乘坐 CA4126 抵达北京，晚上 7 时到家；13 日上午，在中央台开会，由中央台统一汇总各地区项目情况，期间分别拜会了国际司、中央台和财政部有关领导。下午，由国际司组织在总局 A108 会议室，具体给大家讲解项目申报技巧。可见国际司对该项目的重视程度。

随之而来的就是久久挥之不去的醉氧感觉。初上高原，由于缺氧，会发生头痛、恶心、难以入睡等高原反应，而在高原待一段时间后在来到内地，人体又要适应一段时间，于是便出现了醉氧反应。

以往下山（西藏人称出藏为下山，入藏为上山），顶多一两日便基本没事了，这次可能一方面是连日来比较劳累，另一方面是身体有些衰弱，因此醉氧状态持续多日。每天嗜睡、头晕、恶心，总是一副睡不醒的状态，走路如飘，气语如丝，个中滋味实在难受。以往上山时，如难受可吃些高原安、红景天之类，加上吸吸氧就好些了，而此次下山，对付醉氧却没有什么好办法，好像除了休息就没有什么招法了。展望前面，还有两年半，期间要经历多少次缺氧、醉氧之痛啊，身体要适应多少回锤炼啊！

2014 年 3 月 20 日 星期四　　　　　　　　　　# 为西藏电台事奔波

这次回来，主要任务有两个，一是丝绸之路影视桥项目，二是少儿广播和科教广播项目，都是西藏电台的事。

关于丝绸之路影视桥项目。跑了中央台、国际司、中宣部和财政部，希望他们能予以支持，目前正在等待消息。

关于少儿广播和科教广播项目。先后跑了传媒司和科技司。传媒司意见：第一，原则予以支持；第二，目前西藏申报的频率频道过多（4 个），不利于审核通过，建议分步申报；第三，建议将少儿频率改为青少年频率，受众面更广，更容易审核通过。科技司意见：原则予以大力支持。

昨天局里电话通知，让我参加 25－26 号的电影局会议，巴桑处长也要参加。

近日受风寒感冒，身体不适，头晕鼻塞。

窗外北风阵阵，车流滚滚，寒意逼人。

怀念拉萨的阳光！

2014 年 3 月 30 日 星期日

近日小结

今天，乘坐国航 CA4112 又回到了拉萨。

这次回京，沟通情况喜忧参半。

首先，西藏电台申报项目事宜。为此事自己从中宣部、财政部到总局有关司局、中央台上上下下磨破了嘴皮，但是，结果却是无功而返，很是遗憾。

其次，西藏电台申请少儿和科技广播频率的事情，传媒司表示，可先办理一个频率，至于少儿广播，建议调整为青少年广播，虽然不尽如人意，好在事情仍在推进。

第三，科技司同意将我局列入应急广播村村响试点，但需要我局尽快报送有关文字申请。

第四，中央台应急广播中心同意为我局拉一条应急广播信息专线。

另外还从司里找到一些地方应急广播开展情况的具体方案，下一步可以作为西藏开展工作的有力参考。

2014 年 3 月 30 日 星期日

离愁别绪

早上 9 点的飞机，因此，6 点半便已离开家门，孩子和妻子还在梦境中。

正行走间，看见爸妈从远处走来，这已经是我隐约意料之中的事情了。

又是给我买的我爱吃的面包、蛋糕、香肠等零食，然后送我到单位车上，然后才离开。看见他们渐行渐远的身影，原本内心平静的我，又不免伤怀起来。

很快，乘坐大鲁的车就到了机场，正在安检排队，妻子和孩子的电话也打了过来，埋怨我早上走的时候没有和他们打招呼……

其实，自从去年7月31号离京援藏，每每离别却总是有些伤感。正如妻子所言：你不回来时还好些，待段时间再走又有些不舍呢……

又是一夜无眠

援藏生活是好了伤疤忘了疼的过程。

回京出差数日，便已开始想念在西藏的阳光、白云、蓝天。

然而每次回来的高原反应又让自己产生几分"自贱"的感受。

从昨晚12点多开始，自己就开始在床上辗转反侧。缺氧带来的头痛一阵阵袭来，又有几分恶心。这次回来感觉高原反应比以往要强烈些。

牢记长江局长曾经叮嘱的抗高原反应要领，吃药、吸氧，但这次却感觉效果不是很明显。先是睡不着，索性打开收音机，让自己在音频的陪伴下昏昏入睡。不料凌晨2点45分还是醒了。一直到早晨6点，自己几乎就没有睡着。

在高原生活，感觉最痛苦的莫过于晚上，尤其是冬天的晚上，一是拉萨昼夜温差大，屋里又没有暖气，寒意袭人；二是晚上的氧气含量更低，睡觉是一个很大的问题，经常是"猫一天狗一天"。难怪有的援友戏称"看见床就害怕"。

为此，自己尝试着各种办法，烫脚，喝蜂蜜水、牛奶、啤酒……但截至目前，似乎还没有总结出一套行之有效的安然入睡的好办法。

此时的窗外，黝黑一片，拉萨城还沉浸在寂静之中，多少人还在睡梦中。而此刻的北京，应该早已是车水马龙了，爸妈应该早已起床，为孩子做香喷喷的早饭了……

来藏八个月了

已经来到西藏整整八个月了。八个月的有关数字如下：

1：下了一次乡，虽然只有短短一周的时间，但是感觉收获非常的大。

7：与财务司、国际司、电影局、科技司、宣传司、传媒司、工会等 7 个司局进行了联系，争取了部分资金政策和项目。

13：与援藏干部座谈了 13 次，目前还有很多援藏干部并不熟悉。

200：为西藏电影事业争取了 200 万元的资金，虽然不多，但是非常感谢甘大姐。

243：援藏生活已经过去 243 天，时间过得真快啊。

853：还有 853 天就要结束援藏工作，要只争朝夕。

有关设想：

寻找一个着力点：拟放在有线电视改造方面。

加大调研力度：来藏八个月，深入西藏基层不够，对西藏有关情况了解不够。

加大工作力度：在以前的八个月中，工作中还不够大胆，时光如箭，刻不容缓，只要是为西藏广电事业，不要考虑太多，要珍惜剩下的工作时日。

锻炼身体为首要：这是在藏工作的一切前提，每天都要快走 5 公里，周末要加大锻炼力度。

多读书多写作：在西藏工作最珍贵的是时间，因此要抓住这段难得的光阴，做一些有意义的事情。

为驻村工作队送行

2014 年 4 月 1 日 **星期日**

受德吉书记和韩辉局长委托，我代表局党委为第五批驻村工作队员送行，简要讲三点：

第一，务必注意安全。大家此行，山高路远，环境艰苦，远离家人，因此，一定要注意安全，保重身体，团结互助，领队和队长要发挥好作用，确保每一个人平平安安地去，顺顺利利地回。

第二，切实完成好工作任务。驻村工作，虽然工作范围只是某个村、某个点，但是责任重大，意义重大。大家要继续发扬以前四批驻村工作队的优秀传统和良好工作作风，深入了解在村群众需求，帮助驻在村发展经济、改善民生、维护稳定、促进和谐，同时，要严格要求自己，遵守政治纪律、工作纪律、生活纪律，维护驻村工作队和驻村干部良好形象。

第三，衷心感谢大家支持和参与全局驻村工作，驻村工作很艰苦，大家要在那里工作生活八个月，很不容易，各单位要切实关心、帮助每一名驻村工作队员的生活、工作和家庭。大家有什么困难和问题，也要及时和局里、和单位报告沟通。

最后，预祝第五批驻村工作圆满成功。

2014 年 4 月 3 日 星期四

驻村的援友

中午见到援友晓南，他在那曲驻村，海拔 4000 米，历时半年。晓南是一个对待工作很投入很敬业的人，据了解是首位驻村的援藏干部。

驻村期间，他组织村民进行红色旅游，参与当地的支教活动，撰写垃圾分类建议，用打油诗来和大家分享自己的驻村体会。

援藏干部们从不同的角度、不同的领域、不同的方式诠释着一颗爱藏、建藏之心。

祝福晓南平安好运！

2014 年 4 月 4 日 星期五

瞻仰革命烈士陵园

今天的天气依旧是阴阴沉沉的。似乎合着清明节前的阴郁。

上午 10 点半，中央国家机关第七批援藏干部来到拉萨西郊的革命烈士陵园。

面对庄严肃穆的革命烈士纪念碑，几十名援藏干部垂首默哀，举起右手，重温入党誓词。

一对对武警官兵，一排排学校学生，大家都在清明时节，来到先烈长眠的地方寄托哀思。

随后，一行人瞻仰了烈士陵园，孔繁森、王海、郭毅力……一个个熟悉的名字，让自己心情久久难以平静。他们之中有的年仅 20 多岁就献出了宝贵的生命，把生命和奉献留在了这里，把追思和痛楚留给了远方，更把一种精神永远地留在了世间。

在孔繁森墓前，我们静立良久。孔繁森也是一名援藏干部，他于 1979 年第一次进藏，1981 年回到山东聊城，1988 年再次进藏，1994 年 11 月牺牲在阿里那片他深爱着的土地上。

孔繁森在藏工作了 8 年，牺牲时，人们从他的身上只找到了 8 元 6 角。他把更多的爱留给了这里的山山水水和群众，把更多的遗憾留给了家人。

"是七尺男儿生能舍己，作千秋鬼雄死不还乡"。这是他的真实写照。

孔繁森是援藏干部的楷模，是新时期干部的榜样。

默默地，我把胸前的小花摘下，轻轻地挂在了墓前的哈达上。

静静地，我们离开了，让脚步更轻些，让烈士们在地下安然。

当我再一次回首时，几名胸前戴着红领巾的小学生，正在拿着笤帚认真地在墓前清扫……

2014 年 4 月 5 日 星期六 向书记、局长汇报回京办事情况

近日，我赴京参加了总局有关会议并沟通汇报了相关项目，现将具体情况报告如下：

一、参加全国电影属地审查管理培训班。总局童刚副局长出席会议并讲话，电影局张局长、毛副局长和栾副局长部署了有关工作，制片处、艺术处和技术处等有关处室讲解了电影属地审查的具体要求。根据总局通知和会议要求，从今年 4 月 1 日起，总局将电影审查权限下放到各省级广电部门，要求各省广电部门要切实健全工作机构和审查条件，全面承担起本地区电影审查工作任务。我在会上汇报了我局近年来电影审查工作开展的有关情况和目前面临的实际困难，希望总局能够予以理解和支持。鉴于电影审查是一项重要任务和长期工作，根据总局有关要求，为适应我区电影发展和管理工作需要，建议尽快完善我局电影审查工作机制和条件。

二、沟通广播电台申请开办"科教广播"和"少儿广播"事宜。先后与总局传媒司和科技司有关领导和处室进行了沟通和汇报。传媒司和科技司的总体意见是：第一，原则上予以支持；第二，考虑近期西藏申报开办的频率频道较多（包括公共广播、公共电视、少儿广播、科教广播），从以往的经验来看，同时申报不利于审批通过，因此建议我们分步申报；第三，"少儿广播"受众面有限，开办难度较大，从目前各地实施情况来看，绝大多数地方不尽人意，为此，建议将"少儿广播"改为"青少年广播"。

三、沟通汇报广播电台丝绸之路影视桥项目。考虑该项目由中宣部主导，并且需要以中央三台作为申报主体，地方单位申报难度较大，我和电台的有关同志先后到总局国际司、中央台、中宣部和财政部等向有关领导进行

了多次汇报和沟通。目前，中宣部组织专家进行了评审，具体情况正在等待中宣部通知。

四、参加总局组织的 CCBN 展会活动。在展会上听取了聂辰席副局长的主题演讲，了解了广播影视科技发展的有关情况，并专门向广科院领导汇报了我区各级广电部门希望参加 CCBN 展会的强烈愿望以及 3 月份维稳工作重要要求的实际情况。广科院有关领导表示，感谢我局对 CCBN 展会的大力支持，将积极反映和考虑我区的意见。

五、联系应急广播有关工作。一是按照局里的要求积极与科技司沟通，希望将我局列入总局应急广播村村响试点，科技司表示将予以支持，建议我局尽快报送申请文件；二是主动与国家应急广播中心联系，了解国家应急广播中心建设情况，经过沟通，目前该中心已考虑为我局拉一条应急广播专线，推送应急广播有关信息；三是从财务司要来了总局应急广播工作方案和部分省区开展应急广播的实施方案，可以作为我局下一步开展工作的文献参考。

此外，在京期间，我还拜会了广播电视规划院姜院长，姜院长表示，为支持西藏广电事业发展，下一步拟为我区广电系统免费培训部分科技干部，目前该院正在研究具体培训方案。

特此汇报。

2014 年 4 月 6 日 星期日　　**第一次去郊区采风**

下午，闲着无事，恰巧晓东要去曲水拍水鸟，问我去不去，考虑再三，虽然昨晚一宿没有睡好，困意不断，但是，新鲜好奇还是驱动自己和晓东一同前往。

走机场高速，在贡嘎隧道前右转往曲水方向开，跨过拉萨河，顺着拉萨河一路向北，不久，停在了路边一小山脚下，半山腰处有一观景台，登台远望，青蓝的拉萨河水像一条水晶链条伸延远方，这是一条伟大的河流，千百年来养育了这里的山山水水和万亿民众。

稍作停留，拍了几张片子后，继续向北前行，几次路边停下，是为了用镜头追逐河水中嬉戏的水鸟。水鸟还真不少，白色的、黄色的、黑色的，或在水中相对嬉戏，或在空中盘旋摇曳。水边，行行柳树已经抽绿，在或明或暗的群山和水晶蓝宝石般的河水、蓝莹莹的天空映衬下，那绿啊，格外的娇嫩，像一抹春天般，在枯燥的冬季，婀娜多姿。

不时看到路边停着车辆，有川字头的，有青字头的，更多的是藏字头的，人们三五成群，或在河边像我们一样拍摄水鸟，或席地而坐，沉浸在自然之中，用拉萨话就是"过林卡"。

拉萨人还是很幸福的，在碧水蓝天下，享受着这春的气息，春意盎然……

2014 年 4 月 7 日 星期一 召开区局十三五规划编制等专题会议

今天，按照书记和局长的要求，我们在一起碰个头，把这几件事情一起议一议。这几项工作是我 2 月份休假期间，到总局和财政部有关司局沟通情况，回来之后向书记局长汇报的。书记局长很重视，3 月 9 日批示，认为非常重要势在必行，由我来牵头，办公室负责，相关处室参与，拿出初步意见和工作方案，上会具体研究决定。

一、关于我区十三五规划。

（一）背景

今年是十二五的倒数第二年，按照以往的惯例，下一个五年规划应该启动了，所以我在上次回京时，专门到总局问了有关情况，得知总局将要在下半年启动这项工作，于是回来后我就赶紧向书记和局长汇报了此事：这是一件大事，我们要尽早启动，提前启动，掌握主动权，为编好规划打好基础。

（二）几点考虑

1. 规划编制是一项极其重要的工作。万千头绪，规划先行。第一，规划编制决定着未来五年的发展方向。第二，规划编制决定着未来的国家的、自治区的财政投入。第三，规划编制决定着未来的工作重点和着力点

2. 规划编制不能自娱自乐。如果关起门来，拍脑袋，那么规划就变成了"鬼话"了。因此，第一，要紧随国家的大政方针。第二，要与自治区的发展政策和要求同步。这就要求，我们要了解国家的未来发展的政策方向，了解十八届六中全会等中央的重要决策部署；要了解总局的有关政策要求和发展趋向；要了解自治区跨越式发展和长治久安的重要要求；要了解各级广播影视部门和单位发展的现状、存在的问题；了解人们群众对广播影视的新的要求。

3. 规划编制要有前瞻性和战略性。什么是前瞻性，就是我们能准确地

预计到未来一段时间广播影视发展的趋势和脉络，并且能够围绕这个趋势和脉络去有针对性地提出发展思路和举措。比如，下一步农村电影放映工程该何去何从，如何继续提升工程效益；地面数字电视，总局已经提出发展规划，如何在我区统筹布局；应急广播，总局正在稳步推进，我们应该采取什么样的发展策略，等等。什么是战略性，就是我们这个规划是全局的，而不是局部的；是顶层设计，而不是具体方案；是从大看小，从宏观看微观，而不是从小看大，从微观看宏观；是全面的规划，而不是片面的设计。这就要求我们，一是要统筹考虑，各领域、各环节、各方面都要统筹兼顾；二是要有规划意识和规划自觉，规划不是规财处一个处室的事情，也不是局机关的事情，是全局、全系统的大事，要全机构、全员参与，当然，规划财务处是具体工作部门。

二、关于广播影视援藏 20 周年

（一）背景

今年是中央援藏 20 周年，届时中央和自治区将组织有关纪念活动。我一直在思考，如何借助这个契机，拿出一些东西来，争取国家更大的支持，考虑再三，我觉得可以对全国广播影视系统 20 年来援藏的有关情况、成果、经验、资料、问题以及下一步援藏工作的主要思路、受援机制、重点项目等进行系统整理和总结。为什么呢，一方面，我们这方面的工作目前还是空白，20 年来，总局也只是在 1996 年召开了 1 次援藏工作会议；另一方面，这项工作可以为今后的援藏工作提供指导，更有针对性。据我了解，包括北京市等地区和行业都在对 20 年来援藏的有关情况进行系统总结和梳理，为下一步援藏工作提供指导和思路。

（二）几点考虑

这是一件很有意义的事情，因为援藏工作不仅体现在援助地区和部门的工作，也体现了受援地区和部门的有关成绩。在名称上，可以暂定为《全国广播影视系统援藏 20 周年》；在形式上，不是一两篇文章，而是应当形成一本书或者一个册子；在具体内容方面可以包括：有关图片、广播影视援藏情况、广播影视援藏取得的成果、广播影视援藏存在的主要问题、广播影视援藏的主要思路、各省援藏情况、总局和各省援藏干部名录、有关领导讲话、大事记、下一步援藏的主要思路、受援机制和重点项目等等。资金援藏、人才援藏、项目援藏、宣传援藏与广播援藏、电视援藏和电影援藏是否有交叉的地方；在工作层面，应该会同党委宣传部、总局人事司、财务司以及各省广电部门。在时间上，中央援藏工作会议大概在 7、8 月份，我们争取能赶在那个时间前完成，因此，任务比较重，建议 6 月 15 日前或 7 月 1 日前收集稿件；7 月 15 日前或 8 月 1 日前完成初稿；8 月 15 日前或 9 月 1 日前成书。

三、关于申报中央补助地方文化体育传媒项目。

（一）背景

在回京期间，我还与财政部教科文司有关领导进行了沟通，汇报了我区广播影视发展的有关情况，请他们进一步加强对我区广播影视项目的支持力度。根据教科文司的有关意见，建议请规财处研究提出我局 2014 年申报"中央文化体育传媒发展专项资金"的项目计划。

（二）几点考虑

一是网络设备等可以考虑进去。二是大型项目和重点项目补助资金，根据管理办法将由省级财政部门申请另行下达。

四、总体考虑

（一）各处室报送的工作方案很认真、很细致，既结合了工作实际又考虑了局的总体部署，对大家的辛勤工作给予肯定。

（二）根据大家的建议，请有关处室对所报工作方案进一步完善，一是要进一步细化，比如，要列出时间表，明确时间进度，并尽量往前赶；任务分工要明确，谁是主办，谁来协办，什么职责，要具体到单位、处室。二是请办公室尽快对工作方案进行汇总完善，我出差回来后报书记局长。

（三）大家日常工作都很忙，这次又给大家增加了新的工作任务，所以非常感谢各处室的辛苦付出！在工作中有什么情况和问题，我们及时沟通，及时协调。

2014 年 4 月 11 日 星期五　　　　　　**两局合并了**

4 月 10 日早上 8 点 40，由于昨天晚上的艰难睡眠，还在睡梦中，突然被一阵手机铃声吵醒，一看，是拉萨的座机号，不认识，接听后："是杨局长吗，今天上午 11 点半，在自治区党委 401 会议室，由吴英杰副书记主持召开机构调整集体谈话会。"

其实，这个消息，昨天晚上就已经知晓，只是没有料到会这么快，似乎这不符合西藏的风格。

从 11 点半一直等到 12 点多，终于会议开始了。

吴书记首先传达了自治区党委关于新闻出版局、广电局合并，卫生厅、计生委合并，药监局升格的通知，然后宣读了合并后各厅局的主要负责人，并提出了要求：一是要尽快实现对接，确保工作不断档；二是要做好宣传工作，确保队伍稳定。梁田庚部长也做了讲话。

出人意料的是，新成立的新闻出版广电局的两位主官由原广电局的两位主官接管。邹局去了食品药品监督管理局。这样算来，新成立的新闻出版广电局的 11 位党委成员中，广电占 8 席，新闻出版占 3 席。

4 月 11 日下午 5 点半，广电局机关全体干部职工和直属单位班子成员全部乘车赶往新闻出版局，和那里的职工汇合，参加新机构改革集体大会。

走进会场，黑压压坐了一大片，左边多是新闻出版局的，中间和右边多是广电局的，今后，我和这些兄弟姐妹们将在一个战壕共同战斗 3 年。这也是我们与其他援藏干部所不同的经历。

会议由韩辉局长主持，首先，由组织部常务副部长许部长讲话，他介绍了新机构工作组的全体成员：德吉、韩辉任组长，其他副局长任成员。他要求，第一，要树立大局意识，第二，要尽快推进整合，第三，要团结和谐。韩辉代表工作组发言，坚决响应自治区党委的决策，两家人是同一条战线的战友，将共同作战完成中央和自治区交付的任务。

整个会议大约在半个小时左右。

一个历史性时刻就这样画了一个句号。

2014 年 4 月 12 日 星期六　　　　　　**听车刚讲课**

上午，步行一个小时，来到西藏大学，听著名摄影师车刚讲授摄影技术。

车刚是中国诸多以拍摄西藏题材为主的摄影家之一，辽宁省丹东市人。他从 20 世纪 80 年代初进藏，先后为《西藏日报》当摄影记者，在西藏旅游局从事专业摄影，任《大公报》驻西藏记者。他的作品散于各类影展、影集和报刊，是中国摄影家协会会员、中国当代摄影学会会员、中国新闻摄影学会会员、中国民俗摄影协会理事、首批博学会会士，现任西藏摄影家协会副主席。

车刚没有讲基础的理论知识和机械知识，而是将他三十年来在西藏拍摄的精品力作，一幅幅展现给大家。可以分为风光摄影、民俗摄影、人物摄影等。给我留下比较深刻印象的话语有：

专业摄影师不研究技术（可能是更多地捕捉时机吧——作者）。

作为一个摄影家，开始可能是各方面都涉及，但逐渐会关注于一个方面，或新闻或风光或民族或人物等。比如，一个企业家就将精力放于雷电摄影上。

隔着玻璃拍摄要用大光圈。

画面越简洁越好。

有时构图不妨大胆些，打破常规。

拍摄作品要先有后精（即先拍下几张拥有资源再去考虑精细摄影）。

现代和传统的东西要更好地结合起来。

有时黑白的效果也很好。

回到家中，上网搜了搜车刚的有关资料，这是一个幸福的人，能够将自己的爱好变成自己的事业，并且找到了西藏这个平台，去展示美和力量。同时，这也是一个执着的人，一个执着于某事业三十多年的人，他的成功可以复制。并且，这也是一个大写的人，他的更动人之处却是在于他用相机为社会做出了更多的贡献——抚养残疾儿童。我想，这是一个摄影人的升华，由技术到景观到大爱的升华！

2014 年 4 月 13 日 星期日　　目　标

这几天一直在思考援藏的一些事情，初步理出一些思路来。

来西藏要做四件事情：

一是读万卷书。在西藏工作的优势是业余时间比较丰富，尽量少一些应酬，多看一些书，每读完一本书，都要有所记录。要通过读书来丰富自己。不要像杨绛先生说的"你的问题是书读得太少而想得太多"。

二是行万里路。高手在民间，经验出基层，要多下乡下基层调研，多了解基层情况，基本目标是走遍全部 74 个县。

三是写万千文章。不管是读书还是行路，都要及时总结和记录，这是思考和总结的良好方法。

四是要万万资金。初步目标是争取为西藏申请一个亿的资金和资产。分成几年，基本上是每年 3000 万元，今年已经完成 1000 万元。

当然，完成上述任务是有压力的，但是人不能在没有压力的环境下成长，唯有此，才会有动力去前行和奋斗！

一路向西

早晨 9 点，在广电局北门集合出发，会同小尚、扎西、宋处，奔赴日喀则进行项目验收。

走机场高速，奔曲水方向，翻越冈巴拉山，路经羊湖，眼见一弯碧玉镶嵌在蓝天雪山之下，温润奇美，惊艳旷世，相信此刻即使石头人见此也会融化。继而继续南行，经过浪卡子中波台，又见群山拥簇之中，一片雪山拥被而来，这就是久违的卡若拉冰川。与上次（2012 年）相比，冰川明显小多了，据说 90 年代的时候，冰川曾直抵公路，由于近年来西藏气温升高，加上公路紧邻，致使冰川日趋萎缩。不知再过若干年，冰川还存在否？

继续西行，来到了千年古城江孜。这是一座英雄之城，110 年前，几千名英勇的藏族人民在宗山顽强抵抗入侵的英军，最后全部战死，留下了悠悠青史。在明书记陪同下，先到了县广播电视中心。该中心现有人员 15 名，分别承担着广播电视节目转播、自制新闻节目（每天 15 分钟不等）、村村通设备维护等。中心有初具规模的演播室、编辑设备和采访设备等。但，很明显，作为一个县级广播电视机构，尚很难有效承担起一个完整的频率频道节目的制作工作。

又参观了县影剧院，该院建于 1991 年，前年曾进行了翻修，是一个大礼堂，既可容纳会议、演出活动，也可演播电影，但由于片源、演出时间等原因，基本上没有什么票房。

在发射台，进行了 LED 和视频监控系统的验收工作。验收组一行查看了已经运行近四个月的两套系统，询问了有关情况，听取了厂商关于系统设施和软件的有关情况，台站负责人汇报了两套设备的运行情况。我最后做了总结：这次验收工作，验收组的各位专家非常认真，程序也很规范，从抽检的情况来看，也基本符合合同和招标文件的有关要求，因此，同意大家的意见，对该台的两个项目予以验收。下一步，两个厂家要按照合同的有关要求，继续给予技术支持，确保两套设备系统的正常运行。两套设备的安装，进一步武装了台站的硬件设施，对提升台站的安全播出能力，提升信息化、网络化、智能化水平等都有了很好的促进作用。台站要以此为契机，在提升硬件建设的同时，进一步提高台站的安全播出治理能力和治理机制，提高安全播出的意识和责任，建立健全安全播出管理制度，做到两手抓两手都要硬，确保安保安播工作顺利完成。

在中波台，到机房查看了 5 套广播节目的运行情况，一路外电，加上柴油发电机而已。只不过这边的电力系统还算比较稳定。

在去往日喀则的路上，先后看了两处村村通和一处寺庙通项目。一是在公路一侧，看到了村村通机站，大约十几米高的调频天线。山下的一个自然村中，大部分是通过此机站收看到两套电视节目，一套藏语，一套科教。虽然电视机是新式的液晶电视，但电视信号非常不好。二是在巴扎乡觉结村查看了一户农家，通过直播卫星，可以看到 47 套电视节目。家中的老奶奶非常热情地给我们介绍家里和收看电视的情况。三是查看了格培林寺的广播电视进寺庙。这是一座尼姑庙，僧舍很小，可容两人居住，一台小电视可以提供 47 套广播电视节目，据她们介绍非常喜欢收看文艺节目。

2014 年 4 月 17 日 星期四　　翻越喜马拉雅山

早晨 9 点，从日喀则出发，一路向西，直奔吉隆。

具体行程是：日喀则—萨迦县—拉孜县—定日县—聂拉木县—吉隆县—吉隆镇。

这一路，群山逶迤，横亘万里，连绵不绝，就像打开了魔术盒一般，你穿越了这两座山门，又迎来了更多的山峦，起起伏伏，相伴左右。有的山，突兀而起，直刺蓝天；有的山，断崖横陈，巨臂擎天；有的山，五彩斑斓，犹如锻锦；有的山，白雪皑皑，如披银甲，在白云的缠绕下，越发显得妩媚神秘……

这一路，偶遇神湖，清幽莫测。忘记叫什么湖了（后查：配枯错），反正是犹如一面蓝宝石，镶嵌在雪山草地之间，蓝的令人心醉，蓝的令人神往。在湖心，呈现出一弯深蓝，那是最深处的湖水，颜色略显深沉。

在经过了无数的雪山之后，远方一尊银峰，身披旗云，不抢自异，如同仙女，这便是我久违了的神女——珠穆朗玛峰。珠峰，我来了，从几何起，你是我们心中的美丽，是我们多年的神往，如今，你就在我们眼前，怎能不令人兴奋不已！

来到吉隆镇

吉隆镇地处喜马拉雅山南麓，海拔 2800 多米，全镇共有人口 5000 多人，约占吉隆县全部人口的三分之一。

晚饭后，我看天色尚早，便建议去镇广播电视台看一看。

镇广播电视台坐落在镇的外围，占地面积 2800 平方米。院内只有两栋建筑，一是机房，二是值班员宿舍，都是 1986 年建成的。院内一铁塔，35 米的电视调频发射塔。

机房在二楼，有电视发射机 3 部，均为 100 瓦，节目为中一、中七和西汉，广播发射机 3 部，节目为中一、西汉和西藏。另有有线电视前端，可收看 21 套电视节目，用户每月收视费 5 元，机关等为 10 元，但很难收上来，每年收视费约 1 万多元；另外，无线电视已纳入无线覆盖工程，每年维护费 3.8 万元。广播却没有纳入。据了解，无线覆盖工程主要是针对县级单位，而电视则是特例安排的（可能考虑该地为边境口岸的缘故）。机房内有的墙壁外墙皮已经脱落，整体老化严重，且广播发射机没有备机。外电是一路专电，有一套 ups 系统。

宿舍是一排平房，有 7 个单间，其中有两套为台内职工居住，其他为招待用房。由于年久失修，屋顶漏雨。在一职工家中稍坐，屋内两室，一为客厅，一为卧室，客厅内生着炉火，十分温暖，墙上还挂着嵌着相片的镜子，桌子上摆着神龛，虽然没有什么奢华的陈设，倒也很是温馨。女主人献上一碗香喷喷的酥油茶。印象最为深刻的是家里的许多刺绣手工都是女主人编制，十分精美。男主人月收入 5000 多元。

回到宾馆，把小尚、扎西和老宋几人叫到房间，对今天的考察做了小结：

第一，明天去口岸考察地理情况，看是否适合修建铁塔，并了解当地户户通情况。

第二，针对吉隆镇口岸开通的情况，应当考虑适当提升当地公共服务水平，增加节目套数，提升节目质量，具体来讲，应当推动有线电视数字化，争取将该台纳入高山无线发射台站，改善台内发射条件，同时，结合今年口岸即将开通的实际情况，研究是否可将该台纳入走出去范畴。

第三，要进一步了解在该台扩建的安全性问题，即该台的有关手续是否合法、规范。

继续在吉隆镇

吉隆小镇四面环山，或者说是在雪山的拥抱下的一座小城。早晨起来，放眼望去，只见前面的一座雪山已经被朝阳染红山顶，就是那里了，便直奔太阳升起的地方。

蓦然发现，雪山之巅，竟然还有一轮明月，不过在朝阳的映衬下，已经显得有几分发白。万仞雄峰身披银甲，迎着朝日妩媚多姣。此情此景，除了西藏高原，除了这里，大概无处可寻！

今天的行程主要是了解查看周边村子的户户通情况。

途经热索桥，穿过桥就是尼泊尔，两国隔河相望，那边破旧的防御工事分明还记载着历史上的烽火硝烟。

目前，我方正在修建联检大楼，一派热闹非凡的景象，河对边却冷清得多，除了五颜六色的货车和忙着搬运的人们。河这边高楼鼎立，河那边的海关设施也十分寒酸。

来到这里不亚于一次爱国主义教育。

原来这里只有 5 户居民，到现在已经增加到 12 户，遗憾的是，几乎居民家里使用的都不是我们发放的村村通设备，而是市场上的"黑锅"。问其原因，主要是原设备损坏，又没有及时得到维修更换，只好到市场上买非法销售的"黑锅"了。

县文广局的熊局长说，由于镇广电台只有五六个人，加上资金少，难以支撑全县的村村通维护工作，下一步一方面希望得到局里的支持，另一方面也将培训各村业务骨干，负责零星小型的设备维护工作。

穿过高悬在半空的铁索桥，便来到了吉普村。铁索桥高 250 米，长约150 米左右，几条铁链钉在悬崖峭壁之上，向下望深不可测，万丈深渊。据说曾有一年，一辆车停在岸边，不料由于司机停车时没有拉手刹，导致汽车溜入山涧，所幸车上没人。

吉普村是一个千年老村，四面大山林立，雪山高入云端，十几户人家被几条村间小径所环绕，用木材或者石块堆积的围墙，传统的藏式建筑，小院内盛开的桃花、杏花，偶尔闪出的几名顽皮的儿童，悠闲的牛羊，闲坐的藏族老阿妈，这一切，让人陶醉，没有喧嚣的人流，没有乌烟瘴气的车水马龙，没有钢筋水泥的丛林，放眼望去，雪山森林，鸟语花香，曲径通幽，真是人间幻境，世外桃源。

随便走进了几家农户，几乎每家都在收拾木材，有的在做家具，有的在劈柴火，一般都是两层楼的院落，一楼是牲畜的场所，二楼则是家人的起居场所，屋内很宽敞，经堂、客厅、厨房，陈设有序，尤其是手工做的藏式家具，雕刻极其精美。这里的农户收看的主要方式是直播卫星，对藏语节目很是喜爱，但一般不太习惯于听广播。

看到村边有一座铁塔，一问，原来是早期的村村通设备，"4＋3"发射系统。当年利用该系统，村民们可以收看收听到4套电视和3套广播，随着直播卫星的普及，这套设备早已废弃不用。在我的提议下，一行人来到机房，机房是一座几平米的小土屋，门已上锁，从门缝望去，屋内空空如也，发射机早已不知去向。为防止倒塌，铁塔的天线已经调整，但底下的一些钢筋已经被村民卸掉，存在安全隐患。遂叮嘱当地干部，一定要尽快处理好铁塔，防止倒塌伤及村民。

有几分感触：一是在科技进步的推动下，几代村村通设备发挥着重要的作用，沧海桑田，虽然成本不低，但是其历史功绩不可辱没；二是该村的问题应该是普遍的，应当尽快清理，以防止设备倒塌伤及群众。

过村边一座小桥，行约十几分钟，遇到一处古洞，洞外风马飘飘，山石上哈达轻盈，这是一座长十几米宽数米的崖洞，传说是当年尼泊尔尺尊公主的送亲队伍与松赞干布的迎亲队伍在这里汇合、休整的地方，也是印度高僧莲花生大师修行之地。如今，这里已经盖了三间祭祀殿堂，其中供奉着莲花生大师等佛祖和松赞干布、尺尊公主。往事悠悠，千年已过，当年这里不知何等喧闹，远嫁他乡的姑娘，又不知怎样的心情，唯有这幽幽群山密林和深深蕃尼古道，无声地记录着、分享着、低诉着……

2014 年 4 月 19 日 星期六

抵达萨迦

上午8点半，从吉隆镇出发，前往萨迦县调研。

仍然需要从喜马拉雅山南麓翻越到北麓，一路盘旋而上，车行半山腰时，天上开始飘落点点雪花，扑面而来。本来已身至雪山之中，再加上始料未及的雪，整个就是一个白色世界。盘旋盘旋，一直向着5200米巅峰冲刺。此时，路上有的地方已经开始结冰，能见度也不到10米，而山路的一侧就是万丈深渊。一行人十分紧张，小崔也不时地降低车速，缓慢行驶。

刚通过山顶，居然云开雾散，天上露出了点点水晶蓝，山下的草原已经清晰可见。大自然太神奇了，西藏太神奇了，短短时间里，让人深处两重天。

今天多云，一路前行，遗憾的是没有见到珠穆朗玛峰，好在来时已经一睹芳容，知足啦！

下午三时许，来到萨迦县。该县以萨迦派祖寺萨迦寺闻名遐迩。远眺该寺，宛如一座城堡，高大的城墙，白、红、灰黑三种颜色构成了全寺的主基调，其实，整个县城都是这个基调，几乎所有的民居都是三色基调。穿过巍峨的寺门，萨迦寺宽敞的院庭便映入眼帘，再穿过一层帘帐便进入大雄宝殿。令我震撼的是，该寺供奉的佛祖，都是高大威武，熠熠生辉，更令人咂舌的是，大雄宝殿的后墙居然由 58000 多册经书堆成，高约十几米，长约 20 多米，整整一面经书墙，这些经书都是由藏纸和颜料写成，可以防蛀虫，放眼望去，蔚为壮观。

步出大殿，来到了藏宝库。藏宝库里有众多佛教法器、八思巴大师用过的器具、各类瓷器等，尤其是那本出于公元 4 世纪的贝叶经，据说是镇寺之宝。

拾阶而上，登上萨迦寺的城墙，这也是其他寺庙所不具有的，因为该寺曾经是政教合一的政权中心，这里应该是区域的政治中心，自然寺庙建成城堡状。城外还有护城河，目前正在恢复中。行至寺庙北侧，远眺对面的大象山，山上星罗棋布地散落着一些佛塔、院落等，这就是曾经辉煌一时的北寺。建于公元 11 世纪，比南寺早 200 多年，但遗憾的是毁于战火，只剩下些残迹。

总之，萨迦寺之美，美在大气、壮阔，美在经书烟海，美在历史积淀，有机会一定再来拜谒！

2014 年 4 月 19 日 星期六　　　　　　# 萨迦广电

先后去了县广电中心和发射台。

新的县广电中心已基本建成，建筑面积 1000 平米。广电局局长姓吴，他介绍说，广电局只有两个人，广电服务站有 8 名员工，承担着新闻和专题节目制作、网络电视、无线电视和广播发射、村村通维护、农村电影放映等工作。目前，全县模拟网络约 1000 户，共有节目 40 多套，每月收视费 15元每户。大致看了看，节目清晰度并不是很高。

发射台占地 55 亩，员工 12 名，院内有 2 栋宿舍，共 22 套房间，一层50 平米，二层 75 平米。为解决职工生活问题，台里为职工修建了食堂，家里还安装了网络电视，通过中国电信网络，可以实现上网、点播和收看电视等功能。

几点感受：一是今后推动户户通，其实不用分有电和无电，因为自治区已经开展金太阳工程，为每家每户都赠送了太阳能板。二是广电发展岌岌可危，电信、移动的挑战已经到了家门口，不改必败，必须早改大改！

2014 年 4 月 20 日 星期日　日喀则广电

日喀则广电事业发展得不错，市局位于市中心的绝佳位置，3000 多平米的广播电视中心，服务 18 个县市的电影放映队伍，拥有一间 3 厅放映厅的数字影院珠峰电影城，目前共有一套汉语综合、一套藏语电视和一套汉语综合广播，有线电视用户 12000 多户（117 套节目，25 元每户每月），感觉这是一个正在崛起的广电队伍。问及节目制作能力时，每天制作新闻节目约 30 分钟，其他还有专题、文艺类节目。

在喀什中波台，雷台长介绍了台的基本情况，约 21 名员工，拥有中一、中十一、西汉、西藏等四套中波广播，兼具备机。雷台长提出，院内的高压线路是裸线，经常与周围的树木发生蹭撞，不利于安全播出，建议予以改造，约需资金十多万元。

沿雅鲁藏布江一路向东，经尼木县、曲水县，于晚上七时许回到拉萨。一路奔波，很是辛苦，但也很有收获。

2014 年 4 月 20 日 星期日　调研小结

本次调研，历时 5 天，行程 2000 公里，经日喀则市、江孜县、白朗县、萨迦县、定日县、吉隆县等，先后走访了江孜、日喀则中波台、江孜广电局、江孜影剧院、萨迦广电局、发射台、日喀则广电局、广播电视台、广播电视发射台、电影院等。

一、收获

1. 对农村电影放映有了更深刻的了解：日喀则地区大约每场补助 50 元；地区提取 5 元作为管理费，20 元作为折旧费上交区电影公司。

2. 对中波自立天线有了更深刻的了解：主要是为了节省占地，但发射效果并不如传统拉线塔。

3. 中波台基本都是一路供电，只有拉萨中波台是两路。

4. 实地察看了农村早期村村通设备，有的仍在使用，但大多数已废弃不用，且存在安全隐患。

5. 在日喀则地区仍有 CMMB 用户，但电视台一直没有收到维护经费。

6. 各地地面数字电视发射机大部分已经不再使用。

7. 由于西藏已经广泛推广金太阳工程，因此，以后可以不再区分通电和未通电地区。

二、感受

1. 做规划不能在办公室里拍脑袋。比如，在萨迦县，看到新建成的县广播电视中心，但相关设备却难以落实到位。

2. 农村电影方面：流动放映车是各地的最急需设备；人员后继乏人，主要是放映人员难以列入自治区招收计划。

3. 应当逐步建立规范有序的直播卫星机顶盒销售渠道和机制。

4. 应急广播大喇叭还是很有市场的，可以分为室外和室内两种。应当尽快研究制定发展规划。

5. 地区对于我们零星追加的直播卫星设备有意见，应该通过他们来统筹登记、发放。

6. 村村通维护经费的下发比例应当提高，以增强地区村村通维护工作力度。

2014 年 4 月 21 日 星期 一　　**向常委汇报援藏 20 周年课题事**

上午，向董常委汇报了开展援藏 20 周年研究课题方案，出乎我的意料，常委非常支持，并明确指示：

第一，此事要加快。

第二，要有精编版和全面版。

第三，内容要全面。

第四，有关进度要及时汇报。

第五，结果要报陈全国书记和奇葆部长。

第六，宣传部将予以支持。

这些，让我非常振奋，要加快推进力度。

2014 年 4 月 23 日 星期三　　　　　　　**这几天睡眠极差**

从日喀则回来后的这两天，一直没有休息好。

周日晚上还算可以，周一，从凌晨 1 点半醒来，直到 5 点多才睡着，昨晚也没有睡好，一会儿醒一次。

也许由于睡眠不好的缘故，这几天的心绪一直很低落。眼睛发涩，内心发慌。

外面风声大作，拉萨的日子天气多变。

不写了，早点睡吧。

2014 年 4 月 24 日 星期四　　　　　　　**草 记**

这几天一直睡眠不好，迷迷糊糊的，心情有些烦躁。

下午，听了援友也是区党校副校长孙向军讲的《核心价值观》，听了之后很有些收获，对核心价值观的脉络和内涵有了更为清醒和深刻的认识。

回到房间看了看新闻出版广电局的三定方案讨论稿，感觉还是不到位，有一些处室设置建议进一步调整。

2014 年 5 月 3 日 星期六　　　　　　　**下 雨 了**

上午，天阴沉沉的，不一会，一阵夹裹着湿气的南风吹了进来，雨随后滴滴答答地下了起来。

在我的印象中，这好像是今年的首次春雨了。

本来想出去走走，只好在屋里看看书了。

2014 年 5 月 4 日 星期日　　　　　　　**已不是青年**

今天是青年节。

上午，宣传处李钰琪电话问我：局机关组织青年人看电影，问我是否去。电话里苦涩一笑：已经不是青年人了，你们去吧。

是啊，曾几何时，已经默默告别了那个青春岁月，来到了平淡无奇的中年岁月。

午饭时，韩局又在和我谈起项目的事情，理解韩局的心情，但说实在的，我可能比他还急，几乎每天都在思考这个问题。

晚上，和新国到饭馆吃了碗炸酱面。饭后，围着药王山走了一圈，在爬山的台阶上，几度喘息停步。尽管是五月份了，但是拉萨的气温陡降，一天都是阴瑟瑟的。

回到房间，疲惫无比。

到底是人到中年了。

2014 年 5 月 13 日 星期二　　　　**抵达普兰**

早上 7 点半，在拉孜中波台吃过早饭后，调研组一行就继续向西行进。

这是一条天路。

一条时而笔直、时而蜿蜒的 219 国道上，奔驰着的好像只有我们这两辆车。路的一头连接着远处的蓝天白云，一头与我们的车辆相连。

由于今年的特殊情况，路上共有 7 道关卡，好在手续齐全。

晚上，在普兰见到援友高宝军书记。高书记是一个作家，来自革命圣地延安，一口陕北话，十分实在。自己从小就崇拜作家，得知他著作颇丰，便冒然申请拜读他的作品，高书记非常爽快，专程派人取来好几本书，一定要好好学习学习。

2014 年 5 月 14 日 星期三　　　　**抵达扎达**

神山圣湖是阿里的名片。然而，昨天由于天气原因，路上未能一睹神山的风采，圣湖也是荫翳一片，鬼湖在圣湖一侧，大部分湖水尚在结冰中，加上天色已晚，未见几分姿彩，直奔普兰而去。

今晨 8 点，出发赶赴扎达。

行不久远，一座拔地而起于万千雪山之间的元宝般的银雕突入眼中，这便是传说中的神山——冈仁波齐山。

神山海拔 6400 米，是印度教、佛教、苯教、耆那教等宗教公认的世界中心，也是迄今为止，唯一一座没有被征服的高山。

穿过幽幽的扎错湖的湖面，一半泛着悠悠的兰光，一半呈现凝重的银色，那是还在结冰中的湖水。远处的神山，与众不同，宛如一枚元宝，垂望着这万千世界。圣湖是世界上海拔最高的淡水湖之一，透过波光粼粼的蓝色湖水，那边是美丽的纳木那尼山。

由于今年是藏历木马年，传统的"转山年"，因此，安保措施非常紧张，一行人远远地望着，愿神山保佑大家心想事成。

下午，来到了扎达。

由于扎达以前是汪洋大海，因此数千年来在海水和风力的作用下，形成了以土为林的奇妙大观。

古格王朝兴盛于宋代，没落于明代。不知历史上突然发生了什么变故，几乎是一夜之间，王朝不知何去，除了耸立在土林之畔的一座依山而建的宫殿。崖洞林立，殿宇森森，远望恰似一座城堡。

晚上入住古格宾馆。

由于宾馆条件较差，有的房间没有水，有的洗手间无法使用，呵呵，这就是西藏的西部啊。

2014 年 5 月 15 日 星期四　　　　## 抵达狮泉河

狮泉河是自己心中非常遥远的地方，今天，从扎达出发，车行 4 个小时，于 13 点到达阿里地区所在地狮泉河镇。

整个阿里地区只有不到 10 万人，却占据着 30 万平方公里，相当于每三平方公里才有一个人。噶尔县大约 1 万多人，狮泉河镇约有几千人。

先是去了阿里中波台。该台有职工 19 人，占地面积 9 亩地，共有发射机 6 部，其中一主一备，台年度运行经费 200 多万元。座谈会上，台里反映的问题主要有以下几个方面：

一是公务经费较低，二是燃油费不足，三是 UPS 缺乏，四是台区集中供暖缺乏。台长嘎萨年近 60 岁，在该台工作 20 年了，今年即将享受 64 号文件政策退休。台长是个事业心极强的人，在他的带动下，该台自力更生，充分利用现有设备和材料，自主研发监测系统，扩展备份手段，做到废物利用，台区管理得井井有条。应台长要求，我讲了三点：一是代表局里向大家表示慰问。中波台站肩负着重要的传输发射任务，战斗在反宣斗争的第一线，是确保全区跨越式发展和长治久安的幕后英雄，大家长年奋战在艰苦高原、气候恶劣，条件艰苦，很多人和家人分居几地，任劳任怨，默默无闻，兢兢业业，无私奉献，代表局里向大家表示衷心的感谢！第二，希望大家继承和发扬优良传统，一是要健全制度，完善机制，继续做好安全播出工作；二是要加强学习，带好队伍，打造一支能力强、素质高、业务精的干部职工队伍；三是要以人为本，关心职工，丰富职工业务文化生活。最后，祝愿大家不辱使命，不负期望，不负重托，在平凡的岗位做出不平凡的事业！借此机会，也祝愿大家身体健康、工作顺利，家人平安！

之后，去了地区广电局，先后考察了苹果 7.15 影院，该院只有一个放映厅，是在电视台演播室的基础上改造而成的，约有 108 个座位，票房收入很少。据了解，目前地区援藏资金在其他地方建成了一家 3 厅的数字影院，但由于消防方面没有通过验收，一直没有投入使用。

地区广电局刘局长是个非常健谈的人，也是一个对广电情有独钟的人。他个人收藏了一些五六十年代的电影放映设备，目前已经很难再找到。看得出来，这是一个用心做事的人。

之后又去了噶尔县广电局，该县的主要问题是：电视台的办公用房是借于政府院内，该局希望能够在局院内再建一座电视台用房，使两者能够在一起办公，并改善办公条件。

晚上，大家在我的房间里商议，考虑小周和小张的高原反应强烈，下面的行程海拔更高，因此决定在狮泉河休整一天，后天再启程赶往改则。

2014 年 5 月 16 日 星期日　　　　　　**西藏最西的县**

早上 9 点，调研组继续向北，直奔西藏最西部的日土县。

日土距离狮泉河只有 120 公里，给我印象最初还是去年的暴雨侵袭中波台。

第一站是中波台，该台占地 9 亩，有职工 13 人，共 4 部机器，由于去年台内遭受暴雨袭击，导致台区道路、机房等都不同程度受损。目前，自治区财政已安排修复资金 500 多万元，下一步即将开展修复工作。

第二站是日土县广电局。广电局与电视台在一起，这也是西藏大多数县级广播电视管理体制。同样，广电局办公大楼也是河北援建的。

在日土西北部的班公错，横跨印控克什米尔和日土境内。据说，克什米尔那边是咸水，我方是淡水。在湖边见到了来此检查工作的县委书记郭勇。郭书记1975年生人，虽然年轻，但是做事很老练。他是第六批援藏干部，在此已经工作4年了。郭书记还专门介绍了该县的艺术团，简单地观看了艺术团的歌舞表演，演员都是当地的牧民，能在如此荒野之地组建文艺团体实属不易。

2014年5月17日 星期六　　抵达改则

早上，告别嘎台、索台（日土台）、索南台长（南木林台）、次仁（普兰台主任）、陈主任（阿里台）等，踏上东归路程。

本次归程走的是阿里北线，从狮泉河到22道弯，全程约1000公里，其中从革吉县开始，全是土路。一路灰尘、一路颠簸，好不狼狈。

午饭是在盐湖乡吃的，分管广电的李县长陪同我们查看了该县的MMDS系统。该系统从地区通过电信光缆（每年租费5万元）传送包括CCTV5/6以及阿里综合台、咨询台在内的4套电视节目，再通过光发射机将信号传送到接受用户。用户通过网状天线和机顶盒便可免费收看。目前，该套系统正在噶尔和革吉两县试点。

其实，将来自治区广电局实现公共频道上星后，这套系统就失去作用了，从某种程度上讲也是一种浪费。

晚上7点，抵达改则县。一分管副县长陪同我们到县广电局进行了调研。该县是中国移动的援藏地区，县广电中心也是中国移动支援建设的。全局一共十几人，包括电视台、调频台、有线台、电影站、村村通维护站等。目前，该县没有自办节目（筹建中），每天上传新闻节目给地区。转播中一、中七和区汉、区藏四套开路电视节目，以及中一、区汉、区藏三套调频广播。有线电视已经完成前端数字化改造，共有清流节目74套，每月收视费标准15元，初装费500元。广电局旁边有一个固定放映电影场所，是该局的一间大会议室，放映机是1.3K的流动放映机，定期为干部职工等放映电影。

改则海拔 4500 米，头昏脑涨，难以入眠。

抵达日喀则

5 月 18 日清晨 6 时，一行人匆匆从改则出发。

17 日晚上的一夜头痛，让自己又找到了初到西藏的感觉：头痛欲裂。几乎一个晚上没有睡觉。毕竟，这里比拉萨要高 700 米。

凌晨依然是漆黑一片，头顶上已然是残月朗星。阿里的清晨真冷啊，只好把外衣都加上。

今天的目的地是拉孜，全程 1000 公里。

一路东行，到达第一个检查站时，天刚蒙蒙亮，边防警察还没有从睡梦中醒来。

西藏太大了，阿里太大了。汽车在冈底斯山脉和昆仑山脉之间的河谷地带穿行，两侧或者是高耸的雪山，皑皑白雪，直插云端，或者是高原草甸，据说这里是羌塘草地，只是浅浅的草地依然泛着青黄，毕竟这里比拉萨还要晚一个月的节气啊。不时，公路两侧会冒出几只岩羊、野驴、野马，甚至还看到了几只藏羚羊。但是，纵使行驶了几百公里，也难得一见矮矮的村落和村民。

野旷天低，人迹罕至。

这就是西藏，地广人稀，阿里全地区 30 万平方公里，却只有不到 10 万人口。

中午，到了措勤，这是一个只有 1.2 万人口的小县，由于急于赶路，没有惊扰当地广电部门，在县边的一家重庆餐馆匆匆吃了一顿便饭。给国家电网公司的援藏干部李松阳打了一个电话，既然路过此地，想看看他，毕竟都是援藏干部，可惜没有联系上。

一路东行，再南行，终于，在历经千回百转，上下颠簸、灰尘扑面之后，晚上 6 时，在行驶了 12 个小时之后，终于到达了 22 道班。这里是阿里北线的终点，也是我们此行极其重要的一点。大家在这里纷纷留影纪念：不容易啊！

约晚上 10 点，到达拉孜，匆匆吃了点东西，继续在夜色中赶往日喀则。

终于在次日 1 点半，我们一行人疲惫地到达日喀则宾馆，走下车来，仍然感觉在晃，这一天，整整行驶了 19 个小时啊。

2014 年 5 月 19 日 星期一　　　　回到拉萨

只睡了 6 个小时，便又在早上 7 点驱车赶往拉萨。

今天，小周和小张要赶中午 1 点的飞机回北京。

从日喀则到拉萨 300 公里的路程，需要 4 个小时的时间。

在清晨的光辉下，几个人睡意仍浓，我还是不敢睡，昨天晚上路遇的车祸让人心悸。平安为要，不时地，我提醒着小崔。

终于，在雅鲁藏布江的陪伴下，我们于 10 点半达到了贡嘎机场，一颗悬着的心终于放下。

在吃饭时，我对此行做了总结：

7 天来，我们收获颇丰，穿行了拉萨、山南、日喀则、阿里 4 个地区，走过了曲水、尼木、仁布、南木林、日喀则、萨迦、拉孜、昂仁、萨嘎、仲巴、普兰、扎达、噶尔、日土、革吉、改则、措勤等 17 个市县，经过 20 道公安边防关卡，行程 4000 公里，平均每天赶路 600 公里，查看了 2 个新建台的台址，深入普兰、阿里、日土、拉孜 4 个直属中波台和普兰、扎达、阿里、噶尔、日土、改则等 6 个地、县的广电局，召开了两次研讨会，与普兰、日土两县的县委书记进行了座谈，了解了西新工程、村村通工程、户户通工程、农村电影放映工程等的开展情况。

7 天来，我们晓行夜宿，披星戴月，风尘仆仆。

7 天来，我们不远万里，不舍昼夜，不辞辛苦。

这是一次调研之旅、学习之旅、难忘之旅！

2014 年 5 月 19 日 星期一　　　　调研总结

一、阿里北线之行，道路简陋、高寒缺氧，平均海拔 4600 米，号称世界屋脊的屋脊，苦难之极，下次，如道路未柏油化，尽量不去此线。

二、西藏多数县级广播电视台，其制作能力每日不过十几分钟的新闻，加强制作能力，是其发展之空间。

三、县级电影院，并非每个县都为必需。有的县只有几千人，即使有电影院，依靠市场机制也未能以运行，但至少应保证有一个放映场所。

四、公共频道事情应当加快进度，有的县正在通过 MMDS 等方式推进地区节目的落地，比如噶尔县和革吉县等，其实是一种浪费。

五、地面数字电视发射机和 CMMB 发射机很多都处于停播状态，应当尽快解决此问题，比如，将地面数字电视发射机转给地方，用于广播电视覆盖升级。

六、应逐步建立直播卫星市场销售机制。

到新闻出版单位调研

2014 年 5 月 22 日 星期四

今天，在德吉书记的带领下，新机构组建领导小组到新华书店、人民出版社和新华印刷厂进行了调研。

多次来到新华书店买书，徜徉在知识的海洋中，陶醉在淡淡的墨香中，是久违的一种温馨感觉。今天，是作为主管部门来到新华书店，不是以一种读者的身份，不是以一种过客的心情来到这里，却是别样的一种感受。书店里人不多，一是时间尚早，人们多在单位或家里，二是书店位置不佳，位于西郊，周围人流并不密集，三是受电子书籍的冲击，纸质媒体的衰落是全球性的。

人民出版社，是一代又一代人心目中的金牌单位，多少书籍都是出自这个国家出版社，当然，看着满墙的奖章奖牌奖旗，看着琳琅满目的书籍，出版社的辉煌可见一斑。

下午去了新华印刷厂。应该说，在这个厂子，让自己增添了更多的感慨、更多的敬意、更多的辛酸。曾几何时，自己也曾在钢花飞溅的车间中战斗过，印刷厂的车间充满了浓厚的工业酸、机油等味道，充斥了隆隆的机器声音，比起钢铁企业的环境应该是好多了，但是，看惯了现代化的车间、现代化的发射机、接收机和数字机房，当看到一个个穿行在老旧车间的姑娘、小伙子们时，心情还是有点沉重，谁能想到，在风和日丽的夏日，在草长莺飞的拉萨，在空气朗净的圣地，还能有这样的车间……

看来，出版数字化项目要加快推进啊。

2014 年 5 月 23 日 星期五 **关于西藏县级影院发展的调研报告**

电影是社会主义公共文化服务体系的重要组成部分，是深受人民群众喜闻乐见和寓教于乐的文化载体，加强县级影院建设不仅是满足我区各族干部群众看电影的迫切需要，也是大力发展文化事业，全面构建公共文化服务体系，推动县城经济、政治、文化和社会全面发展的内在要求。

一、西藏县级电影发展情况

发展县城电影是我区电影工作的重要组成部分。目前，我区共有 74 个县，县城人口 70 万人，随着我区经济社会跨越式发展，城镇化建设水平不断提高，各项民生工程不断推进，我区县级电影事业发展取得了长足进步。一是县级电影管理体制不断加强。截至 2013 年年底，全区共有 74 个县级电影管理站，27 座县城影院，478 个乡镇电影放映队，6 个寺庙放映队，1 个妇女放映组，9679 个放映点，从业人员 800 多人，农牧区平均每村每月放映电影 1.66 场。二是电影放映质量得到明显改善。完成了电影放映由胶片放映向数字放映的转变，进一步加强了农村电影放映的技术维护、片源供应等后勤保障，建立健全了数字电影放映监管系统，全面实现了农牧区电影放映数字化。三是电影译制产量和质量显著提高。通过西新工程的实施，我区电影藏语译制实现了数字化，在译制数量和质量方面有了新的突破，目前每年译制影片 80 部，基本满足了农牧区人民群众的观影需求。全年农牧区公益放映 13 万多场，观影人数达 1525 万多人次，超额完成了国家规定的农牧区公益电影放映任务。积极推进农牧区电影放映由室外放映向室内放映过渡，逐步改善农牧民群众观影条件。

二、西藏县级电影发展存在的主要问题

1. 县级电影公共服务标准缺位。根据《国务院关于印发国家基本公共服务体系"十二五"规划的通知》（国发［2012］29 号），农村电影放映的基本公共服务标准是：行政村一村一月放映一场电影，每场财政补贴 200 元，由中央和地方财政按比例共同负担。而对于县级电影放映却没有明确的标准定位。

2. 县级数字电影院建设空白。目前，除了拉萨、日喀则、林芝、阿里地区所在地建有 7 个城镇数字影院外，74 个县均没有数字影院，是全国唯一没有建设县级数字影院的省份，广大人民群众看院线电影的需求无法得到满足。

3.县级电影院运行维护难以为继。据了解，90年代初，西藏基本上每个县都有电影院，之后由于电影行业整体不景气，绝大部分电影院被迫关门停业，或改造成仓库出租，或改建为其他设施等。由于西藏地广人稀、群众居住分散，县城人口较少，难以建立有效的市场运作机制，目前已有的27座县城影院中，正常运作的只有11座。

4.县级影院建设扶持政策缺位。根据《国务院办公厅关于促进电影产业繁荣发展的指导意见》（国办发〔2010〕9号），要"将城镇数字影院建设和改造任务纳入国民经济和社会发展规划，纳入文化产业发展规划和精神文明建设总体部署，纳入城乡建设和土地利用总体规划重点推进。国家给予必要资金支持中西部地区中小城市及县城的影院建设，各地对建设项目选址、立项、征地、投入、办证等给予大力支持。对城镇数字影院建设使用国有土地符合土地利用总体规划和城市规划的给予土地供应支持，其中只有一个意向用地者的，可按法律法规规定以协议方式供地"。

根据《财政部、新闻出版广电总局关于县城数字影院建设补贴资金申报和管理工作的通知》，中央财政采取"先建后补"的方式对中西部地区数字影院建设予以资助，其中：每厅补贴标准为40万元，最多3个放映厅。由于补助的原则是"先建后补"，因此，我区目前还没有符合条件的影院。

三、推进西藏县级影院建设的重要意义

1.落实党的十八届三中全会要求的必然要求。党的十八届三中全会要求，要构建现代公共文化服务体系，促进基本公共文化服务标准化、均等化。县级影院建设目前还是我区文化事业的"短板"、"处女地"，推进西藏县级影院建设对保障和发展人民文化权益，维护国家文化安全，巩固全区人民群众团结奋斗的共同思想基础具有重要的战略意义。

2.促进广播影视公共服务均等化的必然要求。公共服务均等化是指政府要为社会公众提供基本的、在不同阶段具有不同标准的、最终大致均等的公共物品和公共服务。公共服务均等化有助于公平分配，实现公平和效率的统一，是缩小城乡差距和贫富差距以及地区间不均衡发展的重要途径。根据2014年全国新闻出版广播影视工作会议要求，要以农村和基层为重点，努力形成与经济社会发展水平相适应、惠及全民的新闻出版广播影视公共服务体系和长效机制。

3.维护稳定促进和谐发展的必然要求。一部好的电影，通过讲述故事、传播情感、表达思想、弘扬精神，展示人间真善美，让人民群众了解历史，珍惜来之不易的幸福生活，增强各族群众对祖国的认同，对中华民族的认同，对中华文化的认同，对中国特色社会主义道路的认同，既能有效抵御敌对势力的分裂渗透活动，又能凝聚我区各族群众热爱伟大祖国、建设美好家园的思想动力，有利于提高农牧民群众思想道德素质，有利于反对分裂，维护社会稳定，维护祖国统一和民族团结。

四、西藏县级电影发展应把握的几点原则

1. 解放思想。电影不仅是社会主义公共文化服务体系的重要组成部分，是人民群众喜闻乐见的文化活动形式，还是重要的宣传文化思想阵地，是重要的寓教于乐的宣传方式，县城是我区人口密集分布地区，是维护稳定和实现跨越式发展的重要战略区域，因此，推动县级电影发展要多算政治账，少算经济账，紧紧抓住当前有利的发展机遇，从政治高度、全局高度加大对县城影院建设投入，全面推进我区县城数字影院建设。

2. 准确定位。根据百度百科，县城即县级行政机关政府所在的城市（镇），一般相对交通发达，通讯及时，经济发达。而纵观我区的 74 个县，很多县城的人口只有一两千人。在该类县城发展数字影院，市场机制是"失灵"的，难以按照市场规律发展，应当按照实事求是的原则，分类推进。因此，对部分经济不发达、人口较分散的县城，不应当按照城市影院的有关政策来管理和运营。

3. 顶层设计。由于历史、经济、自然条件等原因，我区县级影院建设欠账较多，发展难度大，需要资金多。因此，要加强规划编制，通过中央补助、地区扶持、援藏支持、民间投资等多渠道，结合各地的实际情况，统筹规划，分步实施，逐年安排。

五、西藏县级电影发展的建议

1. 将县级影院建设纳入我区基本公共服务范畴。2011 年 7 月 29 日，中宣部和广电总局联合在河北唐山召开全国县级城市数字影院建设工作现场会，明确要求：到 2015 年，全国要实现每个县级城市都建有数字电影放映场所；到 2015 年，全国要有 60％的县级城市有数字多厅影院，确保人民群众"看得上、看得起、看的好"电影。我区第八次党代会也明确提出，"经过 2－3 年的努力，实现地（市）全部有图书馆、群艺馆、数字电影院，县县有综合文化活动中心、电影院、新华书店。"因此，应当把县级影院建设纳入基本公共服务保障体系，纳入国民经济和社会发展规划，纳入文化产业发展规划和精神文明建设总体部署，纳入援藏工作计划，纳入城乡建设和土地利用总体规划重点推进。

2. 要完善县级影院建设扶持政策。一是建立省、地区、县三级财政对县城数字影院建设启动资金的扶持政策，推动县城建设数字影院，以此建立与国家扶持政策的有效对接机制。二是对新建县城数字影院，给予税费减免政策，不再实行收支两条线管理，并视情况对影院的运行维护给予财政支持。三是对县城影院的建设选址、立项、征地、投入、办证等给予扶持政策。

3. 分类推进县级影院建设。其中：一是充分利用市场机制。对经济条件较好，人口密集的县城，通过招商引资和援藏扶持、政策扶持等，建立数字影院，按照市场机制予以运作。二是采取政府扶持方式。对经济条件一般，人口条件中等的县城，通过政府扶持、充分利用现有基础设施等方式，建立多功能的影剧院，影剧院的运营维护由政府予以扶持，确保该类县城拥有一座数字电影放映场所。三是纳入农村电影放映体系。对其他经济条件较差、人口分散的县城，纳入农村电影放映工程，逐步推进室外放映向室内放映转变。

4. 完善县城影院的运营机制。按照国家有关规定，城镇数字影院要加入国家批准的院线，由院线建立统一的售票系统，执行全国统一的管理标准，放映院线统一提供经国家审查通过的影片。结合我区的实际情况，建议成立区内农村数字电影院线公司，按照统一品牌、统一管理、统一排片的原则，专门为县城影院提供片源。积极利用广播车、电视、报纸等媒体对县城影院及上映影片进行广泛宣传，在春节、藏历新年、国庆、雪顿节等热映档期有针对性地组织专场放映，鼓励影院与学校、企业、社区、商城等开展合作，逐渐培养和形成观影热点。

2014 年 5 月 24 日 星期六　　　远方的同学在聚会

晚上，和几个援友准备去看近来好评如潮的电影《归来》。

还没到电影院，手机便响了起来。一看，是同学于建林打来的。原来，刘燃同学到了呼市，和大学的几名同学在举杯相聚。

同学聚会，话题自然就转到了今年的毕业 20 周年聚会活动。听到话筒那边一个一个同学的熟悉声音，思绪又跨越千山万水回到了远方。大家很关心我是否能参加聚会活动，活动地点定在哪里，很想听听我的意见，这令我十分感动。当然，不管在哪，都将是一场令人期待令人神往的日子。可以预料，聚会前我们的心情会是多么激动，又能和久违的同学畅情拥抱，又能唤起对青涩年华的无限思念。

电话从一个同学的手中换到另一个同学的手中，但不变的是关切和怀念，是对 20 年聚会的期待和渴望。

放下电话走进了影院时，影片已经进入尾声……

2014 年 5 月 24 日 星期六　　难回的北京

一直准备近期回一趟北京，有关县级数字电影建设等事宜需回去沟通一下。

但是，由于相关建设方案和资金需求一直没有整理出来。晚上，与姚海沟通了一下情况，目前，电影公司还难以在短期内拿出一个令人满意的方案来，这种情况下，贸然回京，也很难有一个很好的结果来。

需要在以下几个方面下一些功夫：

一是要与电影局进一步沟通，了解有关政策和资金安排情况。

二是要研究一下电影事业发展专项资金和影视互济资金、科技创新经费等的管理办法，了解相关经费的使用方向。

三是与发改委联系一下，了解一下发改委方面有无新的政策。

此外，关于援藏 20 周年的事情，一方面，要与洪副部长沟通，了解自治区和中央的有关政策；另一方面，要抓紧研究出方案来，尽快启动。

看来，儿童节前难以回京了。对不起了，儿子！

2014 年 5 月 25 日 星期日　　为县级数字电影建设着急

明天，自己来西藏已经 300 天了。

300 天，10 个月，40 多个星期，7200 个小时。

真不知这 300 天是怎么熬过来的。

本来，几名援友邀请小坐，但从西藏大学学习回来后，一直困意连连，且有憋气缺氧的感觉，因此，短信婉拒了。

在房间歇了一会儿，还是有些胸闷，于是吸了会儿氧气，感觉好一些了。到食堂吃了碗面条。

回到房间，仍然有几分不适，索性到街上走一走、跑一跑，出了点汗，反而感觉好了一些。看来，对待缺氧还是以积极的态度为好。

这两天，心情一直很焦急，一直在为县级数字电影建设的事情所揪心。

不容易啊，这三年，你将始终被这种氛围所笼罩，因为要做的事情太多了。但是，要善于调整自己，因为这三年争取项目和资金将是永恒的主题，如果遇到一点困难就萎靡不振，心力交瘁，那你将如何度过漫漫三年长夜啊。

因此，要坦然对待，只要自己努力了，尽力了，就可以了，不要给自己太大的压力和负担，要学会承受压力，要学会释放压力。这个功课，自己首先要学会。

2014 年 5 月 26 日 星期一　来西藏 300 天了

今天，是自己来西藏 300 天。

从凌晨 2 点半被一种缺氧的力量憋醒后，自己就始终处于一种莫名的痛苦中：胸闷、心慌、烦躁。于是，起来，躺在沙发上，看会儿电视，睡着了；随后又醒来，再回到床上，又睡着，又醒来。如此，反复多次，始终难以沉睡。

体会到失眠的痛苦了，体会到抑郁的痛苦了，真恨不得有张机票，能马上飞回到远方海拔低的家乡。

浑浑噩噩中醒来，头脑是一团糨糊，已经 9 点多了，过了上班时间，咬着牙，到食堂喝了碗粥，同事说我的脸色铁青。

一天还很忙，看有关电影建设的政策，联络有关方面的同事和领导。

令我感动的是，早上援友银芳打来电话，听说我昨天病了，要和李达晚上来看我，十分感动，但慌忙制止住了，何德何能，让本身就很忙的援友来看我啊，但这份情谊我已深深埋在心头。

2014 年 5 月 28 日 星期三　安全播出的"三无"

第一，安全播出无小事。安全播出是生命，是红线，是高压线。大家都已耳熟能详。只要发生安全播出事故，不管是多长时间，不管是人为因素还是外界因素，不管是重要安全播出期还是其他时期，对于我们来说，都是广播电视系统的大事。所以，大家要从态度上高度重视，时刻绷紧这根弦。要明确责任，细化责任，落实责任。

第二，安全播出无捷径。安全播出工作是一个系统工程，从节目的采编、播出、发射、传输等各个环节，都是一个完整的链条，任何一处发生断裂，那么整个链条也就随之断裂和坍塌。所以，细节决定成败，大家要把工作细化细化再细化。从制度建设、日常巡查、应急演练等各方面予以保证。

第三，安全播出无止境。安全播出工作没有句号，永远都是逗号和分号，永远都是在路上。一年 365 天，每天都是安全播出保障期，特别是重要的节假日。所以大家一方面在精神上不能有丝毫的懈怠和麻痹大意，另一方面要把安全播出工作作为全台的一项战略性工作，从战略的高度，来建立健全安全播出管理体系。

2014 年 5 月 31 日 星期六 　　端午节与安全播出

今天是周六，也是端午小长假的第一天。

前日，看到网上的中国广播电视网络公司已经挂牌，并宣布了保安副司长的新任命。

祝福保安，祝福国网公司！

今天，终于感受到了分管安全播出的"好处"了。

上午，记着桌上还有几份文件，便急着到办公室，果不其然，一份来自总局的安全播出工作的通知，刻不容缓。于是请来海山、紫炎、王磊、冯波等人，起草文件，反复校对，呈报书记，机要发文，忙完了已经中午了，在食堂草草吃了点东西。

晚上，正在外面吃饭，海山来电话，因网络中心的电源模块故障，导致除拉萨、昌都的 5 个地区的数字广播电视节目中断。于是匆忙赶了回来。经过和海山反复研判，属于播出事故，但按照规定还不须报总局。随后，和海山又赶往网络中心，现场查看了发生事故的设备，要求正在现场的机房徐主任尽快修复受损的电源模块，妥善处理好有关工作，并按照程序及时将有关情况报告领导。

回来后，已经 23 点了。方感到有几分疲惫。

管理安全播出真是不容易啊。

高原上的第一个端午节

2014 年 6 月 2 日 星期一

今天是端午节，也是自己第一次在青藏高原上的端午节。

上午，在办公室继续修改调研报告《关于西藏县城影院发展调研报告》，放假期间，办公楼冷冷清清，然而，我已经习惯了这种气氛，看着日趋完善的文章，反而颇感充实。

晚上，在我的提议下，几个援友到龙王潭公园散步，夕阳西下，落日余晖洒落在布达拉宫和一潭湖水上，映衬在蓝天白云绿树青草中，格外的清爽美丽。来自北京的王导演忍不住用手机不停地拍摄着。穿梭在如织的人群中，百感交集。

随后，大家又到酸奶坊小坐，品尝着酸甜的美食，观赏着一屋的驴友风采，开心地聊着什么，也是很惬意的。

跃华继续发挥他的口才，诚然，这是一个有深度有才华有自信的人，每一次和他接触，都有很大的启发和收获。比如，绝不按照他人的思路行事。有点语不惊人死不休的味道。

向最可爱的人致敬

2014 年 6 月 3 日 星期二

今天是端午节后的首日上班。

上午，到党政会议中心参加自治区十三五规划编制工作电视电话会议。洛桑江村主席做了讲话，对十三五规划编制工作提出了具体要求。由于是电视电话会议，从大屏幕上，可以看到各个地市和 74 个县的听会干部职工。每次看到画面中的远方，内心总是沉沉的，因为你看到的是一张张憔悴枯黄、目光疲惫的面孔，虽然是六月天气，但很多地方还需要着春装甚至冬装，乍一看，是一片片深黑的颜色……然而正是这些满面疲惫的人，坚强地支撑起了这片高天厚土，虽然他们没有华丽的服饰，没有娇嫩的面容，然而，他们却是新时代最可爱的人，我们能做的就是向他们致敬！

利用中午吃饭的间隙，向韩局简要汇报了一下近期的工作和对县级数字影院的看法。有些地方与韩局不谋而合，对县级数字影院，他坚持按照阵地的思路去建设，对此，我认为应当按照双轨化的机制去建设和管理，既要夯实阵地，也适当运用市场机制。

2014年6月8日 星期日　　援藏干部书法协会成立

下午，去自治区党校参加了援藏干部书法协会成立活动。

书法协会由中央党校援藏干部自治区党校副校长孙向军发起。没有想到，这个在篮球场上上下奔驰，在党校课堂上挥洒自如的小伙子，竟然对书法有如此的研究。

大致了解了书法的发展历程和流派。

大致了解了书法的习练方法和路径。

大致了解了向军的书法艺术和技巧。

向军为大家挥毫泼墨，"仁义礼智信"五个大字颇显功力。

每个参会的人还获赠毛笔、砚台和笔垫等书法用品。

还有两年的时间，就将结束援藏生涯，可以试着练练书法。

2014年6月9日 星期一　　到山南调研

早晨8点多便开车接上财政厅的小左，赶到自治区人大集合。

9点，出发直奔山南。

此行是区人大组织的公共文化建设与服务情况调研。调研组成员由人大、财政厅、文化厅、广电局、新闻出版局有关人员组成。

山南只有200多公里，路也比较好走。顾名思义，从拉萨一直向南，上午11点就到达山南地区驻地泽当镇。山南地区面积7万多平方公里，人口35万，地区所在地人口5万人，是藏族和藏文化的发源地和摇篮。

上午，参观了地区群艺馆。比起拉萨群艺馆，这里要寒酸得多，房屋主体已经开裂，地面有些塌陷，在破旧的练功房里，十几名群艺馆员工正在练习舞蹈，晚上8点，他们就要分散到市区各个广场的集体舞蹈活动中领舞。从这个角度来讲，这里其实也是一个文艺部门。

下午，召开了座谈会。地区张专员介绍了山南公共文化服务的有关情况。文化局、广电局也分别介绍了各自的有关工作。我讲了三点：一是感谢地区人大、行署的热情接待和安排。二是充分肯定了山南地区广播影视工作的开展情况。广电局肩负着重要的宣传和传输发射任务，战斗在反宣斗争的第一线，是确保全区跨越式发展和长治久安的幕后英雄，大家长年奋战在艰苦高原，气候恶劣，条件艰苦，很多人和家人分居几地，任劳任怨，默默无闻，兢兢业业，无私奉献，代表局里向大家表示衷心的感谢。三是对今后广电工作的几点希望。要始终坚持正确方向，牢牢把握舆论导向，在当前复杂的意识形态环境下，要立场坚定，旗帜鲜明，毫不动摇，敢于担当。按照标准化均等化的要求，加快构建现代公共服务体系，尤其要注意顶层设计的问题、政府投入和市场机制的问题、资源共享的问题、惠民工程提升的问题。要提升广播电视覆盖水平，丰富广播电视节目内容，提升农村电影放映水平。要健全制度，完善机制，继续做好安全播出工作；安全播出是灵魂，是生命，制度要健全，设备要到位，责任要落实，演练要常态。要加强学习，带好队伍，打造一支能力强、素质高、业务精的干部职工队伍。

晚上，到广场观看了群众集体舞蹈活动，几百人在地区影剧院广场上和着欢快的舞曲，载歌载舞。无论老人、孩童，无论少女、小伙，无论汉族、藏族，跳的都是那样开心、忘情、投入。渐渐地，自己对文化部门的工作有了新的认识，在如此弱势的环境下，他们为老百姓的安居乐业提供了不可替代的公共服务，崇敬之心，肃然而起。

总体感觉，在公共文化建设内容方面各部门有异曲同工之处，一是文化部门设施建设方面包括图书馆、文化馆、群艺馆、文化资源共享工程，而我们有电影院、电台、电视台、发射台等；二是文化部门有文艺创作和演出文艺团体，而我们则有广播电视节目制作播出传输覆盖等；三是基层文化设施方面，县县有综合文化活动中心、文化信息资源共享工程县支中心、新华书店，乡镇有综合文化站、文化资源工程工程设施，而电影院目前却还是个空白。

2014 年 6 月 10 日 星期二　　从乃东到错那

早上 9 点，从山南泽当饭店出发，目的地是错那麻玛乡。

方向是一路向南。

第一站，到山南中波台调研。中波台位于泽当镇南 5 公里处。台长陆之琦做了介绍，该台共有 5 部发射机，分别转播中一中二中十一和西汉西藏的节目。另有 5 部备机。占地面积 11 亩，共有 3 座天线，其中 2 座斜拉塔，1 座自立塔。由于是西新工程早期的项目，台区略显陈旧。

第二站，错那县夏日寺，也称贡巴孜寺。该寺位于错那县夏日村南侧的山坡上，海拔 4360 米。据了解，该寺始建于 1420 年，原规模宏大，达 18000 平米，创始人为门巴族活佛丹巴嘉措。在该寺，调研组一行查看了寺庙书屋和广播电视舍舍通的情况，整体情况不错。

第三站，错那乡文化站。文化站共 3 层，有会议室、农家书屋、远程教育室等。由国家投资，每县都有文化馆，每个乡镇都有综合文化站。在调研中，我一直在想，农村电影放映为什么不借助综合文化站，实现室内放映的转变呢。

第四站，县广播电视台，目前也在装修中，其中自治区投入 290 万元，该县自筹 60 万元，建成后将有虚拟演播室、编辑机房、电影站、网络中心等。

第五站，浪波乡。沿着山谷溪流一路欢快下行，路边的山上满是争奇斗艳的高山杜鹃，有红色的、白色的、黄色的，引得长期在西藏工作生活的几位领导也纷纷驻足拍照留念。绕行至谷底，远远看见一条白色的溪水顺流而下，对面的山上丛林茂密，半山腰上的一处山洞里，隐约有两个人坐在那里，似乎还有一些生活设施。据说，那里是印度的实际控制区，近年来，印度一直实施蚕食政策，用各种卑劣的手段，日益蚕食着我方领土。而就在去年，我方居民还能够上山放牧，如今，该山岭却已经成为对方的控制区。眼看青山绿水，大好河山，却不知其未来的归属。摆在当今中国的边界问题，确实是一件战略意义极其深远的大事件，必须用大智慧妥善处理好。

第五站，今天的目的地麻玛乡。大约下午 5 点半左右，从错那县一路下行，翻越高耸云端的喜马拉雅山脉，从海拔 4400 米垂直下降到 2800 米，望着近在咫尺的白云朵朵，踏着弯曲如画的盘山公路，还有那深不可测的谷底，山腰上蓝色房顶的小房子，一切如同梦幻。越往下走，植被越茂盛，水流越湍急。远观此景，不禁在想，远古时代的人们在下山生活得好好的，干嘛要翻山越岭，去饱受那缺氧高寒之苦呢。

2014 年 6 月 11 日 星期三　　从错那到隆子

一、错那公共文化发展情况

先后到错那县、麻玛乡、勒乡调研了公共文化服务情况。错那县的公共文化基础设施搞得还是不错的，新建的综合文化站刚刚建成不久，文化信息资源共享工程、农家书屋、文化活动室等条件都很好，但软件部分却不理想，文化活动室就是一个会议室，农家书屋久无问津，其中的报纸还是去年的，文化信息资源共享工程网速只有 8M，平时几乎不会开机。两个乡的广播电视村村通（户户通）都已完成，在勒乡的一户藏族群众家里，电视信号很清晰，老百姓非常喜欢观看。

存在的问题：一是勒乡今年尚未为老百姓放映电影，经向该县广电局局长了解，主要是电影放映设备正在维修，因此影响了放映场次。二是该县反映尚有媒资系统待出资解决。三是电影放映队伍人员奇缺，县乡距离较远，现有的 4 支电影放映队无法满足为全县 10 个乡 24 个行政村放映电影的需求，地区文化局杜局长建议，可否为每个乡配置一台电影放映设备，通过政府买服务的方式解决放映人员不足的问题。我就此问题立即与区电影公司进行了沟通，电影公司认为还有以下几个问题尚需解决：增加放映人员和设备后，势必降低放映场次补贴标准，以目前的标准尚难以完成任务，难以保证此后的放映场次；放映机属于精密仪器，目前的专业放映队伍尚且无法修理，增加人员和设备后，对放映设备的维护是个问题。

二、隆子县公共文化发展情况

隆子县全县人口 3.21 万人，其中县城人口 8000 人，全县 2013 年财政收入 4300 万元，属于山南地区人口经济中等偏上的县城。

调研组先后走访了日当镇、加洛村、扎果村、丢热桑林寺、隆子镇，实地察看了文化站、农家书屋、文化资源共享工程站点、文化广场活动、影剧院等，感觉这里的公共文化建设情况比较好，房屋基础设施崭新、齐备，农家书屋图书册数多、环境好，令人看了耳目一新。

存在的问题：一是几个文化惠民工程利用率不高，比如，农家书屋利用率不高，寺庙的一些书籍和光盘几乎无人问津；扎果村的文化资源信息共享工程几乎未动，网络未通。二是有的惠民工程有待提升，比如，农村电影放映工程，目前存在的问题比较多，放映场次不够，昨天去的错那两个乡今年还没有放映过电影；放映方式简单，有的为了完成任务，一口气放映十几场的也有；室外放映条件简陋，没有室内放映场所。

当然，我们也要注意文化惠民工程的规律和客观环境，比如：一些文化习惯的培养需要一定的过程，我们也不可能一蹴而就，拔苗助长；当前老百姓获取文化知识和娱乐方式的多元化，也对传统的文化消费方式带来了冲击。

三、两个中波台情况

1. 错那中波台。该台位于公路一侧，距离错那县城三四公里，台长贡桑。还没到门口，一条凶恶的藏獒便疯狂地向我们叫喊着、冲撞着。台区很破旧，四排平房，依次是职工宿舍、办公楼和机房。共有职工22名，发射机3部，各有1部备机，分别转播中央一套、西藏汉语、西藏藏语节目。柴油发电机3部，用的是20号柴油。最大的感受就是该台设施的陈旧。

2. 隆子中波台。该台也是位于公路旁边，紧挨隆子县城。一进台区，一簇簇鲜花和绿色植物扑入眼帘，整个台区收拾得非常整洁有序，如花园般。办公区、宿舍区、机房井然有序，机房内一排崭新的机器有序运转，两套PSM电子管发射机也整洁地排列在机房中，向人们讲述着广播发射机的发展历程，备件柜和应急柜中的简单而明确的陈设都引起考察组的赞叹。

走出台区，考察组成员不约而同地说出了心声，同样的发射台，同样的经费标准，但台风台貌却大不一样，除了海拔气候原因外，可能还有管理上的区别。

存在的问题：据该台台长反映，由于维稳的属地化管理，该台职工经常被借调或安排任务，希望能够安排一名专职保安，确保台区的安全播出。

四、一路风光

一路风光逶迤迷人。这是一路征程的最大感受。

勒布沟，是典型的亚热带气候，森林密布，藤蔓遮天，溪水幽幽，瀑布如织。特别是森木扎地区，由于还是刚刚开发的处女地，曲径通幽，质朴幽然，泉从天降，令人心旷神怡。离开勒布沟，一路上行，直冲云霄。穿越在喜马拉雅山脉，雪山林立，冰川横陈。一弯弯温润的蓝色，是女神般的湖水，惹得同行的小左一路狂奔，面朝大海般的湖面，几欲展翅高飞。还有壮美的高原草甸，大片的绿毯上点缀着成群的牛羊，一条天路像彩带般扑向天际的云端。

晚饭后，与鲁主任等几人散步在隆子街头，远处天边，一缕缕金色的丝絮铺在水晶蓝的天上，如丝般的云彩中间，不时还掩映着如丝般的蓝天，真是太美了，可惜手中没有相机，可惜自己语言的贫乏，这是我见到的最美的晚霞，高贵、安详、迷人，宛如女神的微笑……

2014年6月12日 星期四　　　　　一路向东

上午在隆子县召开了座谈会。

午饭后，一行人、三辆车，一路向东奔向本次调研的最后一站：加查县。

从隆子县到乃东县大约 200 公里左右，从乃东到加查县大约 150 公里左右。

开始一段路倒还平坦，全是柏油路。大约从桑日县开始，汽车便开始在凹凸不平的砂石路上奔波。一路尘土飞扬，不得不关上车窗，但车内温度又高，有几分闷热。好在窗外的风景令人十分沉醉，暂时忘了高温的侵扰。

我们其实是一直沿着雅鲁藏布江前行的。车的左侧是高高的山体，车的右侧便是深深的峡谷，而雅鲁藏布江水就匍匐在高高的山脉之间，忽而平静似处子，让人难以想象这就是举世闻名的雅江，忽而奔腾如骏马，又让人对她有了几分认识上的模糊。

对面的高大山峰，巍巍乎，苍翠乎。山体都是石头，但不似阿里的大山，这里的山上丛林和草甸相互交织，可以感受到江水带来的温湿气候所带来的效果。这时，我突然发现，在对面高大山峰中间，一条灰白色的小路横亘在大山之上，弯弯曲曲，好像大山的项链一般。这就是过去的山间小道，可能，在公路开通之前，这里的人们就是踩着这条小径，一步步走向大山之外的。

这里的山峰也与西藏其他地方的大山不一样，山上的岩石黝黑黝黑的，有的像泰山的山石，仿佛刷刻着历史和时光的烙印。在苍翠的山林之上，几座雪山不时冒出头来，在午后阳光的照耀下，熠熠生辉，这就是西藏，雪山与茂林相映生辉，高山与大河彼此相依。

行路中，前面的车辆停了下来，原来左后轮车胎被扎，在换胎期间，我们站在高高的悬崖边，眼看着雅江浩浩汤汤奔流而去，阳光透过厚厚的云层，落在对面的山上，露出斑斑驳驳的影子，影子在快速地移动着，这让风尘仆仆的我们，像一个个追逐日光的人。

这时，不由得想起中央台记者站老站长旺堆谱写的那首《雅鲁藏布江》：

　　雅鲁藏布江水，

　　你一路欢唱，

　　走出喜马拉雅，

　　送我走一程……

2014 年 6 月 12 日 星期四 山南广播影视发展情况调研报告

6 月 10 日—14 日，我随同自治区人大教科文卫委员会参加了山南地区公共文化服务和保障情况调研。现将有关情况和建议报告如下：

一、山南地区广播影视公共服务建设情况

近年来，山南地区党委、政府始终坚持把推动文化大发展大繁荣列入经济社会发展的重要内容，坚持公益性、基本性、均等性、便利性，采取有效措施激活文化发展活力，初步形成了较为完整、覆盖城乡的广播影视基本公共服务体系。

一是广播电视村村通工程不断推进。截至 2014 年 5 月，全地区共实施广播电视村村通工程 96569 户，广播电视综合人口覆盖率分别达到 94.76％和 97.46％，均高于自治区平均水平，特别是今年年初发放的直播卫星接收设备，使错那县 24 个行政村广播电视覆盖率达到了 100％，把党和政府的声音送进了千家万户，极大地丰富了各族人民群众的业务文化生活。

二是不断加大农村电影放映力度。结合各项专题活动和节庆日，坚持不懈开展电影"六进活动"。2012 年至 2013 年，共放映电影 45580 场次，观众达 694 万余次，受到了广大干部群众、师生、官兵、僧尼的广泛好评。

三是不断健全广播影视服务机构建设。全地区电影发行放映站共 86 人。不断强化培训提升队伍素质，举办基层电影放映员培训班。

二、山南广播影视公共服务的主要经验

一是领导高度重视。山南地区各级党委、政府主要领导高度重视公共文化建设和服务保障工作，特别是去年山南地区获批创建国家公共文化服务体系示范区创建资格以来，地区积极推进创建工作，召开了动员大会，签订了责任书，明确了各部门和县乡的文化建设和服务保障工作职责，有力地提升了公共文化服务水平。

二是资金保障有力。在国家和自治区投入设施建设、设施配套、功能完善方面已经给予的政策外，山南地区在充分利用好各项资金的基础上，出台了地县两级财政分别将上年经常性财政收入的 3％用于设立文化发展专项资金等一系列政策文件，用于支持包括广播影视在内的文化建设，有力地保障了全地区公共文化的建设和运行维护。

三是注重队伍建设。通过举办县民间艺术团培训班、文化活动中心站专业人员培训班、基层电影放映员培训班，对基层公共文化队伍加强轮训，并不定期选送基层文化人员到区内外参加专业学习，累计培训 350 人次，有力地提升了公共文化队伍的业务技能和服务水平。

三、存在的主要问题

（一）在广播影视公共服务设施上，县级数字影院建设还是空白。目前，山南地区和所辖 12 个县还没有一家数字电影院，群众看院线电影的需求无

法得到满足。

（二）在广播影视公共服务方式上，农村电影放映工程有待进一步提升。一是农村电影放映场次不够，比如，错那县麻玛乡、勒乡今年还没有放映过电影；二是放映方式简单，由于路途遥远，有的放映队为了完成任务，往往一口气在一个行政村放映十几场，不能保证电影放映的均衡性；三是放映条件简陋，绝大部分是室外放映，受季节和气候的影响，农村群众观影热情不高；四是电影更新不及时，放映的电影群众不喜欢观看。

（三）在广播影视公共服务队伍上，电影放映队伍人员奇缺。由于山南县乡距离较远，群众居住分散，现有的 4 支电影放映队无法满足为全县 10 个乡镇 24 个行政村放映电影的需求，有时只能分时段到各村播放电影，完成放映任务的难度很大。另外，大量电影放映员邻近退休，由于待遇低、工作条件艰苦，又很难招到合适的放映人员，面临着青黄不接的局面。

（四）在广播影视公共服务质量上，县级有线电视数字化改造急需启动。随着各县经济社会的快速发展以及广大人民群众不断增长的文化需求，目前县级模拟有线电视系统节目套数不多、质量不高等问题日益突出，有线电视数字化改造工程迫在眉睫。

（五）在广播影视公共服务内容上，广播影视译制制作能力有待进一步加强。目前藏语言广播影视节目总量还偏少，区县两级广播影视译制制作能力较弱，品种单一，更缺乏有代表性、富有地域特色的本土原创产品，广大群众的基本文化需求与公共文化服务供给之间的矛盾仍然存在。

四、关于推进广播影视发展的有关建议

（一）完善公共服务标准，积极推进县级数字影院建设。目前，除了拉萨、日喀则、林芝、阿里地区所在地建有 7 个城镇数字影院外，其他 70 多个县都没有数字影院，是目前全国唯一没有建设县级数字影院的省份。要推进县级数字影院建设，一是要将县级影院建设纳入我区基本公共服务范畴，纳入国民经济和社会发展规划，纳入文化产业发展规划和精神文明建设总体部署，纳入援藏工作计划，纳入城乡建设和土地利用总体规划重点推进。二是要完善县级影院建设扶持政策，建立省、地区、县三级财政对县级数字影院建设启动资金的扶持政策，对新建数字影院给予税费减免政策，对数字影院的建设选址、立项、征地、投入、办证等给予扶持。三是要通过国家资助、地区补助、招商引资和援藏扶持等多方式、多渠道筹集资金，充分利用现有基础设施等方式，建立多功能、多用途的数字影院。四是建立自治区二级院线公司，按照统一品牌、统一管理、统一排片的原则，确保县级数字影院的低成本供片。

（二）实施精细化管理，改进农村电影放映服务。一是要加大农村电影放映监督力度，充分利用数字化、网络化、信息化手段，充分利用村委会和驻村工作队，加大巡查、检查力度，奖优罚劣，落实责任，确保农村电影放映场次到位，确保电影放映的均衡性。二是要推进室外放映转入室内放映，充分利用县级文化馆、乡镇文化站和农村文化室，逐步实施电影流动放映由室外向室内转换；新建文化馆、文化站和文化室要充分考虑室内电影放映要求，为电影流动放映创造条件。三是加大藏语电影的译制制作力度，在每年80部影片的基础上，进一步增加译制数量；加大电影版权资金投入，缩短城乡电影放映周期差，构建电影放映城乡一体化机制，更好地满足人民群众的观影需求。

（三）夯实服务基础，加强广播影视公共服务队伍建设。一是在推进文化体制改革的过程中，确保公共文化服务队伍完整，确保各县广播、电视、电影管理服务人员编制到位、人员到位、职能到位、服务到位；二是针对基层人员、编制紧张等情况，通过政府买服务等方式，创新公共服务队伍管理，培养乡镇和行政村本地公共服务专业队伍和人员。

（四）改进服务手段，积极推进县级有线电视数字化改造。根据《西藏自治区人民政府办公厅关于印发2014年第一季度全区经济运行分析和下一步经济工作建议的通知》，今年自治区财政将安排2亿元，推进县级有线电视数字化改造项目。要以这次改造为契机，全面实现县级有线电视数字化，增加节目套数，提高节目质量，完善安全播出机制，做好模拟向数字整体转换工作，使人民群众更好地收听收看广播电视节目。

（五）增强服务能力，提高地区广播影视译制制作水平。一是要进一步加强地区广播影视译制制作设备投入，增强地区广播电台电视台的采编播能力建设；二是要进一步加强地区广播影视人才队伍建设，通过人才引进、援藏、定期轮训等方式，补充采编播专业人才队伍，提高专业人员素质和能力；三是要推进公共广播和公共电视的建设力度，争取国家尽快批准设立集各地区广播电视节目于一体的公共广播电视频率频道，使各地区的广播电视节目传入广大农村地区；四是要进一步加强藏语广播和电视节目建设，丰富藏语广播电视节目内容，增加藏语广播电视节目频率频道，推进广播电视公共服务的标准化和均等化。

2014 年 6 月 14 日 星期六　　　　　　　　# 又有收获

中午 11 点半，终于回到了拉萨。

本来已经订好了明天的回京机票，但接到局里的电话，因为十三五规划编制的事情，需要我推迟回京一周。

下午去西藏大学上课，听了《资治通鉴——中国古代鉴人之术》，还是有些收获的，比如：君子为德大于才，小人为才大于德；宁可用庸才，而不用小人。

2014 年 6 月 16 日 星期一　　　# 西藏十三五规划编制的几点建议

一、要抓住一个目标：要把提高广播影视服务能力，更好地为广大人民群众提供广播影视服务，构建现代治理能力，作为编制规划的目标。

二、要把握好两个矛盾：一是人民群众日益增长的精神文化需求和广播影视产品供给之间的矛盾，二是广播影视产业发展和市场失灵的矛盾。

三、要着眼三个层面：第一是国家层面，要努力争取把项目嵌入国家十三五发展规划；第二个层面是自治区层面，要努力争取把更多的项目纳入自治区十三五发展规划；第三个层面是单位层面，要在国家和自治区层面的基础上，编制好本单位发展规划，为未来五年的发展谋划蓝图。

四、要处理好四个关系：一是政府与市场的关系，实现有所为有所不为；二是事业和产业的关系，努力做到两轮驱动，共同发展；三是传统媒体与新媒体的关系，推进传统媒体和新媒体的融合；四是对内广播和对外广播的关系。

五、要实现好五个创新：一是在宣传管理上有新理念，在完善公共服务体系上有新举措，在推动科技创新上有新突破，在促进产业发展上有新政策，在提升传播能力上有新进展。

2014 年 6 月 21 日 星期六　　　　　　　　# 见到神湖

拉姆拉错湖藏语为"吉祥天姆湖"、"圣母湖"，位于加查县曲科杰丛山之中的琼果杰乡附近。拉姆拉错在藏传佛教转世制度中，有着特殊地位，历代达赖喇嘛和班禅的转世灵童，都是通过观圣湖所现的异象确定寻访的方向和得到重要启示，据说有缘之人还可从湖水中看出自己的前生和来世，因此备受信徒和游客们敬仰。

汽车沿着蜿蜒曲折的山路盘旋而上，行驶约 1 个小时，来到了一片经幡林立的山脚下，山上片石林立，好似堆积一般。再拾阶而上，踩着犬牙交错的石阶，一步步向着山顶迈进。

拉姆拉错湖面海拔 5000 多米，观湖的山顶海拔 5200 米，虽然台阶并不很陡，但是心脏还是剧烈跳动，不得不走几步就停下来大口喘息一会儿，不禁捂住胸口：我的小心脏啊。有的老年人，随身携带着氧气罐，走一会儿便吸会儿氧气，即使如此，但朝观之心不改，深为这种精神所感动。

终于在几番艰难的喘息中，登上了观湖的山顶，穿过层层的风马，神湖展现在自己的眼前。

神湖并不大，面积约 1 平方公里，形似椭圆，更如古代兵器"枪"之尖头，犹如群山环抱的一面镜子。

由于今天是藏历十五，观湖的人很多，大家都静静地坐在山顶，默默地注视着远处的湖面，有的双手合十，有的匍匐在山顶，有的打坐在五彩的经幡中，每个人的表情都十分肃穆和庄严。

湖水在阳光和云层的设计下，时而碧绿，时而深沉，时而如同湖面铺了一层厚厚的酥油，时而酥油慢慢地散去，在湖面形成斑斑点点的皱纹。时而风平浪静，水清如镜，时而无风起浪，彤云密布。

一位藏族老阿妈不到 7 点就来到了山顶，直到我们离开她还在那里注视着湖水。

我是一个凡人，自然无法看到传说中的启示。但是湖水的变幻莫测和那种众星捧月、群山相衬的美丽，让我对神湖充满着敬意。

拉姆拉错，我来了。

2014 年 6 月 27 日 星期五　　**一年来援藏的几点体会**

一、有压力。一是在藏工作三年时间不短，希望自己有个很好的锻炼，但是西藏的经济太弱，并且根本没有自身造血功能，完全依靠外部力量。二是考虑国家预算管理体制和资金渠道问题，目前总局很难有直接的资金能够安排和补助西藏局。所以，精神上的压力很大。

二、有收获。一是主动开展调研，目前已到全区 7 个地市调研，对广播
影视的公共服务情况有了一个更加直观的了解。目前，广播电视方面存在最
大的问题就是藏语节目译制制作能力有待提高，藏区群众可选择性不够，公
共服务的均等化还无从谈起；电影方面存在的最大的问题就是县级数字影院
建设问题，目前全区没有一个县级数字影院，政策上两头靠不上。二是在总
局的大力支持下，通过中央财政、总局和自治区财政等渠道也为西藏争取了
一些项目和资金。三是正在组织西藏编撰全国广播影视系统援藏 20 周年一
书，因为今年是中央援藏 20 周年。四是正在帮助他们编制十三五规划。

三、有困难。西藏的广播影视的"一穷二白"："穷"：广播电视网络建
设资金筹集困难，没有干线网，绝大多数地市接入网都是模拟的，个别地市
虽然进行了数字化改造，但也是单项的、标清的；"白"：县级数字影院空
白，译制制作能力苍白。

2014 年 6 月 27 日 星期五 回京情况汇报

6 月 21 日至 27 日，根据局领导的要求，我到北京就中央财政补助地方
文化体育传媒专项资金和文化产业专项资金以及县级数字影院建设等事宜，
与财政部教科文司、文资办、总局电影局有关负责同志进行沟通，并向总局
童刚副局长进行了汇报，现将有关情况汇报如下：

一、关于文化体育传媒专项资金和文化产业专项资金问题：财政部教科
文司、文资办有关领导表示，将充分考虑西藏的特殊情况，对自治区申报的
相关广播影视项目尽可能予以支持。

二、关于县级数字影院建设问题：1. 总局领导和电影局表示，（1）支
持西藏全面推进县级影院建设；（2）建议我局进一步开展调研，结合西藏的
实际情况，提出下一步推进县级数字影院建设的整体规划和需求建议；
（3）在县级数字影院建设方案上，既要实事求是，又要具有战略性，要充分
利用现有文化设施设备，分类分步推进；（4）有关报告最好能会同宣传部或
者以自治区政府名义上报；（5）报告要尽快上报。2. 财政部教科文司有关
领导表示，将在文体传媒发展专项资金中考虑给予支持。

三、关于赴日考察团事宜：在总局国际司的大力支持争取下，日本放送
文化基金给予我局赴日考察项目，资助金额 100 万日元（约合 7 万元人民
币），建议我局于今年 9－10 月份组团（3 至 6 人，5 天左右）赴日考察。

2014 年 6 月 30 日　星期一　　　　　　　　　　**又回到拉萨**

　　回到拉萨，空气清新，天气凉爽，天高地阔，当然，头晕的感觉又如约而至。

　　晚上吃了点饭，一碗热汤下肚，确实感觉舒服多了，外面下起了小雨，淅淅沥沥的，湿润的空气有助于睡眠啊。

　　回到小别的宿舍，还是很亲切的，回京太闹，回拉萨太静，援藏生涯总是在闹和静之间徘徊。

　　空山新雨后，天气晚来秋。虽然还是盛夏，可是拉萨的天气就好像深秋一样。回到拉萨，心是静的，在北京，被家事、单位事所缠绕着，每天都有一种惶惶然。

　　往事越千年，历史是一面镜子，回顾历史，我们能记住有多少人呢，多少人都是碌碌无为，都是忙于生计呢。

2014 年 7 月 4 日　星期五　　　　　　**参加赴京学习培训班动员会**

　　非常高兴能和大家一起到北京参加培训，大家都非常年轻，我看了看名单，很多都是 80 后，朝气蓬勃，能为大家创造这样一个培训机会，我也非常高兴。这个培训项目是总局规划院的援藏干部、西藏有线电视网络中心的蔡新国总工程师为大家争取的培训项目，他为这个培训的落实做了大量工作，并提前回到总局准备前期工作。昨天，我就今天的会议和下周的培训向德吉书记和韩辉局长分别做了汇报，他们非常重视，指示我们要做好各方面的工作，确保培训任务顺利完成。有关要求刚才金处已经讲了，下面，我代表局里再强调一下。

　　一、要高度重视本次培训。广播影视是重装备、高投入、高科技的行业，纵观广播影视行业的历次转型和升级，无不伴随着广播影视科技进步和科技创新。在信息化、网络化高速发展的当今，以科技创新为先导，促进广播影视发展转型升级，是我们当代广播影视工作者特别是广播影视科技工作者的历史责任和时代使命。这次培训是我们进一步开阔视野，增长见识，提升水平的好机会、好平台。为办好这次培训班，总局规划院做了大量精心周密的准备工作，安排了各方面高层次的领导和科技专家进行授课，并将组织大家到央视新台址、监管中心、北京歌华有线等参观学习。当前全区改革发展稳定的任务十分繁重，这次能把大家抽出来脱产参加培训非常难得。所以，大家要高度重视和珍惜这次难得的学习机遇，以认真的态度和饱满的精神完成一周的学习任务。

二、要端正学习态度。这次培训班内容安排得非常紧凑和丰富。大家要安下心来，专心致志，集中思想，加强思考，充分发挥学习的主动性和创造性，对每一专题、每一课程都要带着问题认真听讲，认真学习，努力弄懂弄通，真正理解掌握。在学习中要坚持理论联系实际的学风，积极联系本单位实际情况，主动、自觉地把学习理论和解决问题内在地统一起来，加深对所学理论的理解，在提高理论素质和思维能力的同时，提高认识和解决实际问题的能力，更好地回报本职工作，学习结束时每个人都要结合实际工作和培训内容撰写一篇学习体会。

三、要严格遵守纪律。参加本次培训的学员都是各单位分管技术的领导和骨干，自身素质都很高，希望大家都能认真遵守学习培训和廉洁自律的各项规定，严守纪律、服从管理、自我约束，做到不迟到、不早退，不无故缺课，充分发扬和展现西藏广电人的良好精神风貌。另外，这次培训我们还安排大家参观央视新台址等重要的安全播出单位，大家在参观中一定要认真遵守参观单位的要求，按照规定的路线、内容参观。在培训学习中如果确实有特殊情况，需向班委和跟班的工作人员请假，确保取得实实在在的培训效果，确保平平安安去，安安全全回，这也是书记、局长向我反复交代的事情。

最后，祝本次培训班圆满成功，祝大家一路顺利！

2014 年 7 月 7 日 **星期一**　　**努力不负期望　认真学习取经**

在京城美丽的夏日，由总局规划院、人事司联合举办的西藏网络技术培训班正式开班了。首先，请允许我代表西藏广电系统，代表前来参加培训的30 名学员，对规划院、人事司各位领导和同事为我们提供这次宝贵的学习培训的机会表示衷心的感谢！利用这个机会，我代表西藏自治区广电局发个言，讲三点意见：

一、衷心感谢总局对西藏广播影视事业的大力支持。由于历史、经济、自然条件等因素，西藏广电事业起步晚、底子薄、欠账多，长期以来，总局人事司、规划院在人才培养、职业教育、职称评定、技术咨询等各方面，对西藏广电局给予了大力帮助和精心指导，有力地推进了西藏广电事业的跨越式发展，这次培训班的举办也是总局领导和人事司、规划院对西藏广播影视事业高度重视和亲切关怀的直接体现。

二、自治区广电局高度重视本次培训工作。广播影视是重装备、高投入、高科技的行业，在信息化、网络化高速发展的当今，以科技创新为先导，促进广播影视发展转型升级，是我们当代广播影视工作者特别是广播影视科技工作者的历史责任和时代使命。这次培训是我们进一步开阔视野，增长见识，提升水平的好机会、好平台。西藏自治区广电局高度重视这次培训，一方面及时将总局的支持和关怀向区政府和党委宣传部做了汇报，另一方面区广电局德吉书记和韩辉局长多次指示有关处室要配合做好学员选拔、行程安排等工作，并在行前召开专门会议，对学员的学习、生活提出了明确要求。

三、对参加培训的学员提出以下几点要求：

1. 端正态度，安心学习。为办好这次培训班，总局规划院做了大量精心周密的准备工作，安排了各方面高层次的领导和科技专家进行授课，并将组织大家到央视新台址、监管中心、北京歌华有线等参观学习。当前全区改革发展稳定的任务十分繁重，这次能把大家抽出来脱产参加培训非常难得。所以，大家要高度重视和珍惜这次难得的学习机遇，安下心来，专心致志，集中思想，加强思考，充分发挥学习的主动性和创造性，对每一专题、每一课程都要带着问题认真听讲，认真学习，努力弄懂弄通，真正理解掌握。

2. 加强思考，学以致用。这次培训班内容安排得非常紧凑和丰富。大家在学习中要坚持理论联系实际的学风，积极联系本单位实际情况，主动、自觉地把学习理论和解决问题内在地统一起来，加深对所学理论的理解，在提高理论素质和思维能力的同时，提高认识和解决实际问题的能力，更好地回报本职工作。

3. 严于律己，严守纪律。参加本次培训的学员都是各单位分管技术的领导和骨干，自身素质都很高，希望大家都能认真遵守学习培训和廉洁自律的各项规定，严守纪律、服从管理、自我约束，做到不迟到、不早退，不无故缺课，如果确实有特殊情况，需向班委和跟班的工作人员请假，确保取得实实在在的培训效果。

最后，祝本次培训班圆满成功，并再次对总局人事司和规划院的大力支持表示衷心感谢！

2014 年 7 月 11 日 星 期 五　　　　　　　　回京情况汇报

一、关于广播影视援藏工作会议。向田部长和财务司进行了汇报，他们表示，总局将积极予以支持，待中央援藏 20 周年座谈会召开后，将根据有关情况和要求予以安排。目前，建议请西藏局先就 20 年来中央和各省援藏的有关情况，需要中央和各省解决的有关政策和项目建议等情况，进行一下梳理和总结。

二、关于中央三台短期援藏问题。将按照中央有关要求积极予以支持。人事司已向总局领导做了汇报。

三、关于西藏广电网络技术培训班。规划院姜文波院长和万顺府书记出席开班式和结业式，总局人事司张宏副司长出席开班式并讲话。

四、关于直播卫星建设问题。总局直播卫星中心提出，一是建议尽快替换清流盒子；二是尽快引入市场机制。

五、西藏人民广播电台科教广播已获批。

2014 年 7 月 22 日 星 期 二　　　　　　　　**毕业 20 年**

懵懵懂懂中，毕业已经 20 年了。

大学老师和同学再一次欢聚一堂，重温美好时光，感慨良多：

忘不了魏老师的真诚祝福

忘不了张老师的抵足同眠

忘不了颉老师热情洋溢的贺词

忘不了刘英深夜里的巡逻值班

忘不了庆玲的从天而降

忘不了旭东的抚杯轻叹

忘不了徐玲的海派英语

忘不了玉玲的国学经典

忘不了老秘的"为全班鼓掌喝彩"

忘不了永成"牲口比人多"的戏言

忘不了王峰"要命"的诗歌

忘不了俊平动情的哽咽

忘不了岩芳200迈的时速

忘不了小虎酒桌上的扼腕

忘不了彪哥火红的印章

忘不了刘燃温情的热线

忘不了张君的精言妙语

忘不了玉剑的指点江山

忘不了瑞贤对远行同学的牵挂

忘不了彦丽难舍的误点

忘不了鸣野车站前的心潮澎湃

忘不了建华的阳光灿烂

忘不了冰花舞会时娇颜如花

忘不了郭健香山上身轻如燕

忘不了书记的若有所思

忘不了红霞的羞涩嫣然

忘不了德美的温柔回眸

忘不了忠和"狼盯狼"的经典

忘不了丽清的童颜不老

忘不了云飞的细腻依然

忘不了永红对大姐夫的"关照"

忘不了雨红对"肥肉故事"的笑靥

忘不了建忠离别时的泪水

忘不了梁勇坚硬的丰满

忘不了永刚黑夜般的幽默

忘不了老邓的"自犬不西女脸"

……

2014年8月9日 星期六 终于迎来了总局领导

盼望着，盼望着，终于，总局蔡部长莅临西藏检查指导工作。

蔡部长先后参观了自治区人民出版社、广播影视译制中心等单位，亲切看望和慰问了发射台、监测台等总局驻藏单位、援藏干部和新闻出版广播影视干部职工，并做出重要讲话。他强调，一是要始终坚持正确的政治方向和舆论导向，清醒地认识到肩上的担子；二是要在传播先进文化方面做到丰富多彩，要用丰富多彩的文化生活充实大家的精神世界；三是要进一步提高公共文化服务水平，按照中央的要求想办法提到新水平。总局将认真研究西藏局提出的有关项目和政策建议，在中央援藏工作座谈会后，将尽快召开援藏工作会议；四是要确保安全播出万无一失，要进一步加大监管防控能力，做到守土有责。

在人民出版社，他视察了出版成果展览室和藏语译制室，看望了广大干部职工。他肯定了西藏人民出版社多年来取得的优异成绩，向辛勤奋战在出版工作第一线的干部职工表达了崇高的敬意。

2014 年 8 月 12 日 星期二　　成立援藏项目规划专班

总局领导对援藏工作非常重视，我们要抓住这个契机，抓紧做好有关工作。今天组织我召开了援藏项目规划专班会议，记录了有关情况：

根据周一会议的要求，局里成立对口援藏项目规划专班，我任广播影视组的组长。会后，我按照要求提出了专班人员，书记局长已经批准了。考虑到四个牵头处室的规划材料还需要总的汇总，因此，专班办公室设在规财处，尚处长牵头。

其实，我不适合担任组长，毕竟才来了一年，对西藏的有关情况还不是很了解，但既然会议定了，并且有你们这些专家，我也有信心。昨天，总局已经启动援藏工作会议的前期协调工作，蔡部长专门做出批示，要出实招见实效。今天上午，总局召开援藏工作协调准备会议，已经明确，8 月 26 日或者 27 日召开全国新闻出版广电系统援藏工作会议，地点在北京。可见，总局非常重视这项工作。今年是中央援藏 20 周年，各个行业部门都要召开援藏工作会议，如果没有一个有力的抓手，财政发改怎么会给你安排资金呢。这次援藏会议能否达到预期效果，就看我们这个援藏计划了，因此我们的责任很重，时间也很紧。下面，我们把几个问题再明确一下，看看大家有什么意见没有。

工作机制上，根据上次会议确定的原则，四个牵头处室分别审核、汇总各单位和各地区的援藏计划，汇总稿要分文字部分和表格两个部分，报分管局领导审核同意后，然后报给规财处。规财处牵头，专班其他人员配合，进行审核汇总。

时间上，由于时间非常紧张，所以，大家可能要辛苦一点，需要加班了。因为总局 8 月 18 日就要求我们把材料报上去，所以，我们的时间只能倒排：8 月 15 日（周五）下班前，各牵头处室必须将经分管领导审核同意的单项规划稿报送规财处，8 月 16 日（周六），规财处牵头汇总出初稿。8 月 17 日（周日），专班全体人员开会研究讨论确定，具体时间另行通知。8 月 18 日（下周一）交局专题会议研究。

内容上，一是要有一个大的思路。我们要提出一个类似于西新工程这样的大项目，作为一个抓手和平台。这个需要大家的智慧。目前来看，我们这个工作太迟了，今年三月份，我就向局里汇报，建议尽快研究提出继西新工程之后我们需要提出一个新的项目，但到现在也没有一个结果。二是要分类申请，具体地说，就是援藏计划要包括两部分，一个是各地区向对口援藏省份申请的项目，一个是我局向总局申请的项目。三是要有 20 年来援藏工作的总结，这个工作由规财处进行收集整理。

2014 年 8 月 13 日 星期三　　　　**高原遇到名人**

和李瑞英相识，还是在上次回京时，在一次活动上认识的。

最大的感受，一是她非常健谈，二是她非常低调，无论见到谁，都是十分和蔼可亲，平易近人。

晚上，局里安排他们一行工作餐，我和书记局长先行来到食堂，却久久不见她的到来。一问，原来，他们一直在西藏电视台讲课，原定 2 个小时的课程，3 个小时仍然不能满足听众的热情。

饭后，又陪她到玛吉阿米参观。这是一座三层小楼，虽然不大，但是格外具有藏式风格，加上仓央嘉措的传奇故事，这里每天来的人络绎不绝，据说要提前很久去排号。

但，真正的那个传奇般的酒吧，其实不在这里，而是在西边的布达拉宫脚下的雪城。如今，早已被严严实实地围在了布达拉宫的宫墙里了。

烛光、酸奶、咖啡、酥油茶，喧闹的幽暗的环境，窗外沥沥的细雨，八角街或明或暗的灯光，这一切，构成了一幅唯美的图画。

李瑞英非常细心，热情地与身边的每个人合影，一回头看到教育部的援友，本想邀他来合个影，但他婉拒了。这个羞涩的大男孩。

仓央嘉措，这位历经磨难的六世活佛，沧桑风云或许摧残了他的身心，但却成就了一篇篇牵人魂魄的美丽诗篇。

痛并忙碌着
2014 年 8 月 14 日 星 期 四

由于前段时间的忙碌，身体抵抗力下降，加上近几日多雨阴凉的天气，一不小心被感冒击中。有点低烧，鼻子堵塞，十分不适。晚上下班回到房间，感觉几分不适，有几分寒意，于是打开已经几个月不用的暖气，关上窗子，稍感温暖。

几天来，非常忙碌，送走部长一行后，便开始了援藏工作会议的准备工作。加上又参加了两个验收活动，倍感疲惫。

不过忙碌的同时，却深感一切都是那么富有挑战性，这一点是在北京工作所无法比拟的。

可以说，在拉萨的每一天都是新鲜的，做的每一件事，也都是全新的。每一天都有新的收获。今天的县级有线电视数字化工作会议上，金局的讲话，全面、细致、翔实，令我学习不少。这是积累的结果，这是思考的结果，这是智慧的结果。

窗外细雨沥沥。每年这个季节都是拉萨多雨的时令。拉萨的雨季有个特点，就是白天一般少雨，到了晚上，就开始没完没了地下，往往一觉醒来，首先进入耳畔的就是雨声。

不由得想起了忘记是哪位诗人的佳作：

少年听雨歌楼上

红烛昏罗帐

壮年听雨客舟中

云淡风轻

断雁叫西风

而今听雨僧庐下

鬓已星星也

悲欢离合总无情

一任阶前滴雨到天明

2014 年 8 月 16 日 星期六　　出乎意料的电话

一天都在加班中。

下午，突然手机铃声响起，一个陌生的号码，接通后，一个熟悉的声音传来：是国瑞吗，我是蔡赴朝。

啊？蔡部长，简直有点不相信自己的耳朵。

蔡部长在电话中讲了几点：一是叮嘱我要多注意身体，感觉不适就回内地检查身体，不要硬抗；二是当地领导对总局援藏干部的工作给予了很高的评价，要继续努力工作；三是向其他援藏干部问好，会尽快为每一名援藏干部配备制氧机；四是目前要尽快准备有关援藏会议事宜。

没有想到共和国部长在百忙中依然牵挂着远在高原的我们，感谢，感恩，感动……

2014 年 9 月 11 日 星期四　　关于援藏会议

近期在京，要围绕以下几件事情开展工作：

一、沟通会议时间。与办公厅保持联系。

二、沟通会议日程。同上。

三、沟通会议内容。

1. 签署战略框架合作协议，明确联络机制，与办公厅沟通。

2. 各省、各单位与西藏广电局签订协议，与财务司沟通，并向新闻出版方面了解。

3. 印发援藏工作规划。

四、与各司局沟通。

1. 与办公厅沟通，确定合作协议。

2. 与财务司沟通，印发工作规划。

3. 与科技司沟通，支持覆盖方案。

4. 与传媒司沟通，解释有关情况。

5. 与电影局沟通，争取补助项目。

五、与各单位沟通。挨个单位拜访。

六、与各省沟通。挨个省打电话。

全国新闻出版广电系统援藏会议终于召开了

2014 年 9 月 26 日 星期五

9 月 25 日下午 3 点，期盼已久的全国新闻出版广电系统援藏会议终于召开了。

中宣部副部长、总局局长蔡赴朝出席并讲话，总局党组书记、副局长蒋建国主持会议。总局副局长田进，党组成员宋明昌出席。西藏自治区党委常委、宣传部长董云虎出席并讲话。全国 17 个对口支援省市新闻出版广电局和西藏新闻出版广电局负责人，总局机关各司局、直属有关单位主要负责人参加会议。会议强调，对口援藏是中央做出的重要决策部署。新闻出版广电系统要充分认识到新闻出版广播影视援藏是全国支援西藏工作的重要组成部分，牢固树立政治意识、大局意识、责任意识，自觉把对口援藏作为重大政治任务，凝聚起全系统的力量，全力以赴开展对口援藏工作。会议就贯彻落实中央精神，做好新形势下新闻出版广播影视对口援藏工作提出三点要求：一要着眼大局、深化认识，进一步增强做好新形势下对口援藏工作的责任感和使命感。二要明确任务、突出重点，进一步提高对口援藏工作水平。以"一个中心、两件大事、四个确保"为指导思想，着力支持基础建设、着力加强涉藏新闻宣传、着力抓好精品生产传播、着力提升公共服务水平、着力筑牢文化安全防线、着力促进人才队伍建设，努力促进西藏新闻出版广电事业跨越式发展。三要精心组织、狠抓落实，确保新阶段对口援藏工作取得实效。

会前举行了总局向西藏自治区捐赠广播影视节目和图书仪式。每年将捐赠电视剧 2000 集、电影 80 部，首批捐赠动画片 196 集、纪录片 35 集。捐赠价值 120 万元的音像制作出版设备及每年捐赠价值 200 万元的藏汉图书和音像制品。

为了这个会议，总局领导和有关司局给予了大力支持，一路绿灯。

这个会议的召开很有意义，因为已经 18 年没有召开了。

兴奋，激动……

2014 年 10 月 12 日 星期日　　又一个高原第一次

记忆以来，平生未曾输过液，未曾住过院。然而这两个记录终于在高原被打破。

7 号下午，乘坐 CA4112 经停成都，回到拉萨。

在飞机上不知是喝了什么饮料的关系，也可能是空调太凉，胃部有点不适。一路基本没有吃什么东西。

回到房间，行李没有打开，头已经疼得不行，吸氧、吃药、喝水……

一直挺到了凌晨一点半，外面是漆黑的夜色，身上是滚烫的，胃部是焦灼的，吐了两次，头疼欲裂。

越发感觉不对劲，不能再硬抗了。于是电话给小崔，连夜赶往军区总医院。

抽血 X 光测体温，初步诊断：急性肺水肿。

好家伙，我真幸运。竟然得了高原第一杀手的病。

好在就诊及时，好在治疗及时。

第二天，在听到消息后，局里同事前来看我，宣传部领导前来看我，总局保卫司宋为民司长一行、中央台兰田总会计师一行来拉萨调研中也来医院看我。总局财务司、人事司领导同事纷纷打来电话发来短信，嘱我务必保重身体。远在青海的小康几次电话和短信，关心关切之情溢于言表。田部长和孟冬司长以近乎严厉的措辞命令我回京休疗，这些都让我深深不安，也深深感动。

然而，会议就在西藏召开，我怎能回去啊。终于，在我的强烈要求下，经医院同意，我终于提前离开了军区总医院 35 床。

2014 年 10 月 13 日 星期一　　毕生遗憾

2014 年 10 月 14 日，全国对口援藏对接会在林芝召开，然而由于健康原因，自己需要在拉萨疗养，无法身临现场。回忆数月筹备历程，万千感慨，油然而生：

为了这个日子，
期许了很久，
曾多次在梦中醒来，
秋夜正浓，冻笔绵长，
然而此刻，
人在拉萨，心在林芝。

为了这个日子，
思考了许多，
时间地点项目……
如何开好，怎样落实，
然而此刻，
人在拉萨，心在林芝。

为了这个日子，
曾上下奔波，
从中央到地方，
从圣城到京畿
然而此刻，
人在拉萨，心在林芝。

为了这个日子，
懂得了很多，
那风雨中的记忆
那目光中的鼓励，
然而此刻，
人在拉萨，心在林芝。

为了这个日子，
山高无景
水长无意，
然而此刻，
人在拉萨，心在林芝。

为了这个日子，

憧憬许多。

18 年的光阴，

承载了多少寄托和往事，

然而此刻，

人在拉萨，心在林芝。

2014 年 10 月 19 日 星期日　　　　　　**突破与缺憾并存**

在总局的大力支持下，这次对口援藏项目对接会议，至少在以下几个方面有所突破：

一是会议上的突破，在时隔 18 年之后第一次召开了全国系统的援藏工作会议。

二是机制上的突破，第一次明确提出了由中央三台等总局直属单位对口支援西藏有关单位，在此机制体制下，有无限的合作空间。

三是项目上的突破，继西新工程之后，再次提出了广播电视能力提升工程，并落实了包括巨幕影院建设等在内的一大批援助项目。

下一步，应当主要做好以下几个方面的工作：

一是要继续紧密与总局和各省有关单位沟通，趁热打铁，要有专人负责，盯住人盯住项目。要争取尽快到各省去回访，去沟通争取。

二是要盯住项目规划，要争取尽快印发。

三是要尽快将有关藏区覆盖的材料报自治区，以争取自治区的支持。

四是援藏 20 周年的编写工作，要认真思考抓落实。

五是给各地区印发一个文件，最好是以自治区党委政府的名义，加强广播影视支持力度。

2014 年 10 月 25 日 星期六　　　　　　**又加了一天的班**

从早上 9 点，到晚上 8 点，又加了整整一天的班。

加班的内容还是向总局申报文化频道的文件。

前几天处里写了个初稿，我看了看，距离领导要求差距较大，考虑时间紧急，只好亲自捉刀了。

翻阅资料、上网查信息……

修改，阅读，再修改，再阅读，如此反复，终于在晚上 8 点完成了初稿。有几分疲惫，于是在办公室吸吸氧，稍作休息，回到房间。

又稍微歇息了下，再次取出稿件，再次阅读，再次修改，终于，对稿子有了个满意的感觉。给王秘书通了个电话，周一上午交稿。

完成工作一身轻，这种感觉也是久违了。

当然，内心深处还是有些忐忑的，不知道领导看了有什么感觉。

自己已经尽力了，昨天晚上加了一个小时的班，大前天晚上一直改到凌晨 2 点……

2014 年 10 月 28 日 星期二　病中杂记

昨夜，沿着夜色和冰冷，从德吉北路一路走了回来。倒也没有感觉什么。

晚上 10 点左右，自己的头部开始疼痛，沿着额头一周，转着圈疼，可能是缺氧的原因，于是打开制氧机，吸了一会，感觉效果不明显，再打开氧气瓶，效果依然不显著，此时嗓子也开始疼了起来。吃药、喝水……

估计可能是着凉了，把咽炎带动了起来，加上有点感冒。

这下可惨了，一直到凌晨 6 点，自己始终在疼痛中煎熬。

外面虽然依然夜色深深，但已经感受到黎明的降临了。

不能再这样熬下去了，索性穿上衣服，带上手机和现金，走进深深的夜色中。

6 点的院子里，路灯依然闪烁，天上繁星点点，晓风瑟瑟，令人几分冰寒。几名清洁工人已经开始在清扫满地的落叶了，沙沙声在空旷的夜色中格外清晰。

在布达拉宫广场打了一辆出租车，直奔人民医院，这里离单位要近一些。在急诊中心，测了测体温，不高，医生判断，感冒加呼吸道感染，建议去军区总医院看看。于是，再次打车赶往军区总医院，偌大的急诊中心空旷旷的。在熟悉的一间急诊室里，一位小护士在值班。记得上次自己来也是这个小护士。护士给我量量体温，问了有关情况，同人民医院的判断基本一致。

于是，在瑟瑟寒风中，再次走出军区总医院的大门，虽然头已然痛楚不堪，但是内心已经有几分安然：不是肺水肿了。

打车回来时，天色已然是黯然的，此时的北京应该早已经是车水马龙，人声鼎沸了。

本来今天有两个会议要参加，考虑自己的身体状况，只好请假了。

在床上躺了一天，中午和下午，陆续有几个同事前来看望。一点小病，又惊扰了大家。

终于，下午5点左右，在晕睡了一天之后，疼痛状况已经基本消失，感觉病好如初了。

这次回藏的经历啊，太难忘了。

最近自己的身体状态啊，太差劲了。

唉，"毁人不倦"的西藏啊。

2014 年 10 月 29 日 星期 三　　　　　　　　# 琐　想

忙碌了一天。

上午，与韩局沟通三公经费检查等事宜。

下午，与韩局沟通墨脱村村通设备等事宜。

晚上，与广科院郭所长一行沟通。刚才，曾晓东到我这坐了坐，聊了一会儿天，谈天说地，很为他的养生之道所启发。

还算好，喜欢西藏的这个特点，每天的工作内容和性质都有不同，不似在总局，基本上每天的事情都似曾相识。

算来已经来藏一年零三个月，虽然，也尽心尽力做了一些事情，但是，仍然感到非常不够，但从哪里再寻找突破呢，还在苦苦思考。

资金上，自己已经尽力，并且提前完成了任务，但是仍然不够，还要继续争取。比如，在西新经费上等。

政策上，在争取新开办频道方面，可以再下一下功夫。

体制上，可以在县级电视台方面，再下一下功夫。

此外，在分管业务上，也要多历练自己和加强学习，申请调换两个分管处室，或者分管一个单位。

缘 分

晚上，从宿舍出来，步行约百十来米，便来到了布达拉宫后面的宗角禄康公园。穿过安检门，便进入了另外一个世界。

这里，树影婆娑，柳树，杨树，更有几百年以上、扭曲着躯干，苍黑色的左旋柳。据说都是文成公主带来的树种，也称之为公主柳。如今，公主已去，柳树依然，叹时空之悠悠，人类之无力。

沿着昏暗的路灯一路前行，右侧的玛布日山上，雄伟的布达拉宫就像一座神话般的圣殿，在浓墨般的夜色下，白宫峻冷，红宫灿然。

回首千年，不知文成公主曾多少次站在高高的宫殿上，远眺东方，拨云散雾，雪山，层层叠叠，何处是家乡啊。不知柔弱的女子曾经留下了多少思乡的泪水。

信步已经走出了公园。在宫墙边，三三两两的几个藏族妇女在卖佛珠等杂物。搭眼看到一串高密正月的佛珠，配了几颗绿松石，显得非常大气秀雅。有几分爱不释手。摊主是一个年龄不大的小姑娘，几番价格，仍谈不拢，只好叹然离开，"你会后悔的"，身后小姑娘幽幽地说着。

果不其然，深夜里，脑子里还在闪现那串珠子，难道这就是缘分……

喔，布达拉宫

一

初见布达拉宫，应该是在 2003 年的深秋，那是第一次来到拉萨，第一次在高原反应中沐浴在布达拉宫的神圣气氛中。

曾无数次在电视、电影、画册中看到布达拉宫的影像，甚至连承德的外八庙、北京的雍和宫好像也若隐若现地有着布达拉宫的影子。当时的心情肯定是激动无比的，就好像是当年第一次来到天安门广场，看到了雄壮的天安门和毛主席画像，当然，形影不离的，还是那最亲密的高原反应。

没有想到，这次来西藏挂职，竟然离她这样近。

记得那时我们刚来的第四天，从哲蚌寺参观回来，局里的同事已经替我们把行李收拾好运到了宿舍中。几个同事一起来到了即将居住三年的房间。房间虽小，但很温馨。拉开窗帘，却惊呆了：久违的布达拉宫就静静地矗立在眼前，白宫、红宫、圆的碉楼，方的屋脊，映衬在如洗的蓝天中，飘荡在如絮的白云里。天哪，自己居然就住在神殿的边上，就好像，就好像就住在紫禁城的脚下啊。自己竟有些语无伦次了。

就这样，不知多少次，自己被早晨布宫边上的喂桑炉中飘出的袅袅桑烟的味道唤醒，循着香气，默默地起床更衣，走出户外；不知多少次，被布宫广场上的天籁之音所动，循着音律，欢歌起舞……

二

一日，在昏睡中，被阵阵的头痛痛醒，又是可恶的高原反应：头痛欲裂，胸口发闷。一看手表：凌晨3点半。起来喝点水，吃点高原安，仍然无济于事。索性披衣起来，打开电视，随意地翻着频道。然而，继续无济于事，好像有万千只虫子一样在一点一点吞噬着自己的大脑。索性，穿衣戴帽，踏入夜空：老夫不在屋里和你们玩了。

外面万籁俱寂，唯天上的星星在不停地向着自己挤眉弄眼。玩去！不知道我现在没有心情吗。只是，深秋时节，寒气逼人，不由得竖起了衣领，裹紧了大衣。

去哪，不知道，寻门而出，出门向左，不觉间，已经走近了布达拉宫。

此时的布达拉宫，像笼着一层乌纱，在朦胧的夜色中，庄严巍峨，甚至有几分阴森，让人不敢多看几眼。沿着宫墙的转经小路上，路灯幽暗，没有一个身影，往日转动不息的金黄的经筒，也都好像在沉睡。忽然，一个蠕动的身影几乎吓了自己一跳：一起一伏，伫立片刻，再一起一伏。走近一看，天哪，这么早，并且竟然是个老人，在围着布宫，在贴着冰冷的地面，在虔诚地磕长头。不知她是几时来到这里的，不知她已经围着布宫磕了多少圈，不知她内心深处是怎样的一种心境……

不敢，不忍，更不愿去惊动她，只是默默地从她身旁绕过，远远地回过头来，那虔诚的身影仍然是那样一丝不苟，那样执着坚定。而那针刺般的头痛，此时此刻好像也不知跑到哪里去了。

不由得，想起了主席的那阕词：东方欲晓，莫道君行早，踏遍青山人未老，风景这边独好。至今，那个早晨，那位老者的身影仍然深深镌刻在自己的脑海中。

三

记得还有一次，自己从林芝出差回来，接近拉萨时，已经渐近黄昏了。

一路上，陪伴在车前车后的，不仅仅是湍流不息的雅鲁藏布江水，不仅仅是高耸云端的山峰，还有不时出现的或单骑一匹或三五成行的骑行者。他们应该都是从川藏或者滇藏线上一路骑过来的。多数都是纱巾遮面，身材瘦小，远远地看不出性别，当然，我也知道里面不乏女性。坐在性能良好的越野车上，身边还配着氧气瓶、开水、点心等等，不由得几分惭愧从心底涌上。自己也曾年少轻狂，如今苍山如海、残阳如血啊。但，默默地为他们加油，加油！小伙子、姑娘们！你们是好样的！

离拉萨越来越近了，远远地，前面出现了一个自行车队，约有七八个人，看得出来，他们已经疲惫不堪了，但仍旧相互鼓舞着，不出意外，他们应该是当天最早到达拉萨的车队了。

峰回路转，在一个山口转弯处，一道霞光陡然射来，远处的五彩霞光中，一座巍峨的城堡傲然而立！布达拉宫！我几乎叫出声来。而前面队伍更是有几分骚动，他们在大声欢呼，在挥舞着拳头，在车上扭动着身躯，在彼此击掌相庆。

能不理解他们的心情吗，无数的风餐露宿，无数的艰难险阻，山重水复疑无路，柳暗花明又一村。经历了万水千山，克服了千难万险，是英雄好汉，也应长歌当哭！能不理解他们的心情吗，那激情万分但仍不停歇的脚步，那无怨无悔挂在脸上欢畅的泪水……

可爱的孩子们啊……

神圣的布达拉宫……

四

晚饭后，喜欢到布达拉宫后面的宗角禄康公园散步，这里，绿树成荫，一棵棵千年古柳，横陈交错，无语地诉说着世事沧桑。据说，这些古柳都是文成公主所植。

继续前行，便是因宫而成的龙王潭了，相传因为修建布达拉宫而挖土成坑，引泉成湖。这一切都是因为一位从东土大唐而来的美丽姑娘——文成公主。

有人说她是汉藏的文化使者，有人说她是首位援藏干部，有人说她是唐蕃和平的缔造者……

当然，如果她当初未远嫁吐蕃，未饱尝三年跋涉之苦，也许不过是一位皇室家中的妇人，平凡了此一生；也许也就没有了今日辉煌的布达拉宫和万人膜拜的大昭寺。当然，历史永远没有也许。

每当自己散步在红山（布达拉宫所在山峰）下，举目眺望布宫，心里想的更多的是，当年的文成公主，居住在什么位置，远离家乡千山万水，她应该无数次站在高高的布宫上，远眺东方，在红山的山崖低草上，曾流下她多少思乡涔涔泪水。

如今，当人们在沉醉于布达拉宫的金碧辉煌时，在顶礼膜拜在大昭寺的庄严神圣时，请不要忘了千年前，那位柔弱的女子，那位远行万里的公主，那绵延不尽的乡愁……

2014 年 11 月 4 日 星期三　　　受益匪浅的课程

听了一天的安全播出的课程，虽然有些专业方面还有些不是很明白，但是，总体上来讲，非常受益。

作为一个分管科技工作的副局长，这一课来的有些晚了，毕竟，自己分管这项工作已经一年多的时间了。

作为一个分管科技的副局长，这一课来的又很及时，毕竟，这次修订 10 个安全播出管理细则，是一次非常好的学习跟进的机会。

上午有幸聆听了王司长的亲自讲解，最深刻的感受就是安全播出是一门专业，一门科学，来不得半点虚假和侥幸。回顾这么多惨痛教训，认真和科学是安全播出事故的天敌。

2014 年 11 月 15 日 星期日　　　欣　慰

上午，向电影局毛羽副局长汇报。毛局首先关切问询了我的身体情况，叮嘱一定要保重身体，健康为重。随后，谈了几个项目的主要意见：

一是关于民语译制事宜：将积极予以争取解决。

二是关于农村电影室外放映转室内项目：因今年的电影拍摄补助项目较多，200 万元经费恐难以落实，但会视情况努力争取。

三是关于县级数字影院建设项目：上午开完会，局里近期与财政部进行了沟通，准备修改县级数字影院项目经费补助管理办法，填补西藏县级数字影院建设空白，为西藏每个县补助电影放映设备 50 万元。

四是关于电影公司巨幕电影院项目：将积极督促中影集团和电影频道做

好相关工作。争取明年能够落成揭幕。

……

从电影局出来，几天来阴郁的心情一扫而光。

一年多来的努力没有白费，苦心不负，县级数字影院建设一事终于有了基本着落。这笔资金将启动一个杠杆撬动作用，推动自治区填补这项空白。

2014 年 11 月 20 日 星期四　　　　　　琐　记

一、搬家

今天，在志杰和小毛的帮助下，从待了两年的事业处办公室搬到了隔壁的村办办公室。下午，接到政工人事处罗布的电话，12 月份，局机关部分处室和局领导要搬到新闻出版那面。可能主要可考虑机关办公用房的平衡问题吧。又要搬家。人的一生，搬来搬去，就像蚂蚁一样，其实哪里都是临时过客，不管是谁，最终的归宿还是大自然啊。

二、分工

这几天，先后从几个同事那里得知了自己新的分工：科技处、公共服务处、网络中心、地球站，协助韩辉分管规划财务处。

这个结果并不是自己想要的。曾经几次与书记和局长汇报沟通过，希望能够跳出事业建设的圈子，分管一下其他方面。

今后的担子更重了。科技处，分管着安全播出的重大职责；网络中心，更是安全播出的重点，并且正处于发展的瓶颈；地球站，是安全播出的命脉，重点中的重点；规划财务处，分管着资金和规划职能；公共服务处，则是今后广播影视主管部门的职责重点。这几个部门哪个都是千钧之重，一想起来，几乎冷汗直流啊。每每想到这里，深感责任重于泰山，压力山大啊。

2014 年 11 月 29 日 星期六　　　　在新疆局调研（一）

上午，在新疆局会议室，西藏局一行与新疆局安思国书记、潘大光副巡视员等领导进行了座谈。总体感觉，新疆和西藏一样都是重要的国家安全屏障和边疆民族地区。但是，与西藏相比，新疆广电体量更大一些，发展进程更快一些。比如，新疆的户户通建设，自治区投资达10个亿；有线电视网络已经全省整合，全省用户260万，高清用户50万，2009年双向化率已经达到98%。等等。有以下几种体会：

一、应借鉴新疆村村通维护中心的做法。新疆局设立村村通维护中心，为局属事业单位，承担着全省村村通维护管理等工作，各地区设立分中心，所需维护经费由省财政全额安排。该种做法对于地广人稀、人才缺乏的西藏非常具有借鉴意义，应当参照新疆的做法，在西藏局下设广播电视公共服务维护中心，全面负责村村通、农村电影放映、农家书屋等的运行维护管理等工作。

二、借鉴新疆的做法，设立节目传输中心。将中波处、实验处、地球站、监测台等机构进行整合，成立副厅级事业单位，负责全区广播电视发射台、监测台和地球站等的管理工作，同时，将各中波台、实验台升格为正处级单位。

三、借鉴新疆的做法，成立网络有限公司。改革网络中心机制，摘掉事业单位的帽子，向市场要效益。同时，引入战略投资合作者，多种渠道筹集资金。树立危机意识、责任意识、创新意识，充分认识时不我待的严峻形势，认识肩负的历史责任，开阔视野，开拓思维，弥补广播电视公共服务短板。

四、积极探索户户通双模机顶盒覆盖方式。户户通双模机顶盒覆盖方式，可以有效解决地方节目覆盖问题，但是，由于定位技术的不完善，增加了维护成本，要认真研究此种方式在西藏推广的可行性。

2014年11月30日 星期日 **在新疆局调研（二）**

上午，参观了总局监测台。见到了台长吴军（音）和沈利强总工程师。利强和我是党校同学，2011年毕业后是第二次见面。在台区一隅，一座高大的楼房拔地而起，据说是新建的机房，将来可以将有关设备进行整合，改善现有的办公环境。

接着去了区局直属短波发射台，台区面积1400多亩。台长姓郭，兼节目传输中心党委委员，同时陪同调研还有朱台长和王台长。这几位台长热情、开朗、大方、幽默、谈笑风生，令人耳目一新。

下午，参观了自治区网络公司，先后考察了主控机房、呼叫中心和体验中心。其中，呼叫中心有260多席位，用双语承担着全区的用户客服工作，一排排整齐的工作台边，着装整齐的工作人员正在紧张有序地忙碌着，这里正在从服务中心向利润中心转变。在体验中心，感受到了网络公司对科技研发的高度重视，40 多名研发人员承担着公司的高端业务的研发工作，云计算、OTT、4K 技术……在这里，充分感受到了科技创新的力量，体会到了人才的重要作用。

2014 年 12 月 5 日 星期五 **在四川调研**

昨天中午，一行人抵达成都这个美丽的地方。

在四川有线郭总的陪同下，我们参观了龙泉驿分公司，该公司李总向我们介绍了分公司的有关情况。据了解，龙泉驿分公司是四川有线效益最好的分公司，约有 40 万用户，其中营业收入的 60%多是宽带、高清等增值服务。进入该公司的营业大厅，最大的感受，一是客服人员着装整齐、微笑有加，二是营业厅内业务种类繁多，从电视机销售到机顶盒销售、安装到业务体验，一应俱全，可见其经营思路之一般。几名业务人员热情、朝气、大气的精神状态更凸显该企业的精神风貌和企业文化。

四川广电发展得很快。去年产值已经达到 45 亿，利润 4.5 亿元，有线用户 1300 万。有几点感受：一是四川有线大胆开拓，据了解，该公司先后与建行签订了 12 个亿的授信，与国开行签订了 30 个亿的授信，资产负债率达到 70%。二是多方筹集资金，四川电视台为其第一大股东。三是通过政府扶持，建立了城市规划参与机制。

下午，与温江分公司进行了沟通，温江分公司有线用户约为 11 万，年度产值 7000 万元，利润 300 多万元，增值服务约占 40%多，是四川公司中体量较小的分公司。该分公司的市场体量其实与西藏网络中心现有规模差不多，可以更多地借鉴和关注。

2014 年 12 月 6 日 星期六 **又到林芝**

没有想到，今年已是第二次到达林芝，这一次，是来迎接央视董总会计师。接到通知，随即决定，调整行程，从成都直接赶往林芝。

CA4431 飞机一声呼啸穿上云霄，没有多久，飞机便在云海中漂泊，没有想到的是，在厚厚的有些泛乌的云层上面，居然漂浮这一座座或高或低或大或小或如利剑或如舰帆的雪山，原来我们平日难得一见的雪山，竟然是掩藏在了高高的云端。

当飞机轻轻飘落在林芝机场时，蓝天白云雪山，一切都是那么亲切和熟悉。

在林芝，见到了林芝局梁局长和办公室朱主任。没有想到梁局长昨天刚刚上任。和她说了说广电的有关情况，看得出来，她对广电还是比较陌生，但有着工布江达县委副书记的经历，加上年龄的优势，相信会很快打开局面的。

晚饭时见到了宣传部周部长，这是一个 78 年的小伙子，还不到 40 岁，但看得出来是一个敢说敢想敢做的小伙子，曾经在墨脱工作五年的他，对墨脱饱含深情。明天，我们将随着他赶往中国最后一个通公路的县——墨脱。

饭毕，去了林芝电影院。主要是想看一看影院的放映情况。据影院邱经理介绍，影院是企业化管理的事业单位，有十几名员工，属于中影院线。目前共有 3 个厅，其中两个厅 89 座，是 2D 的，一厅 30 座，为 3D 的，每年票房收入约 200 万元（八一镇常住人口 4 万人）。共计投资 1200 万元，由当地财政出资。据了解，林芝电影院的放映设施是目前西藏条件最好的。

今天，是自己来到总局工作 18 年纪念日。18 年前的今天，懵懵懂懂的自己怀揣着梦想和不安，迈入了广电部庄严的大门。

时间过得真快啊！

2014 年 12 月 7 日 星期日　　　　　　　# 进入墨脱

早上 8 点半，接上董总和张部长一行。

匆匆在八一镇吃罢早饭，一行人赶往墨脱，看望慰问央视《天河》摄制组。

一路仍然是沿着江水东行，不知翻了多少座山峰，不知趟过了多少次河流，不知盘旋了多少回山路，终于，在晚上 7 点半达到了秘境墨脱。

这是第一次来到墨脱。中国最后一个通公路的县城。

　　　　　隆冬时节访墨脱，

　　　　　藏世古镇驱远车。

群山含黛拥静水，

绿水轻云漫莲阁。

暮色沉沉燃灯火，

犬声吠吠绕村郭。

低眉细数千秋事，

不知谁家夜传歌。

2014 年 12 月 8 日 星期一　　　　　# 美丽的墨脱，我爱你

早上 8 点的墨脱，还是墨黑墨黑的。

步出宾馆，天上黑云滚滚，只在天边的一角，露出几缕暗暗的光线。远处的山峰黑压压的躲在黑暗中，周围一片寂静。这哪里是 8 点钟的光景啊。

不一会儿，一轮圆盘蹦出云端。我惊喜于太阳终于露出面容，却惊讶于这真的不是太阳，而是晓夜里的皎洁月亮，如一尊女神一般，纯净安宁。

墨脱之意为秘境的莲花。站在莲花阁上，远眺群山，霎时，令人惊呆：层层叠叠的山峦中，一条奶油般的云河横陈于绿海，又像一条洁白无瑕的哈达，环绕山间。那山峦，绿海起伏，拥着这条天河，浩浩汤汤；那云河，似海奔流，头顶蓝天，脚踏绿波，迤逦万千。不时，在云河流动中，一抹抹绿色的江水夹裹着雪白色的浪花，滚滚南去，这便是举世闻名的雅鲁藏布江。雅江源头是喜马拉雅山脉北麓的杰马央宗冰川，上游称马泉河，于墨脱切穿喜马拉雅山，绕过南迦巴瓦峰转向南流，在巴昔卡出中国实际控制线（即麦克马洪线），在印度改称布拉马普特拉河，进入孟加拉国以后称为贾木纳河，在孟加拉国境内与恒河相汇，最后注入孟加拉湾。这是一条胸怀博大的天河，孕育了藏民族灿烂璀璨的历史文化和南亚大陆万亿生灵。

蛇湾其实就是雅江的一处大拐弯处。绿绿的江水环绕着青黄色的山峰，蜿蜒如同一条巨蟒，因此当地称为蛇湾。据了解，类似的河湾全区有四处。

在宽阔的雅江江面上，一条巨龙般藤制吊桥，十分引人注目。桥是由几条钢缆和藤条编成，站在上面，摇摆如风林，眼看脚下汹涌江水，自是几分心惊胆战。

征求意见

按照自治区和局里的统一部署，2014 年县级以上党员领导干部民主生活会进入征求意见阶段。今天，由我组织分管的几个处室和单位，征求各单位对我本人和党组班子的意见，征求意见要体现本次座谈会的主题。征求意见后，要将意见原汁原味地反馈领导班子和个人，并提出整改措施。

我来局里的时间不是很长，做的事情不多，希望大家多给我提意见，对我来讲，是一次难得的学习和提高的机会。另外，考虑时间的关系，我们这次座谈会算作谈心谈话活动，请大家不要有思想包袱，不要有顾虑，畅所欲言。

同时，利用这个机会，我也简单地说几句下一步的工作：一是很荣幸能够为大家服务，感谢大家一年多来的帮助和支持，在今后的一段时间里，我们一起共同努力，相互帮助，推进各项工作的深入开展。二是压力很大，各处室和单位的责任和任务都很重，科技处直接分管安全播出，这是广播电视的生命；公共服务处负责各项广播影视重点工程，事关重要民生；网络中心正处在跨越式发展的关键期，同时也是当前安全播出的重点；节目传输中心更是安全播出的喉咙。任务重，责任大。好在大家都是各领域的行家里手，我是充满信心的。三是做好工作交接，确保工作平稳过渡。除了节目传输中心，其他几个单位的一把手都有变化，希望大家尽快熟悉工作。

迎接挑战

22 号，自己将迎接一次挑战：参加领军人才特殊支持计划面谈。

无疑，这次自己的优势非常小，几名领军班的优秀同学悉数报名，能够被录取的几率并不大。

但是，自己喜欢挑战！

明知山有虎，偏向虎山行！

即使这次挑战失败，自己也无怨无悔，因为对手太强大了。

即使这次挑战失败，自己也能收获很多，准备的过程就是一种收获。

与其郁郁而度日，不若慷慨而去。

努力去准备，输了我不后悔！

2014 年 12 月 15 日 星期 一   在网络中心座谈会上的发言

今天，主要是来看看大家。其实，以前也多次来过，在总局时来过，来到局里后也来调研过，安全播出检查也多次来过。这次是第一次以分管局领导的身份来中心。

前一段时间，局党组召开会议，对部分处室和单位的主要负责人进行了调整，向主任到机关任处长，网络中心暂时由扎西副主任主持工作。

向主任在网络中心工作了五年的时间，五年来，向主任工作勤勉、兢兢业业，认真负责，严于律己，以身作则，为网络中心的发展做出了贡献。五年来网络中心的发展也是有目共睹的，在数字化、用户发展、业务拓展等方面取得了显著成效。这次调整，是局党组根据工作需要统筹考虑做出的决定。希望向处长以后也要常回来看看，继续关心和支持网络中心的事业发展。

这次局党组班子分工调整，让我分管网络中心，说实话，一方面我感觉很荣幸，能和大家一起共事一段时间，为大家服务，另一方面，压力也很大，网络中心任务重、责任大，面临的挑战很多，深恐辜负党组和大家的信任。在网络方面我是外行，希望大家以后多帮助和指教，我们一起共同把工作做好。

前段时间，我陪同韩局到几个省进行了调研，利用这个机会，我谈几点这次调研的体会，和大家共勉：

一、强化危机意识，加快改革创新。 一要充分认识到有线电视网络在国家政治、经济、文化、社会生活中的重要地位和作用，充分认识和把握广播电视内容和载体有机统一、密不可分的基本特点和规律，有线电视网络作为舆论宣传的阵地，只能加强不能削弱。

二是要充分认识到当前面临的重大挑战。当前，有线电视面临着前所未有的历史性挑战，三网融合的挑战、新媒体的挑战、4G 网络的挑战，可以说，我们是在与狼共舞，当然，也包括来自内部的挑战，今年国家将开展地面数字电视覆盖工程改造，届时城乡居民可以免费收看到 15 套数字电视节目，据四川有线网络公司问卷调查，有 40% 的用户持退订有线电视意向。

因此，我们决不能小富即安、故步自封，认为目前还能过得去，日子还算比较舒服。但现在过得去不代表以后能过得去，现在舒服不代表以后仍然舒服。天下大事，浩浩汤汤，顺之者昌，逆之者亡。我们放眼看看国内其他省份广电的发展，就知道我们的发展未来和方向了。国内的有线电视已经全部实现转企改制，甚至有的已经上市多年；国内有线电视公司业务范围已经由原来的单一有线电视传输业务拓展为包含音视频、信息服务、集团专网、互联网接入、个人宽带、节目运营等等在内的全媒体、多网络、综合性业务集群，实现了多元立体发展。而我们还处在一个比较初级的发展阶段，要以只争朝夕的精神，创新发展理念，创新管理理念，创新服务理念，创新体制机制。

二、强化使命意识，加快数字化、双向化和网络整合。在几个省区调研时，给我震动很大。特别是在新疆。新疆2007年实现了全疆网络整合，2009年双向覆盖率98%，目前高清用户50万户。当然，新疆的经济资源禀赋、人口基础条件和我们不一样，但是，同样作为西部边疆地区，同样作为反分裂斗争的前沿阵地，同样作为西新工程启动省份，同样作为广播电视宣传阵地，我们感觉很不是滋味，改革开放30多年，我们没有让区内老百姓及时地与内地共享改革开放的广播电视成果，因此，要树立高度的使命感、责任感和紧迫感，加快数字化、双向化改造和网络整合，提高广播电视公共服务均等化水平。当然，这里面主要的就是资金的问题，一方面，我们要积极向国家和自治区反映，另一方面，不要等，要发挥我们自身的主观能动性，盘活资源资产，多方面筹集资金。

三、强化市场意识，提高服务水平和能力。有线电视网络既是宣传单位又是市场服务主体，从软件上，要坚持用户至上、服务为本的理念，丰富服务内容，提高服务水平，健全服务体系，在新疆，客户服务中心不仅是集团公司的窗口服务部门，同时还是集团的利润中心，每一个客服人员都承担着推广业务的职责，这就是服务方式和理念的转变；从硬件上，要加快实现从单向向双向，从小网向大网，从标清向高清、从单功能向多功能，从看电视向用电视的战略转型，满足人民群众日益增长的精神文化生活需要。

四、强化阵地意识，提高安全播出水平和能力。安全播出是广播电视的生命线。温州有线事件为安全播出敲响了警钟，随着新技术的迅猛发展，广电传统媒体与新媒体融合不断加快，广电新业务快速发展，与互联网业务联系日趋紧密，信息安全风险增加，安全播出不是一劳永逸的，必须常抓不懈警钟长鸣。因此，要从确保国家意识形态安全的战略高度和长远角度，时刻绷紧安全播出这根弦，把安全播出工作切实放在心上，牢牢抓在手上，层层落实安全播出责任，健全监督检查机制，强化各项保障，做到技术到位、人员到位、责任到位和应急措施到位。做到发展到哪里，安全就延伸到哪里，发展到什么水平，安全就到什么水平。

2014 年 12 月 17 日 星期三　向司里汇报一年来工作总结

2014 年，在司领导和各处室的指导支持下，在西藏局领导和同事的关心帮助下，我不断加强学习，积极深入调研，努力开展工作，现将一年来在藏工作学习情况汇报如下：

一、积极争取各项资金。根据西藏局党组工作分工，我主要协助局长分管规划财务处和科技处、公共服务处、广播电视网络传输中心、广播影视节目传输中心等，负责全区新闻出版广播影视事业产业发展规划、资金管理和公共服务、事业建设、安全播出、有线电视网络、地球站等工作。一年来，我主动与总局和财政部、国家发改委沟通汇报，努力克服缺氧和醉氧反应，多次往返京藏两地，积极反映西藏的实际困难，在司里的大力支持下，截至目前，除已纳入国家规划的重点工程建设资金外，还争取到各类项目资金9628 万元。

二、积极推进重点工程建设。一年来，我多次与国家发改委、财政部、总局有关司局和区发改委、财政厅沟通，努力筹措资金，积极推动西藏西新工程、村村通工程等惠民工程建设。落实全区七地市每年增加少数民族语言译制经费 2500 万元，进一步提高了各地、市广播电视节目译制制作能力；支持昌都地区巴青县开展应急广播试点工作，推进全区应急广播方案的编制工作；加强调查研究，精心编制工作方案，推进全区县级有线电视数字化建设。

三、努力加强安全播出管理。一是健全规章制度，加强业务培训，及时督导检查，落实安全播出目标管理责任；二是争取到全区 27 座中波台 UPS设备购置经费 720 万元，解决了中波台电力供应瓶颈。三是积极筹措西藏网络中心电力设备改造经费 418 万元和有线电视数字化建设 800 万元，解决了该中心供电设施存在的隐患问题，进一步推进拉萨等地区有线电视数字化建设。

四、积极推进舆论阵地建设。一是积极沟通西藏科教广播、少儿广播和公共频道、公共频率、文化频道等的开办工作，争取总局领导和相关司局的理解支持，目前科教广播已经得到总局批准并开播。二是积极联系中央三台播音员主持人短期援藏工作，目前已得到落实，中央电视台两名播音员已顺利在西藏开展工作。三是积极争取涉藏影片《先遣连》在中央电影频道黄金时段播出，并推荐纳入中国电影网影库。四是积极筹措资金提高数字化生产能力。包括：落实西藏电视台经济生活频道设备购置，西藏广播影视制作中心节目制作能力建设，西藏电台网络音视频基地建设，为丁青县、南木林县等争取广播电视演播设备等。

五、积极推进数字影院建设。为填补西藏县城数字影院建设空白，我多次向总局和财政部汇报有关情况，并得到总局领导和有关司局的肯定和支持。根据总局领导意见，及时组织有关单位编制了全区县级数字影院建设方案。经反复沟通争取，已落实山南、那曲、昌都等三个地区数字影院建设资金 1000 万元，落实农村电影放映设备和室内放映补助 200 万元，落实阿里珠峰数字影院补助 120 万元，财政部和总局电影局已同意从明年起启动县级数字影院项目建设。

六、积极推进系统援藏工作。在司里的大力支持下，积极向总局领导汇报，与总局有关司局、直属单位和各省市广电局沟通，参与筹办全国新闻出版广电系统对口援藏会议和项目对接会议。这是总局自 1996 年之后首次召开全国援藏工作会议，首次建立了总局直属单位与西藏局直属单位"一对一"的长期对口援助机制。总局印发了 2014 年至 2016 年援藏规划，确立了包括广播影视节目捐赠、人才培养交流、技术咨询支持、工程项目建设等一大批援藏项目。

七、认真组织编制"十三五"规划。一方面积极与司里沟通，对接总局"十三五"重大工程和重点项目；另一方面提前启动有关工作，与西藏局同事加班加点，认真组织编写了西藏广播影视"十三五"发展规划思路草案，提出了包括广播影视公共服务体系提升工程、宣传舆论建设工程、传统媒体与新媒体一体化工程、对外传播能力建设工程和广播影视系统监测监管体系建设工程等五大工程在内的 30 多个项目以及相关政策建议。

八、努力提升科技管理水平。一是在总局人事司和规划院的支持下，在京举办了西藏广播电视技术骨干培训班，并组织学员到央视新台址、监管中心、中央广播电视塔、北京歌华有线公司等参观学习。二是总局广播科学研究院赴藏与西藏局签订战略合作框架协议，支持西藏广播影视科技发展。三是积极到区外学习取经，先后带队到北京、陕西、新疆、四川、福建、深圳等省、区市学习调研，学习各地先进的广播电视发展理念和有线网络发展经验。

九、认真参加党的群众路线教育实践活动。根据中央和自治区的统一部署，我认真学习党的群众路线教育实践活动的有关政策和要求，对照党章、廉政准则、群众反馈意见等，积极查摆在"四风"等方面存在的主要问题，认真撰写自我检查材料，主动与区广电局党组班子成员和分管处室、单位负责人谈心。主动为结对认亲联系户解决实际困难，帮助藏族老乡家中孩子免费安排治病。

十、不断加强学习调研。为进一步了解西藏各地的有关情况，及时掌握第一手资料，一方面，我主动深入西藏各地开展调研。截至目前，我已先后赴日喀则、阿里、山南、林芝等全部 7 个地区、50 个县市开展调研，行程一万多公里，实地考察了西藏局属各中波台以及各地（市）、县广电局、广播电视台、调频台、电影中心和广播电视村村通工程、西新工程实施情况，对西藏事业产业发展等有了更为深入的了解，先后撰写了多篇调研报告和近 20 万字的札记，其中《西藏县级数字电影发展的几点思考》发表在《西藏日报》上。另一方面，继续加强专业业务学习，经过筛选考评，我被财政部列为"全国会计领军人才特殊扶持计划"。该计划通过名家"一对一"培养、海外研修、课题研究等培养模式，持续提高学员能力和素质。下一步，我计划以《我国广播电视管理会计学研究》为课题研究方向，力图通过现代管理会计学的基本理念和工具，构建管理会计在广播电视财务系统的应用体系。

十一、不足和努力方向。一是调研学习还不够深入。一年来，尽管自己努力加强调研学习，但浮光掠影多，专题深入少，深层次的调研和思考不够，今后要多开展有针对性的调研，主动设立专题，加强调研的广度、深度和力度。二是工作中有时存在畏难情绪。作为援藏干部，首要任务是当好桥梁和纽带工作，尽管自己多次回京联系汇报工作，但有时顾及面子，心理上存在一定的畏难情绪。今后，要进一步端正态度，树立大局意识、责任意识和担当意识，充分发挥桥梁纽带作用，更好地服务西藏新闻出版广电事业发展。

十二、几点思考和建议。一年来，我越来越为长期奋战在雪域高原的老西藏人的无私奉献精神所感染，他们为了西藏的发展和建设付出的是健康透支、生命透支、精神透支和亲情缺失，很多人常年不能同家人团聚，常年生活在高海拔的艰苦环境中，带病坚持高强度工作，和他们相比，我倍感自身之卑微渺小，雪域雄魂之无私伟大。在藏工作时间越久，就越体会到"西藏是我国的重要战略高地和资源储备基地"的高瞻远瞩，以及"西藏是战场不是市场"、"对西藏怎么投入都不为过"的真正内涵。经过认真思考，下一步，我拟从以下"五个一"为着力点推动开展有关工作，并希望总局和司里给予指导和支持：

1. 围绕"一个工程"，即以广播电视覆盖提升工程为抓手，全面提升广播电视服务和监管能力。这些年来，在中央和总局的高度重视下，以实施西新工程、村村通工程、农村电影放映工程为契机，西藏广播影视取得了长足进展。但是，由于自然条件艰苦、历史欠账较多，西藏广播影视发展依然欠账较多。广播电视覆盖提升工程如能立项，将是确保西藏广播电视事业持续稳定发展、加快西藏广播电视公共服务均等化的重要举措。根据司领导指示，我已将当前司里积极争取该项目立项的有关情况和建议向自治区领导做了汇报。

2. 落实"一个机制"，即以贯彻落实总局援藏工作会议精神、援藏工作方案为契机，协调、落实工作方案有关项目，全方位、立体化、多渠道推动西藏广播影视事业产业发展。建议总局在今年适当时候召开座谈会，进一步指导各单位和各省援藏工作的进展情况。

3. 实现"一个突破"，即努力以推进有线电视网络建设为突破，全面提升广播电视公共服务均等化水平。长期以来，有线电视一直作为产业项目没有纳入国家重点工程，由于西藏人口基数少（全区 300 万人，城镇居民 70 万），市场基础薄弱，因此，西藏有线电视发展一直缓慢，目前尚处在单向、标清、单功能的初级阶段，已成为西藏广播影视公共服务的短板，广大城乡居民收听收看高质量的数字电视的呼声非常强烈。亟待以推进有线电视建设为突破口，整体提升西藏广播电视公共服务水平。

4. 强化"一个扶持"，即扶持反映西藏题材的广播影视精品创作。西藏是歌舞的海洋，藏民族文化的发源地，但目前反映西藏文化的优秀广播影视作品太少，亟待在政策、资金等方面予以扶持。建议总局适时设立"涉藏广播影视精品创作专项资金"，鼓励优秀涉藏题材的广播影视精品创作，推进西藏文化大发展大繁荣。

5. 突出"一个倾斜"。西藏地处世界屋脊，高寒缺氧，地广人稀，是自然环境最为恶劣的省份，集国家安全、生态屏障于一体的战略地位，经济基础为全国最差，年财政收入不到 100 亿元，人才极度匮乏，工程建设、维护成本高，配套能力弱，因此，在户户通、农村电影放映、应急广播等惠民工程建设中，建议考虑西藏的政治、经济、地理、气候等特殊性，进一步提高对西藏的补助标准。

我到藏挂职工作时间已经过半，虽然这里自然条件艰苦、高原反应强烈，但深感是一生难得的深入学习、锤炼能力和融接地气的机会；虽然远离家人、京城，但倍感司领导和各位同事无微不至的关怀温暖。蔡部长、聂部长、田部长等总局领导和自治区党委陈全国书记、吴英杰副书记、宣传部董云虎部长等多次做出批示，对我们的工作予以肯定和鼓励。特别是我生病住院期间，更加体会到组织上的关心呵护。春晖万里，无以回报，我将继续扎实工作，砥砺前行，不辜负司领导和同事的期望。

特此报告。

2014 年 12 月 27 日 星期六　在福建和深圳网络公司学习

昨天上午，在福建网络公司座谈，网络公司周总会计师主持。相关部门的负责人参加了座谈会。之后，参观了营业厅和海西的播控中心、庙堂有线分前端等。

福建网络公司发展起步较晚，但是发展很快。公司是正厅级单位，与省广播影视集团平级，股东主要有广播影视集团、财政厅、各地市广电部门等。目前的年营业额已经达到 28 亿元。实现了全区一网，数字化、双向化、高清、互动、4K 等业务推进很快。

总体感觉，福建的网络公司的发展特点，一是行政推动力度大。省党委、政府 2011 年的 22 号文件，在很多方面给予了优惠政策，助推了公司的快速发展。二是由于后期投入产出效益不明显，电信的 IPTV 发展后劲不足，给广电发展带来了更多生机。三是高清业务发展潜力很大，目前用户已经达到 50 多万户。当然，福建目前还没有自己的高清频道。

虽然仅仅在深圳待了一天，但是，对深圳网络的发展情况却印象深刻。

与其他地区不一样，深圳网络既有先行者的暮气，也有后来者的朝气。这一特点与陕西不一样，与新疆和福建不一样。说其暮气，是感觉其设施设备已经陈旧，虽然各项新功能也在与时俱进，但早期发展的痕迹仍在。说其朝气，是公司的战略思考，紧贴时代发展，正如公司总经理麦总所言：未来的有线电视如何发展，免费未必就不可能。

这才是王者之道。

2014 年 12 月 31 日 星期三　　又到一年结尾时

去年的今日，匆匆从拉萨赶回，儿子开门见到我时的惊喜至今还萦绕在脑际。

不知不觉，又一年过去了。

这一年，经历的事情太多了：总局几位领导、司里、中央台、央视、广科院、设计院等单位领导先后造访西藏；在北京参加全国援藏会议，组织召开林芝对口援藏会；几次回北京汇报工作，几次鼓舞，几多领导批示，几多思考；高原病发住院，几番感慨；两次外省调研，收获盆满钵满；毕业 20 年聚会，犹似历历在目。最大的收获：为西藏争取了一些发展资金；足迹踏上了西藏七地区；建立了长期援藏机制。最大的不足：沟通的深度和执着不强，表面文章做得多了一些。

这一年过得太快了，转眼援藏生涯已经过半，对西藏已不再很陌生；对雪域高原越发亲切怀念，对京城却萌生几分不适……

感谢 2014 年，让自己收获了失败与成功，收获了心酸和喜悦，收获了荆棘和鲜花，收获了不安和欣慰，收获了思想和信仰。

2015 年，自己 43 岁了。未来弥为珍贵。感谢援藏，让自己有了一个新的平台，尽管在这个平台上，汗水与辛酸同在，但挑战和梦想同行。

2015 年 1 月 9 日 星期五　　关于文化频道的思考

几乎是逃离般地离开北京。这些天实在是太累了。

文化频道的沟通情况并不理想，有几分失望和失落。

一个人孤单地来到机场，脑海中思考的还是文化频道的事情。办好登记手续，离开柜台去安检区，不料后面却传来有人喊我的声音，循声望去，只见工作人员手中高扬着自己的身份证，唉，心不在焉，几乎误事。

几天来，自己的内心焦急，也一直影响着家人。唉，还是早点离开北京吧，也许这样他们能够平静些，自己也会好受些。一颗心在哪里安放，才能够平静和安然，这种如风飘荡，这种沧海孤舟的感觉，其实比缺氧带来的挑战更甚、更深，这也许是援藏干部面临的最大的挑战。

飞机上的思考

在飞机上闲来无事，看了看一款节目《资本市场》。对其中的一句话体会颇为深刻：不管是什么样的资本市场，股份公司最好的选择就是不断改进业绩来迎取最大的股本。

其实，于我们每个人，又何尝不是如此呢。

每个人在这个世界上，都好比股市里的一支股票，有的人从小盘股到中盘、大盘，有的人从成长股逐步到绩优股，有的人通过兼并整合等各种方式实现了股票价格的不断飘升，也有的人恰恰相反，饰演着人生的酸甜苦辣。

又想到了工作方面。

在网络发展上，要倾力而为，实现网络的跨越式发展，高清电视、互动点播、网络整合、转企改制。

在公共服务上，要健全服务体系，实现整体提升。重点可考虑双模机顶盒的推进和直播卫星代营店的建设问题。

在安全播出上，要夯实基础，健全制度，创新巡查、发现问题、解决问题，力保城门不失。

在财务管理上，要推进信息化建设，实现整体提升。

林芝的高反也如此厉害

这次经过林芝回拉萨，其实也是想借机在中海拔地区过渡一下，毕竟自己还有着上次生病的阴影。

可是没有想到，在海波 2800 多米的林芝，自己竟然严重高反起来。

从下午开始，头有些蒙蒙的疼，好在是白天，没有太在意。到了晚上，夜深人静，这讨厌的高反恶魔开始折磨自己。

头疼，还伴有低烧。

在床上辗转反侧，后脑中有如万千爬虫难以忍受，甚至还伴有几分恶心，令人难以入睡。只好打开电视，在电视节目中昏昏然，一会儿醒来，12点，一会儿醒来12点半，一会儿醒来1点多，一会儿醒来2点多……

终于熬到了早晨6点，在床上简直就是一种煎熬，还是起来吧。

真不明白，这种地方，为什么离开了还想回来，真不明白，这种痛苦，为什么远离了还有些久违的感觉？

也许，这就是援藏生涯的纠结，让每一个援藏人在身体痛苦和精神痛苦中纠缠和升华。

也许，这就是援藏干部的美丽，让青春和生命在奔波和求索中播撒和绽放。

2015年1月11日 星期日　　又回到拉萨

早上6点，其实，这一夜也基本上没有怎么深入睡眠，起来收拾东西，7点一刻下楼结账，7点半，在夜色中直奔林芝米林机场。

天黑漆漆的，冬天的林芝，出奇的寒冷。

8点半，到达机场，没想到小小的候机厅里早已是熙熙攘攘。匆匆办好登记手续，安检那又是长龙般的队伍。等办完安检，已经快9点了。心想，估计就等我一个人了。因为，飞机正点是9点零5分起飞。可没想到的是，从拉萨飞来的航班还没有到达。

候机室里真冷啊，既没有开空调，登机口的门还不时敞开着，坐在冰冷的椅子上越发的寒冷，只好在狭小的候机室里来回踱步。

候机的人很多，但多数是去往成都的。快春节了，人们像候鸟一样开始东迁，等到来年春节后，再陆陆续续飞回来。这是典型的中国式过年啊。

候机室里有穿着藏红色袍子的喇嘛，有白发苍苍似乎是头一回坐飞机的藏族老阿妈，有还在襁褓里的婴儿，在愉快地喝着妈妈递来的奶瓶，尽管那只是娃哈哈兑了点热水。大多数人都大包小包地带了不少东西，好像很多都是藏菊花、黑枸杞、天麻、玛卡等林芝特产。尽管屋子里冷得像冰窖，尽管飞机迟迟没有到达，但似乎没有人抱怨和诉苦。毕竟还有什么抵得上回家的喜悦呢。

大约9点20分，终于登上了飞机，好家伙，偌大的空客319，只有八九个乘客，我得意地想，权作是包机了吧。

一声呼啸，飞机飞上了雪山之巅。纵目四望，远处近处全是白皑皑的雪山，高高低低，绵绵延延，在冬日清晨的旭日中，越发显得银光闪耀。你也许见过云南的玉龙雪山，也许见过新疆的天山，也许见过吉林的长白山，但是，如果你看到这里的雪山，真的会无语。因为整个世界都是银色的世界，都是连绵不绝的雪山，而这个世界是在海拔数千米以上的世界屋脊。这些雪山，会让你陡升绝望，因为你根本望不到边际；这些雪山，更会让你豪气倍增，因为那山上皑皑的白雪，肯定是从未有人踏足，而你却在高高的飞机上，用目光在雪山上纵横驰骋。

终于，又回到了拉萨，看到了蓝天雪山映衬下的布达拉宫，回到这里，内心变得宁静。自己经常为这种感觉而感到几丝不安。

2015 年 1 月 12 日 星期一 "新年礼物"

昨天才回到拉萨，今天就收到一份"大礼"。

下午 3 点多，突然接到科技处雍淙副处长的电话，还没有接通，便有一种不祥的预兆。

果然，地球站出现播出事故：播音中断。

没有丝毫犹豫，"我马上过来"，我一面告诉雍淙，一面匆匆穿衣向地球站飞奔。来到拉萨后还没有这么快地跑过。

高主任满头大汗、一路小跑，红梅主任眼睛通红、里外忙乱，地球站的气氛紧张得几乎凝结。

"赶紧通知厂家维修人员"，虽然在技术上是外行，但这一点上我还算清楚。地球站是高科技、重装备之地，在这里，技术至上。

很快，总局地球站开始代播西藏的节目。大约 4 点半，总算恢复一路播出，但另一路 UPS 系统仍然没有恢复，地球站的危机仍然没有解决。

经过了解，本次累计停播 15 分钟，属于重大播出技术事故。老天，新年伊始，就给我一份天大的"礼物"。

晚上 8 点，我组织局科技委部分经验丰富的专家到地球站会诊。大家的意见，一是有外电干扰因素，二是设备本身存在隐患，三是接地系统需要排查。我要求，生产厂家明天必须到藏，不惜一切代价尽快恢复正常播出。

唉，安全播出啊……

2015 年 1 月 13 日 星期二

漫卷诗书喜欲狂

也许是为了扫一扫昨天安全播出事故带来的阴霾，今天一早就陆续接到许多同学和朋友的短信、微信祝贺：我被财政部录入全国会计领军人才特殊扶持计划。

对于入选这个计划，自己还是很出乎预料的，一方面，这次是从已经毕业的会计领军人才中的副局级以上学员中选拔的，是"领军中的领军"，自然每个领军班的学员都非常看重。另一方面，自己在六位报名的行政事业领军班学员中是实力较弱的，其他几人一直是自己的学习榜样，他们的落选也让我很是意外。

第一次，难以掩饰自己的喜悦，把这个消息报告给了家人，让他们分享我的喜悦。

感谢上苍，再一次眷顾我的努力，感谢朋友，无数次给予我力量和激情。

2015 年 1 月 14 日 星期三

几点思考

夜深难眠，披衣坐起，写几点对公共服务工作的思考：

一、要推进户户通双模机顶盒建设。实现地市县节目的有效落地。

二、要推进户户通机顶盒的市场销售机制。

三、要尽快组建公共服务维护中心，负责全区的公共服务的统一运维。

四、要尽快解决清流机顶盒的问题。

2015 年 1 月 15 日 星期四

这几天累坏了

这几天，因安全播出、民主生活会材料等事情，搞得十分疲惫。

昨天晚上，万分疲劳，以前好像从来没有此种感觉，早早地就上了床，但不时做梦，睡眠质量也不好。

上午，会计司杨国俊处长通知取特殊扶持计划公示文件。由于司里在开会述职，只好麻烦朱荣找人帮我取来。还需要在司里公示 10 天。

下午，主持科技委会议，韩局和金局都参加了会议，自己做了发言。

2015 年 1 月 16 日 星期五 | ## 关于有线网络的几点思考

几天来睡眠不好，半夜起来，打开电脑，揉揉酸胀的眼睛，记录下自己关于有线网络的思考：

一、要有顶层设计。有发展目标，发展方向，发展思路。

二、要有具体路线图。根据顶层设计，提出具体改革方案，并明确时间表、路线图，明确分工，明确责任。

三、要深化体制改革。有线网络应该尽快推进转企改制。这是关键。

四、要尽快筹集资金。一是向自治区申请，二是向中央申请，三是向银行申请贷款。

五、要加快高清化、双向化改造，尽快实现业务升级。

六、要加快用户服务中心、银行缴费和大厅的改造和升级，提升服务水平。

七、要加快全区网络整合。利用这次县级有线网络数字化的机会，积极推进。

2015 年 1 月 18 日 星期日 | ## 关于安全播出的几点思考

继续深夜难眠模式。

这次安全播出事故留下了深刻的教训，必须进一步加强和改进相关工作。

一、不能完全依赖于外部。无论是温州有线事件还是 1·12 地球站事故，都说明了软硬件系统完全依赖于供应商的维护，就相当于我们把自己的脑袋别在了他人的腰带上，一旦发生事故，我们束手无策。因此，必须配备足够的运行维护队伍，要对待设施设备像自己的孩子那样一样清楚明白，一有风吹草动，就知道什么地方出现问题，该怎样去维护。

二、不能迷信招标。招标等政府采购制度有先进性合理性的一面，但是任何事情都不是完美的，也有其弊端，比如容易给人以利用低价格操控的可乘之机。安全播出是生命，既然是生命就不要用这种低级的游戏规则来左右，必须是成熟的产品、成熟的维护机制、经过安全播出多年检验的产品。

三、必须施治以严。宽是害，严是爱。一年来，自己对上行站关心太少，在严格方面也体现不多。人都是有潜力的，必须不断地加压，要相信大家的潜力。完成这次恢复任务后，要认真研究和总结。

四、需要采取的几项措施：

1. 请科技处向局里汇报，并提出全面加强安全播出管理的有关意见。下周一交。包括建立例会制度。

2. 请地球站提出全面提升安全播出能力的整体方案。下周二交。

3. 请科技处研究起草技术验收工作规范。下周三交。

4. 每天汇报一下新设备进展情况。

2015 年 1 月 30 日 星期五　　　　　**难熬的冬日**

最近，晚上睡眠一直不好，要么是睡不着，躺在床上辗转反侧，要么是睡不好，时睡时醒，醒来仍是晕沉沉的。

已经是凌晨两点多了，还是难以入睡，索性披衣起来，打开电脑，写点什么吧。没有什么逻辑，想到哪写到哪吧。

一、关于地球站安播问题。没有想到，开年第一"大礼"，就是安播的问题了。当务之急，就是要确保不要再出现问题。一是，要尽快确保设备到位。要建立每日问询制度。二是，自己要靠前协调，会同科技处加强监督力度。三是，设备未安装到位前，自己不回京。四是，要以此为鉴，开展全面大检查。

二、关于绩效评价问题。要注重方法。一是先认真学习原来的评价报告，做到对对象有进一步的了解；二是认真学习绩效评价的有关方法；三是要善于分解任务，一步一步地细化内容，然后再予分解。争取能在回京前基本完成。

又加了一天的班

对于自己来说，最不愿意过的就是周末。

对于自己来说，在拉萨没有周末，因为自己的每一天都是在办公室度过的。

上午，和戴逸一起去报刊中心调研。这几天，自己一直在监测台、网络中心等广电单位转，其实更应该去的是并不熟悉的新闻出版单位。

报刊中心主任是一位集企业家、文化人、事业单位掌门人于一身的人，谈吐文雅，为人低调。他刚刚从尼泊尔回来，脸上还带着些许疲惫。

报刊中心位于人民出版社院内。原来是新闻出版局办公大楼。中心三层，现有员工 60 多人，是一个自收自支的事业单位。

令我吃惊的是，中心的"副业"竟如此强大：来自景德镇的陶瓷作品，凝聚着雪域文化与内地传统陶艺的有机结合；完备的演播室；数字制作机房；精致典雅弥漫书香的茶吧……

下午，回到办公室，继续工作。

先是叫来科技处海山副处长，关于县级有线电视数字化招标事，尽管是周末，很有几分不忍，但是需要做的事情太多了。

之后再研究绩效评价等事宜。

晚上 9 点多，回到宿舍，心率很快，含了几粒丹参滴丸，斜靠在沙发上休息。接到电话，远方的几个同学在呼市畅饮，除了羡慕，就剩下疲惫了。

空中遇险

由于飞机晚点，下午 5 点半，才登上了东去的飞机 CA4111。

飞机起飞不久，便遇上了强烈的气流，猛烈地颠簸起来。经常空中飞行，对此情况已经是再熟悉不过了。

很快，飞机平稳地在云端飞翔，空姐也开始配送餐饮了。刚吃完点心，飞机突然毫无征兆地剧烈抖动起来，之后突然猛然下沉，并丝毫没有停止的意思。机舱内一片惊叫传来，我下意识地闭上了眼睛：坏了……

等我睁开眼睛时，飞机不知什么时候已经平稳了。可是，桌上的杯子等物品却不知飞到哪去了。旁边的空姐蹲在过道，紧紧地抓着座位下边的抓手，看得出来，她们的脸上也是一片惊恐。

老天，如此飞行经历，还是从未经历过。身边的人都纷纷议论着。

由于飞机晚点，晚上 11 点多，飞机才缓缓降落在首都国际机场。

于 12 点半左右到家。爸妈都已经睡着，听到开门声，知是我回来，非常高兴，忙着烧水……

回家的感觉真好。

2015 年 2 月 5 日 星期四　　　　　　　　**首次参加谈判**

本次回京，首要任务是会同交通厅与无线局、拉萨发射台谈判。

事情起因在于途径拉萨发射台门前的拉林高等级公路。因为前期沟通不畅，该台与区交通厅在馈线改造方案上出现纠纷。

受命，回京交涉此事。

于自己，两面都很难为难。

但是，没有办法，双方各执己见，眼见僵持下去，我灵机一动，提出建议，请双方就各自的目标将方案分别趋近，这样就可以兼顾各方的利益了。

意见一出，大家都表示接受。

下午，又赶往设计院，与该院何副总工和张燕武总再次进行了座谈沟通，经过反复沟通协调，双方同意与明天由交通部公路科学院与设计院当面沟通。

随后，我又前往位于紫竹院的潘庄小区，去看望因病在家静养的林院长，一是表示慰问，二是请他抽空再督促此事，推进工作进度。

2015 年 2 月 6 日 星期五　　　　**与规划院和直播中心沟通**

上午先后去了直播中心和规划院。

经了解，双模机顶盒维护成本高，可能不适合西藏；当前的定位技术是依托于"他人"，工作起来比较被动；可以待将来北斗技术应用后再考虑；

西藏的直播卫星冲击有线网络问题不是很突出，定位要求应该不是很急迫；公共广播和公共电视可能更适合西藏的情况；当务之急是清流机顶盒问题，一是节目套数越来越少，二是机顶盒也亟待更新了。

2015 年 2 月 12 日 星期四   奔波的一天

上午，先到监管中心了解监管资源共享系统的有关问题，探讨了下一步与西藏监管中心结对子的问题。

之后，到科技司了解地面数字电视和科技创新经费申报问题，学习了很多东西，特别是对安全播出管理和地面数字电视建设有了更多的认识。

下午，去国网公司。国网公司目前还在顶层方案设计中，关于下一步的整合思路，似乎还不是很明朗。

之后，到司里小坐了一会儿，了解到当前的有关新政策，愿上苍保佑西藏的项目能够顺利立项。

2015 年 2 月 13 日 星期五   继续奔波

上午，去了趟宣传司，汇报了动漫片有关事宜，司里表示将尽力予以支持。下午，去了监管中心，汇报了希望下一步继续加强监管中心与西藏局援助事宜，陶主任表示节后将召集有关处室认真研究一次，尽可能予以支持。

还去看望了松山院长。没有想到培训中心的办公条件如此之艰苦。松山提出了两点想法：其一，将继续在今年三月份开办的总局党校给予西藏局一个名额；其二，下一步可加强与西藏局合作，签署战略合作框架协议，在西藏设立总局研修学院西藏分院，加强对西藏的新闻出版广播影视人才培养。

从松山那要了一本他的摄影集。风光秀丽、人物逼真、场景壮美，为松山的执着所感染，自己也要向他学习，争取三年后也能出一本专集。

参观李大钊故居

今天是周六，带孩子去了趟李大钊故居。

其实早就知道自己的居所离大钊故居不远，只是没有进入故居参观过。今天正好得空，带荣宝去瞻仰一下伟人遗迹。

故居在新文化街，穿过两趟街，走进深深的四合院的包围中。胡同深深，家家户户的门上插着鲜红的五星红旗，在灰色基调的胡同中，格外显眼注目。

大钊故居在胡同的深处，与其他院落似乎没有什么差别，除了门口挂着的几幅牌匾："李大钊故居"、"北京市爱国主义教育基地"等。

1920 年至 1924 年，李大钊在这里携妻挈子，居住了 4 个年头，是在京居住最久的地方。可能是受当时形势的影响，大钊只是租住在这里，前后南北两座院落，他居住在北院。中间一座堂屋，是大钊夫妇及子女的卧室；两面东西厢房，是书房和客房，小院其中，约有百余平米。院内种植两棵海棠，显得非常幽静优雅。房内设置，基本上都是根据亲友的回忆录所摆放，可见当时大钊居家之谨慎，以及培育年轻人——革命的火种之关切。

在这里，大钊同志笔耕不辍，写下了不少革命文章，在这里，他吹亮革命的火焰，为中国共产党的诞生和发展奉献了个人的力量。

大钊同志牺牲时年仅 38 岁，正值青春岁月，正值对岁月无限的向往和信仰无比的追求以及对家人无尽的恩爱，然而，为了心中的理想，为了共产主义的信仰，他选择了牺牲。

走出了故居，信步不远，就是长安街，街上车水马龙，两侧高楼林立，路旁的灯廊上，高高地悬挂着红红的中国结，红的火艳，映衬着节日的欢乐祥和。不该忘记，没有大钊等千千万万的革命志士，何来今日之和平悠然。与他们对理想和信仰的执着和追求相比，我们今天何其渺小，我们的那点私心私利困难挫折何其微不足道！

向大钊致敬！

没有休息日

2015 年 2 月 15 日 星期日

虽然是星期日，因为为了春节休假，调休仍为工作日。

上午，去了国际司，因为日本出国的事情，需要再次汇报一下，表示感谢和歉意。

下午，去了人事司，汇报了援友王跃华有关待遇问题以及蔡新国总工的户口问题。人事司表示，将向央视反映王跃华的情况，继续督促蔡新国的户口调动问题。

之后，又到财务司，汇报了援藏项目有关问题，司里给予了大力支持。与中央台沟通了应急广播情况，中心表示愿意与西藏签订应急广播战略合作框架协议，为西藏单独安排一条专线，提供应急广播节目资源，并可于今年三月份造访西藏。

一路颠簸

2015 年 2 月 28 日 星期六

今天是颠簸的一天。

早上 6 点就从家里出来，赶 9 点的航班。

顺利登上飞机，还算正点，不料一位乘客提出因身体不适，需要取消航程。因其已经登机，没办法，100 多名乘客只好带上全部行李下飞机，折腾了有一个多小时，才又登上飞机。

之后，排队除冰，又是一个多小时。

终于，一声呼啸，飞上了蓝天。

由于全国大面积的阴沉天气，飞机始终颠簸，抖起来让人十分不适。本来自己对飞机颠簸没有什么恐惧，结果上次经历飞机颠簸并垂直下降之后，到有几分心悸。

好不容易，飞机降落成都。在机场看到了同乘航班的李秀珍副秘书长。还好，等候时间不是很长，从成都到拉萨飞行的两个多小时，仍然是颠簸之旅，抖动的好似飞机的各个部位都要散落一样。暗暗寻思，以后一定不坐此段时间的航班。

飞机降落到贡嘎机场已经是下午5点半了。整整12个小时。漫漫回藏路啊。以后还要经历多少次的颠簸心悸。

小崔已经在机场等了两个多小时了。

回到拉萨，感觉状态比以往要好一些。

2015年3月1日 星期日　向书记、局长汇报回京情况

为落实自治区领导指示精神，经局领导批准，2月4日，我和科技处黄海山等赴京协调拉林高等级公路过境段发射台馈线迁改问题，期间，又到总局有关司局和单位沟通了有关事宜，现将主要情况汇报如下：

一、**关于拉林高等级公路过境段发射台馈线迁改问题**。我们会同区交通厅吴春耕副厅长、拉林高等级公路建设指挥部柴建明副指挥长，分别向无线局刘副局长、徐总工程师和中广电设计院林副院长等汇报了有关情况。经过沟通协商，双方同意对方案进一步予以优化，满足拉林高等级公路建设和台安保安播及维护需求。目前，中广电设计院已会同发射台提出了天馈线改造方案并已报自治区交通厅。此事科技处已另行文报告。

二、**关于我区采用直播卫星双模机顶盒覆盖可行性问题**。为进一步了解双模机顶盒推广使用情况，我们专程到总局直播中心沟通。他们意见："户户通"双模机顶盒覆盖模式维护成本相对较高，且当前采用的定位技术是依托于电信或移动基站，遇到问题会比较被动，西藏地广人稀，维护力量薄弱，此覆盖方式目前还不适应西藏，建议可待将来我国北斗定位技术投入应用后再予考虑。另外，总局正在逐步关停直播卫星清流节目（目前已关闭十几套省级卫视），考虑我区还有34.1万套清流机顶盒，建议尽快予以更新。

三、**关于我区县级有线电视数字化改造设计招标方案问题**。根据局领导指示，我们专门拜见了总局广播电视规划院有线电视研究所秦所长和聂副所长，汇报了我局编制的招标草案，希望所里能帮助审核把关。目前该所已经出具审核意见，我局科技处已据此进行了修改，并将尽快报局里审定。

四、**联系"十三五"规划编制事宜**。就我区广播影视"十三五"规划编制一事，我专门到总局发展研究中心，与袁主任进行了沟通。为支持我区广播影视发展，发展研究中心同意作为援藏项目予以支持，无偿为我区编制广播影视"十三五"规划。建议我局尽快把有关基础资料提供给发展研究中心，以便其安排人员来藏调研。

五、联系应急广播有关工作。经与国家应急广播中心沟通争取，该中心初步同意在我区开展应急广播试点，将免费为我局开设预警应急信息专用线路，提供国家预警信息自动适配播发系统接收设备终端，为西藏局维护使用人员提供培训，提供国家应急广播应急信息智能语音播报藏语男生、女生语音库等。

六、联系无线局援藏有关工作。在京期间，我与无线局进行了沟通，希望无线局在总局援藏方案之外，加强对西藏局特别是局属中波台和实验台的支持力度。黄局长意见，无线局将充分利用自身条件尽可能予以支援，建议请西藏局先提出需求方案，与无线局沟通一致后，联合报总局财务司审定。

七、联系监管中心援藏有关工作。我就援藏有关事宜拜见了监管中心陶主任和孙斌总会计师，希望监管中心加强对西藏局特别是监测台的支持力度。陶主任表示，建议请西藏局先提出具体需求计划，监管中心将结合自身资源尽可能予以支持，下一步两家联合报总局财务司审定。

八、与国际司沟通出国考察项目。我到总局国际司就因故未能派员参加考察交流项目一事，再次进行了汇报和解释，介绍了西藏的有关情况，并表示衷心感谢和歉意，希望国际司理解和支持。

九、与研修学院进行沟通。在京期间，我还去看望了总局研修学院吕院长。吕院长十分关心西藏新闻出版广电事业发展，并表示将继续在今年三月份开办的总局党校研修班中给予西藏局一个名额；另外，下一步研修学院将加强与西藏局的合作，可考虑双方签署战略合作框架协议，在西藏设立总局研修学院西藏分院，加强对西藏的新闻出版广播影视人才培养等。

十、沟通推进藏区广播电视覆盖提升项目。此外，我还分别到总局财务司和国家发改委社会司，了解和沟通藏区广播电视覆盖提升项目。目前总局正在继续大力推进该项目，并已报中宣部和国家发改委申请纳入国家有关重点工程。

特此汇报。

2015年3月3日 星期二　　　　　　　**没有食堂的日子**

这次回来，遇到最大的一个问题，是食堂没有开。

于是，这几天，一直在四处觅食。

昨天晚上，与跃华和新国在同事西红家里，陕西馒头加八宝粥，别有一番风味。

今天晚上，再次品尝跃华妈妈万里带来的柴鸡蛋以及食堂的猪肘，特别是西红匠心独具的牛肉泡馍。

一群吃货饭毕神侃，从张居正到朝鲜战争，从诡异故事到神舟一号。随后，步入夜中，品赏着明月和布宫神色，别有一番情调。

经过白塔时，同事讲了一个故事：当年文成公主生下一子，受到藏王妃的嫉妒，将其子迫害，文成公主一怒之下将本来连在一起的藏地龙脉一剑分成红山和药王山，于是藏地灾难不断。在松赞干布的请求下，文成公主将两山之间修建三座白塔，中间以龙筋相连，于是藏地遂得平安。

这是一个动人的传说，望着月色下静静的白塔，不知身在何处……

2015 年 3 月 6 日　星期五　十五的月亮十六圆

昨天是正月十五，传统的元宵节。

晚上和新国等几名援藏干部，寻了一处小餐馆，吃了碗汤圆，算沾一沾过节的喜气。

散步回来，月光如水如镜如玉盘，挂在美丽端庄的布宫之上，在黑色夜幕的映衬下，是格外的皎洁，格外的迷人。

此情此景，怎堪屋呆？！

于是约上新国，带上相机步入院中。自豪，能居住在布宫一侧，日夜徜徉在布宫的传奇和瑰丽之中。

拍啊，拍啊，无奈，怎样转动相机，调整 ISO、光圈、快门……都拍不出目光中的美丽。

今夜又是月圆夜，十五的月亮十六圆。

天上一轮明月，天下离人共赏。

不知，远方的家人，在忙碌什么，唯愿你们，吉祥安康！

2015 年 3 月 8 日　星期日　为女援友过三八节

今天是三八节。应组织部邀请，参加了援友们组织的庆三八活动。

参加活动的男士们都精心准备了礼物，我则为大家带来了莫言的书。餐后还观摩了影片《新年行动》。

看着大家欢快的氛围，在为她们高兴之余，也不仅为她们所祈福。援藏不易，女同志援藏更为不易，离开了家庭，离开了爱人，离开了孩子，忍受着青藏高原的暴晒、高寒、干燥、缺氧……她们是援藏干部中最可爱的人。

《新年行动》是印度电影，好久没有看印度电影了，没有想到宝莱坞的电影如此好看，舞蹈、歌声、武打，邪恶、正义，在欢歌笑语中释放着一种渴望崛起的正能量。也许这正是我们应该认真学习的。

从影院出来，没有陪同女援友们再回到聚会地点，那里男援友们为她们准备了丰盛的饺子。径直回到家里，给远方的家里打了个电话，三八节了，愿妈妈、老婆快乐，你们辛苦了！

2015 年 3 月 13 日 星期四　　为应急广播项目呼吁

在林芝调研。

晚饭后，与李峰主任、科技处卫处长一起在我房间继续畅谈应急广播的发展思路。

从应急广播的发展目标、发展途径，到西藏广播影视现状，应急广播建立的急迫性，以及国家支持应急广播的可能性和主要渠道，三人越说越投缘，越说越激动，越说越心潮澎湃，在我的提议下，基本形成了以下几点思路：

第一，应急广播是一件大事，是新时期实现广播影视水平升级，提高广播影视治理能力的重要手段，是有效串起无线有线卫星等广播影视分布点的重要手段，是有效落实自治区关于发展与稳定并重要求的具体体现，是落实中央 1 月 14 号《关于中央进一步加强应急广播建设的若干意见》的重要体现。

第二，要抓紧以自治区人民政府的名义，向总局行文报告，申请在西藏开展藏区应急广播建设试点，并请求总局予以批准和支持。

第三，要抓紧与中央台签订应急广播合作框架协议，补充加强培训、技术支持和项目支持等内容后，经商李主任同意，尽快报中央台。

第四，为争取自治区的支持，建议可考虑请中央台主要领导与自治区主要领导共同出席协议的签字仪式。

第五，抓紧开展应急广播调研，深入四川、广西等地，学习了解他们的先进经验和好的做法。

第六，抓紧研究起草应急广播工作方案，明确时间表、路线图、领导小组等；抓紧研究起草应急广播建设方案，并报总局审批。

第七，试点方案经总局批准后，抓紧会同中央台向总局申请藏区应急广播示范工程补助资金。

时间已经近晚上12点了，但三人毫无困意，为了西藏广播影视的发展，为了全区300万人民的福祉，大家慷慨激昂，并为彼此的创意和激情喝彩！

2015年3月16日 星期一　　　　　　**调研小结**

从3月9号到今天中午，一直陪同调研组。

每天的行程是满满的。一行人调研了工布江达县、林芝地区、米林县等3个地区和县的文广局、广播电视台、调频发射台、电视发射台，调研了工布江达县、林芝地区、米林县、山南地区等4个中波台，调研了阿倍新村、杰麦村、桃花村、帮仲村等村村通站点。今天送走一行人后，竟有几分不适应，概因忙碌后的清静。

调研收获是蛮大的：

1. 西新电费核定有待进一步研究。目前的西新电费是按照发射机功率核定的，但是相关的附属设施也要消耗一定的电量，因此，需要在公式之外乘以一个系数。

2. 要增加中波台覆盖图。据李峰讲，科技司有全国中波台覆盖图电子版，可以与科技司联系。

3. 个别村民家里有两套机顶盒。在布久乡杰麦村的某农民家里，发现两台机顶盒，据当地文广局局长介绍，是从自治区广电局申请后卖给农民的。此问题需要引起注意。

4. 部分发射台的柴油发电机需要增加防电装置。工布江达中波台这方面做得比较好，专门在蓄电池外做了一个小箱子，可防止金属连电。但其他台（山南除外）目前还没有。

5. 部分发射台的油库需要埋地。四个中波台目前的油箱还是外置，不符合消防安全的要求。

6. 感动于驻村干部的热情。在返程路上，一辆越野车从后面追来。原来是央珍副处长，她在朗县驻村，得知我们路经山南特意赶来。握手致意后，我们继续赶路，央珍一直把我们送到县城边上，挥手告别，多保重！

7. 永欣局长的劝告。一是要有一部好相机，像素要高，有 24－70、80－400 等两款镜头。要有计划地从事摄影，什么季节去什么地方，经典的地方要去。二是事业上要多学习取经，学习就是进步，勤问就是进步。

8. 建国处长的忠告。要注意身体，不要过于劳累。是的，在藏工作，要量力而行。

2015 年 3 月 18 日 星期三　学习总书记讲话体会

总书记的讲话，有"魂"有"势"有"情"有"典"，读了很过瘾很解渴。通过认真学习，有几点肤浅体会：

一、对中央全面推进依法治国的总蓝图增强了信心。党的十八届四中全会提出了关于全面推进依法治国若干重大问题的决定，标志着中华民族依法治国按下了"快进键"。这次总书记和云山同志的讲话，再次诠释了四中全会精神，提出了全面依法治国的关键是领导干部，领导干部贯彻全面依法治国的关键是做尊法学法守法用法的模范，领导干部做尊法学法守法用法的模范的基础是正确把握党和法的关系。这三个方面，层层递进，逻辑关联，相辅相成，抓住了问题的"牛鼻子"。尤其是总书记提出的四个"任何人"，即：任何人都不得违背党中央的大政方针、搞"独立王国"、自行其是，任何人都不得把党的政治纪律和政治规矩当儿戏、胡作非为，任何人都不得凌驾于国家法律之上、徇私枉法，任何人都不得把司法权力作为私器谋取私利、满足私欲。读来振聋发聩、热血沸腾，深感中央依法治国之决心，把握方向之清醒，坦陈利害之自信。

二、加强学习、提高本领是落实全面推进依法治国的根本。总书记在列举当前存在的法治不彰、法治废弛的问题时，提出了 5 个方面问题、36 种表现形式、10 个典型案例，对照检查，在"不屑学法"等方面还是有自己的影子的。平时自己时常认为法律与自己从事的工作关系不大，学不学无所谓，或者学之皮毛，浅尝辄止，现在看来与总书记强调的要具备法治思维、法治素养相差甚远。这说明自己在法治信仰、法治能力方面还很欠缺。打铁还需自身硬，总书记提出的要提高法治思维和依法办事能力是对我们每个党员领导干部的一次大考。今后，我要将其作为一项必修课、基本功，不断加强法制学习，不仅要学习国家有关法律，更要学习身边的各项规章制度；不仅要学习《宪法》、《民法》等根本和基础法律，还要学习《预算法》、《政府采购法》、《广播电视条例》等与工作密切相关的法律法规；不仅要自己带头学习，还要带动分管部门和单位认真学习。通过学习，打牢依法办事的理论基础和知识基础，增强法治意识、提高法治素养、养成法治习惯，向时代交一份合格的答卷。

三、联系实际、真抓实干是落实全面推进依法治国的关键。我们党一直强调要加强社会主义法治，但为什么直到今天依法治国才进入了"快车道"，值得深思，我认为主要根源在于领导干部没有做到真抓实干。铁肩担道义，领导干部是党的骨干力量，是实现全面依法治国的关键，从我自身来讲，虽然职位卑微，但也要主动增强思想自觉、行动自觉，努力做法治建设的示范者、引领者。一方面，要推进制度建设，在加强新闻出版广播影视改革与法治同步方面尽责尽力。我将会同分管部门和单位，强化问题意识，以中央精神为指导，努力联系实际，进一步健全完善规章制度，比如，要进一步健全内部控制制度，推进绩效评价制度，构建新闻出版广播影视公共服务制度体系，完善安全播出管理制度，强化科技规划等等。另一方面要加强法律法规的执行力度，其实，在很多方面我们的制度并不少，关键在于落到实处，而不是"挂在墙上"。在实际工作中，我将以身作则、率先尊法守法，要求别人做到的，自己首先做到，用法治思维谋划工作，用法治方式处理问题，按规定程序办事，不因私利抛公义，不因私谊废公事，发挥党员领导干部的模范作用，用解决实际问题的成果来落实中央的要求。

四、细微着眼、精益求精是落实全面推进依法治国的保障。天下大事，必作于细。全面推进依法治国，是我们国家治理领域一场广泛而深刻的革命。要把法治观念融入我们的内心世界和灵魂深处，融入我们工作的每一个细节、每一段文字、每一个方面，这是领导干部必须具备的基本素质。唯如此，才能知行合一、身体力行，做全面推进依法治国的"领头羊"。比如，法律的语言是简洁直白的，法律的逻辑是严谨严密的。在工作中，要学习用法律的逻辑来叙事，以法律般简洁的文字来行文，说人民群众听得懂的话，听得明白的话，开短会，讲短话，发短文，形成法治文风会风，这也是落实依法治国的一种体现。

五、整合资源、完善监管是新闻出版广电系统落实全面推进依法治国的技术要求。新闻出版广电系统既是意识形态部门，又是行政管理部门，既要管方向管导向管人，又要管作品管市场管事。在新的形势下，通过采集信息、完善监管、促进依法治理尤为重要。应当充分利用大数据、云计算等先进技术，探索整合各级监测监管数据资源，统筹有线、无线、卫星等多种传输手段，加快完善自治区新闻出版广播影视监管平台，构建全区统一的监测监管体系，实现监测监管网络互联互通，为依法行政提供数据支持和技术保障。

2015 年 3 月 19 日 星期四 　　累　惨　了

从周二开始一直到今天下午，自己始终处在一种极度疲惫之中。

与几位新任和调任干部谈话，准备理论中心组发言，应急广播事，监测中心验收，等等，让自己一下子难以左右逢源。

从周二开始，每天中午回来，都要蜷在沙发上吸一会儿氧气缓缓劲，每天晚上都是 10 点多才拖着疲惫的身体从办公室挪回宿舍，然后继续写啊写啊，直到晕沉沉实在难以支撑时，方一头倒在床上。不知是累的还是天气的原因，这两天的睡眠非常不好，几乎一个小时醒一回，醒来时心脏咚咚直跳，且噩梦不断。今天早上本来计划 7 点起床以便继续润色发言稿，不料一睁眼已经 8 点半了，没办法，匆匆洗漱完毕，顾不上吃饭就赶到办公室，待整理完毕已经 9 点半了。突然，一阵热潮袭上头部，脸烫烫的，额头热热的，不好，以前犯病的兆头出现了，赶紧喝点开水，慢慢地，终于又恢复了常态。

看来，在西藏真不能蛮干啊，这里"毁人不倦"呢。

上午的发言还可以，局长和几位同事表示赞同。

还好，功夫没有白费。

看来，一切苦都是自找的。

然而，这一切，对自己都是挑战，自己喜欢挑战，喜欢战胜自己，今天的经历，为自己喝彩！

不行，又有几分心悸，赶紧吃点丹参滴丸……

2015 年 3 月 20 日 星期五 　在网络中心干部任职大会上的发言

刚才，金梅青处长宣布了局党组干部任免决定。首先，我代表局党组，向黄海山同志表示祝贺！

　　配齐配强网络传输中心班子，是局党组根据网络传输中心工作需要做出的一项重要决定。海山同志长期从事技术管理等工作，工作经验比较丰富，领导能力较强，工作业绩比较突出，其中，2006 年 11 月至 2011 年 7 月在网络传输中心担任过 5 年的中心副主任，熟悉广播电视网络传输工作，在座的绝大多数同志对黄海山同志都比较熟悉。相信黄海山同志上任后，一定会继续发扬优良作风，带领大家为全区广播电视网络传输工作做出新的贡献。同时也希望同志们能够一如既往地积极配合、支持黄海山同志的工作，自觉维护班子和中心的团结。

　　下面，按照局党组要求，讲几点意见。

　　一、要强化政治意识。西藏处在反分裂斗争的前沿，增强党性认识站稳立场，在西藏具有特殊重要的意义。习近平总书记指出，干部工作坚持德才兼备、以德为先用人标准，这个德，首先是政治立场，在西藏重点是看维护祖国统一、反对分裂的思想认识和实际表现。希望同志们在任何时候、任何情况下，都要坚决贯彻执行党的路线方针政策，在维护祖国统一、维护民族团结等大是大非问题上立场坚定、表里如一、态度坚决、步调一致。始终坚持正确的政治方向，不断增强政治敏锐性、政治鉴别力，始终在思想上、政治上、行动上与以习近平同志为总书记的党中央保持高度一致，确保政令畅通。

　　二、要强化忧患意识。当前，科技迅猛发展，广播影视技术加速变革，数字、交互、高清、超高清、3D 等已经成为现实，4G、4K、云计算、大数据等为代表的新一代信息技术正在对广播影视产生广泛深刻的影响，来自互联网、电信网的挑战越来越明朗。环顾周围，四面楚歌，危机四伏，反观自身，我们还处在单向、标清的简单初级发展阶段。我们没有资格再优哉游哉，没有资格再小步前进。当然，这种环境不是西藏独有的，是全国有线电视共同面临的严峻局面。因此，我们不能再等再靠，必须要树立危机意识、问题意识，必须以壮士断腕的决心，以义无反顾的姿态，顺应潮流、把握趋势，抢抓机遇，应对挑战，聚焦数字化、网络化、智能化，推动生产、传输、服务和管理流程再造，加快从覆盖优势向受众优势转变、从数字化成果优势向传播力优势转变、从媒体优势向平台优势转变，要靠自身努力，杀出一条血路，实现跨越式发展。

　　三、要强化责任意识。让广大人民群众收听收看好广播电视，是我们义不容辞的责任。习近平总书记在中央网络安全和信息化领导小组第一次会议上提出要建立网络强国。去年底，我们先后派出三批调研组，实地考察了东中西部有关省份的有线电视网络发展情况。看完之后，我的内心是沉重的。我没有想到我们和内地省份的差距如此之大，没有想到有线电视已经成为我们西藏广播影视的短板。我们没有让西藏的老百姓享受与内地一样的视觉盛宴，没有让他们享受到广播影视改革发展的辉煌成果，关起门来讲，我们是有责任的。这里我没有批评大家的意思，因为西藏的情况特殊，在缺乏政府大规模资金投入的情况下，在市场基础如此薄弱的情况下，我们能做到今天这种程度已经来之不易，这一点，局里是肯定的。但是，我们不能故步自封，不能小富即安。要清楚身上的责任和担当，要对得起组织交给你的这份职责。要克服困难，逢山开路遇水搭桥，适应新常态、服务新常态，努力开发拓展新业态，努力打造新引擎，努力培育新的增长点，走出发展的瓶颈，满足新常态下人民群众的新需求，以新应用对待新期待，不断改善受众体验，加快由简单服务向精细化服务转变，为广大人民群众提供优质高效的多样化文化娱乐和信息服务。

四、要强化改革意识。总书记讲过，要用改革来解决发展中存在的问题。要通过体制机制的改革来激发活力，调动生产力；要通过技术路线的改革，推动有线电视网络优化升级、互联互通和整合发展。首先，我们要清醒地认识到当前我们发展中存在的突出问题是什么，找准问题，找出根源。我们当前发展中遇到的问题很多，但不要急，困难与出路同在，挑战与机遇同行，只要我们坚定信心、共克时艰，没有什么可怕的。其次，要加强顶层设计，做好规划，做好总账，明确时间表，规定路线图。再次，要加强执行力，好的规划有了，关键就看如何落实了。为官一任造福一方，我们每一个人都是生命匆匆过客，要清楚我们肩负的重大责任和光荣使命，中心领导班子要团结一致，带领中心全体员工凝心聚力、砥砺前行，以对党和人民、事业高度负责的态度，尽职尽责，勤勉争先；脚踏实地，求真务实；雷厉风行，案无积卷；夙兴夜寐，忘我工作。要尽快实现全区有线电视双向化、高清化改造，尽快实现全区网络整合、一体化发展，努力使有线电视网络成为建设网络强区的重要基础设施和骨干力量。

五、要强化安全意识。网络中心是局最重要的播出单位之一。要把安全播出当作头等大事，时刻绷紧安全播出这根弦，做到发展到哪里，安全措施就要跟到哪里，发展到什么水平，安全措施就达到什么水平，毫不松懈抓好安全播出管理。面对不断涌现的新业态新技术，既要积极运用新手段新措施保安全，更要以严细深实的作风保安全。当前正值自治区重要维稳保障期，大家务必抓紧抓实抓好安全播出保障工作。要认真排查整改关键部位、结合部位、高风险部位隐患，确保不出任何问题。在这里我再强调一下，安全播出出现问题，一票否决，我们决不能碰这根高压线。

六、要强化廉政意识。西藏虽然高寒缺氧条件艰苦，处于反分裂斗争主战场，但在党风廉政建设和反腐败方面没有特殊性。3月9日，局党组召开了2015年全局党风廉政建设工作会议，对全局党风廉政建设和反腐败工作做出了具体的、详细的工作部署。当前，广电领域也成为腐败多发区，也成为所谓的"高危"行业。网络传输中心要严格按照局党组要求，严格遵守中央和区党委关于廉洁自律的各项规定，深入学习贯彻中纪委、区纪委重要会议和总局反腐倡廉建设工作会议精神，牢固树立"对党风廉政建设不抓或抓而不实不紧就是失职"的意识，结合单位特点，堵塞漏洞，完善制度，扎扎实实落实好党风廉政建设工作责任制。要把党风廉政建设和业务工作作为一个整体来推进，切实避免两张皮，做到二者的深度融合，保证两者同研究同部署，同检查同落实。各级党员领导干部要以身作则，当好表率，对违反纪律违反制度的行为要敢抓敢管，看好自己的门，管好自己的人。

七、要强化法治意识。今天上午，局党组理论学习中心组学习了习近平刘云山同志在省部级主要领导干部学习贯彻党的十八届四中全会精神全面推进依法治国专题研讨班上的讲话精神。中心要认真传达学习好。这次总书记和云山同志的讲话，再次诠释了四中全会精神，提出了全面依法治国的关键是领导干部，领导干部贯彻全面依法治国的关键是做尊法学法守法用法的模范，要正确把握党和法的关系，牢固树立法治信仰。领导干部是党的骨干力量，每个人都应当自觉担负起全面推进依法治国的重大责任和历史使命，增强思想自觉、行动自觉，努力做法治建设的示范者、引领者。大家要把总书记的讲话精神贯穿到具体工作中，牢固树立依法管理意识，坚持有章必循、有法必依、执法必严，提高依法管理的能力和水平。

2015年3月21日 星期六　　　　　**充实的周末**

一

忙碌了一个礼拜，周六仍然要继续忙碌。

上午，和几个同志一道，赶往60多公里外的曲水县曲阜村，看望驻村干部。

车子沿着机场高速前行，然后右拐到曲水县，再右拐到一条乡村柏油路。继续走 10 分钟左右，就到达了曲阜村 5 组，见到了正从村委会走出来的驻村同志。

曲阜村占地面积 440 平方公里，有 11 个村民小组，400 多户人家，2000 多村民。周围群山环绕，高低起伏的地势上，种着已经冒出草芽的冬小麦和还在土壤中潜伏的青稞。

村里分为两类，农区主要靠农作物，还有 3 个村民组是牧区，养殖牦牛，两相比较，那里的老百姓更富裕些。

热情的驻村工作人员向我们详细介绍了在村里开展的工作，看得出来，他们还是忙碌和充实的，为村里做了很多好事。同时在这里驻村的还有两位姑娘以及一位藏族驾驶员。中午在简陋的厨房里，大家一起品尝了工作队员的手艺，香喷喷的炒菜和筋道的米饭，吃的我们几个饭后走了很长时间。

尽管还是料峭春寒，但是，看得出来，待到春暖花开时，这里，一定是一个静怡、清新、满目苍翠的好地方。

二

晚上，几名援友到喜林宿舍喝茶，跃华随后赶到。

大家在一起一边看西藏卫视一边品头论足。

跃华这段时间没有白费，在他的努力下，西藏卫视有了很大的起色。不管是"快闪"、藏晚还是最近播出的骑行 318，都令人耳目一新。

在替跃华感动和高兴的同时，自己也不仅产生了几分压力，自己要向跃华学习。

我一定也要把工作做得风生水起！

2015 年 3 月 22 日 星期日 **关于近期工作的思考**

一、关于藏区项目。抓紧和区发改委纪国刚主任联系一下，请他或带领我们向国家发改委投资司沟通一下，汇报一下我们的有关想法，据小范讲，近期国家发改委即将决定此事，此时，正是要劲的时候，不可耽误。如果纪国刚主任不好出面，那么最好请自治区政府副主席或者常委带队去国家发改委和总局沟通一下，此事最好周一即向韩局汇报。

二、关于应急广播项目。抓紧提出向总局申报文件。抓紧推进广科院项目规划。抓紧提出内参方案。抓紧进行调研（四月份）。协议通过后，建议由自治区领导和中央台领导共同出席签字仪式。

三、关于清流设备项目。抓紧催问规财处提出解决方案。报自治区申请解决。

四、关于十三五规划。抓紧催问一下发展研究中心，请他们四月份来藏。

五、关于新闻出版文化产业项目。抓紧请王军科等向财政厅李霁处长汇报一下。

六、关于网络中心问题。请海山一周内拿出方案。

七、关于上行站问题。请规财处一周内拿出方案。

八、关于县级有线电视数字化问题。下周二开会。请科技处规财处汇报进展情况。请科技处拿出一个倒计时方案。继续强化领导小组作用，修改小组成员名单。海山虽然到网络中心去了，要继续关注这方面的工作。

九、公共服务体系建设问题。请公共服务处科技处抓紧办理。

2015年3月24日 星期二　去区电影公司调研

下午，和韩局、明局去区电影公司调研。

电影公司位于拉萨东部，紧邻西藏大学老校区。

据说，这里曾经是拉萨贵族居住的地方，相当于北京的上风上水的贵族居住区。概因紧邻拉萨河的关系，空气湿润，草木繁茂。

电影公司院内的建筑最早始建于80年代，院内分为三个部分：一是办公区，一是库房区，一是宿舍区。由于时代久远，很多房子已经变成危房，屋顶杂草横生，却也彰显过去的几度辉煌。

公司内有一放映室，据说过去是车水马龙，自治区领导也曾来到这里观摩影片，如今由于设备陈旧，房屋失修，已经成为危房，只是门前屋檐上的几个大字依然醒目。

根据电影公司的设计，这里未来将改建为电影城，集3D、巨幕电影为一体，编译、审看于一身的综合影视中心。但是，目前只有中影股份和电影频道援助的1300万元，距离所需差之甚远。

为此，我提出两点建议：一是可以考虑其自身之结余资金，二是可进一步借助援藏之力度。

愿此项目早日成行。

参加 IPTV 座谈会

今日，总局在南京召开了 IPTV 管理工作座谈会，总局田进副局长出席会议并讲话，各省区市汇报了本地区 IPTV 工作开展情况，网络司罗建辉司长做了总结讲话。

田进指出，一是要提高思想认识。近期国务院将颁布《三网融合推广阶段工作方案》，三网融合进入全面推广阶段。各省要充分认识信息化和网络化是我国当前的基础性战略性发展任务，深刻认识和理解推进三网融合的重要性和紧迫性，积极发挥广电在三网融合中的重要作用，以加快 IPTV 平台建设、推动双向进入、加快有线电视网络整合等工作为抓手，加快融合发展之路，为增强广电媒体在新媒体领域的实力和竞争力、赢得未来发展主动权打下坚实基础。

二是要把握政策要求。要把集成播控平台的控制权牢牢把握在广电机构手中，包括节目的统一集成和播控、电子节目指南、用户端、计费和版权管理五大系统，其中用户和计费管理要采取合作方"双认证、双计费"的方式。要规范总、分平台对接，各地在没有建成符合总局要求的分平台、没有与央视 IPTV 总平台按照规范对接以及未建成 IPTV 安全监控系统之前，绝不允许擅自与电信企业的 IPTV 传输系统对接、提供节目信号。

三是要抓好落实。各省要增强大局意识、长远意识，省台要尽快成立工作小组，专门负责 IPTV 集成播控分平台的建设和对接工作，把三网融合作为一项特殊的政治任务和发展机遇抓紧抓实抓好，不能拖三网融合推广的后腿。对故意拖延平台建设和对接工作的，要追究责任人和单位领导的责任。

我在会上介绍了西藏 IPTV 工作开展的有关情况，汇报了西藏在推进 IPTV 工作存在的主要困难，希望总局继续给予大力支持和帮助。田进副局长指示，西藏要切实做好有关工作，把安全作为工作的重中之重，要本着积极稳妥的原则，做好舆论宣传引导，确保播出安全、传输安全。

根据田进副局长指示和会议要求，结合西藏的特殊情况，提出以下建议：

一、及时组织局相关部门和单位认真学习田进副局长讲话精神，吃透文件，把握政策。

二、根据会议精神提出我局发展 IPTV 的主要思路和方案。

三、尽快将会议的有关要求和我局建议向区党委政府汇报。

2015 年 4 月 5 日 星期日　　　　　**我希望在拉萨见到你**

闲来试笔，长短句一首。

我希望

有一天

能够在拉萨的街头

见到你

没有约定

没有邀请

只一掌惊喜

道声：把酒添上

我希望

有一天

能够在拉萨的街头

见到你

那醇醇的甜茶

和着郁郁的藏香

扑面而来的

是草原上的豪放

我希望

有一天

能够在拉萨的街头

见到你

那幽幽的白云

皑皑的雪山

更美的

是哈达飘舞,

赞歌嘹亮……

2015 年 4 月 6 日 星期一 　　　　向书记、局长汇报回京情况

近日,我和区电视台次旦扎西副台长、广播电视网络传输中心蔡新国总工程师参加了总局召开的 IPTV 工作座谈会,会后,又到总局和财政部沟通了有关项目。现将主要情况汇报如下:

一、参加总局 IPTV 工作座谈会。总局田进副局长出席了会议,他对下一步 IPTV 工作提出三点要求:一是要提高思想认识。近期国务院将颁布《三网融合推广阶段工作方案》,三网融合正式进入全面推广阶段。各省要深刻认识和理解推进三网融合的重要性和紧迫性,积极发挥广电在三网融合中的重要作用,加快 IPTV 平台建设,推动双向进入,加快有线电视网络整合,增强广电媒体在新媒体领域的实力和竞争力,赢得未来发展主动权。二是要把握政策要求。要把集成播控平台的控制权牢牢把握在广电机构手中,其中用户和计费管理要采取合作方"双认证、双计费"方式。各地在没有建成符合总局要求的分平台、没有与央视 IPTV 总平台规范对接、没有建成 IPTV 安全监控系统之前,绝不允许擅自与电信企业的 IPTV 传输系统对接、提供节目信号。三是要抓好落实工作。各省要尽快成立工作小组,专门负责 IPTV 集成播控分平台的建设和对接工作。要把三网融合作为一项特殊的政治任务和发展机遇抓紧抓实抓好,不能拖全国三网融合推广的后腿。对故意拖延平台建设和对接工作的,要追究单位领导和责任人的责任。

我在会上介绍了我区 IPTV 工作进展情况,汇报了西藏推进 IPTV 的主要困难,希望总局继续给予大力支持和帮助。田进副局长指示,西藏要切实做好有关工作,把安全作为工作的重中之重,要本着积极稳妥的原则,做好舆论宣传引导,确保播出安全、传输安全。

二、参加与广播科学研究院战略合作框架协议签署仪式。在京期间,韩辉局长率领我们出席了广科院和我局的战略合作框架协议签署仪式,并与广科院邹峰院长、周毅副院长、高少君副院长、郑思慧副书记等进行了座谈。韩辉局长代表西藏局对广科院长期以来的大力支持表示感谢,希望通过战略合作框架协议的签订,进一步加强对西藏的指导和帮助,促进西藏新闻出版

广播影视事业的深度融合和改革发展。

三、沟通应急广播项目情况。为进一步推进我区应急广播工作，我先后到总局科技司、财务司和国家应急广播中心等进行了沟通，汇报了在西藏开展应急广播建设的重要意义和紧迫性。上述司局和单位表示，我区应急广播建设项目已初步考虑纳入广播影视覆盖提升工程，将继续积极推进工程的立项，同时，在技术标准、课题研究、工作试点和内参反映等方面将进一步给予指导和支持，并建议我们尽快研究提出试点工作方案和内参材料。

四、沟通"十三五"规划编制事宜。就我区广播影视"十三五"规划编制一事，我再次到总局发展研究中心，与袁同楠主任和科研管理部王雷副主任等进行了沟通。目前，该中心正在认真分析研究我局提供的有关资料，已成立专门工作组，并编制了具体工作方案。由于中心近期正在按照总局要求全力筹备召开 2015 年《广播影视发展蓝皮书》和《视听新媒体蓝皮书》发布会，初步计划于 4 月底安排工作组来藏开展调研。

五、汇报西新工程电费等有关问题。在京期间，我专程到财政部教科文司和总局财务司，汇报了我区西新工程电费和译制经费不足的问题。经沟通，财政部教科文司和总局财务司同意我局在申报 2015 年西新工程运行维护经费时，书面提出有关情况和经费测算建议，届时他们将认真研究考虑。

六、沟通停播代播事宜。我就因拉林高等级公路改造停播代播一事，与总局无线局刘建国副局长进行了沟通，他表示，由于西藏特殊的地理条件和电磁环境，加上目前无线局的覆盖任务很重，完整代播停播频率有一定难度。待收到我局正式文件后，他们将认真研究并尽可能予以支持。

特此汇报。

2015 年 4 月 7 日 **星期二**　　**适当运动有助于改善缺氧**

从昨天晚上，头疼就好似一条条小虫子在啃噬着自己的大脑。

这是典型的高原反应。

经验丰富的自己，打开制氧机，一边吸氧，一边看书，看电视，在电脑上敲打文字。

到了晚上 12 点多，疼痛似乎好一些了，但依然难以入眠，只好看电视节目，这样时醒时睡，昏昏沉沉到了早上 7 点多。头疼又开始恢复了。

一天很忙，应急广播、网络建设、公共服务体系……

见到韩局，他和我一样也是头疼，一脸疲惫，吸氧似乎也不是很管用，唉，在拉萨工作真不容易啊。

晚饭后，待着难受，索性披衣外出，走到布达拉宫广场，走到大昭寺广场，广场上游人不多，还没有到旅游旺季。三三两两的人们很是悠闲，和着马路上的车水马龙和闪烁的霓虹，让人不知身在何处。

一路走来，身上微微有些汗意，然而，头却不疼了，身上轻快多了，看来，还是要积极应对高原反应。

2015 年 4 月 10 日 星期五　　加　班

从下午 4 点到晚上 9 点半，带着几名同事，把西藏新闻出版公共服务体系指导意见从头到尾逐字逐句修改了一遍。

这个指导意见非常重要，是未来五年西藏新闻出版广播影视公共服务的纲领性文件。

这个指导意见也很急迫，按照要求月底前需要上交，但一直到今天，才基本成型，计划于下周一上交局里审定。

这个指导意见也很难起草，一是涉及方方面面，不能有所缺漏。二是结合西藏的实际情况，既要适度超前，也要立足自身。

在西藏加班是一种挑战，随着时间的推进，不仅腹中作响，而且头昏脑涨，缺氧反应强烈。也是难为大家了，周末也只好在会议中度过。

9 点半，终于修改完文件的最后一个字，带着饥肠辘辘的一行人，找个地方吃个夜宵。

2015 年 4 月 14 日 星期二　　忙碌的援藏生活

周五，加班到晚上 9 点半，修改新闻出版广播影视公共服务体系实施方案。

周六，加班一天，准备周一的全区县级有线电视数字化改造工作座谈会。

周日，加班一天，继续准备周一的会议材料。

周一，上午开座谈会，下午研究数字化改造实施方案。晚上 10 点半离开办公室。

周二，上午开党组会局长办公会，下午修改数字化改造会议纪要等文件。晚上 11 点半离开办公室。

回来一周的时间，忙得不亦乐乎。

人家说性格决定命运，诚然。

近来，要做好以下工作：

要推进有线电视数字化工作的进度：与财政沟通，印发实施方案，完成网络运营商、监理单位的招标文件。

要加快网络中心的工作进度：本周要与网络中心班子成员召开座谈会，并请办公室、政工人事处、规划财务处参加。

要提升安全播出管理力度：出台指导意见，调整上行站隶属关系。

要推进文化频道的发展：能否先办理文化频道，再办理公共频道。

要推进西新课题的进展：召开专题会议，大家进行讨论。

……

2015 年 4 月 16 日 星期四 快乐的苦行僧

援藏生活是枯燥的，每天的流程是相似的，宿舍，办公室，食堂，高原上没有那么丰富的文体活动，没有那么多熟悉面孔，更多的是每天看不完的文件，开不完的会议，听不完的发言。

援藏生活是空寂的，对于我们来讲，拉萨的夜晚和周末是静静的，想念着远方家中父母的唠叨和孩子的围绕，在空空的宿舍里，陪伴自己最多的是冷冷的青灯和漫漫的长卷。

援藏生活是艰难的，在每个因缺氧而难以入眠的长夜里，在每个中午与吸氧的间歇，在医院雪白的病房里，才感到高原的无情与无奈。

援藏生活是忙碌的，爱人问我，周末干什么，其实，每个夜晚，每个周末，只要没有事情，自己常常是在办公室度过的，因为，我们来西藏，不是来享受的，不是来镀金的，是来工作的。

援藏生活是快乐的，看到因为自己的付出而带来的新成果，看到雪域人们淳朴质厚的笑颜，看到高原上的蓝天白云，那种甘甜直沁心脾。

因为，我们是快乐的苦行僧。

关于网络中心发展的思考

2015 年 4 月 17 日 星期五

分管网络中心以来，一直感觉有必要和中心班子成员深入交流沟通一次，统一下思想，提振下信心。终于，在周五找了半天时间，现将当时的发言提纲记录一下。

一、充分肯定前一段时间网络中心的工作。这一段时间，网络中心班子成员和各部门职工能够尽职尽责，主动进取，各项工作都在紧张有序开展，取得了很好的效果。

二、关于中心的发展改革方案和 2015 年工作计划。

（一）有问题意识

1. 融资问题。融资问题是关键。

2. 体制问题。体制问题是核心。

3. 人才问题。人才问题是根本。

（二）建顶层规划

1. 发展目标：一网、双化、三转变，最终实现全媒体战略布局。一网，全区一网；双化：数字化、智能化；三转变：从传统的事业体制向现代企业法人治理结构转变，从单一有线传输商向全业务综合服务提供商转变，从传统媒介向新型媒体转变。全媒体战略布局：就是要实现多媒体形态，多信息服务，多网络传播，多终端展现。这次聂部长在 CCBN 展会上提出要打造智慧广电，我的理解就是：受众为本，无处不在，全业务服务，安全可靠。

2. 发展原则：全面升级、流程再造、受众为本、随需而变、市场发展、资本运作、可管可控、安全可靠。

全面升级、流程再造：指发展的方向，要按照媒体融合发展的要求和科技进步的要求，全面升级有线网络的业态、产品和服务，推动生产、传输、服务和管理流程再造，加快从数字化成果优势向传播力优势转变。

受众为本、随需而变：指发展的思路，生活数字化已经成为一种趋势和潮流，谁能更多地抓住受众，最大限度满足人民群众日益多元多样多变的精神文化和信息需求，谁就是王者，要改变"重发端不重收端、重覆盖不重受众"的现象。

市场发展、资本运作：指发展的方式，要按照资本市场运作规律，向市场要规模、要效益。

可管可控、安全可靠：指发展的基础，要确保导向正确、政令畅通，确保安全播出，确保意识形态安全和文化安全。

3. 发展措施：

加快推进全区一网。只有通过整合全区网络资源，才能提高业务承载能力，实现规模效益，才能创新服务模式，才能创造更大的利润。当前首要的是要做好县级有线电视数字化改造，加快与拉萨网络的整合。

加快推进数字化、双向化建设。数字化，继续推进全区有线电视数字化改造，实现模拟用户整体转换，扩大数字电视覆盖范围，加快柳梧新区、东城新区等分前端和二级光网建设；双向化，是未来有线电视实现战略转型的关键。按照总局《关于加快广播电视有线网络发展的若干意见》（广发〔2009〕57 号）要求，到 2012 年年底，全国城市有线网络平均双向覆盖率要达到 80％以上。但目前自治区还是空白。

加快推进三大支撑体系建设。一是拓宽融资渠道，要多条腿走路，打破固有的思维定式和路径依赖，向国家和自治区争取资金和政策，从体制内融资，向社会融资，向金融机构融资。二是加快体制改革，目前的体制是鸡肋，必须有壮士断腕的精神。三是强化人才储备，要加大人才培训机制，面向全社会海选人才，特别是经营管理和科研开发人才，提高整体素质。

加快推进四项新产品新业务。一是高清电视，目前，中心已经制定了文广高清节目传输方案，下一步要继续增加高高清节目数量。二是交互电视，要尽早实现互动点播、回看录制等功能。三是宽带业务，要充分发挥有线电视网络优势，快速推进宽带数据基础平台建设，通过培育多业务捆绑客户品牌等市场营销手段，抢占宽带接入市场。四是无线视频，在家庭连接高清交互机顶盒 WiFi 信号或通过高清交互机顶盒连接普通无线路由器，通过智能手机、平板电脑、笔记本电脑获取高清晰、时尚便捷的无线视频服务。

加快推进五项基础性工作。一是加快营业厅改造。二是加快配电系统改造。三是加快银行代收收视费工作。四是加快客服中心系统改造。五是加快分前端安全体系建设。

（三）抓工作落实

1. 抓责任分解。要成立工作领导小组，明确任务分工，将工作层层分解到具体部门、人员。

2. 抓时间进度。要建立总台账和时间表、路线图，工作任务要细分到每个月份。

3. 抓检查督导。这项工作时间紧、任务重，难度大，要定期不定期检查督导，积极帮助解决遇到的实际问题，确保各项任务如期完成。

4. 抓工作作风。一是要树立大局意识，围绕网络强国、网络强区的工作大局，站在不断提高公共文化服务水平和新闻出版广播影视治理能力的高度开展各项工作。中心班子要发挥表率作用，带领全体职工，团结一心，积极进取，实现中心的跨越式发展。二是要树立开拓意识，目前，有线电视已经成为全区新闻出版广播影视公共服务的短板。我们要让西藏的老百姓享受与内地一样的视觉盛宴，要让他们享受到广播影视改革发展的辉煌成果，如何做，就是要有开拓精神，循规蹈矩不行，甘于守成不行，要敢想敢干敢做，会想会干会做！三是要树立效率意识，随着技术的不断发展，随着时代的发展，我们面临的挑战越来越大，面临的选择越来越少，机遇不会永远留给我们，必须以只争朝夕的精神来开展各项工作。

5. 抓安全播出。安全播出是广播影视的生命线。事业发展到哪里，安全播出就跟到哪里，事业发展到什么水平，安全播出就跟到什么水平。要加快电力系统改造，加快分前端机房安全系统改造，加快灾备中心建设。

6. 抓廉政建设。改革发展千头万绪，但是，不管怎么发展，廉政建设永远在路上，不能放松，要管好自己的人，看好自己的门。

2015 年 4 月 18 日 星期六　还有甚多事情没有做完呢

周末，早上起来突然发现，离援藏结束的时间只有一年了，然而，很多事情还没有做完。

昨日的一幕幕闪现，似乎很忙，但是，成果很少。关键的是，没有集中全力于一点，想做的太多，思路太分散，结果只能如此了。

看来，事情还是要一点点去做，一个个去做，不能贪多。

中午出去转了转，老待在屋里，感觉血液都流慢了。人群中，一个熟悉的面孔，宏亮！

虽然同在拉萨，却已经半年没有见面了。

宏亮苍老了许多，不似往日那样的英俊帅气！

在广场上散了一会儿步，微微出汗，感觉舒服多了。

回到办公室，连续把县级网络数字化建设方案、网络运营商采购方案和监理招标方案看了一遍，发现了一些问题，看来凡事还需认真二字。

进一步追求，退一步生活

2015 年 4 月 19 日 星期日

上午，参加援藏干部读书会活动，聆听了中办援藏干部赵如发副秘书长讲解的《中庸》，收获不小。

一、内外双修：既要学习业务，又要学习生活，哲学历史文化政治都要涉及。

二、爱国也爱家：回首四十年的路途，爱国为主，爱家次之，深感亏欠家人父母爱人孩子甚多，其实，多几个电话，多几个问候，多几个短信，多几个小礼物，又何尝不可呢。

三、存在之我与反思之我：人是有感情的机器，需要加强自我控制。所谓慎独，尤其重要。

四、进与退：在追求上不断要求进一步，在生活上不断降低标准。在上位，不陵下；在下位，不援上。正己而不求人，则无怨。

五、生活在别处：生活在过去，要与过去相比，善于知足；要与未来相比，要知道未来。

春　晓

2015 年 4 月 25 日 星期六

拉萨的清晨很美，走在路上，青青的杨柳，粉嫩的桃花，穿过布达拉红白相间的宫墙，是白头的雪山，悠悠的祥云，由不得再次打油一首。

> 柳翠桃红纤纤手，
> 宫墙碧草不老松。
> 云横西岭千秋雪，
> 鸟落雅江一点红。

再遇地震

2015 年 4 月 26 日 星期日

25 日上午，在办公室里加班，中午，和几个同事在食堂吃饭，听见手机几声震动，拿起一看，尼泊尔发生 8.1 级地震，我国日喀则吉隆和樟木两地也有影响，拉萨据说也有不同程度的震感，但我们几个居然都没有感觉到。

回到办公室，科技处卫处和雍处立即与日喀则广电局进行联系，并及时将有关情况报告给总局监管中心和区广电局监测台。我也及时将有关情况向正在赶往墨脱的韩辉局长做了汇报。

晚上8点半，韩辉局长打来电话，他们刚刚到达墨脱县，指示我立即组织召开会议，部署抗震救灾有关工作。放下韩辉局长电话，我马上通知办公室、科技处、规财处几位负责同志，于晚上9点在我办公室开会。在会上，我传达了韩辉局长的指示，听取了科技处关于灾区广播电视设施设备受损情况，布置了下一步的工作。第一，立即启动广播电视安全播出应急预案，第二，加强监测监管，指导灾区尽快恢复受损的广播电视设施设备，第三，立即启动广播电视应急物资采购和申报工作，第四，抓紧推进应急广播立项工作，第五，建立灾区信息情况定期通报制度。

会后，几个处室分头行动，分别起草了《专题会议纪要》、《向财政厅申请应急广播电视物资的请示》和《关于紧急采购部分应急物资的请示》等三个文件，并及时传真给远在墨脱县的韩辉局长。

大约过了半个多小时，办公室唐也副主任给大家宣布了几条韩局传来的消息：（1）同意会议纪要；（2）给财政厅的报告尽快报送，但要增加5000册抗震防灾手册；（3）关于紧急采购应急物资的文件暂缓，看财政厅预算核定情况再说；（4）同意我继续回京参加会议。

根据韩局意见，大家又紧急对文件进行了修改，终于，全部修改完毕，看了看时间：凌晨两点。

回到宿舍，匆匆收拾了东西，打开闹钟，抓紧打个盹，5点半，带着浓浓的睡意，踏上征程。

分明记得：

七年前的汶川地震，紧急被派往甘肃陇南灾区；

五年前的玉树地震，紧急被派往青海玉树灾区；

两年前的雅安地震，紧急被派往四川雅安灾区。

共和国近几年来的几次地震大灾，自己可以说不仅仅是经历者，更是在地震的第一时间，赶往受灾最严重地区的亲历者。这种体验和经历，刻骨铭心。不由得翻出了当时的日记：

1. 甘肃陇南

昨天中午1点，接到立敏电话：随邹司长赴甘肃灾区。随后是紧张的准备工作，直到晚上12点。

今天 6 点启程赴机场，9 点 40 到达兰州机场，立即赶赴甘肃此次重灾区—陇南市文县。文县距兰州 700 公里，今天将住宿武都。

路上，充分体会到了甘肃广袤地形之变化：先是厚重的黄土高原，宽厚的黄土上很少绿色，在阳光的直射下，更显得苍劲和辽阔；之后是青翠弥漫的河谷，棕榈等热带植物随处可见，水稻、麦田，郁郁葱葱，一派江南风光；再往后，是脉脉的梯田，在壮阔的黄土高原中，愈发显得勃勃生机。天色渐晚，汽车行驶在黝黑的盘山路上，一座座帐篷不时出现在公路旁，帐篷内是黑漆漆的，但愿大家能做个好梦。

在成县广播转播台，一行人查看了受损的机房，职工宿舍（大约 24 户，目前没有房改），已全部被鉴定为危房。台职工在外面的帐篷里值班。邹司长和王司长代表总局向大家表示慰问，对坚持奋战在灾区一线的职工表示感谢，鼓励大家做好抗震救灾和灾后重建工作，坚守岗位，保证安全播出和人身安全。

到达武都已经晚上快 11 点了。大街上一排排的帐篷临江而搭，大人们在聊天、打牌、休息，小孩子们则是高兴地嬉戏，和他们相比住在锦龙宾馆六楼的我们倒是有些滑稽和大胆了。

早上 8 点，驱车赶往陇南广电局。楼内播控中心的墙壁断裂，部分墙壁倒塌，部分播控设备被砸坏，电视墙毁坏。

之后立即赶往 200 公里之外的文县。中午 11 时抵达文县，县委大院中，县广播电视台的临时工作帐篷设在此处，无线局和电视台的四名同志已在这里援助半个多月了。查看了正在运行的 VSAT 系统。据了解，该系统对灾区的新闻报道起了关键作用。

12 时，到清水坪村查看受灾情况。该村部分房屋倒塌、墙壁断裂、屋顶塌陷、村民居住在政府提供的救灾帐篷中。

12 时 20 分，到文县广电局，局内院子很小，宿舍楼和办公楼挤在一个院子里。办公楼已明显向一方倾斜，办公楼内部分墙壁裂缝，职工在院内帐篷中临时办公。宿舍楼也已被鉴定为危楼，有一定的倾斜。

16 时 30 分，到陇南南山转播台，该台为无线覆盖台，中一中七电视发射机各一台，中一广播发射机一台，功率为 1 千瓦。该台办公楼较好。但是自立天线塔塔基下方已出现大面积滑坡，对铁塔的安全有一定的威胁。该台建议将铁塔移至上面的平台上。

2. 青海玉树

陪同张丕民副部长、孟冬司长、曾庆军副司长和康健一行赶往玉树灾区。

一方有难，八方支援。在玉树，随处可以看到解放军战士在挥汗如雨、满身尘灰，看到来自各地的志愿者们，不顾辛劳，忙着发放救灾物品，看到一身紫红色袈裟的喇嘛们，在参与救援，在为逝者转经祈福。

在玉树发射台，广电部门的救灾指挥部设在台区的帐篷里，前几天赶来的青海局的领导和技术人员已经临时搭建起了一套临时转播设备，尽管灾区一片废墟，但是空中传来的是党和政府的声音，是全国人民的支援，是一声声温暖亲切的问候。大灾来临，广播的作用不可替代。

晚餐是方便面，台里的职工笑谈已经吃了好几天方便面了，现在只要一看方便面箱子就想吐。

晚上，住在台区临时搭建的帐篷里，张部长、曾司长和小康我们四个人一间。由于高海拔的关系，自己头蒙蒙的，吃了几口方便面，腹内翻腾，不敢再吃了。四月的夜晚，仍然是春寒料峭。帐篷顶上是白花花的冰碴，合衣钻进睡袋里，仍然非常冷，听着外面绵绵不绝的狗叫声，头愈发疼得厉害，久久难以入眠。

半夜，突然在昏睡中醒来，只觉得嗓子眼一阵发热，一股液体难以抑制地直喷而出，由于没有昨天一天没有吃什么东西，吐的多是酸水，本想要下地收拾一下污秽，刚挣扎着坐起来，却发现已经结成冰了，看了看其他几个人，都睡得正香。

早上，正在帐篷外聊天，曾司长远远地走过来道：咱们帐篷里啥味啊？……

3. 四川雅安

4月20日下午，在总局领导的率领下，总局办公厅、科技司、财务司、无线局、监管中心、卫星直播中心等单位一行11人紧急赶赴四川灾区，先后到雅安市芦山县文新广局、广播电视台、省网络公司芦山分公司、县电影院、县713发射台实地了解灾情，慰问干部职工，并听取了四川省、市、县广电部门有关情况的汇报。之后，一行人还到震中龙门乡、体育馆灾民安置点、四川省军区抗震救灾指挥部等地了解情况，向受灾群众、医务人员、武警官兵赠送收音机。

总的来讲，这次地震无论是震级还是人员伤亡和房屋受损情况，都远不及汶川和玉树，但毕竟是活生生的几百条生命啊，毕竟是一方青山绿水生于斯长于斯的热土，看着破碎的断壁残垣，看着一张张茫然无辜的脸庞，看着绿色白色灰色忙碌的身影，相信每一个亲历之中的人都会愤慨：苍天为何如此不公，连续在这片天府之国降下无际的灾难。

并不宽阔的 318 国道上，大型挖掘车辆、消防车、救护车、运送物资的车辆和各种社会车辆交杂在一起，加上受山路坍塌影响，伸向灾区深处的队伍几度停滞。在多名交警的奋力维持下，我们一行 3 辆车才得以进入震中芦山县。这也充分显示，虽然几度历经大灾考验，但是各级政府的应急响应和处理能力还是有待于进一步提高。

在 2009 年才落成使用的芦山县广播电视中心，虽然外墙看起来基本无恙，但走进演播室、机房、办公室，一面面破损的墙壁，一丛丛乱线从屋顶伸出，一块块碎墙砖随处可见……

在前往佛图山 713 发射台的山路上，佛图寺更是不忍目睹，大雄宝殿墙壁坍塌，佛陀佛龛东倒西歪，一处路面已经塌陷，一眼望下深不可测。造物主的轻轻一曳，人世间就已经杂乱无章了。

在灾区待的越长，就越感受到谁是最令人敬重的人，是率先冲入灾区拯救生命的解放军和武警官兵，是义无反顾甚至是徒步进入灾区的志愿者，是站在路旁为赶往灾区送水送食品的人们，那一行"亲人们停下来喝口水吧"的横幅，在灰烟弥漫的路旁，令人动容，那是在地震发生后立即赶赴灾区的先行者们。我们的四川广电局的几位局领导和处长，两天来只吃了一碗方便面，还有就是在家园罹难时满怀感恩的雅安人民……

在这里待的时间越长，就越感受到，应该把道路让给在此刻能够真正挽救生命的战士和运送物资设备的车辆，应该多一些理性，多几分谋划。

在灾区的两天中，除了坐车就是查看灾情，慰问同胞，早已全然忘记吃饭和喝水。

我的任务是负责信息报道，为了确保灾区的有关情况能够及时传到总局，在车上，紧张地敲打着手机键盘，下车后，紧张地记录和拍摄有关影像和文字资料，然后上车继续整理文字、校对发出……算来，三天来，自己只吃了一顿饭，其他时间完全是紧张的调研、写稿件、拍照，虽然很累，甚至回到北京直到现在也不能回家，但能为灾区做点事情，再苦再累，也是值得的。

2015 年 5 月 1 日 星期四　　向书记局长汇报回京情况

近日，我赴京开会并到总局联系沟通了有关项目，现将具体情况汇报如下：

一、**参加总局地面数字电视工作会议。**总局科技司司长王效杰司长、副司长杨杰和财务司副司长金北宁分别介绍了地面数字电视工程的总体要求、技术方案和经费使用要求。

二、**参加中宣部中央三台和西藏电台电视台人才双向交流启动仪式。**中宣部副部长、国新办副主任崔玉英参加会议并讲话。

三、**沟通地震救灾应急物资情况。**我就西藏本次地震受灾和急需救援物资情况向总局财务司孟冬司长、张红梅副司长和金北宁副司长以及相关处室进行了汇报，孟冬司长对此高度重视，立即向田进副局长做了汇报，表示将尽力予以支持。

四、**沟通文化频道事宜。**就我区申请开办文化频道事，我再次到传媒司，经沟通，同意我区暂按汉语节目和藏语节目四六开的比例申请开办文化频道。

五、**对接发展研究中心来藏调研事宜。**我到总局发展研究中心与科研部王雷副主任就该中心来藏调研编制我区十三五发展规划一事，再次进行了沟通和对接。该中心杨明品副主任一行四人将于5月5日至14日来藏调研。

六、**沟通无线局援藏事宜。**我分别与总局无线局黄晓兵局长、刘建国副局长和王小利总会计师进行了沟通，无线局将于五月中旬提出具体援助方案，并计划六月份派员来藏进行对接。

特此汇报。

2015年5月3日 星期日 **每一次进出藏都是一次考验**

早上5点多就起来了，简单吃了点妈妈昨天给带的饺子，6点整，再次踏上回藏路程。

地铁2号线从复兴门到东直门转机场快轨，7点半，到达三号航站楼，办理登机手续、安检，来到C37号登机口时，8点15。8点半，准时登机，一声呼啸，波音330把我们大约二十几人带上天空。

CA4112要经停成都，谁知在成都机场被告知：由于机械故障，需要下飞机等待，不过好在一个小时左右便修好了故障，飞机再次腾空而起，飞往目的地拉萨。

时间很快，空姐通知，还有30分钟即将抵达贡嘎机场。不料此时飞机被昌都至山南上空的强大气流吹得上下左右不停地颠簸，一旁的女乘客竟然紧张地抓住了我的胳膊。这可是空客 330 啊，大飞机，如果是空客 319 可怎么办。颠簸中，一位空姐从后舱踉踉跄跄地走到客舱中间在我的对面坐下，直言后面颠得实在受不了。看来训练有素的她们也是难以承受如此巨大的颠簸。

其实，每年的十二月到次年的三四月份，都是西藏空气变化比较异常的季节，这个时候乘机，很多人都选择上午的航班，因为中午以后，拉萨地面气流变化较大，不利于飞机着陆，自己也曾经享受过先后两次着陆才成功的"幸运"。

两年来，遇到的飞机颠簸不计其数，每一次进藏或者出藏几乎都会碰到这种天气。在那种剧烈的颠簸中，你感觉好像飞机很快就要散架一样，机身和舱门发出可怕的咯吱吱的声音，飞机的左右颠簸还可忍受，但上下几十米甚至数百米的垂直失重，往往带来机舱内一片惊呼。在那个时候，你的头脑中闪现最多的是空难，是赶紧安全着陆，是以后再也不坐这个时间段的航班，是……

每一次的进藏和出藏，都是一次人生冒险。

2015 年 5 月 9 日　星期六　　十三五规划调研

十三五规划是未来五年的发展计划和工作抓手，非常重要。经过沟通，总局发展研究中心主动承担了西藏局的十三五规划编制工作，并将其作为援藏项目无偿予以支持，令我们非常感动。

5 月 5 日，迎来总局发展研究中心杨主任一行，他们是来无偿帮助西藏编制广播影视十三五发展规划的。

5 月 6 日，在局会议室座谈，听取各单位和处室意见。

5 月 7 日，上午调研广播电视进寺庙有关情况。下午，与韩局座谈。

5 月 8 日，出发去林芝。途中调研太召古城广播电视村村通情况，参观了村支部书记家；下午，在错高村附近，参观途中一处村村通站点。

今天上午，先是去林芝广电局，实地察看了区广播电台电视台网络中心和电影公司。印象比较深刻的是：电影公司的影院非常时尚，其中的 VIP 厅设施令总局发展研究中心电影所的支博士也叹为观止，其硬件水平在国内也是首屈一指，年票房收入 240 多万元，目前《速度与激情 7》非常火爆。网络中心只有 5000 多用户，地区所在地人口只有 1 万多人。目前区节目难以有效落地农村地区。在林芝地区中波台，杨主任提出一个建议，为什么地区广电局不能委托中波台来进行覆盖呢？很好的建议，值得思考和借鉴。

在鲁朗扎西岗村，参观了该村的农家书屋，藏书 1 万余册，环境整洁，并且有美观大方的阅读书桌，看后令人耳目一新，但是，感觉利用率不高，今后农家书屋的发展值得深思。特别是该地的农村电影放映室，区电影公司投资 20 多万元，地区配套 10 多万元，放映室规模不小，可坐 60 多人，放映条件不错，是全区的示范点。

通往波密的山路上，车辆时走时停，为上面下来的车辆让行。但是，仍然不时被拥堵，约晚上 11 点多，一行人才到达波密县。

2015 年 5 月 10 日 星期日　　二进墨脱

早上 8 点出发，一路向南，穿越长达 3.4 公里的嘎隆拉雪山隧道，便进入了秘境莲花——墨脱县。

墨脱县最早于 1994 年通公路，后来由于自然条件恶劣，屡通屡断，直至 2013 年 10 月 31 日，嘎隆拉隧道修通，才正式结束了墨脱县不通公路的历史，成为全国最后一个通公路的县城。

从海拔 4000 多米的雪山，垂直盘旋飞车直下 1100 米，从洁白的冰川，到高耸的针叶林（岗云杉），足见气候变化之明显。公路是崎岖的山路，基本上是沙土地面，由于维修力量跟不上，很多地方仍在继续维修，坑坑洼洼，烟尘滚滚，气温陡然升至零上 20 多度。

终于，在出发了近 4 个多小时后，到达了这个神秘的地方。

调研组考察了墨脱县广电局、广播电视转播台和发射台以及德兴乡广播电视村村通。县电视台每天自办新闻节目只有 10 分钟左右，无线转播有中一中二和西汉 3 套频率以及中一中七和西汉 3 套电视频道，有线网络仍然是模拟的，传输节目 50 多套，每月收视费 15 元，现有用户 1000 余家，目前正在进行数字化改造。

2015 年 5 月 11 日 星期一　　改变调研路径

一大早，趁着墨脱的浓雾，再次穿越喜马拉雅山脉，历时 4 个小时，回到了离别一天的波密。

本来下一步要前往昌都，但由于 317 国道和去往洛隆、边坝的公路都在维修，为避免路上受阻，经调研组临时商定，决定改变路线，挥师南下，重新回到林芝八一镇，然后再一路向西，从山南奔往那曲。

从波密出发，历经 5 个多小时，终于再次踏上八一镇的土地。

晚上观摩了两部电影《左耳》和《万物成长》，都是青春片，宣扬爱情至上的，看后恍如隔世，现在的年轻人是敢爱敢恨啊。

2015 年 5 月 12 日 星期二

又是一路向西

从米林到山南，是不经常走的一条线路，但是，我却很喜欢这条路。因为是沿着美丽的雅鲁藏布江，一路风光旖旎，美不胜收。

朗县，扎村，总局驻村工作队几名队员早已等候在这里，李维维、贾靖、普布，见到队员们非常高兴，毕竟是远离单位和亲人啊。朗县广电局群措是一个性格爽朗敢做敢说的藏族女子，非常有闯劲，风风火火。

在崔久乡，分管李县长陪同我们考察了广播电视村村通情况。由于从错那到桑日还有 90 公里的土路，一路颠簸一路灰尘，抵达乃东县时已经是晚上 9 点多了。

2015 年 5 月 13 日 星期三

抵达世界第三极

早上 9 点半，从山南地区所在地乃东县出发，目的地：那曲。

下午 2 点，抵达当雄县，匆匆吃过午饭，继续赶赴那曲。

那曲地区副专员薛百忍和广电局书记桑珠、局长张卫东早已等候在那里。

一行人参观了那曲地区广播电视台、网络中心和中波台，之后赶赴地区行署，召开座谈会。

座谈会由刘副秘书长主持，薛专员介绍了那曲广播影视发展情况，杨副主任也做了精彩的讲话。

晚上 9 点半，会议结束。

尤其难忘的是，见识了杨副主任的豪放，这个第一次来到近 5000 米的藏北重镇的湘江汉子，却颇具藏北人的豪气。

2015 年 5 月 14 日 星期四 　　　　"享受"高原

今天一早，从那曲赶赴纳木错乡。

从早上起来，高原带来的反应就接踵而来。

先是杨主任的手机落到了宾馆，好在中午时已送到了当雄。

二是在宾馆等车时，由于站立较长，感觉体力几分不支，只好回到大堂小坐一会儿。

三是在返回拉萨的路上，杨主任高原反应严重，太辛苦了。

中午 12 点半，抵达当雄县，拉萨市广电局范局长和当雄县宣传部长、广电局局长等已经等在那里。

在纳木错乡一处自然村（新安置点），一位 60 岁的藏族老阿妈家里，屋里陈设简陋，有几幅唐卡和简单的家具，电视可以看清流的节目，信号还可以。

在一处小寺庙里，我们查看了舍舍通的情况，两个年轻的小喇嘛十分喜爱电视，不仅是藏语节目还有汉语节目，当我们问起他们喜爱的电视频道时，竟显得几分羞涩。

从纳木乡出来，我们又赶往当雄县中波台和县广电局。中波台是上划台，有 4 部 1 千瓦发射机，覆盖着县城和周边的数万人口。广电局大楼刚刚建起，三层建筑，由于缺少资金，目前楼内还是空空如也。

下午 4 点一行人匆匆赶往拉萨，虽然只有 100 多公里，但是，路上还是花费了近 4 个小时。没办法，这就是西藏速度。

2015 年 5 月 15 日 星期五 　　　　调研总结

从 5 月 5 日至今天，一直在陪同发展研究中心杨明品副主任一行调研。感觉还是在接站时对达瓦的可爱的忍俊不禁，今天已然送几位同事踏上回程。

十天来，披星戴月，晓行夜宿，跋山涉水，历尽辛苦。

十天来，先后召开了 3 次座谈会，走访了 4 个局属单位，调研了 6 座局属中波台，深入 4 个地区的 10 个县及 9 个行政村实地考察，每到一处，广电局、广播电视台、发射台、网络中心、电影站、农家书屋、新华书店，都是我们仔细考察的对象。

十天来，大家欢声笑语，一路不断。每个人都是那么开心，那么快乐。所到处，如有神助，头上始终飘着一朵祥云。

应该说，这次调研是深入的，有效的，颇有收获的，总结了一下，应该不限于以下几点：

第一，关于调研方法。要学习他们的调研方法，用笔和录音机记录，用手机拍照，仔细询问，在车上攀谈，召开座谈会，收集资料，特别是思考问题由大入小的方法，等等。

第二，关于规划思路。十天来，自己一直在与杨主任他们在交流，也一直在仔细聆听他与别人的沟通。由此，自己也产生或者是学习到一些新的思考：一是下沉一级，西藏的城镇化建设落后于内地，地区好比内地的县城，县城好比内地的乡镇，完全套用内地的政策不符合西藏的特点；二是半市场化，由于西藏的人口基数小，经济底子薄，造血功能差，因此，按照内地市场化的思路发展有线电视和电影产业等，难以实现跨越式发展，只有通过政府购买扶持和产业化运作相结合的方式，才能推动产业升级；三是体制修正，相比资金投入，体制改革或者体制政策的投入还有些缺位，比如，电影主体体制的改革，有线电视网络体制的改革，电台电视台体制的改革，全区广播电视体制的改革，等等。

2015 年 5 月 18 日 星期日　　紧急联系项目

周日下午，因为一项目事宜与远在长沙的韩局联系，韩局决定，让我明天一早就赶回北京，联系有关项目事宜。

于是，早上 7 点半，从宿舍出发，9 点半左右，飞机腾空而起，直奔东北方向。约下午 1 时许左右，在剧烈连续的颠簸中，缓缓降落在首都机场 T3 航站楼。

一下飞机，先后与小修、建民和世宏联系了一下，感觉此事正如之前所料，基本没戏。

不过，此行还有其他方面的事情，比如：覆盖问题、救灾问题等等。

晚上，去学校接孩子，儿子一出校门，我就看到他了，故意不理他，见他伸着个脑袋找来找去，才忍不住喊他一下，他一愣很快大喜，终于见到宝贝儿子啦！开心！

向局长汇报回京情况

韩局：

　　日前，借随同您赴京沟通抗震救灾应急物资等事宜之机，我又分别到总局和财政部沟通了有关项目。现将主要情况汇报如下：

　　一、财政部即将下达县级数字影院建设资金。经汇报沟通，目前总局和财政部有关司局已基本审核同意我局上报的县级数字影院建设方案，核定 68 个县级数字影院建设资金 5440 万元。建议请各地区紧紧抓住这个契机，进一步统筹自治区、地区和县里的力量，多方筹措资金，结合各地区实际情况，因地制宜开展数字影院建设，推动我区城市影院建设迈上一个新台阶。

　　二、获得科技司应急广播试点课题经费支持。经积极沟通申请，日前，科技司已同意我局开展应急广播试点技术方案和应用研究，并下达课题经费 50 万元。

　　三、关于地市级广播电视节目覆盖问题。经了解，为充分发挥直播卫星技术优势，更好满足藏族受众收听收看本地广播电视节目需求，总局支持藏语广播电视节目可通过直播卫星覆盖本行政区域。目前，我局正在积极向总局申请开办公共广播和公共电视，鉴于此，建议结合新的政策抓紧研究和论证我区地市级广播电视节目的覆盖方式问题。

　　四、2015 年西新工程预算已通过审核。经多次沟通汇报，总局已基本同意我局申报的 2015 年西新工程新增运行维护经费预算并上报财政部。但关于西新工程电费结算方式和方法还需进一步与财政部和国家电力公司沟通。

　　五、电影频道援助资金手续已办理完毕。经反复沟通，日前总局已审核办理了电影频道援助电影公司 668 万元的资产捐赠手续，据了解，资金将很快拨付区电影公司。

　　特此汇报。

回到宁静的西藏

　　凌晨 4 点多就醒了。一是待会要赶机场，7 点 10 分的航班；二是成都的空气闷热且蚊子讨厌；三是交通厅宾馆臭气不断。

带着朝阳的扶送，空客 330－200 带着几十名乘客呼啸着冲向西边的天空。

成都机场的地勤服务很贴心，每一次都给自己安排很好的座位。这一次紧邻头等舱，且这级舱内只有四个人，十分安静。

很快，飞机冲出浓雾，机长广播：已经达到 11000 米的高度。高耸出云端的横断山脉，用黝黑的肤色在向朝霞和我们挥手。四川盆地往西便进入隆起的青藏高原，再往西走，已经看到不少山峰披着轻纱般的白雪，山脊百曲，行行阵阵，好像一列列蜿蜒逶迤的雪域长城。

这时，已经很明显地感到飞机又在继续爬升，一座座晶莹剔透的雪山矮矮地伏在飞机下方，放眼望去，横无际涯，云天一体，万千雪山如刀锋林立，在朝霞的映衬下，亮银色的山体如冰雕玉立，何其壮哉！

这就是祖国的大西南，这就是祖国的西南安全屏障。

仔细向云雾下的山峰望去，零零星星的村落散落在山谷河畔，有几条蜿蜒起伏的河流，竟不似来自青藏高原，河水浑浊如黄河，应该是上游的泥沙携带而来。如线的黄色山路时隐时现，串着一个又一个的村庄，一座又一座的雪山，一条又一条的河流，这就是西藏，我熟悉又可爱的西藏。

你是多么的苦难，你是多么的艰险，但是，唯有走近你靠近你，才能体会到你的温暖，你的博大，你的深沉，你无边的包容和大爱……

2015 年 5 月 31 日 星期三　　　　　　　**读　　书**

两天来一直胃中不适，不时头痛，整个人都好似浮肿一般。

今天看完了《苏东坡传》，林语堂老先生写的，翻译的非常好。

子瞻一生可谓精彩，官场起起落落，才情浩日当空，足迹大江南北，处世乐观豪迈。既有千古传唱之诗文，又有数代流连之苏堤，既有古巷深径之美食，又有啼笑怒骂之绝慧。

读罢，荡气回肠，东坡一生，虽然只有 63 年，但是精彩、大气，是无数知识分子所梦求的。

东坡不论被贬何处，都是粉丝排队，鲜花相迎，这不是他的官阶，不是他的英俊，是他的精彩绝伦的诗文。他的成功源自文采，他的挫折也源于文采，但是如果没有那起起伏伏之挫折，东坡先生会对人生有如此之刻骨铭心的思悟吗？

令人神往之。

2015 年 6 月 2 日 星期二 　　　　　　　　　　# 饭后散步

　　忙了一天，下班后，步出办公楼，到街上吃了碗炸酱面，面条有点偏硬，卤子有点偏咸，放下碗筷，沿着马路一路走过去。

　　不巧，自己走的是转经道，迎面而来的是一群群转经的信众，迎着傍晚时分的烈日，汩汩地朝着远方涌去。

　　在转经的人群中，有脸色黝黑的男人，有身着华丽藏装的女人，有手摇经筒白发苍苍的老人，有步伐沉稳身着遮阳帽的中年人，有服饰新潮的年轻人，有爸爸妈妈怀中抱着、手上牵着的孩子，有藏族人，也有一波波的游客，大家朝着共同的方向，或嘴里喃喃自语，或脚下一步一个长头。

　　原来，今天是藏历四月十五，据传是佛祖释迦牟尼的诞辰成道和圆寂的日子，因此，今天转经被佛教信徒格外珍视。

　　一路走来，除了如潮的人流，更让我感动的是，沿途贴心的安排：有供群众免费饮水的休息区，有及时清理煨桑炉的清洁工，有更多的警力在指挥过往车辆避让人流……一切都是秩序井然。这一切，恐怕只有在拉萨才能看见。

　　又回到办公室加了会儿班，一看表，已经快 10 点了。回去睡觉尚早，索性出来遛遛弯。没有想到，布宫广场四周已然是人流如织，还有在茶馆门口喝着香喷喷的甜茶，美美地吃着藏面的转经群众，当然，还有不时用藏语叫卖的商家，虽然听不懂他们在喊什么，但从他们的脸上能看出来这转经带来的无限商机。

　　月上高空，在墨蓝色的夜空和泼墨般的晚云中，显得格外清亮，今天是十五，圆圆的明月漂浮在神话城堡的布达拉宫上空，太美了！可惜相机不在手，唯有肉眼享受这唯美的一切啊！

和拉萨彩泉公益特殊教育学校的
孩子在一起

2015 年 6 月 6 日 星期六

　　今天，北京、江苏及中央和国家机关第七批援藏干部来到拉萨彩泉公益特殊教育学校，和这里的 148 名孩子共度六一国际儿童节。

　　一早来到位于拉萨北郊的彩泉公益特殊教育学校，孩子们已经早早等在了这里，每个人都手捧洁白的哈达，身着崭新的藏族盛装，尽管孩子们的脸上或泛着高原红甚至有的还淌着鼻子，但是，分明能看出他们内心的那份喜悦。

这座学校是一座私立的公益学校，校长强巴是孩子们的校长和阿爸。因为他们都不知道自己的出生日期和父母，所以，每年的六月一日，都是他们集体过生日。

他们是不幸的，因为一出生，他们就失去了父爱和母爱；

他们是幸运的，因为他们得到了社会的关爱和温暖……

面对他们天真灿烂的笑脸，自己的内心百味杂陈……

面对记者，自己坦言，孩子们的质朴、感恩以及对生命的热爱和追求，让自己的心灵受到了洗礼，更加感到自己为这片土地做的太少太少……

2015 年 6 月 20 日 星期六　内蒙古调研

利用这次回京开会的机会，和科技处雍淙去内蒙古调研。

调研的主题有两个方面：一是地面数字电视，二是有线电视数字化。

由于时间的关系，这次只是去了呼和浩特、二连浩特和苏尼特右旗。

地面数字电视方面，内蒙古起步较早，在总局推进之前就已开始实施，不过用的也是 AVS＋技术标准。传的是自治区 2 套、地市 2 套和县 1 套共 5 套电视节目和 2 两套广播节目。资金由自治区投入近 2 个亿，并纳入了自治区十个全覆盖工程，有效解决了地市和县级节目在农村地区的落地问题。

有线电视数字化方面，全省已基本实现网络整合，各地市和县都是分公司，共有人员 4000 多名，在网用户 300 多万，全年营业收入十二三个亿。基本收视费 26 元每户（60 多套电视节目），全区双向化用户约 10 万左右。但是，当地领导意见，有线电视网络发展前景十分暗淡，建议我们采用直播卫星技术路线。

这其实是适合西藏发展的一条技术路线。

2015 年 6 月 25 日 星期四　难忘的成都机场之夜

因为总局要来一个调研组，于昨天晚上坐最后一个航班赶到成都，第二天 7 点再飞往拉萨。

　　由于飞机有些晚点，到达成都已经是凌晨 1 点半了。如果赶到市内时间有些紧张，因为再过几个小时就又将登机起飞。于是按照携程上搜索到的机场附近的酒店，逐个走去。由于自己拎着行李，在夜色中吭哧吭哧走了大约一两公里，先是空港大酒店，一问，价格高得吓人，是准五星酒店，不住！之后空港商务酒店，却被告知没有房间了，没办法，又来到了对面的巨龙酒店，只剩下了一间套房，上千元，我疯了？！还好，在该酒店前台联系下，到了隔壁的诚信酒店，价格还可以。不过，我只能休息两三个小时啊，因为，此时已经近凌晨 3 点了。

　　真不容易啊。

2015 年 6 月 27 日 星期六　　总局直属机关党委来藏调研

　　总局直属机关党委瞿家茂副书记和刘利部长以及监管中心徐涛副书记来藏调研并慰问援藏干部，再一次在雪域高原体会到总局的温暖。

　　前天早晨，自己 9 点半抵达贡嘎机场，考虑 12 点将迎来瞿书记一行，便没有出机场，中午和他们会合后，一并赶往市内。

　　下午，他们来到区局，与韩局简单见面寒暄，便到我的办公室和宿舍看了看。屋子虽小，贵客盈门，欢声笑语，不亦快哉。

　　瞿书记一行日程很紧凑，昨天又分别到无线局发射台和监管中心监测台开展慰问活动，今天一早便返京了。

　　晚上回到房间，依旧没有困意，索性出来围着布达拉宫广场走了两圈，微微出汗，感觉好多了。

　　再过十几分钟，自己就 43 了……

2015 年 6 月 28 日 星期日　　在高原的第二次生日

　　今天，是自己来高原的第二次生日：43 岁了。

　　很早就起来了，给正在赶往机场的刘利部长发了一条短信：一路顺利平安！

　　煮了两个鸡蛋，现在想来还真应景。

看了会儿书，决定出去走走。

没有想到，走着走着就来到了美利达自行车行，一眼就看中了一款勇士500型山地车，折后1700元，没有太多犹豫，因为已经心仪两年了。作为自己的一份生日礼物。

美美地骑着心爱的自行车，小心翼翼又气喘吁吁地扛到宿舍门口，舍不得放楼下啊。

又回到办公室，有厚厚两摞文件呢。中间又给小尚和海山、雍淙打了电话，询问了有关业务情况，估计人家又该烦我了——大周末的。

下午，再次往大昭寺方向散步，回来的路上，适逢大雨，到酸奶坊避雨，吃了碗酸奶，挺甜的。

回到单位继续加班。

先后接到了七条祝福短信，六条是银行和航空公司的，一条是同事的，感谢还记得我的生日！

四十年来，时光飞快，弹指一挥间。

感恩父母，感谢生活！

2015年7月13日 星期一　　　　　　　　## 相逢路上

终于等到了父母和爱人、孩子来西藏看我的这一天。

几天来，自己一直很兴奋：准备抗高原药品，收拾房间，筹划日程……期待着自己能带父母和妻儿体验雪域高原的独特魅力。

然而，就在父母到达的前一天，局里通知：明天随自治区领导下乡。能不能换个人呢，我赶紧向局里请示，很快得到答复：由于明天一早就出发，换人已经来不及了。没办法，赶紧打电话给已经在途中的父母和爱人，听得出来电话那端的失落，但还是那句话：好好出差吧，不用惦记我们。放下电话，自己的心很难受，不知初来高原的他们，是否能够扛得住缺氧反应。

第二天一早，我草草安排同事帮我接站，便随同车队赶往那曲。由于那曲的方向正好是父母所乘列车前行的方向，一路上，我眼睛始终没有离开公路旁的青藏铁路，盼望着能在路上看到他们的身影。终于，在当雄县，一条绿色的长龙奔驰而来，一看时间，估计可能是他们乘坐的列车，便赶紧停下车来，随手抄起身边的一条哈达，拼命地向列车晃动。车厢里的身影飞驰而过，直到整个列车从身边消失，我也没有看到父母、爱人和儿子的影子。这时，接到爸爸的电话：看到你了，路上注意安全，放心吧，我们会照顾好自己的……

在那曲调研

这次调研的布点：那曲县、比如县、尼玛县、昂仁县。

早上 8 点出发，中午时分，抵达孝登寺。这是那曲最大的寺庙，始属宁玛派，后改宗格鲁派，由活佛洛桑尊珠·丹白嘉措始建，距今已近二百年历史。幸运的是该寺活佛珠康大师正巧在寺里。活佛详细地向常委汇报了寺庙工作和文物保护等情况，其中："政治是生命，学习是粮食，纪律是保障，组织是关键"给人留下了深刻印象。

中午在那曲草草吃过自助餐，便赶往比如县。

一路风景如画，特别是在比如境内，怒江夹带着褐红色的土壤一路向东，公路在江边起起伏伏，两侧的山坡上，大片大片的油菜花，黄的沁人心脾，绿的惹人疼爱，清风袭来，油菜花香令人陶醉，这哪里是藏北高原啊，梦里不知身是客。

晚上 8 时许，来到良曲乡热如村。该村的歌舞团、"三合一"工作（一村一包村负责人，一村一干部，一村一干警），"一村一平台"，感动良曲人物，十星级文明户等等，都给人留下了深刻印象。董常委指示：第一，今年春节要留给比如县一个节目，第二，要加大"新旧西藏对比节目"中那曲的比重，第三，要深入挖掘宣传比如县在基层党建等方面的先进经验。

约 10 点，终于达到比如县，入住武警招待所。

继续在比如县调研

早上 6 点多就起来了。听着外面淅淅沥沥的小雨，已经没有了睡意。于是起来，翻看随身带的材料。

吃饭时，故意提及比如的有线电视系统还是模拟信号，这时，陈刚书记也提出希望能够增加县里有线电视数字化整改力度，趁此机会，我把当前全区有线电视落后情况向常委简要做了汇报。常委当即表示：把自治区的情况梳理一下，报个材料给他。

上午的行程有三项：

一是前往县公安局，观看比如县收缴非法枪支成就展。没有想到一个小小的县城，竟然收缴枪支几百条，炸药上万斤。据了解，比如县只有1万平方公里，人口7万人，各种宗教场所83座，寺庙25座，僧尼2000多人。这是比如县的一个重要特色。

二是观看党建成就展。县委陈刚书记有思路有办法有效果，常委很满意，验证了那句话：高手在民间，经验在基层。

三是前往帕拉佛塔。该佛塔据说已经有1000年的历史。最神奇的是，镇塔之宝是一枚水晶的佛塔，珍藏在塔内的保险箱里。

四是考察茶曲乡达姆寺。该寺历史悠久，据传是当年文成公主途经此地选址而建，与对面禄东赞选址的热旦寺隔河相望。该寺有两大奇观：一是镇寺之宝：文成公主从长安带来的法器——海螺和时轮佛像，大家紧紧围着几名手托宝物的喇嘛，有的在拍下这难得一见的奇观，有的在抚摸这千年的神物，我趁此机会轻轻捧起海螺，放在耳边，一阵阵潮水声音像是从千年的时光隧道传来，神秘而灵奇。二是寺庙不远处的天葬台，与其他天葬台不同的是，该台由几面布满骷髅的土墙围起，在天葬台的边上还散乱着几条黑黑的辫子。看着那一具具骷髅，让人不由得在想，他们可能和我们一样，曾经欢笑悲伤无奈痛苦过，然而，沧海桑田，一切都归于平寂，正如常委所言：这是一场警示教育。

2015年7月15日 星期三　　向着太阳前进

今天一天都在路上。

目标：800公里外的尼玛县。

早上8点，从那曲县出发，沿青藏线向北然后向西。

越往西，越是进入了藏北羌塘草原，近处远处都是无尽的草原，只是远远连绵起伏的雪山，告诉游人这里仍然是世界屋脊。

上午11点左右，车队到达班戈县，感觉县城人不是很多，很多地方在施工，面积也不是很大。由于时间尚早，车队没有停留，继续向西奔驰。

中午时分，抵达门当乡，在路边一修路工地简单午餐。吃饭过程中，简单向县长了解了有关情况。班戈县全县3万人口，县城约有6000左右。目前，有线电视还是模拟信号，还有部分不通电的自然村存在看不到电视的问题。

饭后，继续向西，直奔尼玛，太阳之城。

这次那曲之行，让自己对那曲有了更加深刻的认识。

原来以为这里除了雪山就是草原，人迹稀少，空旷荒冷。

确实，上述景色是存在的，但是一面接着一面的高原天湖，让人着实领略了藏北错群之美。

崩错，色林错……一个个或叫上名字，或不知名字的高原湖泊闪影在空旷无际的高原。

特别是色林错，据说是西藏面积最大的咸水湖，比此前统计的纳木错还要大。此行的路线大部分是沿着湖水前行。站在湖边的高山上，弯弯的湖线宛如大海，白色的浪花不时地冲打着岸边的礁石。湖水蓝的令人心醉，是宝石蓝，"是绿松石绿"，常委半开玩笑道。远处的山峦层层叠叠，在蓝天白云的映衬下，若隐若现，宛如海市蜃楼般美丽。

晚上 8 时许，终于达到草原深处的尼玛县，这个离太阳最近的地方。随常委看望了县委宣传部的干部职工，到文化艺术中心参观了文化展览和群众活动室。

晚上回到房间，我和戴逸叫来县广电中心的负责同志，好不容易来一趟，要更多地了解当地的情况。经过了解，县广电局只有两人，广电中心有 20 名编制。全县有线电视用户 400 多户，无线广播 3 套，无线电视 3 套，没有电影院。存在的主要问题：一是职工辐射补贴没有落实，二是广播发射设备存在问题，三是县级影院选址问题还有待落实。

将这些问题一一记下，并叮嘱戴逸处长，回去后尽可能想办法落实。

2015 年 7 月 16 日 星期四　　**美丽的尼玛、惊心的行程**

早晨 8 点出发，目标是 600 公里之外的昂仁县。

一路都是沿着当惹雍错前行。在碧绿如毯的羌北草原之上，一面宝石般的湖水静静地镶嵌于天地之间，四面是群山环绕，站在文部南村，湖面的天际是白雪皑皑的达果雪山。公元 5 世纪以前，青藏高原曾经存在一个有自己的语言和文字，文明高度发达的古象雄王国，至今仍能在这里看到象雄古国的遗迹。"达果"和"当惹"都是古象雄语，意为"雪山"和"湖"，它们一个是神山，一个是圣湖。在藏族美丽的民间传说中，达果雪山和当惹雍错是一对情人，默默相守千万年。我见过美丽的羊卓雍错，大气天成的玛旁雍错，雍容华贵的纳木错，这次见到仙女般的当惹雍错，其华美，其静谧，其沉醉，不由美得令人流泪。

在一处如巨象般的山峦旁，我们伫立良久。当地人告诉我们，这就是古象雄王国遗址，大约在公元前 1000 多年，象雄王国便屹立在此，直至被松赞干布所战亡。如今，留给人们的只有巍巍的山峦和山顶上残存的断壁。历史啊，沧海桑田，可能只有旁边的湖水和山峦见证了那一切一切。

这里的人并不羞涩，朴实而大胆，见到我们来，主动过来打招呼，向我们讲述这里的历史传说、人文典故。其中有一对藏族老姐妹，曾经接受过央视纪录片的采访，得知我们一行中有自治区领导后，更是滔滔不绝地讲起了先祖留下的故事。不由得想，从他们身上，能不能看到古代象雄王国先民的影子呢？

车队在夜色茫茫的草原和山峦中奔驰，不知不觉，时间已经是晚上 10 点左右。刚下山，突然，前面是个近乎 90 度的急弯，车子快速偏移，随即驾驶员又紧急左打方向盘，车子马上失控，飞过路旁的沟壑，重重地栽了下来。一阵沉寂之后，大家开始清醒下来，"都没事吧"，后面的车辆也跟过来，紧张地询问着。好在自己系着安全带，只是头部被重重地撞了一下，戴毅的头部被撞破了。小张还好。驾驶员没啥事，但紧张得一言不发。怕他有精神负担，我赶紧安慰他，"没事，后面控制好速度。"

汽车再次驶入黑夜，直到凌晨 2 点，才到达昂仁县。在武装部吃了碗热气腾腾的手擀面，方回到宾馆入睡。

回想起来，几分后怕，如果还在山上，如果我没系安全带，如果……今天太悬了。

2015 年 7 月 17 日 **星期五**　　　　　　　　**那曲调研报告**

根据局里安排，7 月 13 日至 17 日，我和公共服务处戴毅陪同董云虎常委到那曲地区、比如县和尼玛县等地，看望慰问基层宣传思想文化部门工作人员，调研基层党建、维稳和寺庙"九有"等情况。现将涉及我局的有关情况汇报如下：

一、调研组在比如县良曲乡热如村了解该村歌舞团、"三合一"工作

（一村一包村负责人，一村一干部，一村一干警）、"一村一平台"、感动良曲人物、十星级文明户等情况时，董常委指示：第一，2016年藏历春节晚会要留给比如县一个演出节目；第二，要加大西藏电视台《新旧西藏对比》节目中关于那曲地区内容的比重；第三，要深入挖掘宣传比如县在基层党建等方面的先进经验。

二、那曲地区党委书记高阳和比如县县委书记陈刚在汇报工作时均提出希望自治区能够加强县级有线电视数字化整转力度，进一步加大投入资金额度。我随即将当前我区有线电视发展情况和县级有线数字化改造中存在的主要问题和原因向董常委做了汇报。董常委表示：第一，请我局把自治区县级有线电视数字化改造中面临的主要问题摸一下底，提出经费缺口解决方案报他；第二，要推进自治区有线电视网络中心改革发展，并及时呈报具体方案。

三、在尼玛县调研中，考虑该县经济基础薄弱，新闻出版广播影视事业发展落后，董常委要求我局结合尼玛县的实际情况和困难，研究提出下一步支持该县新闻出版广播影视发展的具体方案。同时，我汇报了当前我区县级广播电视台建设空白、不利于下一步争取国家财政投入的有关情况，董常委指出，请我局就全区县级广播电视台建设空白点问题，专题研究提出具体意见。经我们初步了解，尼玛县广播影视发展存在的主要问题有：广播电视发射机损坏，户户通建设存在缺口，广播电视铁塔有待改造，电影流动放映车和电影流动放映设备缺乏，农村公益电影放映人才青黄不接等。

以上情况，建议请有关局处室和单位尽快研究提出贯彻落实意见并及时呈报董常委。

2015 年 7 月 18 日 星期六

我知道

很多人对援藏干部有一种误解，认为是在镀金，是在求提升。每每听到这种言论，内心总会生出一种无奈，但也会平添几分豪情，因为，为国戍边是一种情怀，不为人所理解也是一种情怀。仅以一首小诗献给所有援藏、建藏的兄弟姐妹。

《我知道》

我知道

这里是雪域天涯

冰雪四季难化

我知道
高原缺氧低压
不仅仅意味着
健康的透支和早逝的华发

我知道
远离家人 远离故乡
不仅仅是万里之外话筒中的千般叮咛和
挂上电话后止不住的眼泪滴答

可我不愿
让生命
在无情岁月长河里
静静融化

我不愿
那雪域高原
在春一般的阳光旭日里
依然雪满枝丫

我愿祖国这万里的疆土
云莺飞舞，山川如画
我愿每一家、每一户、每一天
都在美丽的音画世界里
欢乐如舞动的哈达

原谅我吧
远方的妈妈
儿子不能每天都陪伴在身旁
如果您想我了
就看看相册里
那路旁迎风微笑的格桑花

人生的赶场
——写于援藏两周年记

上周五才从北京参加会议回到拉萨，今天要途经成都赶往呼和浩特参加总局广播电视村村通工作座谈会，后天，要再次到京参加 2015 年广播影视高层论坛，随后，还要赶回拉萨参加有关项目的招标活动……

西藏局同事善意地提醒我：这样高原－平原－高原的频繁往来，对身体的损害是很大的。其实，自己何尝不知，回到内地的"醉氧"反应，令人整天晕晕沉沉，返至高原的严重缺氧，又让人头痛欲裂，早在前年的体检时就已经查出高原性心脏三页瓣血液回流。然而过几天稍一适应，又好了伤疤忘了疼，继续"上上下下的享受"。

转眼，来到西藏已经两年了。两年来，忘不了总局领导的殷殷嘱托，忘不了司领导和诸位同事的关心牵挂，忘不了家人电话里的反复叮咛……

2013 年 7 月 31 日，从近乎零海拔的京城来到 3650 米的拉萨，曾每每自豪地对来此出差的同事说，你回到北京后，如果抬头看到一架飞机从天空飘然而过，那个高度就是我们现在的位置……

在西藏局，由于自己分管科技、规划财务、公共服务、有线电视网络、节目传输等工作，为全面了解西藏基层的有关情况，两年来，我跑遍了拉萨、昌都、日喀则、山南、林芝、那曲和阿里等七个地区，全区 74 个县去了 60 多个。在海拔 4500 米的阿里地区改则县，由于高原反应，头痛欲裂，自己几乎彻夜未眠；在昌都丁青县布堆村，9 月份的鹅毛大雪不期而至，自己和同事点起牛粪取暖，不得不穿上所有随身带的衣服。在海拔近 5000 米的那曲尼玛县调研，因要连夜赶往下一站，越野车在漆黑的无人区突然失控，险些永远留在那里"挂职"……

2014 年初秋，在总局领导的亲切关怀下，时隔 18 年之久，全国广电系统对口援藏工作和项目对接工作分别在北京和西藏林芝召开。由于来回奔波过于忙碌，不小心自己患上急性高原肺水肿，连夜住进了西藏军区总医院。眼见会议召开在即，内心万般焦急，几度自行办理出院手续，均被好心的同事劝阻。后来总局领导亲自带队来拉萨看望慰问我，让自己内心无比不安，却又有身在高原的别样幸福。

在西藏，每名党员干部都要有一到两家"结对认亲帮扶户"。我的"结对认亲帮扶户"远在昌都地区丁青县布堆村，从拉萨到那里开车需要三四天的时间。那里海拔 4500 米，不通水、电，全村 47 户散落在近 10 公里的山谷里。一到村里，我和同事就赶往帮扶户吉吉家。吉吉的爱人和大儿子在当年上山挖虫草时不幸遇到雪崩，再也没有回来。她和四个孩子顿时失去了全部生活来源，家中一贫如洗，并且由于先天性内腭裂，吉吉的小儿子六岁了还不会说话。回到拉萨后，我立即与卫生部门联系，经过积极沟通争取，拉萨一家医院同意为孩子免费治疗。然而就在准备手术的当天，吉吉和她的孩子却不知去向，我和同事急得四处打听，但直到几天后才联系到她，原来，在手术前例行家属签字时，由于担心手术不成功，年轻的母亲害怕失去儿子，便悄悄带孩子回到 1000 多公里之外的家中。

其实，两年来，最让自己感到内疚的是家人。由于去西藏的航班多是在早上 7 点左右，为了不影响他们休息，更多的是不愿离别时太伤感，我每次都不让他们送我。但每每走到总局门口时，父母总是在门口等着我，给我带来一包热腾腾的早点，或者我喜欢吃的稻香村糕点。有时我坚持不让他们送，但总会在不远处看到他们衰老的身影。又一次，爱人在微信里说，儿子跟她说，爸爸老不陪我，要不你再给我找一个爸爸吧。虽然是童言无忌，但还是让自己在高原的夜晚久久难眠。今年夏天，终于等到了父母和爱人、孩子来西藏看我的这一天，几天来，自己一直很兴奋：准备抗高原药品，收拾房间，筹划日程……然而，就在父母到达的前一天，局里通知：明天随自治区领导下乡。能不能换个人呢，我赶紧向局里请示，很快得到答复：换人已经来不及了。没办法，赶紧打电话给已经在途中的父母和爱人，听得出来电话那端的失落，但还是那句话：好好出差吧，不用惦记我们。

第二天清晨一早，我匆匆叮嘱同事帮我接站，便随同领导赶往那曲地区。由于出发的方向正好是父母所乘列车前来的方向，一路上，我眼睛没有离开公路旁的青藏铁路。终于，在当雄，我看到了一条绿色的长龙在一望无际的羌塘草原奔驰而来，便赶紧叫司机停车，随手抄起身边的一条哈达，拼命地向远处的列车晃动。列车在呼啸飞驰，车厢里的纷杂身影一掠而过，我没有看到父母、爱人和儿子。眼看着列车渐行渐远，这时接到了父亲的电话：孩子，看到你了，放心吧，我们会照顾好自己的……

在离天最近的地方，我愿以一颗感恩的心，体味人生的每一次赶场……

另一种快乐

2015 年 8 月 3 日 星 期 一

前几天，大学同学旭东和孩子离开拉萨。

早上 5 点，又送走张君和瑞贤。

从上周二开始，自己的业余时间一直是和他们在一起的。

聚会，吃饭，看文成公主演出，去日喀则参观，回过头来，几分留恋，几分亲切。

同学情，是一杯美酒，虽然有时苦烈，但是回味厚重。

犹记得在天堂时光酒店的品茶和轻谈，

犹记得在拉日火车上的交心交谈，

犹记得在分别酒宴上的微醺觥筹，

感谢你们，我的兄弟姐妹。

兄弟，一路走好

2015 年 8 月 11 日 星 期 二

几天来，一直没有能静下心来写东西。

这几天，一股心疼一直隐隐在心中。

没有想到，就在 8 月 8 号，这个周六，我的好兄弟，康健永远地离开了我们。

他多年轻啊，还不到 40 岁，正是风华正茂！

他多帅气啊，精明强干，是领导和同事们眼中的青年才俊！

然而，上苍总是那么残酷。让这个青春阳光的小伙子过早地离开了。

记得，和康健曾经一起来过西藏，那时的他，陪同领导调研，一板一眼的做事风格，令虚长他几岁的我也不禁汗颜。

还记得，我们一同去青海玉树，看望慰问地震灾区的广电职工，那一夜在玉树，由于高原反应，我辗转难眠，相信他也一定饱受缺氧折磨，但第二天仍然是精神抖擞，忙前跑后。

我来藏后，回京开会时，也曾和他一起小聚，更加感觉，兄弟为人豪放仗义。

记得还有一次，回到北京开会时，又碰巧与兄弟遇上，在餐厅午餐时，聊了一会儿，我有事匆匆告辞，没有想到，那竟然是最后一面。

如今，不论在藏、在京，却再也不能与兄弟相见、相聚，再也不能举杯相邀，对酒当歌。

人生之痛，人生之悲，几不能言。

不能写了……

2015年8月18日 星期二　关于媒体融合断想

作为媒体的广播电视，近几年一直在努力探索如何融合发展。

关于融合发展，就自己的理解，其实就是要将传统的广播电视融入新技术、新思维和新领域。而这种新技术新思维和新领域的一个重要特点，就是要将各种资源融合在一起，但恰恰是这些年广播影视改革的思路却是"非融合"，台网分离，制播分离……于是，凭空出现了很多特立独行的媒体。

由于我不禁想起来近年来一直很热的"全媒体"，所谓全媒体，就是要将广播、电视、电影、报刊、网络、手机等媒介全部融合在一起，实现资源共享，实现规模化。这又是与国家的"专业化分工"的政策导向背道而驰。

想当年，"四级办广播、四级办电视、四级混合覆盖"，曾经极大地刺激了各级党委政府办广播电视的积极性，一时间，广播电视台如雨后春笋，万物复苏。谁曾料，当前，"四级办"已经成为制约和影响广播电视发展的一道深深的"沟壑"。而这道"沟壑"好像天堑一般，似乎谁也难以逾越。

为何不能在体制上做一大胆尝试呢。

以西藏为例，全区电台电视台只有8座，74个县没有一座"合法"的广播电视台，广播电视专业人员极度匮乏，有的县连座像样的演播室都没有，设备奇缺和老化，全天制作的电视节目只有几分钟的本地新闻，播出的节目很多都是通过插播或者占用其他频道等"非法"方式。另外，由于西藏的特殊区情，地广人稀，有的县城人口只有一两千人，县域经济参差不齐。

在这种情况下，如果再按照广播电视台的标准逐一建立，既不现实也不经济。如果能按照一体化建设的原则和思路发展，也许会走出一条别具一格的发展路子。

通过体制改革，一是可以充分利用自治区广播电视资源，在资金、设备、人才等方面，全面支持和扶持地市和县级广播电视发展；二是可以充分结合各县实际特点，因地制宜建设广播电视播出机构，其中，对于经济条件较好、人口基础适宜的县城，积极推进广播电视台建设，对于不具备条件的县城，可以建立地市广播电视台记者站或者工作站；三是可以避免频率频道资源浪费，让广大人民群众收听收看到更多的广播电视精品节目和栏目。

当然，推进广播电视体制改革还要注意以下几个方面：

1. 坚持各级广播电视播出机构是各级党委政府的喉舌作用。广播电视的最大功能和特点就是各级党委政府的喉舌，不管体制怎么变，这个功能和属性不能变。因此，对各级广播电视播出机构，要实行双重管理。

2. 各级广播电视播出机构仍然纳入各级对口援建范围。由于西藏经济基础薄弱，市场条件不足，仅靠广播电视部门自身，难以实现跨越式发展。因此，必须继续充分借助对口援藏机制，推进各级广播电视播出机构发展壮大。

具体措施建议如下：

第一，整合资源，将区广播电台和电视台合并，成立自治区广播电视台，考虑西藏的特殊情况，广播电视台仍为自治区新闻出版广电局直属事业单位。

第二，全区各级广播电视台全部上划自治区广播电视台管理。其中，各地市广播电视台为自治区广播电视台分台，由自治区广播电视台和当地党委宣传部、广电局双重管理；各区县广播电视台为各地市广播电视台分台，由各地市广播电视台和当地党委宣传部、广电局双重管理。

第三，由自治区广播电视台作为出资人，成立自治区有线电视网络公司。一是整合各级广播电视网络，形成"全区一网"，促进规模效应和一体化效应，为新的广播电视业务打下路径基础；二是推进体制创新，将地区广播电视网络公司作为自治区网络公司的分公司，县广播电视网络公司作为地市网络公司的分公司，按照现代企业制度建立起先进的现代公司治理模式。

2015 年 8 月 19 日 星期三 　　　　　　　　**忙碌的雪顿节**

雪顿节是藏族人民最主要的节日之一，在这个节日里，大家都很开心和放松，吃酸奶，看藏戏，观展佛，过林卡，一家人，或朋友，或同学，或同事，三五成伙，或唱歌，或载舞，或喝酒，或聊天，总之，这是一个无比欢快的日子。

然而，几天来，自己似乎异常忙碌，一是接待客人，虽然西藏过节，但是内地的游客或者访客却不断；二是加班，十三五规划，日喀则地区灾后重建规划，安全播出大检查，等等，充盈了整个节日；三是写课题，这是今年的重要任务，丝毫来不得轻松。

今天，又迎来了内蒙古政协代表团，团内有几位内蒙古广电局和广播电视台的成员，他们的调研任务之一就是广播电视直播卫星落地问题。

晚上，晓东等援友相约一起包饺子，韭菜馅和青椒馅的，好诱人啊，可惜，活动回来时已经快 11 点了，估计大家已经散了，就没敢去惊扰……

2015 年 8 月 21 日 星期五 关于媒体融合之财务管理

媒体融合已经成为当今时代的热点话题。

关于媒体融合，在内容、平台、渠道、管理、观念等方面论述的较多，但是在财务管理方面还鲜有人探索。

新媒体几乎从一开始就是"烧钱"的产业。而广播电视长期在计划经济的事业体制，在资本运作和资金筹集方面难以望其项背。要想在这场历史性的战略对决中取得一席之地，资本融合是前沿阵地。很显然，现有的事业单位财务体制难以适应资本融合发展的战略需求，而资本融合的发力点首要在于广播电视媒体的财务战略改革。我认为，财务战略改革应从机构、制度、能力、人才和资本几个方面布局。

一、财务机构改革。具体从以下几个方面入手：

1. 建立资本运作型财务机构

要将现行广播电视媒体传统财务机构结构进行调整，建立以资本运作为核心的独立财务机构，提高资金筹措能力，确保资金安全，提高资金使用效益，保证和促进广播电视产业融合发展的要求。要积极探索建立"七中心"制度，即：资本运作中心、预算编制中心、资金支付中心、项目评审中心、政府采购中心、资产管理中心和内部审计中心。

2. 全面推行总会计师制度

目前，广播电视媒体党政领导干部的专业背景鲜有财务经济专业的，随着广播影视资金渠道和规模的不断增加，特别是媒体融合发展下的新的财务环境，非常不利于资本运作管理和科学决策机制的形成。在广播电视媒体设立总会计师，可以优化单位领导班子的专业结构，为单位科学民主决策提供有力的智力支撑。因此，广播电视媒体要全面推进总会计师制度，进一步调整充实总会计师职责权限，在继续保持传统财务会计管理功能的前提下，充分发挥总会计师在资本运作和提升单位价值方面的重要作用。

二、完善制度体系。财务管理制度体系的建立健全是实现财务战略改革的基础，是依法理财、科学理财、民主理财、规范理财的重要保障。财务管理制度体系应从以下几个方面入手：

1. 广播电视媒体财务制度：

一是应当分类制定广播电台电视台财务管理制度和其他广播电视单位财务管理制度。二是全面推行权责发生制。三是完善内部成本管理。四是增加内部控制的有关内容。五是完善管理会计指标。六是要完善无形资产特别是版权资产的核算和管理。

2. 广播电视媒体会计制度：为更有利于广播电视媒体适应广播电视改革发展的新形势、新情况，真实、完整地提供会计信息，有利于广播电视媒体的管理者制定正确的经营管理决策，有利于各级广播电视主管部门对广播电视改革和发展实施正确的宏观调控和管理，应该研究制定广播电视媒体会计制度。

3. 广播电视媒体内部控制管理办法：广播电视媒体内部控制制度应该将内部控制基本原理与事业单位的具体情况相结合，针对事业单位预算、收支、政府采购、资产管理、项目建设、债务管理、经济合同的订立等的重要风险和重点环节，按照内部控制相互制衡的基本原理，规定相应的控制措施。

三、优化能力框架。根据广播电视媒体财务人员结构，应当按照高级财务人员、中级财务人员和初级财务人员三个类别，分别建立各自的能力框架体系。广播电视媒体要围绕上述能力框架加强对本单位财务人员的培训工作，不断加大投入、扩大规模、提高水平。要建立定期培训制度，创新培训方式，增强培训工作的针对性、实效性，不断提高财务人员依法管理、依法理财、科学理财的意识和能力。

四、培养领军人才。在新的历史时期和国家加快人才培养的政策背景下，为加快推进广播电视大发展大繁荣，推进广播电视与新媒体融合发展，广播电视业务主管部门应当根据广播电视融合发展要求，遵循财务会计人才发展规律，大力推进广播电视财务会计领军人才战略，用 10 到 20 年的时间，培养塑造出一批具有高端业务能力和素养的财务会计领军人才，充分发挥领军人才的高端引领带动作用，为广播电视健康持续发展提供坚实的财务会计人才保障。

五、与资本联姻。广播电视媒体本身拥有丰富的优势资源，近年来在此基础上不断尝试新的资本运营方案，如电视入驻广播系统、广电机构投资互联网企业、传媒视频化移动化交互化发展、网络电视直播、三网融合下电视盒子创新等，借此进一步强化广电媒体地位，促进产业发展，增强综合实力。广播电视产业融合问题的关键和核心，直指困扰广电系统多年的体制问题，观念问题来自体制，因为什么样的体制塑造什么样的企业文化和理念；物理性融合问题来自体制，因为是体制束缚了内部机制的整合；系统性融合问题亦来自体制，因为体制形成了"条块分割"，各自为战。可以说，体制问题已成为媒体融合的瓶颈所在。因此，当前，广播电视融合发展的瓶颈在于体制机制的束缚，一些学者和专家将融合发展的希望放在体制机制的突破。但是，广播电视是党、政府和人民的喉舌，承担着将党和国家的声音传入千家万户的重要政治任务和公益职责，兼具社会属性、文化属性、经济属性于一体，有鉴于此，国家对广播电视的定位是事业性质。广播电视是喉舌，是重要的宣传舆论阵地，因此，不可能像西方国家一样实行商业化运作，推进广播电视体制机制改革不可能一蹴而就。我认为，破解体制机制难题的突破点在于资本融合，即以资本为纽带，通过收购、战略入股、合资成立、投资参股等方式，全面进入新媒体生产营销领域，吸引社会力量参与融合技术研发和市场开拓，实现传统媒体内容优势、资源优势和新媒体用户优势、渠道优势的有机组合，使传统媒体和新媒体相互渗透，相互融合，扬长避短，共同发展。

2015 年 8 月 23 日 星期日　　　**热振寺一日**

早晨，随同西藏电视台赶赴距离拉萨 245 公里的林周县热振寺采访。

天气阴沉，一路上阴云沉沉，不时阵阵的密密的风雨击打在车窗上，使前方的路面一时模糊起来，小崔不时地打开雨刷器。

由于今年的雨水很勤，远处的山峦都一改以往灰蒙蒙的样子，都或深或浅地披上了绿绿的颜色。在山的半腰，形状不一的云彩堆积在那里，白得令人心醉，不由得想起那句歌词：

没有人知道为什么

太阳总下到山的那一边

没有人能够告诉我

山里面有没有住着神仙

　　我们的路线是沿着青藏线到达当雄后，折向东北，从羌塘草原再钻进峡谷，沿着熙熙的江水，估计应该就是热振河吧，两岸是嫩翠的山峦，山脚下不时闪现出或青青或金黄的青稞和豌豆。在这里，很难令人和藏北高原联想在一起。

　　大约行车 5 个多小时后，终于来到了林周县的北部重镇——唐古乡。还没到乡里，就看到三三两两的人们，身着鲜艳的藏服，朝着车行的方向欢快地走着。很快一片片帐篷群呈现在眼前，白色的、红色的、黑色的，四角形的、方形的、三角形的帐篷，像一片五彩的海洋横陈在宽宽的河谷上，这里就是唐古乡了。在西侧的山腰处，一片红色的寺墙告诉我们，举世闻名的热振寺到了。

　　热振寺由"噶当派"创始人仲敦巴创建于 1057 年，距今已有 900 多年的历史，是西藏"噶当派"的第一座寺庙。相传，从前这里是一座没有一棵草木的秃山，后来藏王松赞干布到这里巡视，把洗发的水洒在山坡上，并祈祷祝福，于是长出了两万五千棵翠绿的柏树。"热振"是"根除一切烦恼，持续到超脱轮回三界为止"之意，寺里供奉的主尊佛是"降白多吉"（妙集金刚）。藏族民间传说，每逢藏历羊年 7 月 15 日，以密集空行母茶吉尼、卡珠玛、桑瓦益西等十万天女下凡，并且诸路女神在此设坛集会超度众生。为此，在历史上形成了这个传统的节日。这天，各地的善男信女，千里迢迢云集在这块美丽的磐石草场上，敬献各种供品，念经诵咒，祈祷平安昌盛，百业兴旺，功德圆满。热振"帕邦当廓节"，最初只是纯宗教性的转经活动。后来逐渐发展成为除宗教活动外农牧民还进行各类商品交换，开展文娱活动的综合性节日。届时，这里仿佛是帐篷的世界，五花八门的商品，熙熙攘攘的人群，增添了节日的气氛。

　　几经周折，我们在一片与众不同的五彩帐篷中，见到了热振活佛。活佛虽然只有 18 岁，但举止端庄，话语柔和，亲切体贴，言语中流露出睿智和幽默。活佛的汉语说得很好，据说英语也很好，在交谈中，我向他了解了广播电视进寺庙和寺庙书屋的情况，他很希望能够建设数字书屋，这说明活佛对现代科技的发展情况十分了解。

　　随后，活佛安排两位小僧人陪同我们参观热振寺。热振寺是一代名刹，距今已经有 1000 多年的历史了。但由于 20 世纪初的一场浩劫，使这座名刹毁于一旦。眼前的这座寺庙是近年来陆续修建的，站在寺庙之中，环顾四周，也许只有苍苍的树木、青青的山峦才见证了百年前发生在这里的血雨腥风。

由于明天还有会，我和电视台的向总等几人率先离开了。按照藏族传统，我们没有走回头路，沿着江水一路向东南，从旁多乡、阿郎、扎雪直奔墨竹工卡县，然后再一路向西。路上的风景是美丽的，青青无际的山峦，洁白如哈达的云儿，碧碧的湖水，曲曲弯弯的河水，伴着我们一路前行，在夕阳的映衬下，一切都是那么静美，那么安详，在这如画的山谷中行车，也是别有风味的。

终于在暮色沉沉中，见到了夜空中亮丽无比的布达拉宫。

拉萨，我们回来了。

2015 年 8 月 28 日 星期五　　想家了

早晨 6 点多，在梦中惊醒。

梦见了父母和孩子，情节好像也并不愉快。

起来，尽管平时这个时间自己还在梦境。

依然有些心悸，心率很快，也许是高原的缘故吧。每每在高原夜半醒来都会有这种感觉的。

援藏干部的生活，其实最不愿意度过的就是夜晚。一个人面对着空空的房屋，那种孤寂的感觉，被紧紧地包围着。虽然有时和其他援友一起相聚，但回到小屋，情绪依然。

这也是援藏干部如影相随的生活。

当然，这也是援藏干部必须面对和适应的生活。

2015 年 8 月 29 日 星期六　　到同事家做客

中午，和新国一起，到同事家里小坐。

同事乔迁之喜，自然不能空手而去，寻思再三，带了一件工艺品，希望人家能够喜欢。

在大快朵颐同事的厨房手艺之后，大家又聚在一起打了一下午牌，眼见窗外日落西山，余晖栖云，方打道回府。

和西藏的同事在一起，更多地体会到他们的辛苦和艰难。

一位同事在说起昨天送 4 岁的孩子到机场乘机回成都，孩子不舍得离开父母，哭得像个泪人时，眼圈发红，令人唏嘘。

还有一位同事在谈及自己的父辈时，直言父辈在解放初修路进藏，由于条件艰苦，供给艰难，时常面临饥饿甚至饿死的威胁。如今父母已老，但一家人身处几地，难以在年迈的双亲前服侍尽孝。

这些情况，不深入西藏在这里工作一段时间是不能了解和理解的。

想起这些，本已放松的内心，又变得沉重起来。

西藏，这是一片热土，有多少热血儿女为你献出青春年华、满腔热忱甚至是宝贵生命。

这是一片年轻的土地，不仅仅是这块陆地板块在地球的年龄中是年轻的，更重要的是这里洋溢着一种青春气息，一种昂扬向上的斗志。

这是一片神奇的土地，山高、水美，更为神奇的是，在氧气奇缺的世界屋脊，一种精神却如高高飘扬的五星红旗一样永远激荡在雪域高原的上空。

2015 年 8 月 31 日 星期一　李部长来藏慰问援藏干部

今天又是一个好日子。

总局纪检组长李秋芳来西藏看望慰问援藏干部。

虽然和李部长接触不多，但是颇为已经 60 岁的老大姐所震动：精力旺盛，精神矍铄。

从下飞机伊始，李部长几乎就没有歇着，一直不停地在看、在走、在说，看来，她对西藏是充满感情的。

从机场直奔台里，100 多名职工和 20 名援藏干部已经等候在那里。

部长讲话，照相合影，颁发慰问金。

我代表援藏干部表示：第一，衷心感谢总局领导的关心关爱。虽然我们离总局很远，但心贴得最近；第二，衷心感谢西藏局领导和同事的关心帮助，在这里，大家工作生活很充实和开心；第三，请总局领导放心，我们一定按照总局领导的要求，继续努力工作，不负使命，不负嘱托，为总局争光！

2015 年 9 月 1 日 星期二　　　　　　　　　　　　　　　# 收　获

这次秋芳部长来藏，在感受到总局领导带来的温暖同时，也感觉收获很大：

一是学习了秋芳部长的工作方法，那就是扎实，务实。为了落实总局直属单位艰苦台站津贴问题，秋芳部长亲自带队到财政部、审计署、监察部，沟通情况。

二是学习了秋芳部长的廉政情怀。她讲了曾经办理的案件，虽然依然是笑容满面，但是情节却是跌宕起伏、波澜壮阔，让人更加理解了廉政的深刻内涵。其中，讲到中纪委某副书记，调任时房子坚决不留，堪称共产党员楷模，令人顿生敬意。

三是脑子要常用，要常写东西，身体要常练，四体不勤是不行的，要学会生活，学会经营婚姻。领导要身体力行，亲自写讲话稿和主持词。

2015 年 9 月 3 日 星期四　　　　　　　　　　　　　　　# 阅　兵

今天是个难忘的日子，抗战胜利 70 周年。

一大早就守在电视机跟前，并电话告诉远方的爱人，让孩子也要看一看，受受教育。

阅兵式很震撼，很感人，也很养眼。

填了一首词，作为纪念：

《西江月》

——观 "9.3" 阅兵有感

军旗飘猎军威展，

礼敬老兵礼硝烟，

一啸长空骄云天。

沧海桑田越千年，

燕然勒石梦关边，

放翁何妨谈笑间。

要坚持程序

在当雄陪同调研。忽然，接到韩局电话，认为我们上报的落实第六次座谈会的材料不很成熟。

诚然，由于时间的关系，自己没有认真审核，认为只要项目齐全，只要有利于新闻出版广电事业发展，就可以上报了。

通过此事，自己深深感到，今后，不管再急，不管再忙，都不能省去程序，都必须按照程序办事。

这也是自己的重大收获。

又到林芝

因为要接总局直播卫星管理中心调研组一行，今天，和科技处老卫、石勇再赴林芝。

离开喧闹的办公室，暂别如山的文件，走出拉萨，心情还是有几分轻松。

也许，我们的工作状态本应该如此。

越野车一路向东。越走越发绿色满眼，植被逐渐茂盛起来。

由于林拉高级公路还没有通车，从拉萨到工布江达县，还是走的老 318 国道，虽然不似新路那般平坦，但是风景还是蛮美的。

在工布江达，经中波台协调，我们破例可以从新路走。果然，新路上平坦无车，只有路两侧的格桑花和油菜花在骄傲地绽放！果然比老路快很多。

顺利之后便是坎坷，这是通常惯例。

在快到达林芝八一镇时，两个出口都被钢筋和铁丝网堵住了，盘旋了好一会儿，在当地同事的指引下，左拐右拐，终于在进口处驶出公路。

美丽的林芝我们来了。

2015 年 9 月 24 日 星期四　　陪同总局调研组

周三，由财务司、科技司、宣传司、传媒司、电影局等组成的调研组来到西藏调研。

上午，陪同调研组先后考察了西藏电台、电视台、网络中心、译制中心、电影公司。

明天，要去当雄县考察。

一天下来，安排满满的，把调研组累坏了。难怪志杰说，这是我们来西藏时间最短，但却是调研的地方和项目最多的一次。

每一次总局来的调研组，不管是哪个单位，我都倾力介绍西藏的种种需求，希望通过我们的介绍和呼吁，能够多为西藏争取一些资金、政策、项目和理解。

2015 年 9 月 27 日 星期日　　在西藏的第三个中秋

今天是壬辰中秋。

白天在单位，继续整理课题论文，尽管进展缓慢，内心几分烦闷，但是，仍旧提醒自己：坚持，坚持，就是胜利。

晚上，几个援友在喜林家里小聚，共同庆祝在拉萨的第三个中秋，也许这是我们最后一次相聚拉萨的中秋了，所以，也是格外有意义。与几位援友攀谈，感受到更多的正能量。在高原的中秋，大家思考和谈论的多是西藏的发展和未来。

又到一年中秋时，每逢佳节倍思亲。

年复一年，已不记得以前的四十多个中秋节是如何度过的了。

小时候，喜欢中秋节是因为那好吃的月饼，几个一叠，放在油腻腻的麻纸包里，透过纸包，一股股诱人的香气，至今还难以忘怀。奶奶见我们馋得那样，总是忍不住打开点心包，让我们开心地过过瘾。中秋节的那一天，家里总要将月饼和各色水果摆到桌上，一家人围坐在一起唠嗑，虽然没有晚会，没有音乐，没有更多的娱乐项目，但每每想起来，却是那样的令人神往。

上了大学的第一个中秋节，是在班里度过的。我当时是个愣头青班长，主持当晚的中秋晚会，刚张嘴说了一句"每逢佳节倍思亲"，就听到台下传来女同学的低泣，那个时候的少男少女们，刚刚离开了温暖的家，是多么思念远方的亲人啊。

人的一生究竟能度过多少个中秋，多的百十多个，少的几十个。也就是人的一生能有多少个团圆的日子，因此，难怪不少国人都把中秋当作第二春节那样过呢。

明月几时有，把酒问青天。这是古人何等的浪漫情怀啊，你可以想一想，在旷幽的夜晚，诗人与众朋友酌酒月下，茭白的月光如水一样倾泻在幽静的庭院，月光无语，但诗人在与古人神交，你那无言的月色中，饱含了多少沧海桑田，多少悲欢离合，饱含了多少幽幽岁月，多少爱恨情仇，那么你是什么时候来到这里，谁能告诉我，举酒问青天。诗人已经有点微醺了，然而，我相信，幽幽苍天能够理解诗人的满腔情怀，谁能留住这匆匆光阴，让我们再回到从前，回到那远古，回到那诗一般的田园。

今天，又是一个阴沉的夜晚，没有月亮的影子，正所谓正月十五云遮月，八月十五雪打灯。在没有月亮的夜晚，好像很难将八月十五与月亮联系，然而你能不联系吗，反正我不能，因为，月亮其实在我们心里。

2015年9月28日 星期一　　痛送同事

早上刚到办公室，杜处长就匆匆走进来：李健没了。

一时，自己已然呆了。

他才31岁啊，人生刚刚开始，怎么就……

认识李健，是源自于邹峰的同事李恒，也就是李健的姑姑。

由于工作的关系，曾经和李恒李健有过几次一面之缘。

也曾经在办公室里和李健聊过几次。

那时的感觉，李健为人腼腆，不善言辞。

感觉他为人老实、诚恳，还曾为他牵线搭桥，可惜双方缘分未到。

想来，也算是自己做了一件"好事"。

但是，最让自己心痛的是，李健的心愿始终没有落实。乃至李恒见到我时，仍然痛哭此事。此情此状，令人无比心痛。

虽然我不是他的分管局领导，但还是坚持参加了遗体告别，并代表局里宣读了悼词，会同朗局率领局里和台里的同事，送了李健兄弟最后一程。

别了兄弟，天堂没有病痛没有不安没有彷徨。

愿你一路走好！

2015年9月28日 星期一 　　　　夜行八廓街

下班了，仍然难以从同事的事情中走出来。

这时，文彤来了。

索性跟着他陪同刚从北京来的王主任、贾总、刘会长和谢总等人。

王主任为人很是开朗，并且爱好兴趣广泛，交友广泛，并且，看得出来，他在收藏等方面还是很有研究的。这是一个对生活充满兴趣的人。

也许这正是自己应该学习的。

在他的提议下，一行人从饭店出来，走向大昭寺。

时间已经是晚上9点左右了。由于今天是藏历八月十五，大昭寺广场人格外多。

一轮皎洁的圆月，横空万里，唯有那轮圆盘的下面，盘旋着两朵白云。古老的大昭寺，无论是寺墙，还是金顶，无论是藏式窗沿，无不闪烁着金光灿灿的神韵。八廓街上，更多的是游客，游客的脚步中，不时闪现出一些磕长头的人。

他们或男或女，或藏装或便服，或护手护膝俱全，或赤脚光手，在肃静安详的月光下，义无反顾地顶礼膜拜着。两只小狗在转经道上追逐戏弄，两名磕长头的姑娘猛然被它们惊动，半坐起来，继而相视对笑起来。

这是一个和谐的世界。只是，有的人走得太匆匆……

2015年10月2日 星期二 　关于媒体融合发展的思考（续）

美国传播学者罗杰·费德勒曾经指出："每当一种新的形式出现和发展的时候，它就会长年累月地和程度不同地影响一切其他现存形式的发展，共同演进与共同生存。"

1. 媒体融合是广播电视媒体的历史性选择。随着信息技术、网络技术和移动技术的跨越式发展，随着人们生活方式的改变和手持终端的灵活多变，传统广播电视的传播方式和传播手段已经远远不能适应当代社会的收听收看习惯，从某种意义上讲，以互联网为平台打造的新媒体集群，已经占据了新时代信息传播的制高点，如果没有政策红利和进入壁垒，传播广播电视将全面失守。传统广播电视面临的是历史性课题，不进则退，不改必亡，只有选择与新媒体融合，借助新媒体的平台、渠道实现融合发展，才有可能在新的发展机遇中分得一杯羹。

2. 广播电视媒体融合依然任重道远。为适应媒体融合发展的总体要求，从中央到地方，各级媒体高度重视，纷纷采取各种举措，从设立网站、微博微信客户端到推进中央媒体厨房、探索大媒体、全媒体布局等，做了种种努力，取得了一定的成效。但与新媒体的快速发展势头相比，仍然差距巨大。突出表现是：理念上融合的迟滞，一些媒体在融合发展方面的患得患失、瞻前顾后、举足不前，没有意识到这是一场跨越时代的革命；物理式融合的堆积，各媒体纷纷成立新媒体机构、建网站、设官微、做 APP，烧钱不少，投入人力亦很多，然而虽然平台搭建起来了，表面上热热闹闹，但是内容制作机制、传播理念仍然是传统方式，治标不治本，没有实现改革的化学反应，总体社会效益和经济效益不见起色；协同性融合的尴尬。相比中央和省级广电媒体，地市级和县一级广播电视机构无论在资金实力还是人才储备等方面，都难以复制其融合路径，特别是中西部地区，很多地市和县级广播电视机构心有余而力不足，仍然在望"融"兴叹。而中央级和省级台凭借优势迅速抢占"地盘"，地市和县级台生存环境"严峻"，有线电视的数字化、宽带化和三网融合的全面推进，互联网的快速发展，各种网络新媒体疯狂抢占"蛋糕"，受众分流严重，更使地方台垄断优势殆尽。在此情况下，广播电视融合发展的全国一体性和全系统协同性难以短期实现。此外，融资能力弱、同质化严重、竞争实力弱、发展后劲不足、社会影响力有待提高等问题也都彰显其中。

3. 媒体融合必须认清中国国情。我国的广播电视是党、政府和人民的喉舌，这一基本性质决定了广播电视具有较为鲜明的政治属性和重要的政治地位；与西方国家广播电视双轨并行体制不同，我国的广播电视全部为国家投入的公共体制，现有广播电台、电视台和广播电视台全部为事业单位。推进广播电视媒体融合发展必须清醒地认清这些前提条件，并在此前提条件的基础上，研究论证与新媒体融合发展之路。离开这些前提条件谈融合和发展，很难有实际的现实意义和操作空间。

4. 体制障碍是中国广播电视媒体与新媒体融合的瓶颈。根据国家有关规定，现有广播电台、电视台和广播电视台全部为事业单位，即使在之前出现的广播电视集团、广播电视总台也仍然是事业性集团。此外，"四级办广播、四级办电视、四级混合覆盖"是我国广播电视基本的管理体制。当前媒体融合发展所遇到的上述问题的关键和核心，直指困扰广电系统多年的体制问题，观念问题来自体制，因为什么样的体制塑造什么样的企业文化和理念；物理性融合问题来自体制，因为是体制束缚了内部机制的整合；系统性融合问题亦来自体制，因为体制形成了"条块分割"，各自为战。可以说，体制问题已成为当前广播电视融合发展的瓶颈所在，是融合的关键一步。

5. 融合是一项系统工程。回顾广播电视媒体与新媒体的融合发展，为什么大多数广播电视媒体尽管已经按照新媒体的形态、方式进行布局，但仍难以达到新媒体所产生的影响和效果，其原因就在于媒体融合不仅仅是平台的融合、内容的融合、渠道的融合，而是体现在广播电视生产、制作、传播等全部产业链条以及管理、人才、理念、技术、制度、环境、资本等所有与融合相关的产业要素。

2015 年 10 月 3 日 星期三　　　　　　　　　　　　**无　题**

烟雨如酥如虹，
秋风似箭似鸿。
凭栏寄望江北，
何日剑指长空？

2015 年 10 月 5 日 星期一　　　　　　　　　　　　**再到林芝**

早上 9 点，直奔林芝。

一路风景如画。那路边绽放的格桑花，在微风中欢快的舞蹈，像是在欢迎远方的客人，迎着太阳的方向，绽放着一张张五彩的笑脸……

从海拔 3750 米，逐渐逐渐下降了近 1000 米，林芝的八一镇只有 2800 多米。

呼吸似乎也渐渐顺畅了许多。一改往日沉沉的感觉。不知是否也是心理上的作用？

翻越米拉山时，海拔 5013 米的标示，让一行人兴奋不已，丝毫没有感觉氧气的缺乏，只是四周山脉上稀疏的枯草，在告诉世人这里是什么。

明显，一过米拉山，植被渐渐丰富起来，从低低的小草，到茂密的针叶森林，特别是有一段高等级公路，是在原始森林中穿行，脚下是湍急如碎玉的尼洋河，不仅感慨山川同行，日月同辉。

从林芝八一镇行驶约 80 公里，然后在巴河镇向北一路飞驰，沿着玉带般的巴河，再行驶约 40 公里，便会看见一抹温玉横陈于山间，这，便是闻名遐迩的巴松错。

巴松错又名错高湖，是藏东南的一颗明珠，湖面并不大，在午日阳光下，湖面雾气蒸腾，略显蔚蓝，然则阳光掩映处，一汪碧水如翡翠一般，像初出闺阁的少女，纯净又有几分害羞。湖面有一小岛，沿浮桥而上，岛上青岗树繁茂无比，树影环绕中，一千年古刹安然而落，人道是错松寺，为宁玛派古寺，距今已有千年历史。与这清新的小岛相比，更显沧海桑田……

出巴松错，沿原路折返，途经一发射台，目前已近废弃，天线仍在，机器乃不能播，试想当初之繁华如昨，今日之废墟在目，唏嘘不已。

及至巴河镇，于巴河渔庄品尝鲜美的巴河鱼，饥肠辘辘，大快朵颐，不亦快哉！

再返林芝，见时间尚早，遂移步尼洋阁，藏东南文化遗产博物馆。该馆建于 2006 年，乃是福建第四批援藏干部之力作。阁高四层，建筑面积近 3000 平米。从林芝的历史沿革、农耕文明、服装服饰、宗教文化到交通运输、手工艺品、藏医藏药等等，由于没有请导游，加上已来过几次，我主动承担起讲解任务。

一番下来，虽然口干舌燥，但更感"醉美林芝"几字的深深内涵……

2015 年 10 月 7 日 星期三   **南 伊 沟**

从八一镇往南，一路沿水前行，先是尼洋河，之后雅江，过米林机场，拐入一条新路，路右侧是高低错落的藏式小屋，熟悉不过的古朴典雅，屋子四周是起起伏伏的果树和形形色色的栅栏，左侧也是成片的庄稼，尽管有的已经收割有的似乎刚刚翻土。路上不时一两头黄牛在举目四望或者低头沉思，间或一群黑山羊蜂拥而过，几只藏香猪在路边不时逡巡徘徊，好一派田园风光啊！

过米林县城约两三公里，便驶入南伊沟。西藏的很多风景都在沟里，其实就是山谷河谷之间。南伊沟位于喜马拉雅山脉东段的一河谷内。山路蜿蜒而下，山坡上原始针叶林阔叶林茂密荫翳，在初秋天气的打理下，浅绿色，深绿色，金黄色，亮红色……各色枝叶混杂在一起，热闹非凡。车行约 20 公里，天地陡然开阔，一大片高原牧场呈现在眼前。这里便是海拔 3100 米的天上牧场。

踏着牧场里的羊肠栈道，我们一行人走入了天籁般的原始森林。桦树、云杉、青岗、柏树等古木参天蔽日，如丝如雾般的绿萝从枝丫上垂落随风轻舞。更有千百年的枯木横陈在林间，青苔已爬满枝干，也许已枯倒千年却仍显生机盎然。万籁俱寂，行走在林间，宛如另外一个世界，胜似陶然仙境。纵情呼吸着世界上最好的空气，一洗往日的疲惫。

不经意间，我们已离开原始森林深处，来到了牧场边缘。牧场很平坦，宽阔的草场上布满了金黄色的草甸，偶尔几棵桦树下，几匹野马和牛儿在悠闲地吃草，几间木头房子应该是放牧人休息的地方，一面鲜艳的五星红旗夺目亦然。放眼四周，大山环抱，听当地人讲，山的那边就是印控地区，这里距离麦克马洪线只有几十公里。

不由得，回过头来，看见小木屋屋顶上鲜艳的五星红旗，在风中猎猎作响……

2015 年 10 月 7 日 星期三　　　　　**如梦鲁朗**

出八一镇沿 318 国道向东北近四十公里处，便是鲁朗小镇。

小车一路在林海中穿行，两侧或苍翠的松柏，或火红的枫叶，虽身边就是深不见底的大峡谷，但无奈众人已陶醉其中，全然不知。

翻越海拔 4720 米的色季拉山时，见几个骑行的勇士，在奋力登骑，在夕阳的映衬下，勇士们的背影更加坚毅。

这是我们此行的第二座高山。峰回路转，一座雪山如利剑般直穿云海而出，南迦巴瓦，同行的人几乎一起脱口而出。

南迦巴瓦雪山，主峰高 7782 米，被誉为中国最美的雪山，是中国西藏林芝地区最高的山，为西藏最古老的佛教"雍仲本教"的圣地，有"西藏众山之父"之称。同时，紧邻着的雅鲁藏布大峡谷绕着它转了一个马蹄形的弯，随后通向印度洋方向延伸出去。其实，南迦巴瓦峰还有另一个名字"木卓巴尔山"，其巨大的三角形峰体终年积雪，云雾缭绕，从不轻易露出真面目，所以它也被称为"羞女峰"。南迦巴瓦在藏语中有多种解释，一为"雷电如火燃烧"，一为"直刺天空的长矛"，还有一为"天山掉下来的石头"。后一个名字来源于《格萨尔王传》中的"门岭一战"，在这段中将南迦巴瓦峰描绘成状若"长矛直刺苍穹"。

整个南迦巴瓦被团云笼罩着，只有主峰很"给面子"，如同在沧海中沐浴而出，而其他六座山峰则羞答答躲在云纱深处。这座号称世界最美的雪山，与云海一起横陈于天际间，气势磅礴，纵横四海！

站在云海深处，但见苍山如海，夕阳如帜，层林涂金，雪山披锦，云横千岭，苍穹如洗。

人生到此知何处，疑似飞鸿踏爪泥。面对万里江山，不知神归何处。苍山深处是何方，苍穹天际笼大江。山峦重重，绿涛无际，夕阳西下，柳暗花明。

下山了，夕阳的余晖洒落在路边的草树，是那样的温暖，那样的柔润，那样的和谐，那样的美丽……

2015 年 10 月 13 日 星期二　　　　　　　　　　　　**调研江苏**

10 月 13 日至 14 日，先后在江苏广播电视监测台、广播电视台、网络公司和广播科学研究所调研，实地考察了江苏 IPTV、有线电视等的建设情况，与江苏局和江苏台进行了座谈交流。近年来，江苏广播电视发展迅速，广播电视台年收入已达百亿，《非诚勿扰》等节目收视率连续多年走前，成为国内省级台第一梯队；网络公司营业收入已近 40 亿，其云媒体建设先后实施三期，投资两个多亿，全省网络用户近两亿，占全国十分之一。

在 IPTV 方面，江苏省也走在全国前列。目前全省用户 500 多万户，其中江苏台平台用户 270 万户，其余为百事通用户，由于种种原因，两个平台尚未整合。江苏台每年 IPTV 相关收入约 4 亿元左右，是受益方，而理论上可获得互联网宽带增值收入的网络公司，却因为网络整合等原因，难以获得等量增值，并且每年用户减少量约 5%。

根据以上调研情况，有以下几点体会：

一是西藏情况特殊，市场不足，财力有限，当规范有序推进 IPTV。

二是全力以赴发展有线电视。目前，有线电视获得良好起步，县级数字化改造在即，要举全区之力，大力发展有线电视，为百姓造福。

三是徐徐推进地面数字电视。地面数字电视不可操之过急，不然对当前有线电视是个重大打击。当然亦不可消极待之。要统筹发展，共谋图之。

2015 年 10 月 15 日 星期四　　　　　　　　**重庆调研**

昨日上午 10 时许，一行人乘机离开石头城赶往山城重庆。中午时分抵达江北机场。顿感几分炎热，窗外居然散落着许多芭蕉树，果然与江南气候两样。

起初感觉机场离市区很近，其实这只是在渝北区，到市区还有半个小时车程。沿路两侧云杉与榕树错落相致，这就保证了不管什么季节，路边总会看见一抹绿色。

行走在市区，放眼望去，高楼林立，层层叠叠，绿树相拥，斑驳交辉。

放下行李，便在重庆台调研考察，虽然时间短，但分明感受到与江苏台的异样之处，感受到西部广播电视和东部的差距。

晚饭后，几个同事一起信步走出宾馆，宾馆紧邻美丽的嘉陵江，江水很缓，很快将汇入长江。江边，一排排的商铺，门脸不大，但很有特色，无不彰显着巴人的文化和智慧，几名店主在围桌而坐打着麻将，合着一江秋水，格外惬意。

江岸那边，起起伏伏的灯光，来自于高高低低的建筑，重庆是山城，不论是民宅还是写字楼，都坐落在山上，远远望去灯火辉煌，高阔非常，蔚为壮观！

今日，在重庆台调研，重庆文化委员会李副主任、重庆台关副台长和监管中心冉主任等介绍了重庆三网融合的有关情况、问题和建议等。重庆台现有员工近万人，年度运行收入 30 多亿元，自唱红打黑事件以来，该台发展情况位列全国二流，目前挂总台和集团两个牌子。重庆网络公司为重庆台控股公司，持股 51%，现有有线电视用户 600 万，其中模拟用户 100 万，网络收入已成为全台主要收入来源，占三分之二强。该台成立了新媒体中心，负责 IPTV 等新媒体运营。重庆 IPTV 用户约 110 万，其中电信用户 100 万，联通用户 10 万。

重庆台给我的初步体会是：

第一，台控网的体制相对较为合理，一方面网络作为其传输一个环节，一体化管理更为便捷。另一方面，网络收入已是台里的重要经济来源。再者，台网一体更有利于统筹考虑，统筹资源。

第二，广电内部体制之现状直接导致当前各自为战有系无统，结果为电信各个击破，被动挨打。作为情况极为特殊的省份，西藏不可自行拆散资源，至少当前的条件并不具备。

第三，做好顶层设计，不操之过急，要多向总局请示，多向其他省份学习，要结合西藏之实际，尽管起步晚，但要善于学习借鉴他人经验，少走弯路，实现弯道超车，不能人云亦云。

2015 年 10 月 17 日 星 期 六

武侯祠怀古

上午没事，知道住处离武侯祠不远，于是信步走出宾馆。

天气有几分阴郁，本来就温润的空气中更夹杂了几分湿意，据说这就是传统的成都气候，难怪成都人爱耍，长期在这种温柔的天气里，只好"善待"自己呦。

武侯祠的门票不贵，60 元一张，路径还是比较熟悉的，依稀记得是第三次来了。如今，物是人非，我和几位同事天各一方，尚未入园已是唏嘘不止了。

武侯祠由昭烈庙、武侯祠和惠陵组成，原本是各为一体，后来明朝修建时汇为一处。其中，惠陵为刘备和两位夫人的陵寝之地，汉时有陵必有庙，因此昭烈庙与之共建，乃诸葛亮亲自选址。因诸葛亮病逝并葬于陕西定军山，人们为了纪念他而在昭烈庙一侧又修建了武侯祠。

进入祠内，森森柏树遮天蔽日，不由得令人想起了唐代大诗人杜甫的那首《蜀相》：

丞相祠堂何处寻，锦官城外柏森森。映阶碧草自春色，隔叶黄鹂空好音。三顾频烦天下计，两朝开济老臣心。出师未捷身先死，长使英雄泪满襟。

至今读来，仍不禁心潮澎湃，百感交集。

遥想孔明当年，何尝不是意气风发，胸怀宇宙。是刘备给了他一个平台，成就了他鞠躬尽瘁死而后已的一生。

诸葛亮的一生是辉煌的，因为他的扶君治国的理想抱负在华夏的西部一隔得以实现。但他也是悲壮的，因为他扶持的是一个没有前途的未来。

正如诸葛亮殿悬"名垂宇宙"匾额两侧清人赵藩撰书"攻心"联："能攻心则反侧自消，从古知兵非好战；不审势即宽严皆误，后来治蜀要深思。"

无论如何，诸葛亮还是幸运的，不管是刘备还是刘禅，对他是信任的、支持的，终其一生，基本都在按照他的思想和蓝图在付诸实践。诚如他在《前出师表》所云，受命以来，夙夜忧叹，恐托付不效，以负先主之德。

这时，墙上一面遒劲的书法映入眼帘，正是南宋名将岳飞所书《前出师表》，字迹刚劲有力，飘逸洒脱。相信，岳鹏举在书此表时，内心是澎湃激昂的，收拾河山，迎回二帝，雪耻燕然，是他的生平抱负！然而，他不如诸葛亮幸运，他的政治理想与执政者是两条平行线，最终遗恨风波亭。不知岳飞临死前是否会体味什么是莫须有，是否会预见他终将成为中华民族的一面脊梁？

2015 年 10 月 21 日 星期 三 　　　　想念西藏的云天

回到帝京不久，便会想念西藏的云和天。

那里的云洁白干净，不带一丝一抹的杂色，大团大团地抱在一起，像人们肩上的哈达，像海边奔腾的浪花。

那里的天湛蓝湛蓝，像深不见底的大海，像晶莹碧透的美玉，不像北京的上空，好似退了色的蓝布。

单有云，会显得漫天糜雾，单有天，又会觉得缺了些什么，好吧，那就将云和天糅和在一起。在蓝天的画布下，云儿从不吝啬自己的舞姿，或如战舰远航，或如万马奔腾，或如小家碧玉，或如雄峰万仞……

偏偏更令人无比怜爱的是，人们往往要透过树林，穿过布达拉宫或者大昭寺的一角，抑或是坐在被油烟熏得四周漆黑的甜茶馆的窗子，那样，云儿又被镶嵌了什么，于是，更加妩媚多娇，更加逸彩生情了。

2015 年 10 月 24 日 星期 日 　　　　得　与　失

援藏三年，有得亦有失。

所谓得：一是管理能力之历练，分管若干处室单位，若干未曾涉猎领域，经验能力有所体会和进步。二是管理视野之开阔，虽然身在一省，然超越原来之专业和领域，眼界有所拓展。三是人生阅历之丰富，居高原三载，行及数十县，查民风百态，历各色人物，览江山盛景，生命宽度有所延展。

所谓失：一是家中老幼难以顾全，父母年迈，小儿正长，既难尽孝，又疏关情，心中所欠，顾此由深。二是身体健康当有所失，三年不短，高原苦寒，虽未显极，内里自知。其中选择不能两全，自是如此，我心泰然，但求无愧，良心自安。

所知足：一曰力行努力，援藏机制建立，结束了十八年来未召开援藏会议之历史，创立了总局对口支援之制度。二曰奋力争取，多项资金到位，提前超额完成自订之任务目标。三曰身体力行，足迹七个地区六十余县，对西藏各地有了深入认识。四曰勤于笔耕，撰写近三十万字之笔记，虽然价值不高，但也算是一种积累和思考吧。

所不足：一曰精力分散，未成一技，三年不短，观我辈援友，或著述或摄影或书法，多有所成，然则自己，抚案愧然。二曰专注不足，课题未成，费时费力，虽已努力，但尚需加力。三曰读书不够，思考不够，援藏三年，时间相对充裕，当珍惜时光，潜心优读，以免悔之于白驹。

思考上述之四所，当于今后有所改进：

一是"快"，加快课题论文进度，尽早完成。

二是"勤"，勤于读书，勤于思考，每日必修。

三是"专"，专于笔耕，既做专业，理论与实践兼修，又做副业，爱好与消遣自娱，这样，可以无尽也。

四是"广"，之于优秀者，当广交学之，学其至长，探其品味，丰富人生。

2015 年 10 月 27 日 星期二　　　　**感慨于王威被调查**

昨天，被网上一则消息所惊呆：国家发改委社会发展司司长王威等 3 人接受组织调查。

和王威算不上熟，但因为工作的关系，有过一两次接触，感受到其工作做派之霸气，但总体没有留下不良印象，并且据说其为广电系统还是做了很多工作的。

　　王所在的司局分管文教卫生等社会事业，可以说有一定的权力，但可能正是因为这种权力，才把他引向了一条不归之路。

　　写到这，想起了白天看到的一条新闻，今年的国考报名依然很热烈，有的岗位还出现了千人争一职的局面。回忆起当年进去公务员队伍也是万马奔腾于独木桥，如今，有的马已经被囚禁于牢狱，令人唏嘘。

　　所以，在这条路上行走，慎行慎言慎独，尤其重要，这也是我们需要学习的本领。

　　为什么有这么多前仆后继？思来想去，也许我们太注重对业务和专业的考核，而轻视了对其廉政能力的考核，同时，太多的人非常重视对业务和专业的学习，而轻视和忽视了对廉政能力的学习。殊不知，这种能力更需要去学习去历练去培养，它与知识相关联，但并不对等，如果丧失了这种能力的锻炼，很有可能业务能力越强，此种能力越弱，以至于最后不能自我，不能自拔。

　　所以，多学习廉政建设方面的政策知识案例，多提高管理自己控制自己的能力，也是每一名公务员的必修课。

2015 年 10 月 29 日 星期四　　　启程回藏

　　东方欲晓，莫道君行早，踏遍青山人未老，风景这边独好。

　　这首最喜爱的主席诗词，自己不知已反复吟诵过多少遍了，如今，再次回味，又是在启程回拉萨的首都国际机场。

　　天空依然墨黑，空气依然冷寂，坐着滴滴专车，内心平静了许多，比以往出行。

　　已记不得这是自己第几次往返北京西藏了，感触最深的是家人的日趋泰然和安静，似乎唯有这种状态才是自己应有的状态。不知这是应该值得宽慰还是别的。但可以肯定的是，这必然是每一个援藏人和家庭的集体写照。

　　昨晚离开爸妈家里时，爸借倒垃圾送我下楼，依然是没有更多的话语，但寥寥几句注意身体，已让我分明感受到他的衰老和不舍，一股不可名状的难受直充泪腺，借着夜色，不敢多说什么，赶紧上车离开。

　　路上，看到一援友说在高原两年眼疾渐重，遵医嘱将退出微信。看后颇有同感，在高原用眼会非常难受，此前已有一援友因此几近失明。而这些，是没有在高原生活工作过的人所难以体会的。

候机时，几名年轻人在说笑，听得出他们是首次去西藏，对那片土地充满好奇，也暗含几分不安，多么熟悉的情绪和话语啊。

秋日宗角禄康

周日，闲来无事，信步来到距单位不远的宗角禄康公园。

宗角禄康位于布达拉山后，藏语"宗角"意思为"宫堡后面"（宫堡指布达拉宫），"禄康"意为"禄神（今译鲁神）殿"。鲁神是藏传佛教和苯教对居于地下及水中的一类神灵之统称。"鲁神"常被汉译为"龙神"，进而被误传为汉人所称的龙王，所以汉语俗称宗角禄康中的湖为"龙王潭"。17 世纪布达拉宫扩建中，在此地大量取土，故积水而成潭，后几经整治，辟为公园。

步入园内，一如往日路径向深处走去。稍举目四望，便为这个五彩斑斓的世界所惊呆。

那火红的枫叶，像跳动的火焰；那挺拔的白杨，像一抹高贵的皇家色彩；那黄绿相间的垂柳，依然不失往日的轻柔；唯有那益然的松柏，依旧往日的模样，只是在苍翠的身上洒落了片片金黄的叶子。草儿依然没有褪去绿色，偶尔在满地的金黄色中露出一抹抹青翠。

潭水中漂浮着点点洁白的白色天使，那是红嘴鸥在蓝天、白云、布达拉宫间尽情飞舞，它们是幸福的、自由的。

行走在秋日的宗角禄康，心是醉的，在五彩斑斓中穿行，透过一道道彩虹，那如洗的蓝天令人心醉。远处，一个年轻的藏族妈妈，身着美丽的藏装，怀抱婴儿，站立在五彩林边，不由得想起那首诗：

我在景里，守候成了画

你在风里，吹干了画的眼

风中的你，从画前吹过

景中的我

又打湿了映着你背影的眼……

清澈的龙王潭，一如往日般宁静，湖水清且涟漪，如碧绿得翡翠。湖面上布达拉宫，在波光林林中愈加神秘巍峨，片片金黄的叶子在湖面悠曳，两条小船在湖中和着鸟儿在随意地飘荡，不时传来儿童灿烂的笑声。

远处的群山已身披白沙，顶着大片大片的白云，如童话里的神奇世界。

公园里的人不是很多，转经的藏族老阿妈，欢声笑语的少年，流连忘返的游客，在小径巡回的喇嘛……这里，没有拥挤的人群，没有嘈杂的声音，有的只是内心的声音。难怪人说，西藏，是眼睛的天堂，身体的地狱，灵魂的故乡。

这时，远方飘来阵阵歌声，如梦如初：

珠穆朗玛是那古海的巨浪

我为你神奇的传说歌唱

天上的西藏 哦

阿妈的胸膛

养育生命的天堂

哎 天上的西藏

阿妈的胸膛

养育生命的天堂

依呀呀啦嗦

天上的西藏

一曲呀啦嗦掠过天堂

不由得，内心几度澎湃，不知身在雪域还是远方，感慨万千……

2015 年 11 月 4 日 星期三　总局来人考察中央三台交流干部

去机场接总局检查组，已记不得这是多少次赶往机场了。已经是深秋的季节，高速两侧，满目金黄，在晨光的映照下，熠熠金辉，袅娜的垂柳，绿叶已经暮然，远处的苍山早已没有丁点的翠绿，山头上稀稀疏疏铺撒了一层碎盐般的白雪。

CA3916，很准时的航班。李晨，精干的小伙子。虽然年轻却带队中央三台人事部门的处长们，来藏考察中央三台 13 名援藏交流干部。

倏忽感觉，时光都去哪了。记得 5 月份刚刚迎接他们的时候，他们是何其的兴奋、新鲜和好奇，如今虽然才短短半年，但是一个个已然是老西藏了，对西藏的事情如数家珍。

在欢迎工作餐上，自己动情地说，感谢总局和中央三台为西藏送来如此优秀的人才，半年来，他们和西藏的同事融入在一起，像一粒种子一样，在这里生根发芽开花，在各自的领域里，无私奉献了自己的经验、智慧、知识、视野、真诚和情怀，应该说他们没有辜负中宣部、总局和中央三台的期待。希望考察组的各位领导回去后能够多为他们呼吁和反映，在台里得到更大的支持和更大的进步。自己有幸和他们在一起工作生活了半年多，相聚的时光总是短暂，如今即将分别，内心非常不舍。希望他们在今后的时光里，工作更加顺利，生活更加幸福，身体更加健康，愿西藏这片圣土，带给他们吉祥好运，不管在哪里，记得在这里有热切的目光在守望着他们。

我会永远记住你们的：

中央电视台：贾志红，刘阳，王鹏，李春海，李玲

中央人民广播电台：李媛，郑岚，喜饶，孙扬，杜金柱

中国国际广播电台：尹秀奇，章静

2015 年 11 月 10 日 星期 二　　　血压高了……

一夜多梦，半夜惊醒，心悸不已。

于是起坐，开灯平心，饮水稍息，眼见窗外漆黑依然，只好复又躺下，迷迷糊糊一觉天明。

草草吃了一口，赶至办公室，又是几份急文，几件急事。

不觉得，头晕如前，脸热如涨，坐立不安，难道是血压高，还是血稠，这种症状已经近一年了，早有同事提醒自己，要多加注意。由于自己过于松懈，没有太在意。

正在这时，小尚推门而入，手里拿了一个在用的便携式血压计，真是及时雨啊。

打开血压计，一番紧松，一看屏幕，高压 148，低压 98。

不会吧，自己平生就没有达到过这个高度啊。

于是再量，结果几乎一样。

于是傻然。

想不到自己如此"幸运"，来藏两年，又多了一项收获：高血压。

想来，去年已经创纪录了，平生首次住院，首次打点滴，首次患肺水肿。

如今，自己又平添一项。呵呵，看来今后和雪山比高度的同时，也要和血压比高度了。

2015 年 11 月 11 日 星期三　在局"三严三实"研讨会上的发言

　　根据局党组安排,我就第七专题做一简要发言。本专题的主题是:从严治党,廉洁从政,完善惩治和预防腐败体系,坚定不移把局系统党风廉政建设和反腐败斗争引向深入。关于这方面的工作,经过学习和思考,我的理解主要应着力于三个方面,即着力于用责任管严管细管实;着力于用制度管人管事管权;着力于用敬畏管言管行管心。具体汇报如下:

　　一、着力用责任管严管细管实

　　"用民有纪有纲,壹引其纪,万目皆起,壹引其纲,万目皆张",这也就是我们常说的纲举目张。抓工作,首要在明确责任。习近平总书记强调,"落实党风廉政建设责任制,党委负主体责任,纪委负监督责任",这是十八届三中全会对反腐败体制机制建设的重要部署。落实党委的主体责任,准确地抓住了深入推进党风廉政建设和反腐败工作的"牛鼻子"。

　　为什么这么说呢,因为一段时间以来,有的地方和单位的党委,或是"挂帅不出征",只是每年开个会、讲个话;或是只重业务不抓党务、只看发展指标不抓惩治腐败;或是对主体责任不以为然,把党风廉政建设的事全推给纪委。造成了党风廉政建设主体不明,事体不清,机制不顺,因此,自然容易出现问题。

　　如何落实主体责任,我的理解就是各级党委和主要负责同志要把主体责任作为第一职责、第一工作、第一要务来落实,牢固树立抓好党建是本职,不抓党建是失职,抓不好党建是不称职的理念。落实主体责任不是一句空话,应当从细处着眼,从务实入手,从规范落脚,让党风廉政建设工作融入每一项工作、每一个环节、每一份制度,真正让其入脑入心。这方面我认为局党组做得非常好,局属各部门各单位也要按照局里的要求切实将主体责任落实到位。

　　二、着力用制度管人管事管权

　　总书记强调:要把权力关进制度的笼子。陈全国书记也多次强调要加强法规制度建设。

　　实践证明,抓好党风廉政建设和反腐败斗争不能光靠运动式和说教式,关键是要制定切实有效、人人遵循的制度。做到"明制度于前,重威刑于后"。

一是要建立健全制度。这方面我们还有很多工作要做。比如，要建立权力清单制度，必须遵循职权法定、边界清晰、主体明确、运行公开原则，使政府机关职权的设定依照法律、法规、规章进行，严格实行法无授权不可为，该管的严格管起来，不该管的坚决下放。要建立廉政风险点及防控制度，让每个人都知晓自己所处的风险环节和防控要点。要建立健全内部控制制度，推进预算和决算公开，规范政府采购行为，规范工程项目验收，实现人、财、物、事在阳光下运行。

二是要及时修订制度。制度不是一劳永逸的，随着形势的变化，随着中央和自治区要求的不断深化，随着政策的不断调整，要及时调整和修订制度，完善不足，补充新政，让制度始终成为推动发展改革和党风廉政建设的主力军，而不是阻力军。

三是要严格执行制度。再好的制度，如果只是挂在墙上、写在纸上，当摆设、做样子，就成了"稻草人"。必须加强制度的执行力，这方面，领导干部要率先执行制度，努力做到执行制度没有例外。老百姓"从行不从言"，党风政风的状况，取决于领导干部的作为。

三、着力用敬畏管言管行管心

无知者无畏。一个人只有有所畏惧，行为才会有所顾忌。孔子说：君子有三畏，畏天命，畏大人，畏圣人之言。明代方孝孺认为："凡善怕者，必身有所正，言有所规，行有所止，偶有逾矩，亦不出大格。"民谚亦云："万事劝人休瞒昧，举头三尺有神明。"

据不完全统计，十八大以来已经有一百多位省部级高官落马，对于他们来讲，如果敬畏党纪国法，何以成为阶下囚。

对曾经是央视著名节目主持人的毕福剑来讲，如果敬畏党纪，他就不会在大庭广众之下堂而皇之用调侃的方式损害老一辈党和国家领导人形象。

对曾经是演艺界辉煌明星的尹相杰、毛宁等艺人，如果畏道德、畏天命，就不会用毒品来埋葬自己的健康和艺术。

其实，我们的身边也有沉痛的教训。原规财处处长和原科技处处长，我和他们也很熟。他们的工作能力和业务水平也都不错，为西藏的广电事业做出过贡献。但是，面对诱惑，没有能够把持住自己，归根结底，还是缺少一种敬畏，认为天知地知你知我知。现在看来，若要人不知，除非己莫为。

因此，对于我们每一名党员干部来讲，应当畏法律、畏党纪、畏道德，如果有如此三畏，自然会远离错误，远离失德，远离违法违纪和犯罪。我们每一个党员领导干部都要加强自我修养，下功夫修身律己、健全人格、完善自我，坚决防止和克服人前"光彩照人"、人后"污泥浊水"，左手反腐倡廉、右手贪污受贿等各种灵肉分离、人格分裂现象。正如一位学者所言：我们要常用四镜来自省自警，常用望远镜视大局、明方向；常用显微镜看细节、管小节；常用穿衣镜观容颜、正形象；常用反光镜察净言、纳监督。

以上是我的一点粗浅体会。

2015年11月28日 星期六

文件打不开了

笔记本运行缓慢一直是自己想改进的，思索良久，遂决定升级，于是请海山、小陈帮忙，顺利格式化升级为 WIN7。不料，事后发现原加密的文件打不开，且其中许多重要文件。虽然找到了很久以前的备份文件，避免了全军覆没，但还是有很多文件丢失。看来，凡事都要有所备份啊。

2015年11月29日 星期日

坚持，坚持

周末的生活本应该是轻松的愉快的。

毕竟忙活了一个礼拜了。

可是，我则是个例外。

照例，匆匆吃了点早饭，便带着资料赶到单位。

刚坐下，接到科技处处长老卫电话，正好想和他一起商量下下周出差验收和近期的工作。

从出发时间、验收程序、验收方法以及人员等，一一研究落实，最后考虑年底事情太多，我决定暂时推迟验收。

随后向书记、局长分别做了汇报。

下午，老蔡、元汉、军科几位援友来宿舍打扑克牌。紧张忙碌的工作之余，大家一边打牌，一边交流工作生活中的琐碎事情，在午后阳光的抚摸下，在远处布达拉宫广场音乐的陪伴下，暂时忘却了高原缺氧带来的痛苦，暂时忘却了远离家人的那份思念，偶尔发点牢骚，但更多的是相互鼓励，相互支持，相互打气，时而开怀大笑，时而切磋论道，有时激烈，有时沉默，相信多年以后，大家再回忆起这一场景，内心仍会是暖暖的。

努力并幸福着

近几日，帝都天气格外晴好，碧空如洗，祥云似锦，让刚刚从青藏高原"下山"的我，颇有几分亲切，特别是有幸参加了第二期全国会计领军特殊扶持计划启动会，聆听了财政部余蔚平部长助理的讲话，内心更平添了许多感动、不安和振奋。

之所以感动，是自 2006 年参加全国会计领军人才（后备）培养工程以来，已无时不为财政部领导、会计司、中注协和三家国家会计学院为中国会计事业的殚精竭虑和宽阔胸襟所感染，于我而言，可以说每参加一次培训都是一次心智"饕餮盛宴"。而于去年启动的特殊扶持计划则是全国会计领军人才培养模式的一次提升和创举，更彰显责任担当，更令人点赞！这种责任与担当体现于"为他人作嫁衣裳"，体现于"功成不必在我"，体现于"由会计大国向会计强国转变"的壮志情怀，能置身于其中，感慨之心，难以言表。

之所以不安，是在我们这些"幸运儿"的身后，还有财政部和所在单位领导、同事的期许目光，更有许许多多比我们优秀的同学鼓励的眼神。"铁肩担道义，妙手著文章"，这是各级领导对全体会计领军（后备）人才的深深寄予，但我深知，以自身浅薄之学识、经验和能力尚远不及领导和同学们的期望，深恐辜负信任与嘱托，有愧领导、专家和老师的教诲。我更加知道，三年的学习征程，既是一次难得的学习机遇，也是一次对自身的严峻挑战，高山仰止，远望巍峨。但我始终坚信一位哲人所言：有一种动力叫责任，有一种坚韧叫努力，有一种幸福叫执着。

之所以振奋，是为领导、老师和同学们所鼓舞。余助理的殷殷教诲，让我们更知责任，更懂感恩；老师和同学们的真诚祝福，让我们更为珍惜，更励勤勉。我喜欢挑战，并庆幸生于一个伟大的时代。2013 年我响应中央号召到雪域高原援藏，如今 700 多个日日夜夜已经过去，虽然高寒缺氧，但丝毫不敢放松和降低对自己的要求，努力践行"与海拔比高度，与缺氧比精神，与寒冷比热情"的援藏精神，两年的时间里，我走遍了全区 7 个地市和近 60 个县，撰写了近 30 万字的工作调研札记，承担了多项国家级科研课题，争取各类项目资金上亿元……虽然援藏生涯尚未结束，但已深感是人生的一次宝贵磨砺。在繁重的援藏工作之余，能够有幸再次融入这次难得珍贵的学习机会，我自当倍加珍惜，也颇感压力山大。但是，有领导的支持，有老师的指导，有同学的鼓励，虽然压力满满，任务满满，但放眼前方，信心满满，激情满满！

在路上，我们共同努力并幸福着……

2015 年 12 月 3 日 星期三　　　　　　　　# 艰难的选择

前日，书记和局长找我谈话，希望我能继续援藏，再干一届。

其实，早前，他们就已经流露出此意多次。

关于继续援藏，其实，内心一直在考虑，也一直很纠结和矛盾。

两年多来，西藏这片神奇的土地，已经越来越沉淀在自己的内心深处。这里，有太多的事情要做，有线电视的数字化、高清化、双向化、智能化，公共服务的均等化、标准化、数字化……一幅幅事业发展和建设的蓝图已经铺就，还有很多的空白和短板需要填补和强化，就这样离开，情感上非常不舍，就这样离开，内心里也非常不甘。

然而，如果留下来继续援藏，一方面身体能不能坚持下来，目前来看已经有高原性高血压的症状了，心脏也时常隐隐不适。另一方面家里最难以放下的还是家人，父母年事已高，孩子尚还年幼，爱人一人照料孩子，自己身在高原，无疑增添了很多苦累，实在于心不忍。

难以抉择……

2015 年 12 月 6 日 星期日　　　　　　　　# 19 年纪念日

1996 年 12 月 6 日，怀着一颗惴惴不安的心，自己踏进了中华人民共和国广播电影电视部的大门。何其神圣，何其庄严，何其肃穆，何其激动。这便是当时自己的心情。

光阴荏苒，在这座大楼里，自己经历了结婚、生子，经历了 1998 年的下岗分流、2002 年的集团化改革、2005 年的集团解散、2013 年的挂职援藏，从司里的小萝卜头，如今已经是资历排在前面的"老人"了。偶然回到司里，还时不时地会遇到一两个新面孔，看着自己直发愣，大有"儿童相见不相识，笑问客从何处来"的感觉。

无疑，这一天是有着深厚意义的。

感谢广电总局，让自己找到了为之奋斗的战场。

感谢广电总局，给了自己太多太多的荣誉和机遇。

感谢广电总局，让自己无悔近20年的青春岁月。

在这个有着深厚意义的日子里，自己身在拉萨，雪域高原。

上午9点半，依旧像平时上班的时间，来到办公室。快到年底了，事情比较多。地面数字电视，村村通工程，有线电视数字化，十三五规划，等等。

下午3点半，继续上午的节奏。中间给家里去了一个电话，爸妈在修理下水管道。唉，儿行千里，难以照顾老人啊。

累了。推开满桌的文件。披衣走出去。

傍晚时分，夕阳西下。布达拉宫在落日余晖的映衬下，像妩媚的新娘。初冬的拉萨街头，人不是很多，偶见一两个游客，当是铁杆藏迷。信步向大昭寺方向走去，远远望去，大昭寺金顶熠熠生辉，门前的广场上依然是熙熙攘攘的朝拜人群。没有想到，在这里转经朝拜的人居然这么多，与人迹寥寥的广场大相径庭。转经的人大多是西藏本地人，间或一两个游客，还有一群外国人，在兴奋地看着五体投地虔诚的朝佛者。

只有我，默默地走在人流的边缘，步伐很大，寂寂无声，唯有脚步声和呼吸声，在为自己唱着19年来淡淡的歌。

2015年12月7日 星期一 　　　　　　　　　**出发验收**

忙碌一天，直到傍晚，才和老卫小尚小石等同事驱车前往山南。

此去山南，为广播电视村村通验收之事。先山南，再林芝。

行至贡嘎，与山南局同事会合，共同前往乃东，山南之行署所在地。

山南局沈局长陪同，其性格豪放，同为河北老乡，张家口人士也。

山南乃藏文化之发祥地，当年文成公主曾常年居住于此，每每行至此地，不由得生出几分亲切之感。

目睹落日余晖下的湖光山色，不由得心生感慨，遂口占打油：

寒雨时节离圣城，
落日禅晖染碧峰。
苍烟林里斑头雁，
雅江沉雪又相逢。

2015 年 12 月 8 日 星期二　　在山南地区验收

早上 9 点，一行人即出发赶往琼结县。

车行在雅隆河谷，早晨的阳光从左侧车窗斜照过来，无比温暖，两侧是枯黄的草梗和枯黄的山峦。一想到这里曾经是文成公主栖居的地方，温暖亲切之感油然而生。

第一站，是琼结县下水乡措杰村。验收点村民用的是创维公司生产的机顶盒，目前可以收看 13 套电视节目，村民说能听懂汉语节目，喜欢看的频道有央视一套、西藏卫视、湖南台等，电视剧、电影和歌舞节目是最爱，但群众反映有的好节目没有了。看来清流机顶盒更新工作还是要抓紧。顺路看了位于村委会的农家书屋，大约有几百本书籍，屋内陈设比较陈旧，借阅册登记情况和其他地方差不多。

第二站，下水乡政府。一行人查看了乡镇干部设备发放情况，该乡有乡镇干部 60 人，主要设备是加密二代机，是九州公司生产的。乡里只有文化活动站，广播电视覆盖工作主要由县电视台负责。

第三站，县文广局。该局共有员工 21 人，其中，电视台有 8 人，现有一间 20 平米演播室，设有几台摄像机和数字编辑设备，系由湖北省襄阳市援建。经检查，由于缺少整体情况介绍，设备交接台账不全，责任书缺少县里的签字盖章，没有公示件，维修台账缺少日期等。鉴于这种情况，我建议请该县进一步整理收集，暂不通过验收。

在河谷深处，我们看到了几个高起的台地，乍一看，不过是一些土堆，同行人介绍，这就是闻名天下的藏王墓。拾阶而上，来到了松赞拉康，一问，原来这个拉康竟然建在一代藏王松赞干布的陵墓上。而陪伴他在此的还有从遥远地方而来的大唐文成公主和尼泊尔尺尊公主。

曾经的伉俪，曾经的一代英雄，曾经的美女，曾经的公主，如今已随风而去了。

接下来，去桑日县。

　　首先来到桑日县恰格寺，该寺庙共有七名僧人，八名寺管会人员。查看了广播电视进寺庙情况。

　　然后到绒乡巴朗村，在一新增户家里，主人是位 30 岁小伙子，为了看好电视，他自己掏钱 180 元购买清流型机顶盒。可见，随着群众对精神文化生活的追求不断增加，我们的公共服务工作还没有及时跟上。

　　在冲达村村委会，看到了 6＋2 一体化发射机，机器还在运行，可惜的是村里已没用户。如果能换为调频广播发射机，落地效果会更明显。

　　在验收会上，我提出三点意见：

　　一是同意验收组意见，同意验收。

　　二是要进一步完善有关资料，包括领导批示、相关通知、安装资料、资金使用情况等。

　　三是要进一步做好村村通设备的维护工作，要加强设备巡检，安排专人维护，确保安全播出。

2015 年 12 月 9 日 星期三　　在朗县验收

　　上午，继续在加查县验收。先是去了洛林乡普姆村，全村 40 户，蜗居在山谷里，上午 10 点太阳还进不来。验收点的阿佳喜欢看西藏藏族卫视，腼腆地说，喜欢看电视剧，但不懂汉语，小孩子放学回来一般喜欢看汉语节目。另外，在村长家里发现使用广播电视进寺庙的机顶盒，当即要求马上更换。

　　在李县长的陪同下，我们又到达位于县城中间的达布夏竹林寺查看广播电视进寺庙情况。"夏珠林"意为讲经修炼的地方。公元 1300 年，洛桑扎巴活佛将白定寺搬迁到达布仲巴（县城所在地），取名嘎玛夏珠林寺。第 9 代活佛嘎玛旺久多吉于公元 1669 年将嘎玛夏珠林寺由原来的噶举派改为格鲁派（黄教），并正式定名为达布夏珠林寺。由此成为西藏藏传佛教即格鲁派的祖寺而出名。该寺尊奉"能仁王"神灵，并供奉有杰钦嘎玛赤列、吉祥天姆两位护法神。达布夏珠林寺以讲经说法为主，其辩经在藏传佛教中颇有影响，属县级文物保护单位，现有 36 名僧人，18 名寺管会人员。在总结会上，我提了三点建议：第一，进一步规范管理，做好村村通设备入库、出库、发放、更新等的登记和管理工作；第二，进一步加强维护，通过多种方式确保老百姓看到看好广播电视；第三，进一步加快发展，加大户户通和无线数字化覆盖等工作，不断提升广播电视公共服务水平。

中午时分，离别加查县，沿着雅江一路向东，于下午两点半左右达到林芝朗县。金梅青、杜永红等驻村工作队员已在桥边等候。草草吃过午饭，便赶往郎县拉多乡吉村，该村是杜永红副处长的驻村点。从朗县向南一路向山上行进，晶莹剔透的波勃朗峰屹立在天边，驾驶员小崔说，那就是此行的目的地。不会吧，那么高？一车人多有几分不信。然而，随着山路此起彼伏，随着山下的村庄越来越模糊，随着雪山越来贴近，心情越来越紧张。终于，在爬行了40分钟之后，我们达到了吉村。该村全村60户200人，分四个自然村，最高的自然村4300米，约有十几户，紧邻波勃朗峰，已通广播电视。从其所处的地理环境和海拔高度来看，大家都纷纷建议下一步的工作思路是实行易地扶贫，不然投入成本太高。

下得山来，我们又前往距离县城20多公里的新扎村。该村是金梅青处长的驻村点。海拔虽然不及吉村，但住宿条件比较差，几名女队员的宿舍墙壁漏风，又不能使用电炉子或者电暖器，且听说个别村民不时晚上来此酗酒闹事，看后令人心疼担忧，反复叮嘱村长一定要照顾好几位驻村的女干部，确保安全。

晚上，住朗县粮贸宾馆。

2015 年 12 月 10 日 星期四　　　　**验收体会**

上午，前往米林县验收。

米林县广电局魏局长陪同。首站到该县卧龙镇，据他介绍，全县共有 8 个乡镇，通过有线方式、直播卫星、12＋1 小片网等方式实现了全覆盖，其中有线方式已联全县 8 个乡镇和所在地村庄。第二站是下却村，全村有 36 户，主要是清流设备，年纪大的村民还是主要喜欢藏语卫视，孩子也喜欢汉语卫视。村民还是反映电视节目在逐步减少。第三站到米林村，全村 68 户，二代机覆盖，在驻村工作队的支持下，村委会院子修建得非常好。

然后前往林芝验收。第一站是孜热村，第二站是仲果村，街道整齐，为小康示范村，自己已经是第二次来到这个村子了。

下午，在市局会议室，举行了简短的总结会议，我在最后谈了谈本次验收的几点体会。

一、要加强顶层设计。要做好村村通工程的方案设计，在摸清底数、方案编制、设备接收、设备验收、设备发放、设备登记、用户公示、设备维护、设备更新、设备报废等各方面都应该有顶层的制度设计，这样层层布置、层层下达、层层落实。例如，这次的村村通资料档案的管理，各地五花八门，很显然，这方面的顶层设计做得不够；再如，这次我没有看到各地市的初验报告，那么，在我们下发的验收文件上应该有明确的清单和要求。

二、要加强档案管理。这是本次验收中印象最突出的一点。有的县村村通资料缺失，有的县保管混乱，空白表和已填表混在一起，村村通资料和台站资料混在一起，很多资料杂乱放在破烂不堪的信封里，既没有总账，也没有明细台账。这方面应该予以规范，区局应该发个文件，就验收中发现的一些问题进行统一明确的规范。

三、要加强发放登记。在江达村，我们发现村长家的设备是进寺庙用的，这一方面说明进寺庙的设备可能有富余，另一方面可能发放和管理比较混乱。应该有严格的登记程序和发放公示制度，要让惠民工程真正惠民。

四、要加强前期设备管理。在江达村，4＋2设备空转的问题，让我们感到十分的困惑，村干部不懂设备技术，不了解村内设备使用情况，不具备管理经验和知识，白白地浪费电力，且存在着安全隐患。要把这部分设备使用好，利用好，管理好。

另外，对于下一步的工作，有以下几点思考：

第一，长期通优质通是目标。村村通工作经过各级广电工作者十几年的努力，应该说已经达到了预期的目标，基本实现了全覆盖，使广大农村老百姓由听不到看不到广播电视，到听到看到广播电视，由听不懂看不懂，到听懂看懂，很不容易，取得了显著成效，让党和国家的声音传入千家万户，这方面，各级广电工作者尤其是基层工作者功不可没。下一步解决的关键问题是确保长期通畅，确保优质服务。打江山容易，守江山难。发机顶盒容易，但是如何确保正常运转，这是难点。好比农家书屋，给每个村配备书籍容易，但如何让老百姓主动去看书、找书，这就需要我们多开动脑筋了。为什么有的地方做得好，有的地方做得不好，不光是资金的问题，更多的是有没有主动深入思考，有没有主动有效作为这才是关键。现在村村通工作已经告一段落，下一步我们要让老百姓从听懂看懂广播电视向听好看好广播电视转变。农村老百姓的精神文化需求和欣赏水平也是在不断提高，我们不能满足于现在每家每户能够看到听到几十套广播电视节目就行了。根据公共文化服务实施意见，到2020年，全区基本公共文化服务水平要达到全国平均水平，这就要求我们要在节目译制上多下功夫，在功能服务上多下功夫，进而在公共服务的标准化、均等化水平上多下功夫。同内地相比，我们的公共文化服务水平差距还很大，在提供节目的多样性，提供手段的多元化等方面，我们还有很大的改进和提高空间。

第二，改进服务方式是重点。在村村通工程实施中，我感觉目前安装后的运行维护是短板。短板决定着一个项目和工作的水平。这也是我们常说的木桶理论。由于西藏地广人稀、交通不便，加上我们县一级广播电视机构人员不足，乡镇一级又是空白，技术人员严重缺乏，所以导致安装后的运行维护管理还远远跟不上。我去过有的地方，发现用的都是"黑锅"，一问当地的广电人员，说都已经发放设备了，可为什么用的都不是我们的设备呢？一了解，原来老百姓的设备出现故障，不知道该去哪修，只好买市面上的黑锅了。那么根据目前的情况，全面增加维护机构、增加维护人员也不现实，我们是否可以开动脑筋，另辟蹊径。比如，是否可以通过买服务的方式，将维护工作委托各村的驻村工作队员，他们的知识水平比较高，经过短期培训，可以进行一些简单的故障处理，等等。或者对村里文化水平相对较高的村民进行培训，每年给他们一些经费，由他们承担起一些简单的维护工作。

第三，优化服务机制是方向。从我们调研的情况来看，很多老百姓不满足于仅仅看到目前的一些节目，也很喜欢看电影电视剧歌舞等中文频道的节目。因此，应该加强节目内容建设，加强县级广播电视台节目制作能力建设，不断丰富老百姓的精神文化需求。另一方面，应该尽快开展户户通市场零售试点，让老百姓能够有更多多样化的公共服务选择，为政府为主体的公共服务有立体化的补充。

早上 7 点 40 分，赶往林芝米林机场，因为临时要去上海参加会计领军人才座谈会，只好改变行程，我从林芝赶往上海，由于没有直飞航班，只能从成都转机。老卫、小尚等其他人从林芝返回拉萨。

2015 年 12 月 17 日 星期四　　　　　　　　**亚东印象**

陪同总局发展研究中心赴日喀则调研。早上 9 点从拉萨出发，途径江孜、康马，晚上近 8 点到达边境口岸亚东县。

在江孜县，一路向南，进入另外一条河谷走廊，姑且这样称呼，反正感觉西藏的路似乎都是如此的。

忽然，前面的天空由湛蓝逐渐变得灰蒙蒙的，腾腾烟雾从远处的山脚下升起，起风了，每到这个季节，由于地面植被渐渐稀疏，带起扬尘，由远及近，令人仿佛置身新疆的戈壁滩。

峰回路转，在漠漠天际，蔚蓝色的天空，土黄色的山峦之间，一片白茫茫的雪山横陈在眼前，雪山直刺蓝天，在雪山之上，奔腾的是洁白的云海，像烟雾，像波涛，像旗帜，云和雪山混合在一起，不知是云拥着山，还是山夹裹着云，简直如同魔境仙境幻境一般。

在帕里镇，我们来到了电视转播台。这里海拔4300米，只有3名员工，承担着中一中七西一电视节目的无线模拟信号的转播，以及中一西汉广播节目的转播工作。这里，条件很艰苦，但由于临近边境，任务很繁重，曾经是1千瓦中波发射台。面对这如山的责任和极其简陋的环境设备，我们更多感受的是尊敬和致敬。

到亚东时，已经傍晚了，夜幕笼罩着松柏相间的小县。饭毕，和明品、小尚等人到镇上小转。由于停电，路上行人很少，很静很静，只有路旁潺潺的流水和天上弯弯的明月、朗朗的疏星，似乎在提醒着我们，还在喜马拉雅山的南麓。

2015年12月18日 星期五　　　　　　　　　　**继续日喀则**

本次调研，先后江孜、康马、亚东三县。

江孜给我印象最深刻的是该县广电局阿旺局长所介绍的，全县地面数字电视建设已完成，由上海援藏700万投资，现有2000用户，6部300瓦机器，传43套节目，含3套高清节目。该项目当属全区首份，当推广之。

康马县是第一次来，也算填补了一份空白。该县南尼寺，建于1000多年前，原为宁玛派，后改为格鲁派，据说原有僧人10000，英军入侵时遭到全面毁坏，只有一个经殿得以保存。在经殿大门上还留有一些当时的弹孔。"文革"时，该寺又遭到破坏。寺里有一幅明代永乐年代的佛祖唐卡，明眸善睐，庄重慈祥，为镇寺之宝。到一僧舍，见用的是村村通盒子，一问，原来的盒子坏了，但厂家（九州公司）维修需要一个月的时间，县里只好临时代替。看来需要加快机顶盒的维修周期了。在康马县电视台，电影院正在建设，可以坐60多个人，据县里介绍，全县两万人，县城人口四五千人，有线电视用户300多户，亚东台办公楼刚刚建成，还没有什么装备。原有的演播室很破旧，主持人的凳子都很简陋，表皮破损，露着里面脏兮兮的布料。编辑制作设备是90年代配备的，上传节目需要进行五次格式转换。

亚东县也是第一次来，行至乃堆拉山口，见有一村村通机站，乃前期村村通4+2转播设备，信源一是直播卫星，一是鑫诺卫星（主要是省级节目），主要覆盖范围是山下的边贸市场等。铁塔和设备维护情况还可以。在上亚东乡三岗村，一行人了解了村村通情况，该村的安居房只需每家出5万，总价40万，其余由政府出资，广播电视已经全覆盖。经了解，村民十分喜欢看湖南卫视电视剧节目和央视少儿节目。

亚东县的最后一站是亚东中波台。该台是上划台，台长王建耿，全台19人，虽面积不大，但台区秩序井然，设备运行良好，员工精神面貌优良，宿舍区在灾后重建，每间75平米，看后令人耳目一新。紧邻台区的是东嘎寺，该寺建于500多年前，原建筑毁于地震，后来重建，当年张经武将军从印度辗转至此，与十四世达赖喇嘛曾会晤于此，说服达赖返回拉萨。

一路北行，于晚上7点半左右抵达后藏中心日喀则市。

2016年1月4日 星期一　　　　　　　　# 新年首记

2015年好快啊，转眼就过去了。

这一年很忙碌。

一是工程项目多。由于2015年是自治区成立50周年，是十二五规划收官之年，县级有线电视数字化改造，县级数字影院建设，中央无线数字化工程，全区清流设备升级，十二五工程建设项目，村村通验收等等，这一年的每一项工程都凝聚了自己很多的心血。令人欣慰的是，这些工程大部分已经有了实质性进展。

二是调研任务重。这一年，随同韩局带队到北京、江苏、重庆和四川等地调研IPTV等发展情况。先后陪同总局调研组到林芝、山南、那曲、拉萨、日喀则等地调研。到林芝、山南等地开展村村通验收。到内蒙古参加公共服务体系建设座谈会并调研。到上海参加领军人才座谈会等。

三是课题任务多，从总局交办的部级课题、从领军班的课题到博士论文，自己的一年可以说是不亦乐乎，虽然忙得一塌糊涂，但倍感充实，学到很多东西。

杂 记

中午，在爸妈那吃了香香的腊八粥，美美地过了一把瘾。粥是爸亲自熬的，妈妈从超市里买来江米、大豆、芸豆、栗子、红枣等，将栗子炒熟，然后高压锅一焖，盛出来，热腾腾，黏糊糊，香喷喷，那感觉，哈哈。想想腊八节的来历，哪里还有丝毫的悲怜古时的懒人啊，可是如果没有那对懒人夫妇，又何来今日的举国喝粥的盛况啊。据闻，很多大型食品店和饭店，都在义卖腊八粥，一些群众更是排队品尝，图个新年吉祥，您瞧，多喜庆啊，这也算是人家对中华文化的贡献吧。因此，在这个节日，也让我们借此缅怀一下先人。

饭后稍歇，遂与妻子同去朝阳公园。一是想带孩子呼吸一下新鲜的空气，北京的雾霾和污染太严重了，真不知在如此天空之下，以前的岁月是如何熬过来的。二是带他们到公园锻炼一下身体，久未活动，自己也感觉身上硬硬的，不似从前那样轻便。

虽然也去过几次朝阳公园，但对路况仍然不是很熟悉。于是开启手机导航模式，现在的科技啊，真是无处不在。

可能是下午的缘故，车停在公园南门，居然还有车位，甩蹬离鞍下马，直奔园内。由于天气清冷，又是下午近黄昏时分，游人寥寥，我们三人沿着褐色的健步道一路前行。朝阳公园真不错，这是北京最现代的公园，至少我这么认为。不论是游乐设备还是园区的景观设计，不论是亭湖流水还是远林近树，无不彰显现代文明的浓厚气息。比如，这健步道，就分为四种颜色四条长度不一的小路，由于铺着塑胶，踩在上边很是舒服。儿子很是兴奋，一路领先，爱人则边走边拍，落在最后，眼见身边不时有同路者，或跑或行，或老或少，或老外或我辈，在苍凉的黄昏中，奔向远方。

远处，CBD 的高楼或隐或现，现代商业文明与我们近在咫尺，让一颗浮躁的心灵，得到片刻的歇息。

从 16：30 到 18：30，我们走了整整两个小时，十多公里，终于从起点到终点，此时已经华灯初上，望着儿子红扑扑的笑脸，我开心地笑了。

2016 年 1 月 27 日 星期三　　　　　　　**今天走了 23000 多步**

早上 9 点，叫了滴滴快车去国家图书馆。

看书看到近 1 点多，到附近吃了碗吉野家的快餐，八分饱吧，看来自己饿了。

突发奇想，到中关村看看。于是沿着熟悉的首体北路，一路向北，经过中央民族大学、魏公村、人民大学，来到了中关村路口。曾几何时，这里是中国的硅谷，几乎每天都是人潮涌动，几乎每天都在诞生和死亡创新企业。

远远地看到了海龙大厦，这个地方自己来过几回，第一台组装的电脑，就是和朱荣来这里采购的。想当年自己和朱荣意气风发，花了近五千大洋，攒了一台电脑回家，其兴奋程度不亚于娶了一个新媳妇，岳父岳母也不住观瞧这新鲜事物，不料打开箱子一看，键盘未拿，顿时沮丧万分，只好第二天一早再跑到中关村取了回来。如今，这台电脑安静地放在办公室一角，很久很久没有打开过它了。

从过街天桥直接步入海龙大厦，然而，一迈入其中，登时后悔，大厦之内商铺寥寥，门口的几个拉客的小伙子令人极其厌烦，显然，卖东西的比买东西的要多。我本来就是来随便看看，见如此纠缠，顿时已没有心情，抬脚走出大厦，回头望去，海龙大厦依旧巍峨依然，但其中的一幕一幕，令人非常黯然。

难道这就是昔日熙熙攘攘的电子世界，如今的满目萧条，令人唏嘘不已。看来互联网大潮已经席卷硅谷，让这个地方如此苍凉，倒是对面的科贸大厦（好像是这个名字）颇为热闹，卖相机、镜头、电脑配件、手机等的，热闹非凡，在里面转了一圈，很快就出来了，我估计，很快这里便会成为海龙大厦的翻版，因为，那里面虽然大都是电子产品，但假货盛行，技术含量也不高，随着移动互联网的飞速发展，随着物流业务的不断升级，这里的明天令人担忧。

步出科贸大厦，冬日的夕阳已经西斜，落日的清辉洒满了海淀区中关村的高低错落的楼群。这里曾经是多么熟悉，这里也曾经是何其相望，因为，再往前，就是中国莘莘学子们梦里渴望的北京大学和清华大学。

到图书馆又看了一会儿书，见时光已晚，怕爹娘催促，于是收拾电脑，打道回府。

这次，我没有坐车，信步走去，"腿"回去。说走就走。

从国家图书馆到复兴门，至少有七八公里，又值晚高峰下班，路上车水马龙，灯光闪烁，行走在其中，也是别有一番感觉的。甩开胳膊，大步向前。从首体南路，到展览馆路，阜外大街，月坛北街，月坛南街，渐渐的，脚越来越疼，看来鞋合不合适只有脚知道啊。为了能够按时到家，不能停留，甩开两脚，在甩动中缓解着麻涨涨的疼。

终于，到家门口了，一看表，整整一个半小时啊，估计有近10公里吧。

这时，爸妈的电话打来了：国瑞，回家吃饭啊……

2016 年 1 月 27 日 星期四　　　　　　　　## 为援友祝福

下午得知一女援友被查出癌变，很是难受和感慨。援藏不易，女同志援藏更不容易。在西藏，女人的三大天敌往往令美女们望而却步：一是暴晒，西藏海拔高，紫外线极强，稍不注意，很容易晒伤。二是干燥，虽然水资源丰富，但拉萨等地干旱缺水十分严重。三是缺氧，气压低，氧气含量只有内地的 60% 左右，气压值才达到海平面的一半左右。此三者，对于年轻爱美的女性，无疑是严峻的挑战。但是，我们的女援友们呈出的却总是一副阳光灿烂的样子，乐观向上的精神每每让我们为之感动，更让我辈须眉再难羞于愁眉苦脸之高原艰难困苦。

由此又想起先后因高原而突发失明等疾病的援友齐胜利、白喜林、李晓南、张剑桥……高原是残酷的，但他们以血肉之躯在忘情地与海拔比高度，缺氧不缺精神。

为援友们祝福，愿西藏的高天厚土保佑他们，好人一生平安，扎西德勒！

2016 年 1 月 29 日 星期五　　　　　　　　## 小有收获

晚上，和几个友人小聚。

席间，有一银行界的朋友，是某行金融街支行的李行长。我们单位之间相距并不很远，于是，离开时共同打车回家。

路上，两人相谈甚为投缘。在谈话中，了解到他本人酷爱武术，在太极拳等方面颇有建树。这可是自己少年时的梦想啊。

他的观点，学习太极拳要掌握气息调节和内功习练，否则就是做体操了，为什么有的人学习太极拳容易膝关节受损呢，就是这个道理。

另外，他对养生也有一定的理解：

那就是，要知道发为血梢，舌为肉梢，牙为骨梢，指为筋梢。要注意四梢的锻炼，以延缓人体的衰老。

如何锻炼呢，在发为血梢方面：要以梳头为锻炼之法，晨起和睡前各梳头一次，每次200下，以改善头皮血液循环。

在牙为骨梢方面：要每天叩齿三次，每次100下，并多吃鱼、虾、瘦肉、牛奶和骨头汤，以补钙和防止牙齿脱落。

在舌为肉梢方面：要经常做舌头的吞吐和口腔内旋转练习，以保持谈吐灵活自如。

在指为筋梢方面：要经常手搓核桃，双手摩擦，改善上肢血液循环；要经常洗脚，在跑步和散步时，穿平底鞋或运动鞋，行走时以脚趾着地，充分起到舒筋活血作用。

在调节气息时，每次用腹部呼吸36次，即可以起到养生作用。

获益匪浅，感谢李行！

2016年2月10日 星期三　　　　　　**大年初三**

大年初三，携妻执子，登车北行，什刹秀里。

熙攘人群，所料未及，北海以北，前海之西。

前海再北，后海乃是，小桥无水，满目冰芰。

老发垂髫，乐在其里，我辈无聊，莫若动子。

后海向西，便是西海，偶见一隅，守敬默立。

若思一生，天文历法，通惠佳话，尤精水利。

出毕西海，狼吞填腹，兴致犹在，观影评级。

西游三打，变身3D，群星璀璨，无聊至极。

归来循迹，仍旧论文，感慨既久，万念归一。

798 厂

今天是大年初四，下午，陪同孩子，直奔北京著名的艺术中心——位于望京的 798 厂。

说到 798 厂，其实，最先获知的，是从同事立敏那听到的，她原来就在那里上班，后来通过国家公务员考试离开了 798 厂。作为电子工业企业的 798 等厂，原为苏联援建，东德设计，曾承载着昔日的辉煌。后值北京市功能区改革，原有工业外迁，原厂房废弃不用，改为京师一处文艺所在，成为占地面积 60 万平方米，集中书法、绘画、雕刻等艺术工作者的天堂和乐园。其中，至少有 300 位艺术家进驻 798 艺术区，包括刘索拉、洪晃、李宗盛等人。这些年，由于经营运作有效，竟然成为首都一道亮丽的风景线，画廊、酒吧、艺术中心、设计公司，很多外地游客已经把 798 艺术区作为一项重要的旅游目的地。2004 年，北京被美国《财富》杂志入选全世界最有发展性的 20 个城市，理由之一就是 798。

从复兴门坐地铁 1 号线，在大望路换 14 号线，将台站下车，换乘 445 路公交车，大山子路口南下车，随即，798 文艺区的标识已经赫然在目了。

进入 798 厂区，恍然感觉回到了当年的首钢带钢厂。这应该是一个规模很大的工厂，在当年。巨大的车间、厂房、锅炉、管线、塔吊，甚至还有铁路、火车，这都是一个大型工厂的样子。充满文艺细胞的文艺家们用他们的智慧把这里装点成了文艺的海洋。

形形色色的雕塑，抽象的难以命名；五彩斑斓的油画（不好意思，缺乏艺术知识的我，只能用这样的语言来形容），异彩纷呈；巧夺天工的手工艺品，令人爱不释手……

整个 798 艺术区很大很大，估计还没有走一半，就已经两脚发麻了。由于是春节期间，很多艺术工作室还没有开门，但是来来往往的游客还是不少，更有很多人带着孩子前来，和我们一样，让孩子更早地体味一下艺术的魅力。

很快，我们就被美术家黄勇的鸿篇巨制所迷住。画家是美籍华人，他的画被美国白宫和使馆、学校等收藏，是第一位受到美国总统接见的华人画家。画室分为两层，每一层的墙面上都镶嵌着魅力神秘的色彩世界。他的很多画是反映欧洲和美国等异域风情，虽然笔墨艳丽奢华，但一种精神，一种诉说，跃然纸上。而最让我们心动的是正对着门的一幅巨大的油画，长有四五米，高有两三米，画中，巍然屹立的天安门，在朝霞的映衬下，愈显雄浑；雄阔的万里长城，在群山峻岭中逶迤蜿蜒；遥远如仙境的布达拉宫，离太阳和天际是那样的临近；庄严巨大的卢舍那大佛，散发着智慧和神秘；波澜奔涌的壶口瀑布，令人心境无比起伏……

这就是我们伟大的祖国，她的历史的智慧和精华就在这里，她的脊梁和灵魂就在这里。

果然，在画的一角，我们看到了此画的名称——《中国》。

2016 年 2 月 12 日 星期五　　　滑　雪

一早，受同学张君之邀，携妻带子，驱车前往平谷渔阳滑雪场。初六的早晨，北风呼啸，一夜冷风，直刮得风清气爽。路上车辆不多，非常畅通，从二环路到机场高速，转京平高速，不到一个小时，便到了滑雪场，东高村即是也。

渔阳滑雪场名字起的很好，古典大气。古时的北京曾名渔阳，记得当年陈胜吴广就是要去渔阳出差服役，因大雨阻隔，误期将死，不得不揭竿而起的。因此，渔阳一名比北京更有深邃的历史内涵。

滑雪场地依山而建，被几条山峦包裹，四五条雪道，长的有几百米，短的也有上百米，如同几条银龙从天而降，很是壮阔。虽然是正月初六，来此滑雪的人仍是不少。

很快，租好装备，穿靴、踏板，整装待发，出发前来一合影，很是威风。

其实，此前自己曾经上过一次雪道，但那是 2005 年的故事了，在北方的哈尔滨，至今已经十年了，当年的技艺早已不知何处了。虽然不是初次登临，但自忧技术几何，于是谢绝了张君的好意邀请，知趣地和荣宝一起上了初级道。

现在科技发达，大家乘坐自动滚梯，缓慢地流向高处，人很多，待离开索道时，已是一刻钟的时间了。眼见脚下冰面溜滑，举步艰难，原本不高的道面，此时也变得异常陡峭起来。正要转身叮嘱荣宝几句注意安全，不料脚下已经难以控制，身体已经随着平滑的冰鞋飞速下滑，下滑，耳际是呼啸的风声，吹掉了头上的羽绒服帽子，几次以外八字阵型，想要控制速度，却根本无济于事，于是索性任其下滑，随性"任性"一回，好在滑道不长，第一次还算可以。但此后的滑行，却接二连三"水淹七军"，直摔得冰鞋四处，手杖飞舞，眼冒金星，惨不忍睹。再回看荣宝，人家始终一个姿态，从高到低，不急不慢悠悠地滑着，他控制速度很好，看来此前在佳木斯练得还可以。在远处高级道上，张君肯定也在健步如飞，距离太远看不见他，应该是彩蝶般舞动。

摔在地上的我，暗自嘲笑，全然不顾周边人的目光和笑意。看来"配好刹车再上路"这句话说得真好啊，正如同滑雪一样。如果还没有学会刹车和拐弯，就贸然上道，虽然可能速度会很快，虽然一时会很刺激，但不知何时何处，便会跌倒，即使这次侥幸没有，但早晚你会跌跟头，而且站得越高摔得越惨。而学会了刹车和拐弯，也许你开始走的会很慢，但每一步都很稳当，不仅可以顺利地到达目的地，还可以一路欣赏两边的风光，其实，是最佳的方式方法。所以，不要去艳羡别人的高度，还是用心去经营自己厚度，有了厚度，自然就会有温度，有温度，自然就会有高度。

坐在雪地上，揉了揉已经摔得紫青有几分疼痛的手掌，感觉此行还是值得的。小诗一首，有感而发。

> 天寒寻野趣，
> 驱车衔远篝。
> 几番风雨后，
> 已如不叶舟。

一张旧名片

2016 年 2 月 22 日 星期一

儿子翻看《三国演义》时，从中拾到一张名片，纸已略显陈旧，是自己20 年前用的。

名片上赫然印着"国家广播电影电视总局计划财务司财务处，联系电话：66092101"很显然，那时的自己还没有职务，估计是当前为了出国而印制的。

看了看名片，除了名字没有变，其他都变了：国家广播电影电视总局变成了国家新闻出版广电总局；计划财务司变成了财务司；财务处如今更是荡然无存；66092101 这个号码已经再也打不通了……

2016 年 2 月 27 日 星期六　回到雪域

费尽周折，终于后勤中心主任晋美帮我搞到一张今天的机票。

儿子在我出发前的缠绵难舍，让我内心很不是滋味。虽然已经不是第一次出远门，但家人的依依不舍让自己百感交集，还是回来吧，三年援藏期满，不再让家人承受更多的悲欢离合。

看了援友萱歌和她儿子的文字，更理解她作为一个母亲的巨大牺牲和付出。

人的适应能力是很强的，当离别的苦痛渐行渐远时，可能又会淡忘那曾经的不舍和揪心。

飞机还算平稳，没有出现以往的剧烈颠簸，光辉把时间看错了，于是出了机场又等了 20 多分钟。两人又去了机场附近的王记肉夹馍店，风卷残云，还是那么香美，可惜在从饭馆出来时，自己被脚下的地垫绊了一下，整个人从台阶上滚了一下，也许是前段时间在滑雪场练就的摔打功夫起了作用，除了手被搓了一下，脚踝歪了一下，尚无大碍，谢天谢地，老天保佑，也暗暗想，看来拉萨的缺氧使自己的身体也有些僵化了。

回到久违的小屋，援藏期限已近，看来自己在这里生活也不会太久了。

2016 年 2 月 28 日 星期日　如梦拉萨

周日无事，在拉萨街头小走，腿如铅重，归来草草饭毕，遂倒入沙发一觉至黄昏，日落西山，有几分思乡之意，郁郁乎小诗一首。

《如梦拉萨》

耳畔依稀除夕夜，
扁舟一叶送海西。
梦里也曾敲月下，
醒来不知泪沾衣。

山雪如云吹万里，

墙宫依旧画远诗。

春风未至关山外，

旋柳已着去年衣。

2016 年 2 月 29 日 星期一

四年等一日

据说，今天是四年才能等到的一天。为了不辜负这份难得，在局办公室送来的厚厚的几叠文件里，埋头签字。

见到韩局，汇报了休假期间的开会、联系等事宜。从他办公室出来，一阵头晕目眩，缺氧继续在袭击着自己。

下午，和科技处两名处长一同把今年的重点工作梳理了一下。新的一年忙碌又开始了。

2016 年 3 月 1 日 星期二

头 疼

昨晚没有睡好，醒来好几次，伴随着阵阵的头疼，看来还是没有完全适应过来。早晨一看窗外，下雪了，房顶上、车身上，都是洁白的雪花，地面却是湿湿的，拉萨的温度还是不低，地面存不住雪花。

带着蒙蒙的头疼，在单位忙碌了一天，主要是和科技处一起在修改呈报政府的三网融合报告。临近中午，叫来几名专家和领导，对其草稿进行了修改，下午，又再次带着科技处和海山一起逐段逐句进行了修改。真累啊，头疼眼涩。

每每到这个时候，这种难受的时候，更加想念北京……

2016 年 3 月 2 日 星期三

第七批参加援藏干部领队座谈会

上午，在西藏迎宾馆参加了第七批援藏干部领队座谈会。

会议分三个部分，一是集体学习了《党章》，二是各援藏省份领队和援藏干部代表发言，三是组织部长曾万明讲话。

曾部长在讲话中指出，一、不辱使命不负众望，奏响新凯歌。一是要在推进西藏长足发展方面大显身手；二是要在维护社会稳定方面敢于担当；三是要在聚焦扶贫脱困方面多做实事；四是要在智力支持方面牵线搭桥；五是要在促进交流交往方面展现风采。二、加压负重，跑好最后一棒。一是要把握大局大势；二是要用钉钉子的精神完美收官。三、要扣好援藏最后一粒扣子。一是要牢牢坚守对党忠诚的立身之本；二是要倍加珍惜援藏历练的宝贵机会；三是要始终守住安全这个底线。

王奉朝副部长最后指出，一要人心不乱，多思考离藏留些什么；二要安全不忘，确保政治安全、人身安全、廉政安全；三要斗志不减，做好最后100多天的援藏工作。

应该说，这将是自己最后一次参加援藏干部领队座谈会了。这次座谈会开起了我们1500多名援藏干部的收官之旅。三年的生活弹指一挥间，依稀就在昨日，这1000多个日日夜夜是怎么度过的，连自己也不敢相信。

在剩下的100多天中，要倍加珍惜，要多走路、早睡觉、勤写作。

一是要抓紧写作进度，日以继夜，夜以继日，争取按期完成。

二是要做好收官，对全国新闻出版广电系统援藏工作要及时总结，做好宣传，为下一步召开援藏会议做好准备。

三是要加快项目力度，包括：开展林芝地区户户通试点，争取有线电视网络双向化建设资金，推进中央无线数字化覆盖等。

四是继续帮扶结对认亲联系户。

2016 年 3 月 5 日 **星期六** ## 光缆被挖断了

晚上正在吃饭，得知北郊一工地有线光缆被挖断，约有2000多户居民收看不到有线电视。于是赶紧叫上海山前往事故地点。在快到军区总医院时，看到一处工地，工地上十几个人正在紧张忙碌着。经了解，一部分是肇事者的工地工人，在忙着清理管道，一部分是网络中心的员工，在紧张地修复损坏的光纤。看着大家都在默默地梳理光缆，焊接接头，没有忍心打扰。夜已经渐渐深了，温度也越来越低，叮嘱海山和扎西，尽快为大家准备帐篷和热水、酥油茶，不管几点都要连夜修复好。

看着大家紧张有序忙碌的身影，默默地说，加油啊，小伙子们！

晨起有感

每天的早晨几乎都是从 7 点开始，这个时间可是相当于北京的 5 点。在食堂匆匆吃点东西，见离上班还早，就会信步到龙王潭公园和布达拉宫广场走走。经过一夜的休整，早上的头脑更清爽些，看着生机勃勃的四周，心情也渐渐清朗起来，不由诹出几句。

> 群山穿晓雾，
> 万木吐新芽。
> 白云栖山脊，
> 飞鸟踏朝霞。

地 震 了

晚上 9 点多，正在宿舍里写东西，突然，感觉身子在摇晃，是头晕了？不对，清晰地感觉到整个房间在晃，可能是地震了。为了证实自己的判断，索性穿上衣服，走进黑夜。

刚一出门，看到同事扎西和一家人站在外面。"地震了"，扎西说，"先后震了两次呢"。

自己的判断得到了证实，于是，也没有回房间的念头了，抬脚继续向外面走去。

虽然已经深夜，但对拉萨来说，还是很热闹的。单位就在布宫旁边，于是，顺着转经道一路走去。

道上人很稀少，只是右边的金黄色的转经筒在吱吱地转着。

走着走着，除了自己嚓嚓的脚步声，就只剩下了月光下的身影了。当然，还有巍巍的玛布日山，还有庄严的布达拉宫。

在夜灯的照射下，玛布日山更加雄浑，裸露的山石黑黝黝的，像藏族老阿爸的脸膛，山上稀疏的杂草，低矮的灌木，在安静地陪伴着布达拉。

我曾不止一次地想，1300 多年前，美丽的文成公主该有多少次站在布达拉宫的窗前眺望东方，遥远的那里，是回不去的故乡。还有多少次，她临窗俯瞰逻些城，和山下的一草一木，如今，公主眼光所到之处，早已景物不在，除了远处的药王山和布宫脚下的山石，也只有这些不会言辞的物种，陪伴公主度过春夏秋冬直到现在。

远处的洁白的喂桑炉，一缕缕清白的桑烟徐徐地飘向夜空，飘向巍峨的城堡。

在香雾的笼罩中，布达拉宫显得无比神秘和肃穆，虽然是深夜，但在夜灯的映衬下，更加端庄，更加悠远。走在了布宫的东侧，这里是白宫所在，一眼望去，巍然壮观，夜色中，整个白宫如在缥缈的仙境中，弯月如钩，如空如梦，如歌如雾。来藏三年了，还是第一次看到如此的布达拉宫。

突然，夜灯熄了，布宫陷入了灰黑色的夜幕中了，虽然有几分遗憾，但已经很知足了：此景难料，此情难待。

在我前方蓦然出现两名少女，她们夜色中依然在一步一步地长跪，双手合十，高举头上，再拜胸前，跪下，双臂长探，五体投地，就这样，一步一跪，一丝不苟，在月影下，那起起伏伏的身影，很美很美……

2016 年 4 月 16 日 星期六　再访山南

在蒙蒙晨雨中，一行人直奔山南。

仲夏的西藏，雨意甚浓。从拉萨到泽当再到错那，雨始终不停地下。

路过雄伟的雍布拉康，车辆没有停下，翻越五座海拔 4600 米以上的高山，车辆也没有停下。终于在从云端盘旋而下 2000 米后，停在了美丽的勒布沟。

和上次相比，路况明显要好多了，全部是柏油马路。晚上宿一客栈，门锁皆坏，找到老板，一笑：放心，这里绝对安全。

酣眠一觉，早起，外面依旧小雨滴答，山上依旧白云如练。山行数千米，蜿蜒而下，路两侧郁郁葱葱，疑是江南，突然一丛浊黄色的激流从山间飞流而过，如山火爆发，夹携山中泥土，喷薄而出，不禁脱口而出"小壶口瀑布"矣。

远处，山顶山间烟云滚滚，林间雾气弥漫，白云间，山形隐约，森林弱现，不知是山拥着云还是云拥着山。

离错那县城不远，九曲十拐，来到了东章瀑布，瀑布在对面山上一面铺开，规模不小，山下一条小河，水流湍急，拦住了我们，更因为对面山上已经有印度的士兵在巡逻放哨。记得 2014 年刚来时，当地人说就在去年，本地的老百姓还在山上放羊。如今却已经成为禁地，令人感慨。

下山路上，看到远处绿草丛中，几间藏式小木屋独立于皑皑山中，屋顶赫然飘着一面五星红旗，迎风冽冽，是那样的鲜艳，那样的温暖……

《访山南有感》

云海苍茫访藏南，
清风细雨寻楼兰。
云拥葱岭家何在，
斓斑倏忽变雪山。

也曾万里逞骁勇，
犹记大漠坠月弯。
穿林打叶何所惧，
纵马提刀踏蓝关。

2016 年 4 月 21 日 星期四

迟来的春天

拉萨的春天总是晚一段时间，内地已是"烟花三月下扬州"了，这里还是"几处早莺争暖树"呢。春寒料峭，打油应景。

《杂感》

人间四月芳菲尽，
雪域樱花始盛开。
无情最是公主柳，
春风潭水照影来。

2016 年 4 月 23 日 星期六

难忘的世界读书日

参加援藏干部读书会，聆听援友赵如发讲解"信仰的力量——'两学一做'学习讨论"，感悟"只问耕耘，不问收获"。感动于援友老秦，默默帮扶残障孤儿，在援藏即将结束之际，又主动申请到阿里地区继续援藏。会后，大家一起前往拉萨彩泉福利特殊学校看望孩子们，送去电视机、机顶盒、图书、收音机等，愿祖国的花朵拥有快乐幸福的童年。

2016 年 5 月 4 日 星期三

突然发现

> 突然发现，
>
> 离开了西藏，
>
> 内心竟然一片空白。
>
> 为她辛苦为她忙，
>
> 原来所有的一切忙碌和苦涩回忆，
>
> 竟然是那样甘美。

2016 年 5 月 5 日 星期四

提高西藏广播电视公共服务水平的几点思考

近年来，在总局和自治区党委政府的大力支持下，西藏广播电视公共服务水平和能力显著提高。截至 2015 年年底，西藏广播电视人口综合覆盖率分别达到 94.83％和 95.96％，实现了历史最好水平；广播电视节目译制量分别达到 10000 小时和 1600 小时，不断丰富了藏族人民群众的精神文化生活；村村通工程持续发挥作用，向农牧民群众发放广播电视直播卫星接收设备 49.66 万套；有线电视数字化持续推进，电视节目质量和数量不断提高。但是，与中央和自治区党委政府的要求相比，与西藏广大人民群众日益增长的精神文化需求相比，与内地广播电视发展水平相比，西藏广播电视公共服务水平和能力还有待进一步提高。

一、从问题意识入手

习近平同志指出，要学习掌握事物矛盾运动的基本原理，不断强化问题意识，积极面对和化解前进中遇到的矛盾。提高西藏广播电视公共服务水平和能力，首要的是找到当前西藏广播电视公共服务工作存在的主要问题，概括起来，主要有以下几个方面：

1. 广播电视仍有盲区

根据统计数据，截至目前，西藏仍然有 12.9 万户农牧民收听收看不到广播电视，其中：未通电地区 1.1 万户，已通电地区 11.8 万户。如何让地处高寒偏远的 12.9 万户农牧民群众尽快听到广播看到电视，这是公共服务当务之急，首要任务，是雪中送炭。

2. 清流接收设备较多

截至 2014 年年底，全区累计发放直播卫星接收设备 49.66 万套，其中清流设备 34.1 万套，占全部发放设备的 69%。随着清流平台节目的逐步减少，广大农牧民群众收听收看到的广播电视节目将越来越少。在总局的大力支持下，在西藏自治区党委政府的高度重视下，西藏正在置换由政府发放的 34.1 万套清流接收设备，但市场上农牧民群众自发购买的清流接收设备（黑锅）仍不在少数，如何解决这部分用户的清流接收设备更新问题，应引起足够的关注。

3. 藏语节目依然偏少

截至 2015 年年底，西藏全区共有广播电视频率频道 25 套，其中：广播 11 套，电视 14 套。频率频道的数量位居全国最后。在上述频率频道中，藏语广播频率 4 个，藏语电视频道 2 个。在全国上星频率频道中，藏语频率 3 套，其中卫藏方言 2 套，康巴方言 1 套；藏语电视频道 2 套，其中卫藏方言 1 套，康巴方言 1 套。但由于各地藏语方言差异较大，真正能让当地藏族干部群众听得懂看得懂的藏语节目，尚难以满足广大藏族群众听广播看电视的精神文化需求。

4. 公共服务力量不足

西藏地广人稀，交通不便，全区 317 万人口分布在 120 平方公里的高山深谷之中，人口总量小居住分散，公共服务半径大，加之广播电视公共服务维护链条长、技术含量高，西藏的广播电视公共服务边际成本一直较高。近年来，随着政府体制改革的不断深入和广播电视事业的快速发展，各级广播电视机构的从业人员特别是公共服务人员不足的问题日益突出，加上高原条件艰苦，人才流动频繁，越来越难以满足广大藏族群众对广播电视公共服务的需求。

二、从西藏实际着眼

实事求是是我们做好一切工作的基本遵循。做好西藏的广播电视公共服务工作，必须要实事求是，充分认识和了解西藏的实际情况，从实际出发。

1. 地广人稀。西藏全区面积约占全国总面积的八分之一，在全国各省、自治区、直辖市中仅次于新疆，相当于英国、法国、德国、荷兰和卢森堡五国面积的总和，平均每平方公里只有 2.6 人，尚有 45 个村不通公路，5 个县 336 个乡不通油路，40％的县没有主电网覆盖。广播电视是集采集、制作、播出、传输、覆盖于一体的系统性业务集群，在西藏特殊的地理和人口环境中，维护成本相对较高，比如，其他省份的有线电视市场化产业化的做法在西藏很多地区难以推行，也不宜于采取有线电视方式推进户户通建设。

2. 气候恶劣。西藏位于青藏高原西南部，平均海拔在 4000 米以上。随着海拔增高、气压降低、空气密度减小，每立方米空气中的氧气逐渐减少，其中，海拔 3000 米时相当于海平面的 73％左右，4000 米时约为 62％－65.4％，到 5000 米时为 59％，6000 米以上则低于 52％，而西藏海拔 4000 米以上的地区占 92％。恶劣的自然条件不仅对长期在藏工作生活人员的身心健康带来严重影响，而且一些在内地正常使用的广播电视设备和器材等，在高原地区也经常出现易损坏、加速折旧、系统紊乱以及非正常运转等现象。

3. 经济薄弱。2015 年，西藏全区生产总值只有 1026 亿元，公共财政预算收入 137 亿元，主要依靠中央和各援藏省份、企业的支持和帮助。城镇居民和农村居民人均可支配收入仅为全国平均水平的 70％和 76％。加上西藏人口稀少，"春来冬走"的候鸟式人口流动，难以在短期形成有效的市场条件，广播电视产业基础非常薄弱。

4. 区情复杂。西藏是少数民族聚居区，藏族人口占 92％，大部分藏族群众信仰藏传佛教，目前全区约有 1000 多座寺庙和宗教场所；大部分居民分布在广大农牧区，城镇数量少、规模小、间隔远、密度低、布局分散，一般县城所在镇的镇域户籍人口约为五六千人，城镇化率仅有 24％，不足全国平均水平的一半，城镇产业发展支撑不足，要素聚集能力低。

5. 安全屏障。西藏北面与新疆、青海相邻，东面和东南面与云南、四川接壤；南部与西部自东而西与缅甸、印度、不丹、尼泊尔等国家以及克什米尔地区毗邻，国境线近 4000 公里，占全国陆地边境线 1/6 以上，是我国西南边陲的重要门户，是重要的国家安全屏障。除了存在和全国其他省市区共性的主要矛盾之外，还存在着各族人民同以十四世达赖集团为代表的分裂势力之间的特殊矛盾，处于反对分裂祖国斗争的第一线。为此，中央提出了"治国必治边、治边先稳藏"和"依法治藏、长期建藏、凝聚民心、夯实基础"的治藏方略。在广播电视领域，西藏是战场而不是市场，不能完全用市场配置资源的经济方法来配置广播电视资源。

三、从精准有效落脚

解决任何问题的关键在于抓住根本。做好西藏广播电视公共服务工作，根本的就是要探索一条有西藏特点的广播电视公共服务之路。

1. 立标准。要推进广播电视公共服务标准化、均等化，就必须有符合中央要求和西藏实际的公共服务标准，体现特殊性和差别化，不能简单照搬内地标准，要有所为有所不为，有的指标同全国比，有的指标同西部地区比，有的指标同自身比，确保到 2020 年西藏广播电视基本公共服务主要指标达到或接近全国中西部平均水平。

2. 全覆盖。在广播电视覆盖方面，一是要尽快完成全区 12.9 万户收听收看不到广播电视的农牧民广播电视户户通建设，可以采取国家投入一点、自治区补助一点、各地市和县配套一点的方式，为听不到看不到广播电视的农牧民配发直播卫星接收设备。二是因为人口增加、家庭分户等情况已经成为常态，对这种原因新增的广播电视"盲户"，可逐步纳入各地广播电视村村通运行维护经费解决；三是将"村村通"平台节目和"户户通"平台节目整合在一起，形成一个平台，使广大"村村通"用户也能收看中央电视台第 3 套、5 套、6 套和 8 套节目，丰富农牧区人民群众的精神文化生活。

3. 去清流。随着国家逐步关停清流平台节目，西藏部分群众自行购买的清流接收设备（黑锅）将难以再收听收看到广播电视节目，对这部分用户，要一方面加强调查，对符合广播电视户户通发放范围的，要及时发放加密卫星电视接收设备；另一方面要加快市场零售机制的建立，对不符合广播电视户户通发放范围但符合直播卫星接收设备零售区域范围的，要通过市场机制，为农牧民群众提供带有定位功能的直播卫星接收设备。

4. 多上星。由于西藏地广人稀，地形复杂，交通不便，气候恶劣，广播电视传输链条长，公共服务成本高，加之财政收入低，造血功能差，因此，上星传输和覆盖是最有效、最经济的方式和手段。目前，西藏自治区只有西藏电视台汉语频道上星覆盖全国，西藏电视台藏语频道以及西藏人民广播电台藏语频率、康巴语频率和拉萨电视台藏语频道上星覆盖本行政区域。西藏台其他广播电视节目和各地市广播电视节目在广大农村地区覆盖问题一直难以落地。如果能够将西藏台其他节目和各地市节目打捆上直播卫星并覆盖本行政区域，将进一步丰富各族人民群众特别是广大农牧民群众收听收看广播电视的精神文化需求。

5. 建市场。推进公共服务体系建设必须本着政府投入和市场运营相结合的方式。西藏地域广阔，交通不便，人才缺乏，维护成本较高，因此，市场运营机制的建立将有效弥补政府投入和维护力量不足的问题。西藏广播电视户户通建设一直使用广播电视村村通技术标准，截至目前，是全国唯一一个没有设立广播电视直播卫星接收设备市场销售机制的省份。有鉴于此，应该着手在西藏建立广播电视户户通直播卫星接收设备销售网点，对符合配置直播卫星接收设备的地区用户，以直播卫星户户通技术标准，建立市场零售机制和维护机制，让老百姓能够有更多多样化的公共服务选择，为政府为主体的公共服务有立体化的补充。

6. 补短板。相比其他公共服务项目，有线电视是西藏广播电视公共服务的短板。目前，西藏全区有线电视用户不到 20 万户，有线电视传输方式为单向、标清，双向化仍是空白。由于人口少、城镇化规模低，缺乏产业布局基础，难以通过市场模式实现数字化和智能化改造，急需中央或自治区投入资金，推进有线电视数字化、双向化建设。

7. 增能力。始终坚持一手抓广播电视公共服务硬件建设，一手抓广播电视公共服务内容建设。一是要进一步加强地区广播影视译制制作设备投入，增强地区广播电台电视台的采编播能力建设；二是要进一步加强地区广播影视专业人才培养，通过人才引进、援藏、定期轮训等方式，补充采编播专业人才队伍，提高专业人员素质和能力；三是要进一步加强藏语广播和电视节目内容建设，增加藏语广播电视节目频率频道，增加影视译制节目捐赠力度，丰富藏语广播电视节目内容。

8. 强队伍。人才队伍建设是富民兴藏的根本。一是在推进文化体制改革的过程中，确保广播电视公共服务队伍完整，确保各县广播电视管理服务人员编制到位、人员到位、职能到位、服务到位；二是针对基层人员、编制紧张等情况，统筹广播电视村村通维护人员、农村电影放映员和农家书屋、寺庙书屋管理人员，加强业务培训，实现一人多岗，一人多责；三是通过政府买服务、利用驻村工作队人才力量等方式，创新公共服务队伍管理机制，培养乡镇和行政村本地公共服务专业队伍和技术人员。

2016 年 5 月 13 日 星期五　　　　　**无　题**

与跃华文彤小坐，
相谈甚欢。
更多的是围绕西藏新闻出版广电的发展，
忧国忧民，
家国情怀，

饭后去文彤处淘书，

又是一番饕餮盛宴精神食粮。

援藏干部贯彻落实"三严三实"的几点思考

2014 年 3 月 9 日，习近平总书记在十二届全国人大二次会议安徽代表团参加审议时，提出"既严以修身、严以用权、严以律己，又谋事要实、创业要实、做人要实"的重要论述。这是新时期每一位共产党员的行为坐标。作为一名援藏干部，肩负光荣而重要的历史使命，在践行"三严三实"方面更要率先垂范。

一、深刻领会"严"字

"严"有紧密、认真、庄重之意。总书记以"严"字在修身、用权、律己方面提出要求，说明一段时间以来一些党员领导干部在上述诸方面之松、散、怠。

在修身方面，要严在坚定理想信念。作为一名援藏干部，要在维护祖国统一、坚决与十四世达赖集团反分裂斗争方面做到立场坚定，始终与党中央保持高度一致。这是援藏工作的根本原则和使命。

在用权方面，要严在按规定用权。党中央国务院对援藏工作和援藏干部高度重视，20 年来已经派出几千名援藏干部。自治区党委政府对援藏干部的工作和生活高度重视和关心。每一名援藏干部在自己的本职岗位上都或多或少拥有一些"权力"或"资源"。一是要做到不越权，坚决按照规定的程序和授权做好各项工作；二是要做到不乱权，要始终坚持为人民服务、对事业负责的态度，不以权谋私，不以权为己；三是要做到不怠权，要以责任重于泰山的心态使用权力，更要以如履薄冰的姿态去使用权力，关键时刻敢于担当，敢于挺身而出，不当太平官、老好人。

在律己方面，要严在慎行慎独。援藏干部远离家人，远离单位，身在高原，孤寂常伴。越在这种环境下，越要牢固绷紧慎行慎独这根弦，坚决管住自己的嘴巴，管住自己的手脚，不以善小而不为，不以恶小而为之。

二、深刻领会"实"字

在这里，"实"字则有符合客观情况，真实、真诚之意。"实"字对应的是"虚"，不能虚假、虚伪、虚无。

在谋事方面，要实事求是。援藏干部肩负着稳定西藏、发展西藏的重要政治任务。来到西藏，首要的任务要了解西藏的社情、区情和民情，了解西藏的特点、现状和定位，唯有此，才能在政策援藏、资金援藏、技术援藏、人才援藏等各方面有的放矢，有所建树。

在创业方面，要脚踏实地。由于历史和经济原因，西藏的社会经济发展还落后于内地，距离党中央国务院提出的实现经济社会跨越式发展还有一定的差距，作为一名援藏干部，要勇于担当，主动作为，寻找和跨越发展的瓶颈，实现弯道超车。但是，在发展中，要尊重西藏的发展思路、功能定位，认清西藏是"国家安全屏障和生态安全屏障"的战略定位，有所为有所不为。

在做人方面，要干净务实。做人乃立身之本。援藏干部千里迢迢来到青藏高原，既是贯彻党中央国务院依法建藏长期建藏的要求，也是锤炼自身、陶冶自我。高原缺氧，环境恶劣，越是在艰苦的环境中，越是要严格要求自己，做到心灵干净，做事干净，以身为宝，看住自己。同时，越是在艰苦的环境中，越是要高标准要求自己，不能因为环境的恶劣而降低自己的行为标准，以更加踏实、更加扎实的精神，为西藏做出更多、更实、更好的事情，无愧于组织的重托，无愧于家人的期望。

三、深刻领会"严"和"实"的关系

总书记以一"严"、一"实"总结了党员领导干部为政之要、做人之要。

"严"是"实"的保障。严以修身、严以用权、严以律己，这是我们谋事、创业、做人的根本前提。如果说严以修身、严以用权、严以律己是1的话，谋事、创业、做人则是1后面的0，0再多如果没有前面的1，结果可想而知。因此，"严"是原则、是准则、是规则。

"实"是"严"的落点。严以修身、严以用权、严以律己的落脚点，就是谋事要实、创业要实、做人要实。作为一名援藏干部，不能说因为在修身用权律己等方面的严格，而不愿作为、不敢作为。

2016 年 6 月 19 日 星期日　　　　　　**电脑也高原反应了**

前天，去年买入的笔记本电脑突然发生故障，启动不了了。

找人看了下，硬盘坏了，修复的可能性很小。

硬盘坏了可以换一块，但里面很多的数据，是近一年来的心血，却难以恢复。从论文到随笔札记，从调研报告到部级课题，无一不凝聚着自己无数个日日夜夜的辛苦耕耘。特别是整整三个月的笔记，全部丢失。

由此想到去年 11 月，由于更换笔记本电脑，使自己三年多的材料，很多至今无法修复打开。

看来电脑对于高原也不适应啊。自己还是大意了。

2016 年 6 月 24 日 星期五　　离别拉开序幕

晚上，几个朋友欢送我和文彤，在他们眼里，我们即将踏上归程，而我们似乎还没有这种感觉。然而，不管你愿不愿意，承不承认，离别的序幕已经徐徐拉开。

几分伤感。三年的时间不长也不短，日子过得不快也不慢。高兴也好，悲伤也好，无奈也好，毕竟，这里留下了自己 1000 多个日夜的耕耘和思考。不管今后身在何处，西藏将是自己人生中重要的一个节点。

几分留恋。三年来，自己几乎跑遍了西藏的各个角落，熟悉了这里的山山水水，阿里、昌都、那曲、日喀则、林芝、山南、拉萨，这一个个熟悉亲切的名字，会永远记在心中。还有那可爱的同事，亲如战友般的援友，这些都是人生宝贵的财富。

几分祝福。祝福西藏长治久安，百姓安定幸福。祝福留下来的战友，身体健康，工作顺利。祝福长期建藏的同事朋友，保重身体，家庭幸福。

2016 年 6 月 26 日 星期日　　忙碌的周末

周六，松山院长率领总局国际研修班来藏考察。因为之前衔接不畅，直到周六凌晨 2 点，才拿到自治区外事办批文，而当时距离考察团飞机起飞尚不到 6 个小时。可以说有惊无险。

见到松山很高兴，松山是我在藏挂职的前任，由于工作优异，在藏期间获得提拔，回京后任总局研修学院院长。

周日下午，松山率徐主任、祝处长、罗处长一行专程到我的宿舍也是他曾经居住了三年的地方坐了一会，三年来，宿舍几乎没有变化，变化的只是主人的模样。不知道将来自己旧地重游是一种什么样的感受。

下午，又参加了局里朗杰央宗副局长试用期的考察会议，格外忙碌啊。

在拉萨的最后一个生日

2016 年 6 月 28 日 星期二

今天我生日。

44 年前，自己呱呱落地，44 个春秋，是如何一步步走来的。真不敢回首。

对自己而言，什么是最快乐的，一生有哪些后悔的事情，其实已不重要。

晚上与老友相聚，对酒微酣，慨而和之。

《无题》

逐鹿光阴几度催，

阳春晓雾洒清辉。

郭外青山闻鸟语，

蕊角芳梅踏江飞。

生涯谁料栖藏北，

日月何曾默酒杯。

快意江湖挥袖远，

乐忧不患幻隐归。

温　暖

2016 年 7 月 4 日 星期一

今天去机场，接三拨工作组：一是总局机关服务局局长张朴宽、工会副主席陈艳茹一行，二是无线局刘建国副局长、罗斌滨副局长一行，三是规划院何剑辉所长一行。

晚上，在食堂，总局工会、机关服务局举行简短的仪式，看望慰问总局援藏干部和中央三台交流干部。

援藏三年最大的感受就是得到了各级领导和同事的太多的关怀。总局领导多次在百忙之中，还在关心着我们这些普普通通的援藏干部，每每想起，内心无比温暖。今天在整理文件时，翻出了蔡部长的两份批示件，一股暖流涌上心头。

在 2014 年 11 月 14 日的文件上，蔡部长批示：许文彤、杨国瑞两位同志赴藏一年多来，牢记使命，不畏艰苦，扎根基层，勤勉工作。充分发挥自身优势，在分管领域创造性地开展工作，在调研、谋策、管理、协调、服务，尤其是推动新闻出版广电政策和措施在藏落实方面发挥了积极作用。感谢西藏自治区党委的正确领导和对两位同志的关怀、支持，希望两位同志再接再厉，做出新的贡献。西藏条件艰苦，总局派出部门要多关心两位同志在藏的身体和生活，关心家属的生活，指导两位同志在自治区党委的领导下更好地开展工作。

在 2015 年 9 月 12 日文件上，蔡部长批示：秋芳同志：听了你从西藏返京后的介绍，也看了国瑞同志的工作汇报。深深感到在西藏自治区党委和政府的正确领导和关心支持下，杨国瑞同志和其他司局及直属单位的援藏干部们以新闻出版广播影视人特有的责任使命感，饱满的工作热情，不畏艰苦的勇气，扎根高原，融入基层，服务群众，在平凡的岗位上做出了扎实的业绩，为藏区新闻出版广播影视事业的发展发挥了积极作用，展现了总局援藏干部真抓实干的精神风貌。秋芳同志此次带去了总局党组对援藏干部的亲切关怀。高原的工作生活条件艰苦，总局派出单位要对援藏干部在生活学习和工作方面多给予关心、支持和指导，让他们多感受到组织的温暖，更好地开展工作。

2016 年 7 月 8 日 星期五 　　　　**高原再见到领导**

7 月 6 日，在监测台，我们见到了久别的田部长。田部长转达了刘部长在调研中的有关指示精神，看望慰问了在藏工作的援藏干部和在藏干部以及来此出差的有关同志。

7 月 7 日上午，刘部长参观了无线局发射台；下午参观了西藏电视台；晚上与援藏干部共进工作餐。

应该说，能够在藏见到中央和总局的领导，也是难得和难忘的经历，是自己三年来又一次重要的体验。在藏三年，增加了更多的家国情怀，淡忘了高原对健康的暗暗损伤。

回首三年，

最深的体会：长期在藏建藏的老西藏们是我们学习的榜样。

最大的损失：电脑硬盘损坏，导致苦心写作的很多材料丢失。

最遗憾的事：因病没有参加全国对口援藏项目对接会。

最自豪的事：拥有援藏干部的称号。

最难忘的事：在那曲出差途中遇见前来探望自己的父母所乘列车。

最温暖的事：每每在高原体会到领导、同事和亲友的关心鼓励。

……

2016年7月9日 星期六　对有关工作的考虑

眼见离藏在即，眼见自己在藏的工作时间已不多，还有很多事情没有做完，还有很多心愿没有实现。梳理了一下，以下工作事宜要尽快与相关领导、处室和部门交代。

一、关于网络工作

1. 要进一步强化危机意识。对网络中心来说，改革未必就一定能活得很好，但不改革肯定是死路一条。

2. 要加快推进网络双向化改造。双向化改造是当务之急，是下一步业务升级的根本，也是当前发展的瓶颈。

3. 要加快推进应急灾备中心建设。没有应急灾备中心，我们永远睡在火山口上。

4. 要加快改进服务。要有市场意识，向中国移动、中国联通等学习。

二、关于公共服务

1. 加快解决农家书屋效用问题。王岐山同志说过，负责任的人能把冷板凳坐热，不负责任的人能把热板凳坐冷。农家书屋是检验群众路线的试金石。工作做和不做差距很大。要改进图书的选配工作，充分考虑农牧民的需求，结合西藏的农牧区的实际特点，建立调整机制。要增配少儿图书。要引导图书馆参与指导，增加优秀图书供给。逐步把农家书屋服务的重心放在农村孩子身上，可以会同教育部门开展农村少年儿童阅读活动。加快培养几个亮点和样板。跟踪总结宣传卫星数字书屋的工作情况。

2. 尽快建立农家书屋、寺庙书屋、村村通、户户通数据库。这是做好下一步工作的基础。

3. 尽快召开全区公共服务工作会议。全区公共服务建设要形成一盘棋。

4. 积极开展调研活动。既要了解中央的有关政策，又要了解其他省份的先进经验，更要了解西藏的基层实际情况。

5. 公共文化服务体系分解任务。去年 9 月份就已经征求各单位意见，一直没有结果，要跟踪此事。

三、关于科技管理

1. 尽快组织召开安全播出会议。要形成定期会议机制。

2. 加快重点工程建设。今年的几项重点工程不能松劲，要继续盯紧盯住。

3. 做好村村通和清流设备更新验收。要按照程序做完，确保规范。

4. 加快应急广播试点。要主动与中央台应急广播中心做好对接。

5. 尽快解决村村通收转站铁塔问题。要尽快提出方案报局里。

四、关于规划财务

1. 依法管理和敢于担当相结合。继续发扬好的传统，当好参谋助手。

2. 直属管理和系统管理相结合。进一步加强系统财务管理。进一步加强信息化建设。

3. 加强服务和加强管理相结合。健全内部控制制度，加强资产管理。

2016 年 7 月 11 日 星期一

痛兮援友

浓云低沉，哀乐凄凄。

今天，我们在藏援藏干部代表和公安厅、司法厅、自治区武警边防总队等，沉痛哀悼公安部援友、自治区司法厅厅长刘振伟之子——刘思桐。

刘振伟是第六、七批援藏干部，在藏工作已经六年。今年 7 月，其子刘思桐军校毕业，分配至自治区边防总队。本来开始思桐是分到林芝的，但他主动申请到海拔高的地区工作。在拉萨集训期间，思桐主动增加训练量，因高原反应强烈，突发疾病，不治而逝，年仅 22 岁，进藏只有一周时间，令人深深痛心和惋惜。

有援友撰联：

耀中华无私奉献为援藏

撼日月浩然正气贯雪域

不禁感慨：父母已在雪域值守，今天送子上高原戍边，情怀高伟，令人垂敬！

献了青春献终身，献了终身献子孙，向援藏戍边两代人致以最崇高的敬意！

援藏之路，不仅仅是鲜花和掌声，有时候还伴随着泪水、伤痕甚至生命流逝……

2016年7月12日 星期二　终于迎来了总局考察组

援藏三年，最期待的就是总局人事司考察组。他们的到来，意味着援藏工作即将结束，意味着我们即将返回思念的远方。

考察组由人事司副司长李宏葵、干部二处处长夏晓勤、干部一处李晨和央视人事办段磊处长组成。

三年，何其快哉；西藏，何其远哉。

时光，何其优哉；往事，何其惜哉。

2016年7月16日 星期五　见到了老前辈

张小平，总局第一批、第二批援藏干部；莫树吉，总局第三批、第四批援藏干部。两位老前辈早已退休，但是他们的名字和事迹一直回荡在耳畔。

终于，今天见到了两位老前辈，张老依旧神采奕奕，居然已经74岁高龄，但是眉眼间依然英气难掩。莫老一头黑发，双目如炬，声若洪钟。他们的神态和健康很是令人羡慕不已。

援藏是一场接力赛，我们从前辈手中接过使命和重任，然后，奔向下一个目标，再交给下一棒。回顾三年，虽然仍有很多遗憾，很多未果，但自感尽力了，用心了。

2016年7月18日 星期一　关于广播电视融合发展的几点思考

沉舟侧畔千帆过，病树前头万木春。

用这句诗来形容当前广播电视行业融合发展之势最为恰当不过。刚刚过去的一年被称为媒体融合之年，继报刊等纸质媒体之后，广播电视行业也快速步入发展寒冬期、改革深化期和融合滞缓期。"会挽弓如满月"，广播电视行业如何在这史诗般的时代变革中华丽转身，早日实现弯道超车，值得深思。

一、广播电视与新媒体融合情况

1. 信息网络和移动技术带来了广播电视媒体的寒冬。广播电视是重装备高投入高技术的行业。翻开广播电视发展史，几乎就是一部科学技术发展史。随着信息技术、网络技术、移动技术、显示技术、大数据等的不断创新和改革，媒体的"门槛"不断降低，人人都可以成为媒体，人人都可以在新媒体平台"发声"；媒体的渠道不断延伸，由传统的收音机、电视机等延伸至电脑、手机、IPAD等移动终端；媒体的空间由室内变为无处不在、无所不在……移动视频、互联网电视、IPTV、OTT等媒体新形态、新生态令人眼花缭乱。随着互联网与经济社会的深入融合，互联网给人民生活带来更多的福祉，人民群众的眼球也从原来的电视屏幕、电脑屏幕转向手机、PAD、穿戴设备等移动终端，君不见，餐桌上、地铁里、会议中，多少人在眼盯着手机屏幕，一句"世界上最远的距离是我在你眼前而你却在低头看手机"，表明了以移动互联网技术和新媒体平台对当代人们生活方式的巨大改变。君不见，2015年，互联网广告收入第一次超越广播电视广告收入。2015年3月央视CTR针对全国69家广告主进行的在线调研发现，2015年广告主对营销预算的增加比例降至2009年以来的最低点，在预算构成的分配上，数字化营销和终端推广的比例明显增加，多媒体的组合营销得到广告主认同，而广告主优先考虑消减费用的媒介就是电视。毋庸置疑，广播电视的冬天真的来了。

2. 中央吹响了加快媒体融合的战斗号角。媒体格局暗流涌动，党中央国务院高度重视。2013年8月19日，习近平同志在全国宣传思想工作会议上指出："要适应社会信息化持续推进的新情况，加快传统媒体和新兴媒体融合发展，充分运用新技术新应用创新媒体传播方式，占领信息传播制高点。"2013年9月，中央办公厅国务院办公厅正式下发了《关于推动传统媒体和新兴媒体融合发展的指导意见》，吹响了传统媒体与新媒体融合发展的战斗号角。2013年11月，党的十八届三中全会通过的《中共中央关于全面深化改革若干重大问题的决定》，提出了"推动传统媒体与新兴媒体融合发展"的意见，全面拉开了媒体融合发展的历史帷幕，并步入全面推进和加快发展的新阶段。2016年2月19日，习近平总书记在视察中央媒体时再次强调，"要适应分众化、差异化传播趋势，加快构建舆论引导新格局，要推动融合发展，主动借助新媒体传播优势。要抓住时机，把握节奏，讲究策略，从时度效着力，体现时度效要求"，进一步指明了媒体融合的政治方向和发展方向。

3. 各级广播电视机构加快了融媒体改革的步伐。在中央的部署和安排下，在移动互联网大潮的巨浪推动下，全国各级广播电视机构八仙过海，奋力开拓，开启了融合改革的前进步伐。省级以上广播电视机构、绝大部分城市广电机构和部分市县广电机构"两微一端一站"（微信、微博、客户端、网站）建设已经卓有成效。中央电视台、中央人民广播电台和中国国际广播电台作为国家级媒体，利用其平台和资源优势，探索建立统一的融合型指挥调度系统，实现台网节目的一体化策划、制作和运行，加快融合步伐。一些省级广播电视台利用其机制活、体量小优势，多方位积极探索，努力实现弯道超车。北京台以构建"大媒体"为思路，搭建北京网络广播电视台、北京IPTV、BTV大媒体移动客户端、BTV官方微平台等四大新媒体平台。湖南台实行一体化战略，将其旗下的"芒果TV"全部在其网络平台独播，打造"内容服务＋硬件终端"的垂直生态链整合路径。上海广播电视台利用自身优势积极打造媒体融合云平台，链接200万OTT用户、2200万IPTV用户、3000万、手机电视用户、5000万互联网电视一体机用户。

二、广播电视与新媒体融合存在的问题

可以肯定地说，在中央的统一部署和各级广播电视机构的不懈努力下，广播电视融合发展成效显著。各级广播电视机构都积极探索着适合本体的媒体融合之路：有推动台网融合发展的，有拓展移动媒体业务的，有探索全媒体路径发展的，有推进一体化进程的，但是效果怎么样，效益怎么样，不一而足。有人说，传统广播电视融合发展雷声大雨点小，总感觉新媒体跑得越来越快，传统媒体如同拉大车的老牛，气喘吁吁，有渐行渐远之感。一些业界人士也鲜明指出，由于各级广播电视播出机构条块分割，画地为牢，行政区域壁垒，跨区域经营、优质资产兼并重组难以实现，发展空间受到限制，且开放度低，行业进入门槛高，行业外资金、专业人才及管理理念很难融入，在一定程度上影响了广播电视跨越式融合发展。突出表现是：

1. 理念上融合的迟滞。媒体融合，与其说是技术上的融合、组织上的融合、平台上的融合、内容上的融合、体制上的融合等，不如说是思想上的融合。是一种新的生产方式、发展方式、生存方式在头脑中对原有生产方式、发展方式和生存方式的认识、理解和观念的冲击和革命。一些媒体在融合发展方面的患得患失、瞻前顾后、举足不前，就是一种改良主义的体现。媒体融合不是改良，而是一场跨越时代的革命。

2. 物理式融合的堆积。成立新媒体机构、建网站、设官微、做APP，似乎这是现在媒体融合的主要路径和方式，烧钱不少，投入人力亦很多，然而虽然平台搭建起来了，表面上热热闹闹，但是内容制作机制、传播理念仍然是传统方式，治标不治本，没有实现改革的化学反应，总体社会效益和经济效益不见起色。

3. 协同性融合的尴尬。相比中央和省级广电媒体，地市级和县一级广播电视机构无论在资金实力还是人才储备等方面，都难以复制其融合路径，特别是中西部地区，很多地市和县级广播电视机构心有余而力不足，仍然在望"融"兴叹。而中央级和省级台凭借优势迅速抢占"地盘"，地市和县级台生存环境"严峻"，有线电视的数字化、宽带化和三网融合的全面推进，互联网的快速发展，各种网络新媒体疯狂抢占"蛋糕"，受众分流严重，更使地方台垄断优势殆尽。在此情况下，广播电视融合发展的全国一体性和全系统协同性难以短期实现。

三、融合发展的思路

1. 技术融合是基础。正是源于数字技术和计算机技术的进步与发展，各种信息源可以通过编排成统一的数字流来进行传输，使电话、数据和图像信号可以通过统一编码的数据包进行传输和交换，成为电信、计算机和广电业的共同语言，技术融合的实现为传统媒体与新媒体的融合奠定了技术基础。广播电视媒体要基于产品需求和多屏联动视角，运用信息网络技术，不断推进技术创新来积极融入创新大潮。

2. 政府支持是前提。政府只有创造良好的环境完善产业政策，建立实现产业融合的主体机制，不断拓宽产业融合发展的空间，才能为广播电视与新媒体的融合创造良好的前提条件。一方面政府要在广播电视融合发展中发挥引领和指导作用，通过制定相关政策来推动和促进广播电视更好更快地融合发展。另一方面政府在指导广播电视媒体融合发展中，做好监督管理，引导媒体向正确的方向发展。

3. 体制创新是关键。当前媒体融合发展所遇到的上述问题的关键和核心，直指困扰广电系统多年的体制问题，观念问题来自体制，因为什么样的体制塑造什么样的企业文化和理念；物理性融合问题来自体制，因为是体制束缚了内部机制的整合；系统性融合问题亦来自体制，因为体制形成了"条块分割"，各自为战。可以说，体制问题已成为当前广播电视融合发展的瓶颈所在，是融合的关键一步。

四、突破融合瓶颈，推进跨越式发展

广播电视是党和政府的喉舌，具有较强的意识形态属性。意识形态安全是广播电视宣传和发展的根本底线，体制改革事关重大，一时很难破冰，因此，当前较为现实的做法应该将着眼点置于资本创新和机制创新方面，以此化解体制改革之难，促进广播电视产业与新媒体产业深度融合。

1. 联姻式融合。试点省级广播影视集团与新媒体企业"联姻"，在国有资本控股的前提下，以资本为纽带，通过收购、战略入股、合资成立、投资参股等方式，全面进入新媒体生产营销领域。吸引社会力量参与融合技术研发和市场开拓，加快投融资体制改革，拓宽投融资渠道，鼓励非公有资本的直接投资、间接投资、项目融资以及兼并收购、租赁、承包等形式进入一般竞争性领域，实现投资主体多元化，融资渠道商业化，进而实现传统媒体内容优势、资源优势和新媒体用户优势、渠道优势的有机组合，使传统媒体和新媒体相互渗透，相互融合，扬长避短，共同发展。

2. 逆向式融合。所谓逆向式融合，即在各级广播电视台打造音视频网站、网络广播电视台、开办官方微博账号和微信公众号等新媒体的基础上，改变当前多数广播电视台融合采取的以传统广播电视为中心向新媒体延伸和转型的做法，而是以新媒体为核心，吸引和吸附传统广播电视部门，将新媒体部门作为全媒体指挥系统，统一新闻采编指挥调度流程，融通每个环节和部门，构建适合多种终端传播的一体化采编平台。

3. 集团式融合。习近平同志强调，要着力打造一批形态多样、手段先进、具有竞争力的新型主流媒体，建成几家拥有强大实力和传播力、公信力、影响力的新型媒体集团。应当鼓励和支持具有一定实力和影响力的省级广播影视集团以资本为纽带，通过联合、重组等方式，充分利用资本市场的投融资平台和结构调整功能，做大做强做优一些具有竞争优势的国有大型广播电视企业集团，打破条块分割、区域封锁和单一经营模式，实现跨媒体、跨行业、跨区域经营，推进广播电视进一步做大做强，并带动和辐射地市、县级广播电视机构。考虑我国广播电视行业资源分布的不平衡性，可以以有条件的省级广播电视集团为核心，试点组建中国东方广播电视集团、南方广播电视集团、西部广播电视集团和北方广播电视集团，适当给予其宽松政策，允许其在一定的地理区域内实现跨省份发展。根据试点情况，再考虑扩大各媒体集团的业务开展范围，直至扩大至全国。

4. "长板式"融合。从前有一个著名的"木桶理论"，即一个木桶能装多少水，取决于最短的一块板。在工业化时代，这个理论非常有效。但是，在全球互联网的时代，这个理论已被"长板理论"所替代。所谓长板理论，强调的是发展优势，提升专长，而不是一味补短。因此，今天的公司没有必要精通一切业务，伟大的企业也没必要每个板块都强，而是把一块板做到极致。比如，淘宝无所不在的交易平台，小米贴心入微的粉丝互动，腾讯则改变了几乎八成的中国网民的生活方式。有的广播电视台提出了"全媒体"战略，意在打造集电视、手机、平板于一体，有线、无线、卫星于一身的传媒巨无霸，但这种战略显然不适合所有的广播电视机构。在新媒体领域的突破中，广播电视要坚持特色和优势，电视要坚持"视频"特色，广播要充分发挥"声音"优势，把特色和优势发挥到极致，坚持自己的特色、风格和气质，扩大自身优势，拓展更多形式新业务。

5. 内涵式融合。随着广播电视的快速发展，"四级办广播、四级办电视"的思路已难以适应时代需要。可以考虑以省级广播电视台为核心，组成全省广播电视联盟，统筹广播电视宣传和事业发展规划，统筹融合发展战略路径和方式方法，明确省、地市、县级广播电视台融合发展的战略思路和分工重点，上下联动，同进同退，实现全省一盘棋，推动一体化发展，待条件成熟时，整合全省广播电视资源，实现省内跨行政区域发展。

2016 年 7 月 19 日 星期二　　　　　　　　**有　感**

三年不长，不过 1000 多个日日夜夜；三年不短，人生又有多少个三年。回望三年，感慨万端。略作小诗，送与来者。

《援藏有感》

三年雪域履冰行，

九野高原寻梦菁。

醉里伴装身是客，

醒来不知萤作星。

2016 年 7 月 25 日 星期一　　**接受西藏电视台采访发言提纲**

记者：能否谈一下你三年来的感受。

我：如果用几个字来概括此刻的心情，我只能说：感恩援藏，感谢西藏。是援藏这个平台，是西藏这个舞台，让我们进一步理解了总书记讲的

"治国必治边，治边先稳藏"的深刻内涵；让我们进一步理解了"西藏是战场，不是市场"的深刻含义；让我们进一步理解了"对西藏的投入怎么都不为过"的深刻寓意。

记者：您怎么看待援藏。

我：第一，援藏是一次看齐之旅。援藏是中央的英明决策。17个省市、17个央企、几乎所有的中央部委对口支援西藏，近几年又有了组团式医疗援藏、教育援藏，援藏的力度越来越大。

第二，援藏是一次学习之旅。三年来，目睹了西藏的翻天覆地的变化，最深的感受就是要向长期奋战在雪域高原的老西藏们学习。在战争时期，共产党员要带头冲锋陷阵；在和平时期，共产党员要带头深入艰苦地区，带头舍小家为大家。

第三，援藏是一次奉献之旅。没有奉献精神，没有家国情怀，不要来援藏。许文彤、王跃华、阚元汉、王军科、姚海、蔡新国……身边很多的援藏干部都有着非常感人的故事。

第四，援藏是一次修身之旅。援藏是自我磨砺的宝贵平台。援藏干部面临的是艰苦的环境、孤独的个人和沉甸甸的职责，因此，往往会承受更大考验和锻炼。慎独是最好的修身之道。

记者：您此时的心情。

我：倍加依依不舍，倍加感慨万端。最想说的就是"感谢"。一是感谢总局的支持。三年来，总局给予了大力支持，为西藏开辟了"绿色通道"；时隔18年两次召开了全国对口援藏会议；安排了大量项目、资金和政策支持西藏的发展。二是感谢自治区领导的关心。自治区领导多次对我们的工作给予肯定，很多工作方面亲自给予支持和帮助。三是感谢区局的信任。局里对我们非常信任，把很多重要的工作放手交给我们，因此，既深受感动，也是责任和压力满满。四是感谢家人的支持。三年来最为愧疚的是家人，"一人援藏，全家援藏"这句话，深深代表了我们的心声。

2016年7月28日 星期四　　欢迎欢送援藏干部座谈会

昨天，第八批援藏干部进藏，今天下午，局里召开了欢迎第八批、欢送第七批援藏干部座谈会。书记、局长和其他同事高度肯定了第七批援藏干部的工作，有的同事在发言中竟然哽咽落泪，我们几个即将离开的援藏干部也是百感交集。

我和文彤代表第七批援藏干部发了言。我发言的大致内容是：

今天的心情很复杂。很激动见到第八批干部，很感慨三年的岁月如白驹过隙，很感动局里的精心安排，很不舍与大家结下的深厚情谊。

为什么每一位离开西藏和即将离开西藏的人都对西藏有着深深的情结：因为这段经历，太刻骨铭心，因为 300 万各族儿女创造的这份成就，太来之不易。

最大的感触：向长期在藏建藏的老西藏人学习致敬。都是血肉之躯，都是面临高寒低氧缺氧，我们不过是三年匆匆过客，但是你们献了青春献终生献了终生献子孙，默默无闻，在雪域高原辛勤奉献。你们是新时代最可爱的人！

最深的体验：西藏是战场，西藏是特区，对西藏怎么投入也不为过。这也是三年来最深的体会和最大的收获。

一、衷心感谢西藏局的信任、关照和宽容

1. 感谢工作上的信任：援藏干部就像一只风筝，线一头系在总局，一头系在西藏，风筝能飞多高，能飞多远，系在两根线上。三年来，感谢局里的信任，让我学到了很多，深感是一次学习之旅。虽然用心尽心了，但是仍有遗憾。虽然即将离开，但是我们的心会永远留在这里。我们的援藏生涯，不是三年，而是一生。

2. 感谢生活上的关照：特别是在我生病住院期间，大家的关心和呵护让我备受温暖。

3. 感谢情感上的宽容：我个人能力和修养还不强，言行不当之处请大家多包涵谅解。

二、向第八批援藏干部表示热烈的欢迎

援藏是一场接力赛，现在我们把接力棒交给第八批援藏干部，刘俐、东方、王君等第八批援藏干部们能力更强，经验更丰富，会做得更好。希望第八批援藏干部保重身体，科学安排生活；多向老西藏学习，做好规划，当好桥梁纽带作用，珍惜难得的学习和历练平台。在新的岗位做出新的更大的贡献。

三、祝福西藏新闻出版广电事业再展宏图

祝愿西藏新闻出版广电事业取得新的更大的辉煌。

祝愿西藏的明天越来越好！

定日调研

没有想到在西藏的最后一次调研竟然是陪同总局调研组来到了定日县。在珠峰脚下的扎西宗乡曲宗村，全村 50 多户，户均收入 3000 元，广播电视基本全覆盖，其中有五户家里没有电视但也发了机顶盒。我仔细询问为什么没有电视，当地干部说多是些没有劳力的五保户。据了解，该村是日喀则市比较贫困的地区。看来电视进万家工程还是应该继续下去，特别是随着中央无线数字化覆盖工程的推进，其社会效益会更加明显。

调研组来到了绒布寺，该寺始建于 1899 年，由阿旺丹增罗布创建，属于宁玛派，海拔 5154 米，是世界上海拔最高的寺庙。寺庙正在维修，看了两户僧舍，却发现没有电视信号，便赶紧让随行的技术人员进行维修，一看，原来是接收天线受大风影响角度偏离，但由于缺乏测试仪器，大约调试了近一个小时，终于看到了清晰的电视画面，还是很有成就感的。远处的珠峰若隐若现，这是第二次见到她了，没有想到在即将离开西藏之际还能再次相遇，缘分！有感而发，再次打油：

再见珠峰，

云山浩荡。

阴雨密布，

峥嵘难上。

俄而大观，

云中浮现，

众生感念，

遥拜沧桑。

初拜玛尼，

祈愿和平；

再拜神女，

祝福安康。

下得山来，

几顾村落，

广电安好，

绒布吉祥。
悠悠难舍，
小雨祥降，
日夜兼程，
晚宿后藏。
三年调研，
征程难忘，
就此别过，
山高水长。

2016 年 8 月 1 日 星期一

别了，我的西藏

没有想到 1000 多个日夜如清风飘过
没有想到离开的脚步如此徘徊难舍
没有想到三年的考卷即使用心书写
也不敢轻言及格

忘不了朝霞里丰收的喜悦伴着满眼的酸涩
忘不了月光下欢快的锅庄踏响布达拉的巍峨
忘不了洁白的哈达 金色的青稞
耳畔是一声声深情的扎西德勒

别了，我亲爱的西藏
如果时光重新来过
我依然没有选择

因为今后无数的梦境里
仍将是皑皑的雪山
奔放的天河
和那五星红旗迎风飘扬的
小小村落……

伤感的季节

昨夜几乎一夜未眠，三年悠悠往事，历历在目。

终于，最不情愿面对的时刻到了。一大早，金局和刘局就赶来了，帮我收拾行李，离开了这居住三年的小屋。

车辆刚要离开，忽然，一大群同事手捧着洁白的哈达，从远处走来，煞时，自己泪眼模糊。接过同事温热的哈达，拥抱，祝福，感谢，情绪已然是难以抑制，便赶紧上车匆匆离开。

这是一个伤感的季节，仅以此伤感的诗句，献给我的兄弟姐妹：

《伤感的季节》

在阴雨的早上
你捧着洁白的哈达
轻轻走来

在格桑花盛开的季节
我带着一颗留恋的心
怅然离开

窗外飘动的
依稀是熟悉的天路
雨刷剥落的
可曾是不舍的情怀

别了，
我的兄弟姐妹
那离别的无语
是漫山弥漫
含泪的云彩
……

感恩援藏，感谢西藏
——援藏工作总结

　　根据中组部和国家新闻出版广电总局安排，我于 2013 年 7 月 31 日到西藏挂职，任自治区新闻出版广电局副局长。三年来，在国家新闻出版广电总局的亲切关怀下，在自治区党委、政府和宣传部的有力指导下，在西藏局领导和同事的无私帮助下，我努力克服高原缺氧、身体不适，不断加强学习，积极勤勉工作，现将在藏工作学习情况汇报如下：

　　一、着力于桥梁纽带，努力争取资金实现新突破。我主要分管局规划财务处、科技处、公共服务处、广播电视网络传输中心、广播影视节目传输中心等部门和单位。由于历史和自然条件等原因，西藏在很多方面还存在空白点和短板，工作任务和压力很大。来藏之初，我给自己定的目标是：每年至少落实资金 3000 万元，三年争取实现 1 个亿。三年来，我主动与总局和国家发改委、财政部沟通协调，努力克服缺氧和醉氧反应，多次往返京藏两地，反复汇报西藏的实际困难，在总局的大力支持下，累计落实资金项目 4 亿多元，努力为推进西藏新闻出版广电事业发展添砖加瓦。

　　二、着力于民生改善，惠民服务空白得到新填补。我坚持把"凝聚人心，夯实基础"作为出发点和落脚点，多次与中央和自治区有关部门沟通，积极推进各项惠民工程建设。一是大力实施村村通工程建设，加快盲区覆盖，圆满完成了"十二五"村村通建设任务，西藏广播电视覆盖率分别达到 94.83％和 95.96％，再创历史新高。二是积极争取落实广播电视户户通建设资金，该项目实施后，全区已通电地区户户通建设任务将全部完成。三是大力推进城市数字影院建设，经积极争取，落实全区县级数字影院项目建设资金，填补了西藏县级数字影院空白；争取资金，填补了山南、那曲、昌都三个地区数字影院空白；实施西藏电影公司审片室改造，填补了西藏巨幕影院空白。四是积极推进全区中央无线覆盖数字化工程建设，认真组织编制建设方案，落实建设项目资金，有力提升了西藏广播电视公共服务水平。五是大力推进全区县级有线电视数字化建设，全面实现全区 74 个县有线电视数字化，使广大人民群众告别了观看模拟电视的历史。

　　三、着力于提质增效，公共服务能力获得新提升。我坚持从问题意识出发，从补齐短板入手，将健全西藏新闻出版广播影视公共服务体系作为工作的核心和重点，一是积极推进全区 34.1 万户清流型广播电视接收设备更换工作，在国家关闭清流节目平台前及时更新接收设备，确保了全区 200 万农牧民群众正常收听收看广播电视。二是主动与国家应急广播中心沟通，大力开展藏区应急广播试点，落实了相关接收设备、节目源和试点经费。三是主动与有关部门沟通争取，将基层发行网点建设、有线电视网络、公共数字化、免费赠阅等增列西藏公共文化服务体系，为全区新闻出版广电公共服务建设提供政策保障。四是建立健全广播电视进寺庙长效机制，争取落实了经常性维护经费，为广播电视进寺庙项目的长期通优质通提供了保障。五是大力推进有线电视网络服务能力，争取西藏广播电视网络中心数字化建设资金，全面提升了拉萨有线电视数字化水平，结束了西藏没有高清电视的历史。

四、着力于维护稳定，安全播出工作得到新强化。安全播出是广播电视的生命线，在工作中我始终牢记肩负的责任，一是提高无线播出安全保障能力，争取资金，为全区 27 座中波台各配备一台 UPS，彻底解决了中波台电力供应瓶颈，落实测试工具经费，进一步提高台内安播保障水平。二是提高有线播出安全保障能力，筹措资金，升级西藏广播电视网络中心电力系统，及时解决供电系统存在的安全隐患；推进有线电视网络灾备系统建设，落实了相关经费。三是提高卫星播出安全保障能力，积极与总局有关司局沟通，安排资金对西藏地球站技术系统进行改造，全面提升上星节目安全播出能力。四是提高灾害应急保障能力，日喀则地震灾害发生后，立即组织抗震救灾，启动广播电视安全播出应急预案，及时恢复受损设施，并积极向总局汇报灾情，争取灾后应急资金。

五、着力于培植"造血"，阵地建设争取新高度。为加强宣传舆论阵地建设，一是积极与总局和财政部沟通，大幅增加了全区少数民族语言年度译制经费，进一步提高了西藏广播电视节目译制制作能力。二是积极沟通西藏科教广播、少儿广播和公共电视、公共广播、文化频道等的开办工作，丰富藏区广播电视节目内容。三是积极筹措资金提高广播电视数字化生产能力，为西藏电台、西藏电视台、西藏广播影视节目制作中心、西藏音像出版社等单位争取节目制作能力建设、民族文字出版设备购置等项目。四是积极争取财税城建等优惠政策，主动与财政等部门沟通，推进西藏电视台内部机制改革和西藏广播电视网络中心体制改革。五是积极争取西藏电视台网络视听节目许可证批复工作，确保该台网络视听新媒体的规范运行。

六、着力于机制创新，全面对口援藏工作呈现新局面。我了解到，1996年以来全国广电系统对口援藏会议一直没有召开，为多渠道推进西藏新闻出版广电事业发展，一是积极参与筹备援藏会议，在总局领导和相关司局的支持下，三年来总局已先后两次召开全系统对口援藏会议。二是努力推进机制建设，经过积极对接，总局建立了直属单位与西藏局直属单位"一对一"对口援助机制。三是注重项目落实，总局大力支持，于2014年印发了2014年—2016年对口援藏规划，确定了包括定期召开援藏会议、节目捐赠、人才培养交流、技术支持、工程建设等一大批援藏项目。四是为贯彻落实中央第六次西藏工作座谈会精神，总局继续给予支持，2015年印发了《关于进一步做好对口援藏工作的通知》，对"十三五"时期全系统对口援藏工作进行了全面部署。

七、着力于长远发展，"十三五"规划迈向新布局。考虑"十三五"规划事关重大，一是未雨绸缪提前启动有关工作，认真组织编写了西藏广播影视"十三五"发展规划思路草案，提出了包括广播影视公共服务提升工程、宣传舆论阵地建设工程、传统媒体与新媒体一体化工程、对外传播能力建设工程和广播影视系统监测监管体系建设工程等五大工程在内的30多个项目和政策建议。二是经积极沟通，邀请总局发展研究中心支持西藏广播影视"十三五"发展规划编制工作。三是邀请总局规划院为西藏广播电视网络中心调研编制西藏广播电视有线网络中心发展和改革规划。四是多次主动与国家发改委、财政部、总局有关司局和自治区相关部门沟通，对接西藏"十三五"重大工程和重点项目，现已落实多个项目。

八、着力于人才培养，科技管理水平推进新提高。人才是推进西藏各项事业发展的根本。在努力做好资金援藏、项目援藏的同时，我主动联系落实系统人才援藏工作。一是积极沟通汇报，无线局与西藏局建立了援藏技术交流机制，设立模拟发射设备实验室，承担五年内170人次、180天的培训任务。二是促成广科院与西藏局签订战略合作框架协议，借助总局科研力量，推进西藏广播电视科技工作。三是积极联系恢复中央三台和西藏两台人才挂职交流工作，2015年以来中央三台27名交流干部已顺利在藏开展工作，发挥了很好的传帮带作用。四是积极倡导"走出去"，先后带队到北京、江苏等十几个省市调研，开阔了发展视野，启迪了改革思路。

九、着力于学习锤炼，自身建设致力新加强。三年来，我倍加珍惜在藏学习锻炼的宝贵平台，一是认真学习党的群众路线教育实践活动、"三严三实"、"两学一做"等决策部署，对照党章、廉政准则、群众反馈意见等，积极查摆问题，认真撰写材料，主动谈心，深入开展批评和自我批评，坚持立行立改，严格执行党风廉政建设责任制。工作之余主动帮助福利院孤儿和残障儿童筹集书籍、电视机、机顶盒、收音机等。二是主动深入基层开展调研，走入全区 7 个地市、近 70 个县，行程数万公里，实地调研了各地（市）、县广播电视台、中波台、调频台、电影站、新华书店和广播电视村村通工程、西新工程、农家书屋、寺庙书屋、全民阅读等项目的实施情况。在阿里地区改则县，由于高原反应，头痛欲裂，自己几乎彻夜未眠；在海拔4500 米的昌都丁青县布堆村，9 月份的鹅毛大雪不期而至，自己和同事点起牛粪取暖，不得不穿上所有随身带的衣服；在海拔近 5000 米的那曲尼玛县调研，因要连夜赶往下一站，越野车在漆黑的无人区突然失控，飞出公路，同事受伤，险些永远留在那里"挂职"……通过深入调研，对西藏新闻出版广电事业有了更为深入的了解，先后撰写了多篇调研报告和近 30 万字的札记，其中《构建科学合理的媒体融合评价指标体系》、《西藏县级数字电影发展的几点思考》、《推进西藏广播电视公共服务健康发展》等先后在《人民日报》、《西藏日报》发表。三是继续加强业务学习，在藏期间，经过选拔，我被财政部列入"全国会计领军人才特殊扶持计划"；参加了西藏大学"中国少数民族史"专业研究生课程进修班并被评为优秀学员。四是严于律己、努力慎独，坚持管住手、管住脚、管住心，业余时间多是在办公室里审改文件或读书学习，虽然几分孤寂，但内心安宁充实。

十、着力于精神传承，砥砺心灵感恩新收获。三年来，我越来越为这片热土魂牵梦绕所感慨，为长期奋战在雪域高原的老西藏们所感染，为他们舍小家顾大家、透支健康、透支生命、透支亲情而无怨无悔的家国情怀所感动。和他们相比，我倍感自身卑微渺小，雪域雄魂之无私伟大。在藏工作时间越久，就越体会到"西藏是我国的重要战略高地"和"重要的国家安全屏障"的高瞻远瞩，以及"西藏是战场不是市场"、"对西藏怎么投入都不为过"的真正内涵。三年来，有幸经历中央对口援藏 20 周年、西藏自治区成立 50 周年、中央第六次西藏工作会议等重大历史时刻，能够为西藏基层新闻出版广电做些力所能及的事情，虽然自然条件艰苦、高原反应强烈，但倍感涤荡心灵、融接地气，是一次沉心学习、锤炼自身之行。

三年来，忘不了总局、自治区和区局各位领导及同事的悉心关爱呵护。虽然远离家人和京城，但倍感各级领导和各位同事无微不至的温暖关怀。蔡赴朝、聂辰席、田进、孙寿山、童刚等总局领导和陈全国、吴英杰、董云虎、曾万明、姜杰、孟德利等自治区领导多次做出重要批示指示，对我们的工作给予充分肯定和亲切鼓励。总局财务司等相关司局和直属单位对西藏开辟了"绿色通道"，西藏的事情"一路绿灯"。在各位领导和同事们的大力支持和无私帮助下,我先后被评选为优秀公务员和全区优秀援藏干部。2014年全系统对口援藏会议和项目对接会议分别在北京和西藏召开,由于来回奔波,不小心自己患上急性高原肺水肿,连夜住进了西藏军区总医院。总局领导和司领导得知后"勒令"我立即回京,但眼看会议即将在林芝召开,内心万般焦急,几次欲自行出院参会,均被好心同事劝阻。后来总局领导和司领导带队来藏看望慰问我,很多领导和同事亲自到医院探望或者打电话、发短信关心问切,让自己内心深感不安和身在高原的别样温暖。

三年来,忘不了藏族孩子那双渴望的眼睛。在西藏,每名党员干部都有"结对认亲帮扶户"。我的帮扶户在昌都丁青县布堆村,海拔4500米,不通水电,全村47户散落在近10公里的山谷里,从拉萨开车要走三四天。帮扶户吉吉的爱人和大儿子上山挖虫草时不幸遭遇雪崩,她和其余四个孩子顿时失去了全部生活来源,并且由于先天性内腭裂,吉吉六岁的小儿子至今不会说话,不停地用两只闪亮亮的大眼睛羞涩地瞅着自己。走出吉吉家破旧的房屋,我百感交集,心里非常难受,马上与有关部门联系给孩子看病事宜。经过积极沟通争取,拉萨一家医院同意为孩子免费治疗。然而就在手术当天,吉吉和孩子却不知去向,直到几天后才找到她们。原来,在手术前例行家属签字时,由于担心手术不成功,从未走出过山沟沟的年轻妈妈害怕再失去儿子,便带着孩子悄悄回到了1000多公里之外的家中。藏族老乡令人费解的做法,让我吃惊不已,也让我对"凝聚人心、夯实基础"这句话有了更深刻的感悟。

三年来,忘不了家人的殷殷挂念和默默承担。有人说,援藏干部是一人援藏,全家援藏。三年来,最让自己歉疚的是家人。由于去西藏的航班多在早上7点左右,为了不影响家人休息,更多的是不愿离别时太伤感,我每次都不让他们送我。但每每出发时,父母总是在门口等着我,给我带来一包热腾腾的早点,或者我喜欢吃的糕点。有时我坚持不让他们送,但总会在不远处看到他们衰老的身影。有次爱人在微信里说:儿子跟她说,爸爸老不陪我,要不你再给我找一个爸爸吧。虽然童言无忌,但还是让自己在高原久久难以入眠。2015年夏天,终于等到了家人来西藏看我的消息,几天来,自己一直很兴奋:准备抗高原药品,收拾房间,筹划日程……然而,就在父母到达的前一天,局里紧急通知:明天随自治区领导下乡。能不能换个人呢,我赶紧向局里请示,但换人已经来不及了。没办法,只好打电话告诉已在途中的父母,听得出来电话那端的失落,但还是那句话:好好出差吧,不用惦记我们。第二天一早我们便出发前往那曲,当汽车行驶到当雄县附近时,我忽然看到了一条绿色的长龙在一望无际的羌塘草原迎面奔驰而来，一看时间，估计应该是父母所乘的火车，便赶紧叫司机停车，随手抄起身边的一条哈达，使劲地向远处的列车晃动。然而火车速度太快了，车厢里的纷杂身影一掠而过，我睁大了双眼也没有看到父母、爱人和儿子。眼看着火车渐行渐远，内心几分怅然。正要离开时，突然接到了父亲的电话：儿子，看见你了！放心吧，我们会照顾好自己的。一时，自己泪如雨下……

援藏工作是一场接力赛，回首三年，感谢总局的信任，让自己有幸手擎沉甸甸的"接力棒"如履薄冰般跑完这一棒。"援藏干部"不仅仅是一种称谓，更是一份责任和使命，能够拥有这个称谓是自己一生的光荣。春晖万里，无以回报，我将把西藏作为自己的第二故乡，继续努力工作、砥砺前行，不管身处何方，心永远系着那一片热土。

后记 | Postscript

　　一直没有勇气把这些文字拿出来，一来，自己是个内敛之人，一些内心世界还是愿意一个人独语。二来，本来就是写给自己看的，也没有什么信息、文学等方面的价值。但考虑再三，为了完成自己当初进藏时的心愿，为了给自己的三年援藏生活留下些纪念，还是鼓足勇气，自曝孤陋。

　　每个在藏和援藏干部都是一个故事，而自己更多的回忆则是在办公室和宿舍里，打开电脑，写点东西，有时是加班，有时是学习政策文件，有时是课题和调研报告，有时是一点思考。加上为人愚笨以及高原缺氧，只好下点苦功夫，别人可能一两个小时就能搞定的文件或者材料，自己往往要一两天。因此，经常自嘲是个苦行僧。但苦中作乐也是别有一番风味的。

　　关于此书，要感谢陈丹桦主任和许珊珊老师给予的大力支持，感谢元汉牺牲个人的休假时间费心审阅，也借此机会感谢所有关心、支持和鼓励我的领导、同事、同学、朋友……

　　最后，还要感谢我的家人，三年援藏，最让自己不安和内疚的是对家人的亏欠。三年来，父母平添了更多的皱纹和白发；儿子已由垂髫顽童变成了不时缄默的大小伙子；爱人默默地承担了许许多多，没有她的鼓励支持，这本书也难以问世。万水千山走遍，更觉家中那片灯光最为温暖……

　　离开西藏越久，心越牵挂着那里，当回首凝望远方的时候，我们更加欣喜地看到，在西藏这片神奇的土地上，那充满希望的种子已经生根、发芽、开花……

2016 年 8 月 3 日于北京